AF448720

अल्टिमेट आकाश

(उपन्यास)

सन्तोष लामिछाने

Ultimate Aakash

(Novel)

Santosh Lamichhane

प्रकाशक

समकालीन साहित्य प्रतिष्ठान, बेलायत
Samakalin Literary Academy, UK

अल्टिमेट आकाश (उपन्यास)

© २०१८ सन्तोष लामिछाने

प्रकाशक : समकालीन साहित्य प्रतिष्ठान, बेलायत
आवरण : इन्दिरा मानन्धर
संस्करण : पहिलो, २०७५ कार्तिक
ISBN: 978-9937-0-5075-3

मुल्यः   रु ३०० / $10

यस पुस्तकको कुनै अंश वा पूरै पुस्तक कुनै पनि माध्यमद्वारा पुनरूत्पादन वा फोटोकपी गर्न पाइने छैन ।

'अल्टिमेट आकाश' पढेपछि

. . . "अल्टिमेट आकाश"-मा नेपाली घरदेश छ; अमेरिकी परिवेश छ । गरिबीको मार छ । सपनाको धार छ । मिहिनेत गरे के पाइँदैन - जीवनको सार छ । यो हामी सबैको कथा, व्यथा र यथार्थता हो । . . .

"अल्टिमेट आकाश"-मार्फत नेपाली युवा समुदायको वर्तमान जल्दोबल्दो कथाव्यथा नेपाली भाषामा रोमाञ्चक तरिकाले लिपिबद्ध गरेर डायस्पोरिक नेपाली साहित्यमा सन्तोषले ठूलो गुन लगाएका छन् । उनको यो सत्प्रयासको भविष्यमा राम्रो मूल्याङ्कन हुनेछ भन्ने मैले विश्वास गरेको छु । . . .

- दिनार रनादी
(पूरा पढ्न पेज १७५ जानुहोस्)

मर्मस्पर्शी यथार्थ चित्रण भएको कृति 'अल्टिमेट आकाश'

. . . "अल्टिमेट आकाश" सन्तोषको पहिलो उपन्यास भए तापनि यसमा प्रयुक्त संवाद, भाषाशैली र उनको कल्पनाको कायालाई हेर्दा, उनी अनुभवी उपन्यासकारजस्तै लाग्छ । . . .

. . . भन्न सकिन्छ यस उपन्यासमा लेखकको सकारात्मक सोच, आशावादी दृष्टिकोण र राष्ट्रवादी भावना प्रचुर मात्रामा झल्केको पाइन्छ । स्वनाम र स्वआनन्दको लागि लेखिएको नभई समाज र राष्ट्रलाई अग्रगति प्रदान गर्ने दिशातर्फ परिलक्षित छ भन्न सकिन्छ यो उपन्यास । . . .

सन्तोष भाइको यो कृति नेपाली साहित्यको फाँटमा एक सम्झनलायक कृति हुनेछ भन्ने मेरो आशा छ । मेरो बधाई तथा शुभकामना । . . .

- राजेन्द्रप्रसाद अर्याल
(पूरा पढ्न पेज १७८ जानुहोस्)

प्रकाशकीय

नेपाली वाङ्मयको श्रीवृद्धि र विश्वव्यापी विस्तारको अभियानस्वरूप विगत बाह्र वर्षदेखि नेपाली भाषामा साहित्यिक वेबपत्रिका समकालीन साहित्य डट कम (www.samakalinsahitya.com) प्रकाशित भइरहेको छ । विश्वभर छरिएर रहेका नेपाली साहित्यका लेखक र पाठकको साझा मञ्चका रूपमा स्थापित भएर यसले साइबर स्पेसमा नेपाली साहित्यको बलियो उपस्थिति जनाउनुका साथै साहित्यका लेखक र पाठकलाई जोड्ने सेतुको कामसमेत गरेको छ ।

वेब पत्रिकाको निरन्तरताका साथै नेपाली भाषा-साहित्यसम्बन्धी विविध किसिमका सार्थक क्रियाकलापलाई संस्थागत स्वरूप दिने उद्देश्यले समकालीन साहित्य प्रतिष्ठान बेलायतको स्थापना भएको हो । प्रतिष्ठानले संसारभर छरिएर रहेका नेपाली साहित्यका स्रष्टालाई नेपाली तथा अङ्ग्रेजीभाषी पाठकमाझ पुर्‍याउने उद्देश्य राखी सोही दिशामा पाइला चालेको छ । यही उद्देश्यअन्तर्गत प्रतिष्ठानले नेपाली भाषामा अनुसन्धानमूलक अन्तर्राष्ट्रिय साहित्यिक जर्नल 'प्रवासन' र साहित्यिक पुस्तक प्रकाशन कार्यको थालनी गरेको छ । अमेरिकामा बसोवास गर्नुहुने कवि तथा उपन्यासकार सन्तोष लामिछानेको उपन्यास "अल्टिमेट आकाश" यस प्रतिष्ठानको नवौँ प्रकाशन हो ।

डायस्पोरामा लामो समयदेखि बसेर पनि नेपाली भाषा र साहित्यमा कलम चलाउने प्रतिभावान् युवा स्रष्टा सन्तोष लामिछानेको यस उपन्यासमा अमेरिकी भूमिमा स्थापित हुन नेपाली युवा विद्यार्थीले गर्नुपरेको सङ्घर्ष, प्रेम र यौनका जीवन्त प्रस्तुति रोमाञ्चकारी लाग्दछन् । उपन्यासमा बेलाबेलामा आउने माओवादी द्वन्द्व तथा राजनैतिक विकृतिप्रतिको कटाक्षले समयका असन्तुष्ट स्वरहरू बोलेका छन् । मातृभूमि र परिवारप्रतिको जिम्मेवारी तथा प्रेम यस उपन्यासका सुन्दर पक्ष हुन् । प्रतिभावान् डायस्पोरिक स्रष्टा सन्तोष लामिछानेको यो उपन्यास पाठकसमक्ष ल्याउन पाउँदा हामीलाई अत्यन्त खुसी लागेको छ । आशा छ, पाठकहरूले यसलाई रुचाउनुहुनेछ ।

कृष्ण बजगाई
अध्यक्ष
समकालीन साहित्य प्रतिष्ठान,बेलायत
१ अक्टोबर, २०१८
bajgaikrishna@yahoo.com
krishnabajgai@gmail.com

"गहिराइमा डुब्दै नडुब; डुबिसकेको छौ भने मोती नटिपी नफर्क ।"

– नीर शाह

१

आरम्भ

अगस्त १, २००२-मा अपराह्नको रापिलो घामले काठमाडौँ तात्नुअघि नै विभासको संसारमा एउटा सुखद घटनाले न्यानोपन ल्याइसकेको थियो । अघिल्लो दिनको हल्का वर्षापछि काठमाडौँको माटो सुक्दै गरेकाले बाटोमा धुलो कम थियो । तर, त्यो शुक्रबार सडकमा मान्छे र ट्राफिकको धुइरो भने कम थिएन । सधैँझैँ काठमाडौँको कर्कश स्वरले आङ नै सिरिङ्ग हुन्थ्यो । तर, बिहानदेखि नै गएको काममा सफल भएर प्रफुल्ल मुद्रामा घर फर्कँदै गरेको विभास आफ्नै संसारमा फुरूङ्ग थियो ।

घर आइपुग्नुभन्दा अलि परको एउटा पसलमा गीत बजिरहेको थियो - 'यो नेपाली शिर उचाली, संसारमा लम्किन्छ । जुनकिरीझैँ ज्योति बाली अन्धकारमा चम्किन्छ ।' भूपी शेरचनको प्रेरणास्प्रद शब्द, नातिकाजीको सुमधुर सङ्गीत र तारादेवी र प्रेमध्वज प्रधानको सुरिलो स्वरको त्यो पुरानो गीत सलल बगिरहेको थियो । त्यस गीतको लयसँगै समस्त वातावरण आफ्ना पखेटा फिँजाएर प्रवाहित हुँदै थियो - पानीको छालमा निस्फिक्री हुत्तिँदै गरेको खेलौना जहाजजस्तो । विभास घरनजिक आइपुग्दासम्म त्यो गीतको श्रुतिमधुर ध्वनि कहाँ हो कहाँ कहिल्यै नभएजस्तो गरी बिलाइसकेको थियो ।

त्यो गीतसँग विभासको गहिरो सम्बन्ध थियो । सन् १९५६-अघि नेपालमा गीत रेकर्डिङ गर्ने प्रविधि थिएन रे । त्यही वर्ष अमेरिकी सरकारले रेडियो नेपाललाई रेकर्डिङ मेसिन उपहार दिएपछि रेकर्ड भएको त्यो पहिलो गीत भनेर विभासलाई उसका हजुरबा धनञ्जयले भनेका थिए ।

विभास सानै हुँदा हजुरबा र हजुरआमा कालगतिले नै बितिसकेका थिए । तर, उसलाई याद थियो हजुरबासँग बिताएका केही पलहरू । उसको बुवा जन्मनुभन्दा अघिदेखि नै हजुरबाले त्यो गीत सुन्दै आएका थिए ।

हजुरबाले उसलाई सुनाएथे- केही पढ्छु; केही गर्छु भनेर केही वर्ष उनी वनारसतिर गएका रहेछन् । त्यहाँ केही संस्कृत पनि सिकेछन् । पछि फेरि नेपालका केही राजनीतिज्ञको प्रभावमा परेर नेपालमै केही गर्नुपऱ्यो भनेर फर्केर आएका रहेछन् । केही वर्ष राजनीतिमा पनि लागेछन् । तर, सन् १९६०-मा राजा महेन्द्रले विशेष अधिकार प्रयोगको नाममा तत्कालीन संविधान र जननिर्वाचित सरकार भङ्ग गरेपछि हजुरबाले राजनीतिबाट हात धोए । त्यसपछि बिहे गरे र आफ्नै पुख्र्यौली थलो सिन्धुपाल्चोकको चौतारानजिकैको गाउँमा बाउबाजेले गर्दै आएको पेसा खेतीकिसानीमा लागे ।

तत्पश्चात् विभासका बाबा रामनाथको जन्म भएको रहेछ । हजुरबाले वनारसमा गएर आफूले चाहेजति पढ्न नपाए पनि छोरा रामनाथलाई राम्ररी पढाउने अठोट गरेछन् । त्यति बेला गाउँमा कुनै स्कुल रहेनछ । आफूसहित गाउँका केही टाठाबाठाहरूसँग मिलेर, श्रमदान र धनदानको अभियानले हिलेटार संस्कृत विद्यालयको स्थापना गराएछन् ।

विभासका बाबा रामनाथले पछि त्यही स्कुलबाट एसएलसी पास गरे । रामनाथलले पढाइमा राम्रो गर्दै गएकाले पछि लोक सेवा आयोगको परीक्षा पास गरेर सरकारी जागिरमा छिरेका रहेछन् । विभासलाई अङ्ग्रेजी माध्यमको राम्रो स्कुलमा पढाउन उनले भनसुन गरेर जागिरलाई काठमाडौँ सरुवा गराए । त्यसैले विभास नौ वर्ष हुँदादेखि नै परिवारसहित सिन्धुपाल्चोकबाट काठमाडौँ सरेको थियो तर विभासले पनि आफ्नो प्राथमिक शिक्षाको पहिलो तीन वर्ष हिलेटार स्कुलमै पढेको थियो ।

. . . . . .

आज अगस्त १ हुनुमा केही फरक नहुनुपर्ने हो किनकि जीवनमा अरू १८ वटा अगस्त १ विभासले भोगिसकेको छ तैपनि आजको दिन विशेष थियो । उसो त विभासको विचारमा उसका जीवनका प्रत्येक दिन छोटाछोटा नाटक हुन् । फरक यत्ति छ कि कुनै दिनले उसलाई जीवनलाई माया गर्न सिकायो त कुनै दिनले उसलाई जीवन निरर्थक यात्रा भएको अनुभव गरायो । विभास अलि भावुक थियो । उसको जीवनकथामा तीव्रतम अनुभूतिको छाप अनि भावनाको बढ्ता मिसोट छ भन्ने कुरा उसका गहिरा आँखाको सतहमै पढ्न सकिन्थ्यो ।

विभास घर पुग्दा आज उसको अनुहारमा नौलो चहक भएको कुरा घरमा सबैले अड्कल गर्न सक्थे । साँच्चै नै त्यो दिन उसका लागि जीवनलाई रमाइलोमा परिभाषित गर्ने दिन थियो । तर, सृष्टिले झुल्क्याउने आउँदा बिहानीहरू अर्कै आयामका हुने तरखरमा थिए, नौला र बिलकुलै पृथक् । आउँदा दिन कस्ता हुनेछन् ? अन्तरिक्षको इसाराबाट सबै मानिसझैँ विभास पनि अनभिज्ञ नै थियो ।

विभास त्यस दिन जति खुसी त्यति बेला पनि भएको थिएन जब उसले एसएलसी परीक्षामा अठासी प्रतिशत अङ्क ल्याएर स्कुल टप गरेको थियो । हो, उसका बाबा र आमा उसले एसएलसीमा बोर्ड फर्स्ट नै नभए पनि टप टेनमा परोस् भन्ने चाहन्थे तर ऊ केवल एक अङ्क नपुगेर टप टेनमा परेन । त्यस दिन उसका बाबाले उसलाई भनेथे - 'हेर् विभास, तैँले पचहत्तर प्रतिशत मात्रै कटाएको भए पनि म खुसी हुन्थेँ । अठासी प्रतिशत ल्याइस् । म निकै खुसी छु ।'

आफ्ना बाबाले त्यसो भनिरहँदा, बोर्डमा आउनुपर्छ भन्दै बाबाले आफूलाई सर्धैं उत्प्रेरित गरेको त 'उद्देश्य ठूलो लिएर प्राप्ति ठिकै भए पनि राम्रै हुन्छ ।' भन्ने सिद्धान्तमा पो आधारित रहेछ । बाबाको त्यस्तो मनसाय बुझेपछि आफू बोर्डमा

नआउँदा लागेको हल्का दुःख विभासले बिर्सियो । आफ्ना बाबाप्रति उसलाई झनै आदर बढेर आयो ।

बाबाले थपे - 'अनि सुन् बाबु, यी परीक्षाका नतिजा केवल सानातिना सिँढी हुन् । मान्छेको असली परीक्षा जीवन हो । आज टप गर्ने भोलि जीवनको परीक्षामा बटममा पुग्न सक्छ । त्यो ख्याल गरेस् । पढाइ किताबी ज्ञानको मात्र हुन्न । जीवन र अनुभव सबैभन्दा ठूलो पाठशाला र शिक्षक हुन् ।'

विभासका बाबा समाजमा धेरै ठूला मानिने व्यक्ति त थिएनन् । तर उनको आँखामा अनुभव र त्यसको परिष्कृत बुझाइ छर्लङ्ग झल्किन्थ्यो । उनी धनी पनि थिएनन् । एक सामान्य मानिने सरकारी जागिरे थिए । तर उनलाई विभिन्न धर्म, सिद्धान्त, विषय, विश्व-राजनीति र देशको राजनीतिको राम्रो ज्ञान थियो ।

विभासको घरमा ऊ, उसकी दुई वर्षले कान्छी बहिनी शोभा र उसकी आमा थिए । उसकी आमा केवल साक्षर थिइन् र एक सामान्य मानिने गृहिणी । तर, बाबाले सधैँ बिहानको चियादेखि बेलुकीको खानासम्म, विश्वका घटनाक्रमदेखि देशका दिन प्रतिदिनका खबरसम्मका समीक्षा गर्ने हुनाले, विभास, शोभा र उसकी आमा सबै सचेत र चेतनशील नागरिक थिए ।

समाजमा जेजस्तो मान्यता पाए पनि विभासका लागि आफ्ना बाबा सबैभन्दा विद्वान् र प्रेरणादायी व्यक्तित्व लाग्थे । आफ्ना बाबाको बोल्ने तरिका, कुनै पनि कुरालाई चिरफार र समालोचना गर्ने, सबैसँग हाँसेर बोल्ने, मीठो बोल्ने र ठिक्क मात्र बोल्ने बानीहरू ऊ सधैँ आफूमा सर्दिए हुन्थ्यो भन्ने सोच्थ्यो ।

तैपनि हरेक मानवमा झैँ विभासको बाबामा पनि केही कमजोरीहरू थिए । उसका बाबा चुरोटका अम्मली थिए । आमाले जति सम्झाउन खोजे पनि उनी दिनको एक बट्टा 'सूर्य' चुरोट सक्थे । आफ्नो सरकारी जागिरको कमाइ जस्तो भए पनि यो बानी उनले सधैँ कायम राखे । कसैको कुरो सुनेनन्, कसैको पनि सल्लाह मानेनन् । चिया, चुरोट र पत्रिकासँग उनको गाढा मितेरी थियो । त्यसैले पनि होला बाबाका धेरै मित्रहरू बाबासँगको सङ्गत धेरै रूचाउँथे ।

विभास काठमाडौँको नयाँ बानेश्वर हाइटमा उसका बाबा, आमा र बहिनीसहित एउटा पाँचतले घरको पहिलो तलामा डेरामा बस्थ्यो । त्यो तलाको दुईतिर ट्याक्कै उस्तै बनोटका तिनतिनवटा कोठाहरू थिए - दुबैपट्टि एकएकवटा बाथरूम र किचन सहित । एकापट्टि विभासहरू बस्थे - विभासको, आमाबाबाको र बहिनीको एकएकवटा कोठामा ।

अर्कोपट्टि एउटी लाहुरेनी बस्थिन् । लाहुरेनीका दुई ससाना छोराहरू र एक बहिनी थिई । उनका श्रीमान् हङकङमा लाहुरे थिए ।

विभास र शोभा लाहुरेनीलाई आन्टी भन्थे । लाहुरेनी विभासकी आमाभन्दा अलि कम उमेरकी थिईन् र विभासकी आमालाई दिदी भन्थिन् । उनीहरू यसरी आम्नेसाम्ने बसेको पाँच वर्ष भइसक्दा दुःखसुखका साथी बनिसकेका थिए । ससाना बच्चा अनि आफ्नी बहिनी अलि आलीकाँची भएकीले कहिलेकाहीँ लाहुरेनी विभासकी आमासँग घरको कामकाज वा बच्चा हेरिदिन सहयोग माग्थीन् ।

विभासकी आमा सरल, सफा मनकी र सहयोगी थिइन् । विभास र शोभा हुर्किसकेका थिए र उनीसँग सहयोग गर्ने समय पनि हुन्थ्यो । लाहुरेनीलाई धेरै सहयोग मिल्थ्यो र उनी कृतज्ञ हुन्थीन् ।

विभासको वासस्थानवरिपरि किराना पसल, पत्रिका पसल, चिया पसल र होटलहरू यत्रतत्र थिए । त्यहाँ कुनैमा दिनभर बेरोजगारहरू लुडो र क्यारम खेलेर बस्थे । विभिन्न किसिमका मानिसहरू आउँथे जान्थे । विभासका बाबा अरू दिन त काम गर्न कार्यालय जान्थे, शनिबार भने घरमा नुहाइ-धुवाइ र केही सरसफाइपछि तिनै कुनै होटलको सटरबाहिर टेबुल-कुर्सीमा चिया र चुरोटको अड्डा जमाउथे ।

त्यहाँ कहिले भारी बोक्ने भरिया हुन्थे; कहिले व्यापारी, कहिले राजनीतिज्ञ त कहिले विभासका बाबाझैँ सरकारी अफिसरहरू । त्यहाँ हरेक किसिमका गफ हुन्थे । रामनाथ दाइ, विभासका बाबा भनेपछि गफ सुन्न सब हुर्क्क हुन्थे । चुरोट तान्न पाइने, चिया पिउन पाइने अनि मिठामिठा गफ सुन्न पाइने, त्योभन्दा अरू के चाहियो ?

सामान्य सरकारी जागिरबाट चिया र चुरोट फोकटमा बाँड्न सक्ने गच्छे, दुइटा बच्चालाई प्राइभेट स्कुल राख्न सक्ने, काठमाडौँको मुटुमा आरामसँग घरभाडामा बस्न सक्ने व्यवस्था बाबाले कसरी गर्न सक्थे ? विभासले कहिल्यै धेरै खोतलेन । विभासलाई याद छ, बाबाले एक दिन अर्थशास्त्रको 'न्यास इक्युलिब्रियम'मा आफूले विश्वास गर्ने गरेको बताएको । बुबाले 'प्रिजनर्स डिलेमा' को व्याख्या गर्दे त्यसको निष्कर्ष बताएको ।

'बुझिस् बाबु ! यो संसारमा हुने सब वस्तुवादी कुरामा तथ्याङ्क र गणितका नियम लागू हुन्छन् । हामीले गर्ने काम र लिने निर्णय तर्कसङ्गत र व्यावहारिक हुनुपर्छ नत्र पछि परिन्छ । तँ कुनै खेल खेल्दै छस् भने 'गेम थेओरी'-अनुसार कि त तँलाई अरू कसैले झेल गर्दैन भन्ने पक्का हुनुपर्‍यो, नत्र अरूले झेल गर्न सक्ने प्रबल सम्भावना हुन्छ भन्ने हेक्का राखेर आफूले पनि त्यहीअनुसार तयारी र व्यावहारिक निर्णय गर्नुपर्छ ।'

विभासका बाबाले उसलाई झेल गर्नुपर्छ; अनैतिक काम गर्नुपर्छ भनेर सिधै त कहिल्यै भन्नु भएन तर सतर्क र व्यावहारिक हुने कुराभित्र धेरै नभनीकन निकै कुरा अटाउन सकिन्थ्यो । सायद त्यसैले उसका बाबा कहिल्यै खोक्रा आदर्शका हिमायती

बनेनन् । आफूले आफ्ना र परिवारका लागि जेजति गर्न सक्थे सरकारी कारिन्दा भएरै पनि गरे ।

रामनाथ लुगा राम्रो लगाउँथे । हिँड्दा फुर्तीसाथ हिँड्थे । बास्नादार कोलोनको (अत्तर) उनलाई ठूलो सौख थियो । उनको हाउभाउले, 'मरिलानु केही छैन, जति बाँचिन्छ शानले बाँचिन्छ" – भनेझैं झल्काउथ्यो ।

विभास सानो हुँदा हरेक दिन उसका बाबाले दाह्री काटेपछि उनको अनुहार बास्नादार हुन्थो । त्यो बास्ना विभासलाई साह्रै राम्रो लाग्थ्यो । बाबाका लुगाहरूबाट पनि मीठो बास्ना आउँथ्यो । बाबाको अनुहारको बास्ना आफ्टर सेभले गर्दा आएको हो अनि लुगाहरूबाट कोलोनले गर्दा बास्ना आएको हो भन्ने विभासलाई पछि मात्र थाहा भयो ।

उसलाई याद छ एक दिन ऊ सातआठ वर्षको हुँदा उसलाई बाबाको सर्ट लगाउन मन लाग्यो । उसले आमालाई भन्यो । आमाले ठीक हुँदैन भन्दाभन्दै पनि जिद्दी गरेर उसले सर्ट लगायो । आखिरी बाहुला लामो भएकाले उसको पूरै हात छोपिएर बाहुला लत्रियो । सर्टको फेर उसको खुट्टासम्मै आयो र ऊ हत्तपत्त सर्ट फुकालेर भाग्यो ।

उसलाई त्यसदिन आफू बुबा जत्रो कहिले हुन्छु होला झैँ जस्तो लाग्यो । आफूलाई पनि बाबाको जस्तो सर्ट लगाउन, बास्ना आउने हुन, बाबाजस्तै ठूलो व्यक्ति चाँडै बन्न मन लाग्यो । उसको अबोध बालापनलाई के थाहा, उमेरसँगै जिन्दगीले ल्याउने चुनौतीहरू, जिम्मेवारीहरू । एउटा निर्दोष बालक केवल आफ्नो बाबाजस्तो बन्न चाहन्थ्यो । ठाँटिएर फुर्तीसाथ छाती फुलाएर निर्भीक हिँड्न चाहन्थ्यो ।

आजको दिन अर्कै थियो । विभासको खुसी ऊ बाबाजस्तो ठूलो भएर होइन; बाबाको जस्तो सर्ट र कोलोन लगाउन पाएर होइन; विभास खुसी थियो अर्कै कारणले । आज उसको भिसा लागेको थियो – अवसरहरूको देश अमेरिका जानका लागि ।

२
अकस्मात्

जिन्दगीको सुख, दुःखमा टेकेर आउँदो रहेछ । हाँसोहरू रुवाइको पीडाबोध भएपछि अझ मीठोसँग अनुभूत हुने रहेछ । विभास आज अठार वर्ष भइसकेको थियो अनि आफ्नो बाबाभन्दा अग्लो पनि । ऊ सर्ट फेरीफेरी, कोलोन फेरीफेरी लगाउन सक्थ्यो । आज ऊ खुसी त थियो तर अवस्था उस्तै थिएन ।

अमेरिकाको भिसा लाग्नुअधि विभासको जीवनको खोलोमा धेरै पानी बगिसकेको थियो र त्यसको किनारमा अनुभवका छालहरू ठोक्किँदा-ठोक्किँदा त्यो खोलो निकै चौडा भैसकेको थियो । पानी कहिले बाढी भएर बग्यो त कहिले सुस्त । जसरी बगे पनि विभासलाई बगेको पानीले खारेर अनि निखारेर केहीवर्षअधिको भन्दा अर्कै मान्छे बनाइसकेको थियो ।

एसएलसीपछि प्रायः प्लस टु वा आइएस्सी पढ्ने प्रचलन थियो तर रामनाथ चाहन्थे विभासले "ए लेभल" पढोस् । ए लेभलको पाठ्यक्रम र जाँच बेलायतको क्याम्ब्रिज विश्वविद्यालयसँग सम्बद्ध संस्थाबाट तय हुन्थ्यो । पास गरेपछि सर्टिफिकेट पनि त्यहीँबाट दिइन्थ्यो र त्यसको विश्वव्यापी मान्यता थियो । त्यति मात्र नभएर, ए लेभलमा नेपालका अन्य पाठ्यक्रमजस्तो इन्जिनियरिङ वा मेडिकल ट्रयाकमा जाने गरी पहिले नै सीमित विषय लिएर पढ्नु पर्दैनथ्यो । अङ्ग्रेजीको एउटा अनिवार्य पेपरबाहेक कोर्स पूरा गर्न अरू तीन विषय पास गर्नुपर्थ्यो । अनि आफूले चाहे अरू कैयौँ विषयहरूबाट थप जति पनि विषय लिएर ए लेभल सिध्याउन मिल्थ्यो ।

रामनाथ ए लेभल सकाएर विभासलाई बेलायत वा अमेरिकामै पढ्न पठाउन चाहन्थे । नेपालको शिक्षालाई खै किन हो कुन्नि त्यति गन्दैनथे । भन्थे, त्यस्तो देशमा पो पढ्नु जहाँ पढेका कुरा व्यवहारमा लागू गरेर विकास गरिएको छ । त्यसैले उनले विभासलाई ए लेभलपछि विदेश जाने तयारीमा बस्नू भनिसकेका थिए ।

विभासले ज्ञानेश्वर अवस्थित एक गुणस्तरीय क्याम्पसमा इन्ट्रान्स परीक्षामा दियो । त्यहाँ भर्ना हुन राष्ट्रभरिका अत्यन्त जेहेन्दार विद्यार्थीसँग प्रतिस्पर्धा हुने हुँदा उसलाई आफ्नो नाम ननिस्कने पो हो कि भन्ने हल्का डर थियो । रिजल्ट भयो र विभासको नाम निस्कियो । उसका बाबा रामनाथले भर्ना शुल्क पनि तुरुन्त जम्मा गरिदिए ।

विभास त्यस क्याम्पसमा राष्ट्रभरिका अत्यन्त जेहेनदार र तीक्ष्ण विद्यार्थीहरूसँग पढ्न थाल्यो । विभासलाई ए लेभलपछि म्याथ र फिजिक्स लिएर पढ्ने इच्छा

थियो । बाबाको कुराको प्रभावले उसलाई पछि इकोनोमिक्स पो पढ्ने हो कि भन्ने मनमा कतै लागेको थियो ।

अङ्ग्रेजी अनिवार्य भएकाले एउटा विषय अङ्ग्रेजी अनि म्याथ, फिजिक्स, केमेस्ट्री र इकोनोमिक्स लिएर विभास पढ्न थाल्यो । अहिले ती सबै विषय पढ्ने अनि त्यसपछिको बाटो पछि नै तय गर्ने विभासको मनसाय थियो । यसरी विविध खाले विषय लिएर पढ्न पाएकोमा विभास खुसी थियो ।

क्याम्पसमा, खेलकुद, हाजिरी जबाफ, साहित्य, दर्शन आदि सबै कुराको चर्चा हुन्थ्यो - त्यसमाथि पढाइ । हरेक विद्यार्थीका आ-आफ्ना पृष्ठभूमि र परिवेश थिए तर सबै एकसे एक थिए । तीक्ष्ण र जेहेनदारहरूको हुलमा आइपुग्दा कुवाको भ्यागुतो एक्कासी समुद्रमा आए झैँ विभासले अनुभूत गर्‍यो । उसलाई त्यसले झन् ऊर्जा दियो । उसले खुब मिहिनेत गर्‍यो ।

पहिलो वर्ष उसले आफ्नो कक्षामा टप गर्‍यो । दोस्रो वर्ष पनि । उसलाई दीक्षान्त समारोहमा सम्मान गरिने भयो । घरमा बाबा, आमा, बहिनीलगायत सबै खुसीले गद्गद भए ।

. . . . . .

खुसीको सागर जीवनमा कहिले रसाउँछ अनि फेरि दुःखका छालले कहिले धमिल्याउँछ, मानववशको कुरो थिएन । हुन्थ्यो त, जीवनका भोगाइ अनि बुझाइ कति सहज र सरल हुन्थ्यो होला । मनका तरेलीमा एक छिनपछि केकस्तो सोचको बाढी आउने हो ? अलिकति पनि त्यसको सङ्केत भए, त्यसपछिका विचार विमर्शका घुम्तीहरूमा मस्तिष्कका तारहरूको व्यावस्थापन अलि सुलभ हुन्थ्यो कि ?

सङ्केतबिना नै, बिना कुनै योजना, स्वतःस्फूर्त नै दिमागका खोचहरूबाट सोच फुत्त सतहमा आइदिन्छन् । सोच आइसकेपछि त्यसमा विचार विमर्श स्वाभाविक रूपमा नै हुन्छ । सोच विचारसँगै कर्म पनि हुन्छ । ब्रह्माण्डको यो अथाह बागवानीका बिरुवा मनुवाहरू कहिलेकाहीँ भ्रममा पर्न सक्छन् - कि के गर्ने-नगर्ने आफ्नै वशमा त छ । हो, लाग्छ केही कुरामा पक्कै तिनको वश चल्छ । तर, तिनका आफ्ना-आफ्ना साना संसार त सृष्टिको यो बृहत् बिस्कुनका केही बुट्यान मात्र न हुन् । बडो बेजोड र विशाल विश्व अनि ब्रह्माण्डको बगैँचाका विचित्र, विविध, बिन्दास र अथाह बबन्डरको वास्तविकता के हो त्यो त ब्रह्मको बृहत् लीला भनेरै मात्र चित्त बुझाउनुपर्छ ।

एक मिनेटपछि मात्रै पनि मनमा आउने सोचको कुनै ग्यारेन्टी नभएको मनुवाको जुनी न थियो; मान्छेले भोग्ने घटना पनि त्यस्तै अप्रत्याशित थिए । दीक्षान्त

समारोहको एक हप्ताअघि विभासका बाबा रामनाथको "सिओपिडी"-का कारण ओछ्यानमै मृत्यु भयो ।

चुरोट औधी खाने रामनाथको श्वासप्रश्वास विगत केही वर्षदेखि नै कमजोर हुँदै गएको थियो । जता जँचाए पनि डाक्टरहरूको सल्लाह "चुरोट नखानु" भन्ने नै हुन्थ्यो । तर, आदतले मजबुर उनी लुकीछिपी चुरोट खाइहाल्थे । भन्ज्याङ चढ्दा स्वाँस्वाँ हुने र खोकीले छोड्दै नछोड्ने भएको धेरै भइसकेको थियो । एक वर्षअघि जचाउँदा नै डाक्टरले कडा शब्दमा भनेका थिए, 'तपाईँका श्वासमार्गहरू साँघुरिँदै गएका छन् । कृपया धूम्रपान तुरुन्त बन्द गर्नुहोला ।'

रामनाथ अलि हठी पनि थिए । जति बाँच्छु मनमोज गरेर बाँच्छु भन्थे । उनले चुरोट खान छोडेनन् । कहिल्यै ऐयाआत्था पनि गरेनन् - जतिसुकै पीडा भए पनि । रातमा सुतेको मान्छे - बिहान सुनसान थिए । सुत्नुअघि लगाएको ज्याकेटको एउटा बगलीमा एकबट्टा आधा सकिएको "सूर्य" चुरोट, एउटा लाइटर अनि अर्को बगलीमा एक बट्टा पेनकिलर थियो । उनको हठले मृत्युलाई जितेको हो कि मृत्युले उनको हठलाई - भन्न मुस्किल थियो ।

बिहान चिया पाक्यो भनेर बोलाउँदा रामनाथ औधी खुसी हुन्थे । बाबालाई चिया साह्रै मन पर्ने हुनाले शोभा बाबालाई चिया खान बोलाउन सानैदेखि खुब रमाइलो मान्थी । कहिले कपाल तानिदिएर, कहिले पैतालामा काउकुती लगाएर, त कहिले हल्का पानी छ्यापिदिएर शोभा बाबालाई बिहान बोलाउने गर्थी । बाबाको अनुहार छोरीको चञ्चल हर्कतले उज्यालो हुन्थ्यो । अनि 'तिमीलाई बदमास' भन्दै रामनाथ उठ्ने तरखर गर्थे ।

त्यस दिन शोभाले 'बाबा, चिया पाक्यो उठ्नुस्' भनेर बोलाई । तर, त्यो दिन रामनाथ बोल्दै बोलेनन् । उनको पातलो निद्रा हुन्थ्यो । सधैँ झट्टै ब्युँझने भए पनि त्यस बिहान उनी ब्युँझिएनन् ।

धेरैपल्ट बोलाउँदा पनि बाबा नब्युँझिदा शोभालाई अचम्म लाग्यो । उसले बाबाको एउटा हात समाएर हत्केलामा काउकुती लगाउन खोज्दा हात चिसो थियो । बाबाको अप्त्यारिलो सन्नाटा, चिसा हात र शरीर चलमल नै नभएपछि शोभाले चिच्याउँदै आमा र विभासलाई बोलाई । उनीहरू पनि आए तर रामनाथमा होस आएन ।

विभासले हत्तपत्त नजिकैको मेडिकल पसलबाट चिनेजानेकै डाक्टर बोलाएर ल्यायो । डाक्टरले नाडी छामे; आँखाका नानी हेरे; सास छ कि भनेर जाँचे । रामनाथ चिरनिद्रामै सुतिसकेको पक्का भयो । एउटा निस्फिक्री बाँचिरहेको जीवनको ज्योति झ्याप्पै निभेछ । कतिखेर रामनाथको प्राण गयो कसैलाई थाहै भएन ।

एकाएक आमा र बहिनी वेदना खप्न नसकेर डाँको छोडेर रुन थाले । केहीबेरसम्म विभासलाई विश्वास नै भएन । उसको मुटु एकाएक गह्रुँगो भयो । के गर्ने ? के बोल्ने ? उसले ठम्याउनै सकेन । ऊ जहाँ थियो त्यहीँ थचक्क बस्यो र एक छिन चुपचाप बसिरह्यो ।

विभासको मौनतासँगै उसको परिवारमा पनि एउटा अघोषित शून्यपन चिरकालका लागि प्रवेश गर्‍यो । एउटा सानो संसारमा अचानक ठूलो भुइँचालो गयो । हुरी, आँधीबेहरी आयो । चट्याङ पर्‍यो । आकाश उल्टियो । एउटा शान्त तलाउमा ठूलो चट्टानको बज्रपात पर्‍यो । एक दिनअघिको सौम्य संसारभित्र भयावह डर पस्यो । त्यो अन्योलभित्रबाटै विभासको हल्का बेहोसीमै रीतिरिवाजका शङ्खका काल्पणिक ध्वनिहरूका बीच रामनाथको पार्थिव शरीर आर्यघाट पुर्‍याइयो ।

बाबालाई दागबत्ती दिँदा विभासको मनमा अनेक तर्कना आए । उसले बाबासँग कति कुरा गर्न, भन्न बाँकी नै थियो । सोच्यो, बाबासँग एकपल्ट मात्र फेरि बोल्न पाए ? अनि सम्झियो बाबासँग घण्टौँ विविध विषयमा बहस गरेको, अन्तरङ्ग छलफल गरेको । तर, ती संवादहरू अब यादमा मात्र सीमित भए ।

विभासलाई लाग्यो जिन्दगी कति कठोर हुन सक्ने रहेछ । आकाशबाट एकाएक पातालमा निर्मम पछार्ने; बिपनालाई नै डरलाग्दो सपनाझैँ बनाइदिने । त्यो दिन केही सपनाले साथ छाडे; केही कल्पना फुटेर छताछुल्ल भए ।

बाबाको सर्ट पहिलोपल्ट विभासलाई दस कक्षा पढ्दा ठीक भएको थियो । त्यो थाहा भएपछि एक दिन ऊ बाबाको एउटा निलो सर्ट लगाएर साथीहरूसँग घुम्न गयो । त्यस दिन ख्यालख्यालमा साथीहरूसँग जिस्कँदै खेल्दा त्यो सर्टको एउटा बाहुलाको तल्लापट्टि सिलाउनै नमिल्ने गरी च्यातियो । फुल बाहुलाको त्यो सर्ट एक दिन हाफ बनाउन टेलरलाई दिनुपर्ला भनेर विभासले आफ्नो कोठामा लुकाएर राखेको थियो ।

त्यो सर्ट रामनाथको आफूलाई मनपर्ने सर्टमध्ये एक थियो । रामनाथ र विभासकी आमा निर्मलाले धोएर पट्याएर राखेको त्यो सर्ट कहाँ हरायो पत्ता लगाउन सकेका थिएनन् । विभासलाई बुबाको मुड ठीक भएको बेला त्यो सर्टको रहस्य खोल्ने कत्रो रहर थियो । त्यो कुरा उसका बाबाले थाहा नपाई बिते ।

आफ्नी आमाका हात यति चिसा उसले कहिल्यै पाएको थिएन । बहिनी शोभा बाबाले नबोल्दा जति कहिल्यै आत्तिएकी थिइन । विभासका आँसु विरलै झर्थे ।

दागबत्ती दिँदै गर्दा उसका आँसु थामिएनन् । आमाको टाउको लाहुरेनी आन्टीको काँधमा थामिएको थियो । बहिनी अत्यासले कामेर नजिकै रुँदै थिई । एक छिनको लागि संसार अडिएजस्तो भयो, विभासका इन्द्रियहरूले काम गर्न छोडे ।

आर्यघाटमा ह्वारह्वार जल्दै गरेको आगाका केही झिल्का उसको शरीरमा परेपछि विभास केहीछिनमै यथार्थको धरातलमा आयो । दिमागमा वर्तमान र भूतको सन्तुलन अर्कै भइसकेको थियो । काँधमा अचानक ठूलो भारी भएजस्तो लाग्यो । पाइलाहरू सार्न खोज्दा पूरै शरीरका कोष ढिक्का भएर जमे जस्तो भयो । आमा र बहिनीलाई केहीबेर अँगालो हालेर आँसु थामेपछि विभास वरिपरिका आफन्तजन, इष्टमित्र र साथीभाइलाई बिदा गर्न लम्कियो ।

. . . . . .

काजक्रियाको तेह्रौँ दिन सकिँदा नै क्याम्पसमा सम्पन्न ए लेभलको दीक्षान्त समारोह सक्किसकेको थियो । त्यसको केही हप्तापछि सहपाठी साथी लाक्पा विभासले पाएको प्रमाणपत्र र पुरस्कार लिएर घर आयो ।

बाबाको मृत्युपछि घरमा खासै आम्दानीको स्रोत थिएन । बेलैमा बाबाले तीनकुनेमा अलिकति भित्रपट्टि मोटर जानेबाटोमा चार आना जग्गा जोडेका थिए । आमासँगको सल्लाहअनुसार त्यो जग्गा बेचेर बहिनीको पढाइलाई निरन्तरता दिने र घर खर्च चलाउने कुरा थियो । यसैबीच विभास चाहिँ छात्रवृत्तिमा नाम निकालेर पढ्ने र पढाइ सकेर सक्दो चाँडो कमाउनतिर लाग्ने योजना बनेको थियो ।

जग्गाको लालपुर्जा आमाको सन्दुकबाट झिकेर हेर्दै गर्दा लाक्पा आइपुगेको थियो । सन्दुक खुल्लै थियो । लाक्पाले ल्याएको ए लेभलको प्रमाणपत्र र पुरस्कार एकपल्ट पनि नहेरी विभासले सन्दुकभित्र राखिदियो र ताल्चा लगाइदियो । भखैँ झिकेको लालपुर्जाचाहिँ नजिकैको टेबलको घर्रामा हाल्यो ।

'के छ विभास तिम्रो ? म साह्रै दुःखी छु यार तिम्रो घरको खबर सुनेर । तिमीलाई साह्रै दुःख परेछ साथी !' लाक्पाले भन्यो ।

लाक्पा र विभासका कुरा मिल्थे । लाक्पा तामाङको छोरो विभास बाहुनको । उनीहरूको पारिवारिक पृष्ठभूमि र संस्कारहरू खासै मिल्दैनथे । तर, मन मिल्थ्यो अनि विचार मिल्थे । लाक्पा अग्लो, हेर्दा खाइलाग्दो र मैनको जस्तो हृदय भएको मृदुभाषी थियो । घरमा तामाङ भाषा बोले पनि नेपाली अङ्ग्रेजी दुबै अत्यन्त राम्रो बोल्थ्यो अनि लेख्थ्यो पनि ।

'अँ यार, जिन्दगीले नराम्ररी कुठाराघात गर्‍यो । सहानुभूतिको लागि र मेरो प्रमाणपत्र र पुरस्कार ल्याइदिएकोमा धन्यवाद तिमीलाई ।'

'ह्या छोड न यार । के यति गरेकोमा पनि धन्यवाद । तिमी मेरो मिल्ने साथी हौ नि । यति गर्न पाउनु त मेरो खुसीको कुरा । बरू भन अबको प्लान के छ ? के सोचेका छौ ?'

'खै यार प्लान त अलि चेन्ज होला जस्तो छ । सोचेथेँ ब्याचलर्समा चाहिँ युएस वा युकेमा इकोनोमिक्स पढ्छु नभए पोलिटिकल साइन्स । अब त्यो रिस्क लिने मेरो अवस्था छैन । आमा र बहिनीलाई छोडेर म विदेश जान चाहन्नँ । यहीँ इन्जिनियरिङकै इन्ट्रान्स एक्जाम दिन्छु यार ।'

'अँ त्यो त ठिकै हो जस्तो लाग्यो । हाम्रो देशमा अरू फिल्डमा धेरै रिस्क पनि छन् । अफसोच तिमीलाई धेरै रिस्क लिने लक्जरी अब छैन, म दुःखी छु यार । मेरो विचारमा त तिमी एक कुशल फिलोसोफर, इकोनोमिस्ट वा क्रियटिभ राइटर हुनुपर्ने । तर जे होस्, इन्जिनियरिङको इन्ट्रान्सबाहेक पनि ब्याकअप प्लानचाहिँ राख ।'

'कस्तो ब्याकअप प्लान ?' विभासले सोध्यो ।

<h1 style="text-align:center">३
आनीबानी</h1>

लाक्पा विभासभन्दा एक वर्ष मात्र जेठो थियो तर ऊ अत्यन्त संयमित, ज्ञानी र दूरदर्शी थियो । विभासले सोच्दै नसोचेको कुरा उसले देखाइदिन्थ्यो । लाक्पा सहपाठी भए पनि विभासले मनमनै आफ्नो दाइझैँ मान्थ्यो ।

लाक्पालाई भने विभासको सिधापन खुब राम्रो लाग्थ्यो । विभासले कहिल्यै ढाँग गर्दैनथ्यो; तीतै भए पनि सत्य बोल्थ्यो भरसक मीठो शैलीमा । विभास कदमा मझौला, हेर्दा ठीकठाक मात्रै थियो । असल आनीबानी, दर्शन र ज्ञानगुनका कुरामा विभासको दखल देखेर लाक्पा प्रभावित थियो ।

ए लेभल पहिलो वर्ष पढ्दै गर्दा प्रथम पटक लाक्पा विभासको घर जाँदा राम अङ्कुलको कोठामा विभिन्न विषयका किताबका न्याक र सङ्कलन देखेर लाक्पाले केही छनक त पाएको थियो - विभासले थुप्रै अध्ययन गरेको छ कि भनेर । पछि घनिष्ठता बढ्दै गएपछि, संवाद गर्दै गएपछि, विभासका गहिरा कुराले लाक्पाको त्यो अनुमान सही निस्कियो ।

एक दिन लाक्पाले फ्रेन्च दार्शनिक रेने डेकार्टको 'कजिटो, अर्गो सुम' अर्थात् "म सोच्छु, त्यसैले म छु"-को दर्शनलाई व्याख्या गरेको निबन्ध पढ्न भ्याएछ - ब्रिटिस काउन्सिलको लाइब्रेरीमा । डेकार्टले भनेका छन् - हामी आफ्नो अस्तित्वमाथि पनि शङ्का गर्न सक्छौँ तर त्यो शङ्का र सोच कसैले त सोचेको हो नि ? के त्यसले त्यो सोच्नेको अस्तित्व प्रमाणित गर्दैन ?

लाक्पालाई डेकार्टको तर्क निकै रोचक र तिखो लागेछ । एक दिन क्याम्पसको क्यान्टिनमा विभाससँग खाजा खाँदै गर्दा मानवको मस्तिष्क र अस्तित्वको बोध अनि के विपना ? के यथार्थ ? के भ्रम वा माया ? भन्ने कुराहरूमा धेरैबेर छलफल भयो ।

लाक्पाले ल्यायो डेकार्टको सिद्धान्त - "आइ थिङ्क, देअरफोर आइ एम" - यसबाट हाम्रो अस्तित्व प्रमाणित हुन्न र ?'

विभासले भनेथ्यो, 'अफसोच सत्रौँ शताब्दीका डेकार्टलाई हामीलाई जस्तै आठौँ शताब्दीका शङ्कराचार्यको अद्वैतवेदान्त पढ्ने अवसर मिलेन होला । "म सोच्छु"-मा कर्ता र क्रिया अलग छन् । त्यहाँ "म" भन्ने तत्त्वलाई मान्यता दिइसकेर तर्क दिइएको छ । उनले "सोच्ने काम हुन्छ" भनेको भए हुन्थ्यो । त्यसो भन्दा, सोच्ने प्रक्रिया सम्पन्न हुन्छ भन्ने कुरा प्रमाणित हुन्छ र त्यसलाई कसैको अस्तित्वसँग

जोड्नु पर्दैन । एउटा प्रक्रिया पक्कै छ । तर, त्यसलाई यसको, त्यसको, को, के, कसले, कस्तो ? आदि भन्न मिल्दैन ।'

यी कुरालाई लाक्पाले त्यतिखेर बुझेन । मात्र सोच्यो - विभासले दर्शनको अध्ययन र अन्तस्करण अनुसन्धान उसले भन्दा धेरै गरिसकेको छ । रमन महर्षि, निसर्गदत्त र एक हार्ट टोलीका किताबहरू पढेपछि बल्ल लाक्पाले विभासले भनेका कुरा बुझ्यो । विभासजस्तो साथीको सङ्गत नपाएको भए लाक्पाले सायद शङ्कराचार्यको 'अहं ब्रह्मास्मि' अथवा "म नै ब्रह्म हुँ" -को अद्वैत वेदान्तदर्शनसम्बन्धी सरलीकृत किताबहरू खोजी-खोजी पढ्दैनथ्यो होला ।

लाक्पाले पनि थाहा पायो । अद्वैत कसले बुझेको छ र कसले बुझेको छैन, त्यो कसैले प्रमाणित गर्न सकिने कुरो थिएन । स्याउ खाएकोले पनि स्याउको स्वाद वर्णन गर्न सक्छ, नखाएकोले पनि पढेर वा सुनेर स्याउको स्वाद यस्तो हुन्छ र उस्तो हुन्छ भनेर रटान लगाउन सक्थ्यो । तर अद्वैत बुझेपछि मात्र थाहा हुन्छ, बुझ्नु भनेकै बुझ्ने कोही कर्ता नै बाँकी नहुनु हो - बोध हुने कर्म हुन्छ - बोध गर्ने यो, ऊ कोही हुन्न - केवल ब्रह्म त छ ।

. . . . . .

मिल्ने साथी भए पनि लाक्पा र विभास फरक पक्कै थिए । लाक्पा हरेक परिस्थितिहरूमा उत्कृष्ट नतिजा निकाल्ने रणनीति तय गर्न माहिर थियो र त विभासलाई ब्याकअप प्लान गर भन्थ्यो । विभास त्यसरी सोच्दैनथ्यो । ऊ अगाडि जे समस्या थियो त्यसलाई ठ्याक्कै निक्यौल गर्थ्यो र समाधान गरेर मात्र अघि बढ्थ्यो ।

ए लेभल पहिलो वर्ष म्याथको एउटा क्लास टेस्ट थियो । लाक्पा र विभास जाँचको तयारीमा लाइब्रेरीको एउटा टेबलमा पढ्दै थिए । कोर्सको किताबबाहेकको रेफरेन्स किताबमा एउटा प्रश्न थियो जसमा लाक्पा केहीबेर घोत्लियो र विभासलाई देखायो । विभासलाई पनि त्यस प्रश्नको हल गर्ने उपाय थाहा थिएन । विभास पनि घोत्लिन थाल्यो ।

केही छिनपछि लाक्पाले भन्यो - 'ह्या छाड्देऊ यार । अरू सब च्याप्टर भ्याउनुपर्छ । यस्तो प्रश्न जाँचमा आउने चान्स कम छ ।'

यसो भन्दै लाक्पा अरू च्याप्टर र प्रश्नतिर मोडियो । विभास भने घोत्लिरह्यो । त्यो च्याप्टरको रिफरेन्सका अरू दुईतीन किताब लिएर आयो । करिब दुई घण्टा जति खोजतलास र अध्ययन गरेपछि विभासले प्रश्नको हल निकाल्यो र लाक्पालाई देखायो ।

'ल ठीक छ यसको फोटोकपी लैजान्छु । भोलिसम्म म पनि बुझ्छु यो । आज ढिला भइसक्यो जाऔँ अब ।'

जाँच भोलिपल्टै थियो । विभासले सोचेजति सबै च्याप्टर र प्रश्नको तयारी गर्न भ्याएन । लाक्पाले पनि जाँचअगाडि त्यो प्रश्नको लागि तयारी गर्न भ्याएन ।

त्यस जाँचमा ठ्याक्कै त्यही प्रश्नजस्तै एउटा ५ अङ्कको प्रश्न थियो । विभासले त्यो हल गर्‍यो; लाक्पाले गर्न सकेन । नतिजा आउँदा लाक्पाको सयमा पञ्चानब्बे आयो, त्यही ५ अङ्कको प्रश्नबाहेक लाक्पाको सबै उत्तर मिल्यो । पूरै कक्षाको सबैभन्दा धेरै अङ्क पञ्चानब्बे नै थियो । पञ्चानब्बे अङ्क ल्याउने लाक्पाजस्तै अरू चार साथीहरू पनि थिए । विभासको सयमा असी मात्र आयो । परीक्षामा करिब दुई सय विद्यार्थीले भाग लिएका थिए । त्यो प्रश्नको उत्तर एक जनाले मात्र मिलायो - त्यो व्यक्ति विभास थियो ।

गणित प्राध्यापक पौडेलले पढाउँथे । परीक्षापछिको नतिजासँगै उत्तर लेखिएका पानाहरू सबै विद्यार्थीलाई फिर्ता गरेपछि कक्षाको अन्त्यमा पौडेल सरले विभासलाई कक्षापछि उनको अफिसमा आउनु भनेर बोलाए । उत्सुक हुँदै विभास उनको अफिस पुग्यो । पौडेल सरले विभासलाई देखेपछि बस्न आग्रह गरे ।

विभास उनको टेबलअगाडिको कुर्सीमा बसेपछि उनले भने - 'विभास ! जाँचमा "कम्प्लेक्स नम्बर"-सम्बन्धी प्रश्नको सही उत्तर दिने तिमी मात्र थियौ । म तिमीदेखि धेरै खुसी छु । भन त, तिमीले कसरी हल गर्‍यौ त्यो प्रश्न ?'

विभासले भन्यो, 'अलिकति मिहिनेत अलिकति सुखद संयोगले गर्दा सर । हिजो लाक्पा र मैले त्यस्तै एउटा प्रबलम लाइब्रेरीको एउटा किताबमा भेटेका थियौँ । मैले २ घण्टा जति अरू रिफरेन्स किताब खोजेर जवाफ पत्ता लगाएँ । तपाईँले जाँचमा दिनुभएको प्रश्न त्यस्तै खाले थियो । मलाई कसरी हल गर्ने त्यो ठ्याक्कै त थाहा थिएन तर हिजो पढेअनुसार उत्तर के हुन्छ भनेर सर्टकटमा निकाल्न आउँथ्यो । त्यसपछि पहिला मैले सिधै उत्तर निकालेँ र कापीको तल्लो लाइनमा लेखेँ अनि उत्तरबाट सुरु गरेर माथि लेखिएको प्रश्नसम्म आइपुगेँ । म अझै सन्तुष्ट छैन सर । मैले जुक्ति लगाएर उत्तर निकालेँ; असलमा अझै राम्रोसँग हल गर्ने विधि सिक्नु छ ।'

ए हो र? ल ठीक छ । तिमीलाई जान्नु नै छ भने यो किताबको दोस्रो च्याप्टर पढ्नू ।' त्यसो भन्दै पौडेल सरले विभासलाई एउटा ठेली थमाइदिए ।

उनले थपे - 'नम्बरहरू अमूर्त कुरा हुन् । म तिमीलाई दुइटा स्याउ दिन सक्छु तर "दुई" दिन सक्दिनँ । मात्र "दुई"-को केही वस्तुस्मी अर्थ हुँदैन । यो किताबमा

कम्प्लेक्स नम्बरसलाई चित्राङ्कन गर्न सिकाइएको छ । त्यो गर्न सक्यौ भने यस्ता प्रश्न जति पनि हल गर्न सक्छौ ।'

किताबको शीर्षक थियो 'ज्योमेट्री अफ कम्प्लेक्स नम्बर्स ।'

अहो ! नम्बरहरू पनि दर्शनसँग जोडेर बुझ्न सकिने रहेछ ! विभासले सोच्यो – वस्तुरूप, मूर्त, अमूर्त । त्यो किताब विभासले अर्को हप्ता पूरै पढेर पौडेल सरलाई फिर्ता गर्‍यो ।

फिर्ता गर्दै गर्दा उसले सरलाई सोध्यो – 'सर, दर्शन र गणितको चर्चा भएको कुनै किताब थाहा छ ?'

पौडेल सरले विभासतिर हेर्दै एक छिन घोरिए ।

'मैले त खासै पढेको छैन तर यो गहिरो विषय हो । पूर्वीय समाजमा परापूर्व कालदेखि नै गणितको निकै विकास भएको थियो । अनि यता गणितलाई दर्शन र अध्यात्मसँग जोडेर धेरै महत्त्व दिइन्थ्यो । ब्रह्मगुप्त, भास्कराचार्य, रामानुजनका आलेखहरूमा केही हुनुपर्छ । म आफूचाहिँ उनीहरूका केही गणितीय सिद्धान्तहरूको मात्र जानकार छु । विडम्बना यो छ कि उनीहरूका लेखन वा किताबहरू भेट्टाउनै गाह्रो छ । इन्टरनेटमा हेर, कतै फेला पर्छ कि ?

पश्चिमतिरको सवालमा यस विषयमा एउटा किताबभन्दा पनि कुनै फिलोसोफी अफ म्याथेम्याटिक्ससम्बन्धी एन्थोलोजी (सङ्कलन) पढ्दा राम्रो होला । प्लेटोको दर्शन त तिमीले पढेका छौ क्यार । गणित दर्शन प्लेटोसँग दाँजेर हेर्न मिल्ने एउटा पुस्तक केही वर्षअघि एक्जिबिसनमा देखेको थिएँ – किताबको नाम पनि "फिलोसोफी अफ म्याथेम्याटिक्स" नै थियो क्यार । सरसर्ती हेर्दा राम्रो थियो । लेखक प्रिन्स्टन युनिभर्सिटीमा फिलोसोफी प्रोफेसर छन् क्यारे ।'

'धन्यवाद, सर ।' यति भनेर विभास नजिकैको लाइब्रेरीतिर लम्कियो । लाइब्रेरीको एउटा कम्प्युटरअगाडि बस्नेबित्तिकै इन्टरनेट ब्राउजरमा उसले गुगल गर्‍यो – "फिलोसोफी अफ म्याथेम्याटिक्स" ।

४

असमञ्जस

कतै गएर कफी खाँदै ब्याकअप प्लानको कुरा गर्न लाक्पाले भन्यो - 'हिँड जाऔँ यसो कतै बाहिर कफी खाँदै गफ गरौँला । तिमी पनि अलि फ्रेस हुन्छौ ।' धेरै दिन भएथ्यो विभास घरबाहिर ननिस्किएको । उसले सहमतिमा टाउको हल्लाउँदै भन्यो, 'हुन्छ जाऔँ न त ।'

बानेश्वर हाइटकै एक क्याफेमा उनीहरू दुई कप कफी अर्डर गर्दै बाहिरको दृश्य देखिने कुनाको टेबलमा गएर बसे । बाहिर व्यस्त सडकको कोलाहल भित्र कम सुनिन्थ्यो । गाडी र मान्छेहरूको आवतजावत र क्रियाकलापचाहिँ ठूलो सिसैसिसाको झ्यालबाट पूरै देखिन्थ्यो ।

'ल भन कस्तो ब्याकअप प्लान ?' विभासले कुरा सुरू गर्‍यो ।

लाक्पाले भन्यो, 'हेर, म त अमेरिका ट्राइ गर्न लागेको । मलाई अब नेपालमा पढ्न मन छैन । सायन्स वा इन्जिनियरिङ पढ्न पनि मन छैन । अमेरिकातिर कतै बिजनेस म्यानेजमेन्ट पढ्ने विचार छ । म्यानेजमेन्टमै फाइनान्स वा एकाउन्टिङतिर फोकस गर्छु । त्यहाँ पहिलो दुई वर्ष जनरल रिक्वाएरमेन्टमा सबैखाले कोर्सहरू लिन पाइन्छ । पछि मात्र केमा मेजर गर्ने भन्ने छान्नुपर्छ ।

युनिभर्सिटी वा कलेजहरूमा अप्लाइ गर्न मात्र टोफेल (टि.ओ.इ.एफ.एल.) र स्याट (एस.ए.टी.) एक्जाम दिएको हुनुपर्ने रहेछ । बाँकीचाहिँ दुई तीनवटा रेकमेन्डेसन लेटर्स जुटाउनुपर्ने र एप्लिकेसन एस्से (निबन्ध) लेख्नु पर्ने रहेछ ।

तिमी र म थालौँ तयारी गर्न । तिमीले यहाँ इन्ट्रान्सहरूमा नाम निकालिहाल्छौ तर यदि यता भनेजस्तो भएन भने वा माइन्ड चेन्ज गर्‍यौ वा अमेरिकातिरै राम्रो अफर पायौ भने सम्भावनाको ढोका किन खुल्ला नराख्ने ?'

बाबाको असामयिक निधन पछि विभासको हृदयको आलाप, आक्रोश र अन्य व्यावहारिक जटिलताका अङ्कुसेले उसलाई खुलेर सोच्नबाट अङ्काइरहेका थिए । विदेश जाने ढोका उसले मनमनै पूरै बन्द गरिसकेको थियो । अब त लाग्ने खर्चको पनि हेक्का राख्नुपर्ने थियो । आम्दानीको स्रोत पनि त अब केही थिएन । फेरि उसलाई थाहा थियो - विदेशमा स्नातक पढ्न महँगो पर्थ्यो । फेरि स्नातकमा अमेरिकामा फुल स्कलरसिप पाउन मुस्किल छ भन्ने पनि उसले सुनेको थियो ।

उसो त उसका कैयौँ अन्य सहपाठी अमेरिका गइसकेका थिए । सबै पार्सिअल स्कलरसिपमा । सुनेअनुसार त्यता गएपछि काम गर्दै पढाइ गर्ने वातावरण मिलाउन

सकिन्छ । विभास एक छिन घोरियो र सोध्यो, 'यो प्रकिया कतिको खर्चिलो होला ?'

'हेर, अब हामीलाई कन्सलटेन्सीको सहायता चाहिँदैन । हाम्रै साथीहरूको नेटवर्कमै सबै प्रकिया थाहा हुन्छ । त्यही टोफेल, स्याट र एप्लिकेसन फीमा खर्च हुने हो । त्यस्तै बीसपच्चीस हजार चाहिँ लाग्ला ।'

विभासका लागि नेपालमै छात्रवृत्ति पाएर खुरुखुरु पढ्ने वातावरण मिलाउनु उसको पारिवारिक आर्थिक गच्छेअनुसार सबैभन्दा उत्तम हुन्थ्यो । तैपनि, असमञ्जसमा विभासले भन्यो, 'ल हुन्छ, सोचुँला ।'

'अनि के हो तिमी दाह्रीजुँगा, कपाल पालेर ? अझै पीरमै हो ? हुन त तिमी जस्तो स्थितिबाट गुज्रिरहका छौ, त्यो मैले प्रत्यक्ष अनुभूति त गर्न सक्दिनँ तैपनि अब अलि तङ्ग्रिनुपर्‍यो साथी ! पछाडि होइन अगाडि हेर अब ।' लाक्पाले भन्यो ।

'अनि आन्टी र बहिनीलाई कस्तो छ ?' लाक्पाले थप्यो ।

'अँ यार, चल्दै छ । हामी अझै कोप गर्दै छौँ बदलिएको परिस्थितिसँग ।' विभासले भन्यो ।

'तिम्रो सुनाऊ ।' विभासले थप्यो ।

'मेरो केही छैन नौलो । आजकल त्यही टोफेल र स्याटको तयारीमा लागेको छु । अमेरिकन लाइब्रेरी गइराख्छु । ए साँच्चै तिमी पनि जाने अमेरिकन लाइब्रेरी ? त्यहाँ नीलम आइराख्छे ।'

नीलमको नाम सुनेर विभासको आँखा एकाएक चम्किला भए ।

'हो र ?'

'अँ नीलम पनि युएस ट्राइ गर्ने तयारी गर्दै छे । तिम्रो बारेमा सोध्दै थिई । ग्राजुएसनमा पनि आएनौ भनेर । उसलाई थाहा रहेनछ तिम्रो खबर । मैले हिजो मात्रै भनेको ।'

'साँच्चै हो र ! मेरो बारेमा सोधेकी ?'

'हो यार, हो । तिमी पनि क्या छौ के । नीलमको अगाडि किन यस्तो हेल्पलेस ?'

५
आकर्षण

ए लेभल पढ्दा विभास र लाक्पाका मिल्ने दुईतीन जना केटीसाथीहरू थिए । सधैँजसो भेटघाट गर्ने, गफ गर्ने साथीहरू । तिनीहरूमध्ये कुनैसँग पनि न लाक्पालाई न विभासलाई रोमान्टिक आकर्षण थियो ।

नीलमचाहिँ उनीहरूका ग्रुपमा पर्दैनथी । उसको अर्कै ग्रुप थियो । ऊ विभास र लाक्पाको जस्तो स्वभावकी पनि थिइन । विभास भने नीलमप्रति आकर्षित थियो ।

नीलम फरक थिई अरू केटीहरूभन्दा । उसको लवाइ, बोलाइ, हिँडाइ सबै फरक थियो । उसले गरेको हरेक हाउभाउमा एउटा छुट्टै आत्मविश्वास थियो । ऊ प्राकृतिक रूपमै अरूभन्दा अगाडि थिई । उसले केही गरे; लगाए; त्यसको अरूले सिको गर्थ । नीलम सिर्फ आफ्नै मौलिक कुराहरूमा जोड दिन्थी । कसैको सिको गर्न खोज्दैनथी ।

नीलम धनी परिवारकी केटी थिई भन्ने उसको लवाइ, खवाइ र हाउभाउबाट थाहा हुन्थ्यो । ऊ मोटरबाइक चढेर क्याम्पस आउँथी । पढ्नमा पनि तेज थिई तर घमण्डी थिइन ।

उसलाई सबैले नोटिस गर्थ क्याम्पसमा । विभासलाई कमैले चिन्थे । विभासले जस्तै नीलमलाई धेरैले चाहन्थे । लाक्पाले पनि मन पराउँथ्यो तर विभासको जस्तो रोमान्टिक कोणबाट होइन ।

विभास पनि सरल, सफा हृदय भएको सुन्दर र आत्मविश्वासी नै थियो । भेटेका र बोलेका मान्छे सबै प्रभावित हुन्थे ऊसँग । वास्तवमा नीलम पनि पहिलो भेटमै प्रभावित थिई विभाससँग । दोस्रो भेटमा त उसले विभासलाई जिस्क्याउँदै भनेकी थिई, 'ओहो ! हाम्रो कक्षाको जिनियस महाशय, के छ हालखबर ?'

पहिलो भेटमा नीलम र विभास भर्खर क्याम्पस र नयाँ साथीहरूसँग परिचित हुँदै थिए । कक्षामा बस्ने सिट पहिले नै रोल नम्बरअनुसार तोकिएको थियो । हो, हरेक हप्ता सिटको पछाडिबाट अगाडि एक स्टेप रोटेसन हुन्थ्यो तर विभास र नीलमको सिटको दुरी ठूलै थियो ।

एक दिन विभासको अधिल्तिर बस्ने साथी अनित्या क्याम्पस आएकी थिइन । अनित्याको छेउमा बस्ने सुरक्षा र नीलम पहिलेदेखि नै मिल्ने साथी रहेछन् । अनित्या क्याम्पस नआएकीले नीलमलाई सुरक्षाले आफ्नो छेउ र विभासको अगाडिको सिटमा बोलाएकी रहिछे ।

विभास र सुरक्षा नजिकै बस्नाले परिचय भइसकेको थियो । नीलमलाई विभासले अनौपचारिक रूपमा चिनिसकेको भए पनि औपचारिक परिचय भने भएको थिएन ।

नीलमको सिट र सुरक्षाको सिटबीच हिँड्ने स्पेस भएकाले नीलम विभासको सिटबाट झन् नजिक थिई । सुरक्षा त्यति बोलक्कड त थिइन नै त्यसमाथि पनि नीलमसँग विभासको परिचय गराइदिने काम पनि उसको सुझबुझले भ्याएन वा उसले महत्त्वपूर्ण ठानिन ।

एकाएक कक्षामा पसेर नीलमलाई आफ्नो अघिल्तिर देख्दा विभास अलिकति सर्प्राइज्ड, अलिकति उत्सुक र अलिकति खुसी पनि भयो । सुरक्षाप्रति त्यति आकर्षण नभए पनि ऊ विभासको मिल्ने साथीमै पर्थी । उसको ठ्याक्कै अगाडि बस्ने छिमेकी अनित्या र छेउमा बस्ने सुरक्षासँगै दिनभरि सबभन्दा बढी बोल्थ्यो विभास । लाक्पा अलि परै बस्थ्यो ।

अनित्या आज किन आइन होली भनेर विभास सोच्दै थियो । नीलमले आफ्नो सिटमा आफ्ना किताब र ब्याग मिलाउँदै गर्दा एउटा कलम एकाएक खसेर विभासको सिटमुनि आइपुग्यो । नीलमले पछाडि फर्केर कलमलाई हेरी अनि त्यो कलम आफ्नो हातको पहुँचभन्दा बाहिर भएकोले उसका आँखा विभासका आँखामा गएर रोकिए । दुबै जना मुसुक्क हाँसे । ती दुईका आँखा-आँखाको हेराहेर छोटो थियो । तर, लाग्थ्यो त्यो हेराहेरमा आँखा-आँखाबीच धेरै कुराको साटासाट भयो ।

विभासले हत्तपत्त कलम टिपेर नीलमतिर तेर्स्याउँदै भन्यो - 'तिम्रो नम्बर लेखेर दिने भए मात्र दिन्छु तिम्रो पेन ।'

'नाम नै नसोधी नम्बर ? हाइ, आइ एम नीलम ।' नीलमले भनी ।

'मचाहिँ विभास । . . . . अब नाममा के छ र ? मलाई विभासको सट्टा सुवास भने पनि म त त्यही व्यक्ति नै हुँ जो म हुँ - नामको ठूलो अर्थ छैन । हैन र ?'

'अब शिष्टाचारको पनि एउटा नियम हुन्छ नि । नियम मिच्ने अनि अझै तर्क गर्ने ? अब मेरो नम्बर पाएर मलाई कल नै गर्‍यौ भने पनि मेरो नाम नै त बोलाउनुपर्ला नि पर्दैन र ? . . . . बाइ द वे, थ्याङ्क यु फर पिकिङ अप माइ पेन । इट इज ए प्लेजर टु मिट यु ।'

त्यसो भनेर नीलमले विभासको हातबाट फुत्त कलम खोसी र थपी, 'मेरो पेन लिने अनि मैले नै मूल्य चुकाउनुपर्ने ?'

नीलमको प्रत्युत्पन्न उत्तर, आत्मविश्वास र छरितो प्रतिक्रिया देखेर विभासले सोच्यो । नीलम साँच्चै नै फरक छ ।

'माइ प्लेजर टु मिट यु टु । . . . ठीक भन्यौ इन्फर्मेसन ब्याज भ्याल्यु तिम्रो नम्बर पाउन मूल्य त मैले नै चुकाउनुपर्छ । बरू भन त्यो कस्तो मूल्य हो ?'

'बिस्तारै थाहा होला नि । अनि अहिले इमेलको जमना छ नम्बर नै किन चाहियो र । तिमी मेसेन्जर च्याटमा छौ ?' नीलमले सोधी ।

'अँ छु ।'

त्यसपछि विभास र नीलमले आ-आफ्नो हटमेल एड्रेस साटासाट गरे ।

बिहानको घन्टी बजिसकेकाले पहिलो क्लास भयो । दोस्रो क्लासको शिक्षक बिरामी परेर नआएकाले एक जना अर्कै शिक्षकले क्लासवर्क भनेर केही प्रश्न कालोपाटीमा लेखेर गए । विभास र नीलमले मिलेर पूरा गरे ती प्रश्नका उत्तर । सँगैकी सुरक्षाले पनि नीलम र विभाससँगै सहकार्य गरी । दोस्रो कक्षा सकिनुअघि धेरै समय बाँकी थियो ।

विभासले नीलमलाई भन्यो, 'गेम खेल्ने नीलम ?'

नीलमले पछाडि फर्कंदै सोधी - 'कस्तो गेम ?'

'तिमीले मलाई ट्रिक क्वेसन सोध, मैले जानिनँ भने तिमीले मेरो बारेमा जे सोधे पनि पाउँछ्यौ; जानेँ भने तिमीले मैले सोधेको भन्नुपर्ने । अनि भाइस भर्सा ।'

'यो त सारै ओपन इन्डेड भयो । कस्तो खाले ट्रिक क्वेसन ? अनि कस्तो खाले कुरा सोध्न पाइने त्योचाहिँ पहिले नै थाहा हुनुपर्‍यो नत्र त फसाउने खेलजस्तो छ । फेरि यसमा त जसले जिते पनि इच्छा त तिम्रै पूरा हुने जस्तो छ त ?'

'होइन होइन । यस्तै चलनचल्तीका ट्रिक क्वेसनहरू । अनि सोध्नचाहिँ हाम्रै बारेमा अरूको ध्यान नतान्ने सामान्य कुराहरू । जस्तै; मनपर्ने कविता, आफ्ना फेभरेट कुराहरू यस्तै-यस्तै । आपत्तिजनक केही लागे हामी नकार्न सक्छौँ । यत्तिकै गफ गर्नुभन्दा अलिक रमाइलो होस् भनेर मात्र ।'

'हुन्छ नि त ।'

'ल त्यसो भए क्वोइन फ्लिप गरौँ कसले पहिला सोध्ने ? हेड कि टेल ?' विभासले सिक्का देखाउँदै भन्यो ।

'हेड ।'

विभासले फ्लिप गरेको सिक्काको हेड नै आएर टेबलमा बस्यो ।

'ल सोध । तिम्रै पालो पहिला ।'

'अँ . . . . पख है त । . . . . सगरमाथा संसारको सबैभन्दा अग्लो हिमाल हो भन्ने कुरा पत्ता लाग्नुअघि संसारको सबैभन्दा अग्लो हिमाल कुन थियो ?'

विभासले सोच्दै नसोची फ्याट्ट भन्यो, 'माउन्ट के टु ।'

'होइन, पत्ता लागे नि नलागे नि सगरमाथा नै हुन्थ्यो नि, सबभन्दा अग्लो होइन र ?'

'ए हो त ! गुड क्वेसन, आइ गट ट्रिक्ड ।'

'ल भन तिमी मलाई के सोध्न चाहन्छ्यौ ?'

'ल तिमीलाई मन पर्ने एउटा कविता भन ।' नीलमले भनी ।

'कविता ? . . . ल मैले एउटा कवितासङ्ग्रहमा पढेको - लेखक र सङ्ग्रहको नामचाहिँ अहिले ठ्याक्कै याद आएन । गीतिकविता हो ।'

'म चम्कन्छु जब तिमी हुन्छ्यौ मसँग
मेरो जिन्दगीमा तिमीले भछ्र्यौ रङ ।

झरी पर्दा तिमी बन्छ्यौ मेरो ओत
जखिरिए जीवन गछ्र्यौ खनजोत
तिम्रो स्पर्शले ममा ल्याउँछ तरङ
मेरो जिन्दगीमा तिमीले भछ्र्यौ रङ ।

दुनियाँले मलाई गरे पनि इन्कार
म जस्तो छु त्यस्तै तिमी गछ्र्यौ स्वीकार
तिमी छौ र त छ ममा अझै उमङ
मेरो जिन्दगीमा तिमीले भछ्र्यौ रङ ।

म चम्कन्छु जब तिमी हुन्छ्यौ मसँग
मेरो जिन्दगीमा तिमीले भछ्र्यौ रङ ।'

'नाइस ! ल तिम्रो क्वेसन सोध्ने पालो ।'

'ल ठीक छ । ल भन, 'छ'लाई 'सात' कसरी बनाउन सकिन्छ ? केही पनि नजोडी ?'

'केही पनि नजोडी ?'

'यस ।'

केहीबेर सोचेर नीलमले भनी – 'अङ्ग्रेजीमा लेखेको छ त नेपालीमा सात भइहाल्छ नि । होइन ?'

होइन नि सिक्सलाई सात बनाउने भनेको हो र ? "छ"लाई "सात" कसरी बनाउने भनेर पो सोधेको ।

केहीबेर सोचेर नीलमले भनी, 'लौ त्यसो भए मलाई थाहा भएन । के हो यसको उत्तर ?'

विभासले दुई हातका औंला देखाएर एक-एक गर्दै भन्यो, 'क ख ग घ ङ च छ ।'

"छ" भन्दा सातौं औंलामा गन्ती पुग्यो ।

'भएन त "छ" "सात" ?' विभासले भन्यो ।

'ह्या यो त अलि बढी नै ट्रिकी प्रश्न रहेछ । . . . ल भन मलाई के सोध्छौ ? एक्सेप्ट मेरो फोन नम्बर ।'

'इमेल पाइहाले नि, फोन नम्बर पछिलाई बाँकी राखौंला । ल बरु भन तिमीलाई अरूले आफ्नो बारेमा के सोधिदिए हुन्थ्यो जस्तो लाग्छ ? मेरो प्रश्न त्यही भयो ।'

'कति चलाख के । प्रश्नको उत्तर पनि मलाई नै सोध्ने प्रश्न दिनुपर्ने मैले ?' नीलमले प्रतिक्रिया जनाई ।

'ल ठीकै छ । . . . . उसो त कसैले मेरो फेभरेट म्युजिक के हो भनेर सोधेको मन पर्छ । तर, आज तिमीले चाहिँ – तिमीलाई आज लन्चमा के खान मन छ म ख्वाउँछु भनेर सोधिदिए हुन्थ्यो जस्तो लागिराछ ।'

त्यसो भनेर नीलम मुसुक्क हाँसी । विभास पनि फुरुक्क भयो र भन्यो – 'हुन्छ आज जाऔं न त लन्चमा बाहिर । तिमीलाई मनपर्ने म्युजिकको बारेमा त्यहीँ कुरा गरौंला । बरु भन तिमीलाई मनपर्ने खाना पाउने ठाउँचाहिँ कहाँ छ यहाँ नजिक ?'

नीलम मनमा भएको कुरा सिधा बोल्थी । विभासले कल्पना पनि गरेको थिएन – पहिलो भेटमा ऊ नीलमसँग लन्च डेटमा जान्छ भनेर । त्यो सब नीलमको स्वतस्फूर्त चङ्खाजस्तो मन, आत्मविश्वास र हल्का निर्दोषपनको कारण थियो । तैपनि विभासमा पनि केही थियो – नीलम सबैसँग यसरी खुल्दिनथी । हो, ऊ

बहिर्मुखी थिई; धेरैलाई चिन्थी; धेरैले उसलाई चिन्थे । तैपनि, ऊ कमैसँग यसरी उत्सुकताका साथ खुल्थी ।

नीलमसँग हुँदा विभासको मनमा डर वा दबाब केही होइन, मात्र कौतुहल थियो । नीलमले के कुरा मन पराउली ? कस्तो सङ्गीत, कस्तो खाना, कस्तो दर्शन, कस्तो व्यक्ति ? विभासलाई न आफू कस्तो देखिन्छु भन्ने वास्ता थियो न के बोल्ने भन्ने चिन्ता । ऊसँग एउटा प्राकृतिक आभा थियो । एउटा ऊर्जा, लहर, तरङ्ग, जुन नीलमको समीपमा हुँदा सामञ्जस्यमा कम्पित हुन्थ्यो । यो नीलमलाई पनि अनुभूति हुन्थ्यो । ती दुईमा एउटा नजानिँदो नदेखिने मेल, तारतम्य र अनुरूपता थियो ।

दोस्रो कक्षा सकियो । सानो ब्रेकपछि अरू दुई कक्षा अनि लन्चब्रेक थियो । अरू दुई कक्षामा दुबै जना कक्षाका लेक्चर सुन्न र नोट टिप्नमै व्यस्त भए । लन्चमा बाहिर जान कि त कलेज प्रिन्सिपलसँग पर्मिसन लिनुपर्थ्यो कि त पछाडिपट्टिको पर्खाल चढेर बाहिर भाग्नुपर्थ्यो ।

लन्च ब्रेक भयो । नीलमले विभासलाई भनी, 'विभास, त्यो एक ब्लक वेस्टमा एउटा क्याफे छ । त्यहाँ मीठो मोमो पाइन्छ । त्यतापट्टि मूलबाटो नपर्ने हुनाले क्याम्पस आउने-जाने टिचर्सको ओहोरदोहोर पनि कम हुन्छ ।'

'हुन्छ जाऔं न त ।'

'पछाडिबाट सिधै जाऔं है । प्रिन्सिपलकोमा पर्मिसन लिँदा टाइम लाग्छ ।'

'हुन्छ । अनि एक छिन है म लाक्पालाई भनेर आउँछु । नत्र हामी सधैँ क्यान्टिनमा सँगै लन्च खाने गर्थ्यौं ।'

'भैहाल्छ नि ! बरु छिटो गर । अहिले पछाडि धेरै जम्मा भइसक्छन् । चाँडै जानुपर्छ ।'

'ल म आइहाल्छु ।'

विभासले लाक्पालाई आफ्नो प्लान भन्यो । लाक्पा खुसी हुँदै उसलाई बूढीऔंला देखाउँदै गुडलक भनेर मुसुक्क हाँस्यो ।

विभास र नीलम कलेजको पछाडिपट्टिको पर्खाल नाघेर क्याफेतिर लागे ।

क्याफे पुगेपछि बाहिर राम्रो मौसम र सडक पनि त्यति व्यस्त नभएकाले नीलम र विभास बाहिरपट्टिकै एउटा टेबलमा बसे । नीलमले भेजिटेरियन मःमः अर्डर गरी; विभासले समोसा चाट ।

'अनि तिमी भेजिटेरियन ?', विभासले सोध्यो ।

'होइन, सकेसम्म खान्न । रिलिजिअसली भेजिटेरियन पनि होइन । बाइ द वे, मलाई पनि समोसा चाट मन पर्छ । आजचाहिँ क्यान्टिनको भेज मःमः खाँदाखाँदा वाक्क लागेर । यहाँ अलि मीठो पाइन्छ भनेर ।'

'हो र ? त्यसो भए सेयर गरेर खाउँला नि ।' विभासले भन्यो ।

'हुन्छ ।'

खाना पनि आइपुग्यो एकैछिनमा । विभासले नीलमलाई आफ्नो प्लेट दिँदै भन्यो, 'निकाल तिमी कति खान्छ्यौ ?'

नीलमले विभासको प्लेटबाट आफ्नो प्लेटमा अलिकति चाट हाली र विभासलाई मोमो निकाल्न भनी ।

विभासले दुइटा मोमो र अलिकति अचार निकालेर आफ्नो प्लेटको छेउमा राख्यो । एउटाचाहिँ खाइहाल्यो ।

'आहा साँच्चै मीठो रहेछ ।'

भेज मोमो रेसिपी सबैले राम्रो मिलाउँदैनन् । योचाहिँ मोमो अनि अचार दुबै मीठो रहेछ ।'

'हो भन्या । भेज मोमो भनेपछि कतिले त आलु र बन्दा मात्र राख्छन् भन्या । यहाँचाहिँ पनिर र भटमासको मस्यौरा राखेर अलि प्रोटिनको मात्रा पनि मिलाएको हुन्छ । खाना मीठो अनि सफा पनि छ यहाँ ।'

नीलम देख्दा जति सतही लाग्न सक्थी त्योभन्दा निकै फरक थिई । खानामा पनि कति कन्सियस रहिछ - विभासले सोच्दै थियो । विभासचाहिँ स्वादमा अलि कम तर सफाइमा र के खाँदै छु आफू भनेर चाहिँ धेरै हेक्का राख्यो ।

'ल भन, तिमीलाई कस्तो म्युजिक मन पर्छ ?' विभासले सोध्यो ।

'मलाई आजकल पङ्क, अल्ट रक मन पर्छ ।' नीलमले भनी ।

'जस्तै ग्रिन डे, निर्भाना ?' विभासले सोध्यो ।

'हो, पर्ल जाम, ग्रिन डे, निर्भाना, रेडियो हेड, डेपेस मोड ।' त्यस्तै-त्यस्तै । 'तिमीलाई नि ?' नीलमले सोधी ।

'मलाई धेरै किसिमको मन पर्छ । अरूण थापा, भक्तराज आचार्य, दीपक खरेलको जस्तो सेन्टिमेन्टल । नाइन्टिन सेभेन्टीफो एडी, मुक्ति एन्ड रिभाइभल, कोल्ड प्ले, पिङ्क फ्लोयड, बिटल्स । मलाई पनि अल्ट रक सङ्ग्स मन पर्छ ।'

'तिमीसँग "कोल्ड प्ले"को लेटेस्ट एल्बम "प्यारासुट" छ विभास ?'

'अँ छ । अस्ति भर्खरमात्र डाउनलोड गरेको टोरेन्टबाट । थ्याङ्क्स टु द इन्भेन्टर अफ इन्टरनेट । नत्र नेपालीले कसरी अफोर्ड गर्न सक्नु किन्न ।' यसो भन्दै विभास मुस्कुरायो ।

'मलाई बर्न गर्देऊ न ल सिडीमा । मलाई कस्तो पूरै एल्बम सुन्ने मन छ । अस्ति "डोन्ट प्यानिक" सुनेको साह्रै राम्रो लाग्यो ।

'बोन्स् सिन्किङ लाइक स्टोन्स,
अल द्याट वि फट फर...
...एन्ड वि डु, या वि डु,
वि लिभ इन अ बिउटिफुल वर्ल्ड ।'

दुबै जनाले लय मिलाएर एकैछिन त्यो गीत गाए । गीत गाउँदै गर्दा दुबैका गाला, आँखा र ओठमा हल्का मुस्कान र रौनक छरियो । विभासका आँखा नीलमका आँखामा अडिए । आँखा चार भए । गीत सकिएपछि त्यहाँ वरिपरि मन्द मादकता थपियो ।

'आहा ! अप्टिमिजम र पेस्सिमिजमको कति मीठो आमनेसामने गरिएको छ यो गीतमा' विभासले थप्यो ।

'हो नि । लिरिक्स र लय दुबै राम्रो । अनि तिमी "पिङ्क फ्लोयड" सुन्दा रहेछौ । एनी एक्स्पिरियेन्स विथ ड्रग्स ? आइ होप नट ।'

'होइन नीलम । अलिअलि गिटार बजाउँछु । . . . . "पिङ्क फ्लोयडको" लिड गिटारिस्टको टाइमिङ एकदमै इम्प्रेसिभ छ । अनि ड्रग्सको सवालमा, ड्रग्सले हाम्रोअगाडि घटिरहेका वास्तविकतालाई राम्ररी केलाउन सक्ने क्षमतामा वृद्धि गराउनुको सट्टा झन् ह्रास ल्याउने भएकाले आइ स्टे अवे फ्रम देम ।'

'भनेपछि ट्राइ त गरेका छौ ?' नीलमले सोधी ।

'सकेसम्म त नशा र दशाबाट म टाढै रहन खोज्छु तर शिवरात्री नै आएपछि चाहिँ शिबजीलाई पनि खुसी राख्नै पर्‍यो ।' विभासले ठट्यौलो पारामा भन्यो ।

'बरू - "डेपेस मोड" - मन पर्दो रहेछ डान्समा इन्टरेस्ट छ कि क्या हो ?' विभासले सोध्यो ।

'अलिअलि ।' नीलमले मुस्कुराउँदै भनी ।

मम र चाटले पेट भरिएपछि नीलमले घडी हेरेर भनी, 'ढिलो भयो, अब फर्कौं ।'

'हो त, ढिलै पो भएछ ।' विभास पनि हल्का आत्तियो ।

विभासले बिल तिर्यो अनि लगभग दौडिएको स्पिडमा दुबै जना फर्किए । पर्खाल चढ्ने बेलामा पहिले को चढ्ने अलि अलमल देखियो । पर्खाल चढ्न अलि मुस्किल परेको नीलमको आँखाले बताएपछि विभासले नीलमको सलक्क परेको कम्मर जतनले समाएर पर्खाल चढ्न मद्दत गर्‍यो । त्यसपछि आफू पनि चढ्यो । नीलमले पर्खाल तल हाम्फाल्नेबित्तिकै विभासले पनि हामफाल्यो ।

हतारमा पर्खालबाट हामफाल्दा सन्तुलन नमिलेर नीलम उत्तानो परेर लडी । लगत्तै विभास पनि नीलमको खुट्टामा अल्झिएर सिधै नीलममाथि खप्टिन पुग्यो । यो सानो दुर्घटना नै थियो तर नियोजितजस्तै भयो । नजिकै सन्याकसरक्कको आवाजले दुबै जन्याकजुरुक्क उठे । लुकेर चुरोट पिउन आएका क्लासका साथीहरू पो रहेछन् । विभास र नीलमलाई त्यस्तो पोजिसनमा देखेर तिनीहरूले मुखामुख गरेर हेरे । लाज र सङ्कोचले रातोपिरो भएका नीलम र विभास भने चाँडोचाँडो कक्षातिर हानिए ।

त्यसपछि पूरै दिन अरू लेक्चरहरूमा दुबै व्यस्त भए । भोलिपल्टदेखि विभास र नीलमको सिट परपरै भयो । त्यति नजिकिन मिल्ने वातावरण बनेन । फेरि नीलम चाँडै साथी बनाइहाल्थी; त्यसैले उसका धेरै साथीहरू थिए । उसको आफ्नै नजिकका साथीहरूको एउटा समूह पनि बन्दै गयो । यता विभासको पनि ।

त्यसपछि बिस्तारै विभास र नीलमको क्याम्पसमा कम, इमेलमा बढी कुरा हुन थाल्यो । च्याटरूममा कहिलेकाहीँ कुरा भए पनि दुबै जनाको एकैपल्ट अनलाइन आउने समय मिल्दैनथ्यो ।

एक दिन विभासले "कोल्ड प्ले"-को एल्बमको सिडी बनाएर नीलमलाई दियो - ब्रेकको बेला । त्यति बेला एकैछिन कुरा भयो तर पछि इमेलमै कुरा हुन्थ्यो । पढाइले गर्दा र साथीहरूको सङ्गतले बिस्तारै इमेलको आदानप्रदानमा कमी भयो र भेटेरै कुरा गरेजस्तो इमेलमा कुरा गर्न पनि त्यति व्यावहारिक थिएन ।

कहिलेकाहीँ भेट हुँदा त्यही न्यानोपन र त्यही सौहार्दतामा उनीहरूको कुरा हुन्थ्यो तर त्यस दिनको लन्चपछि विभास र नीलमको फेरि त्यसरी भेट्ने अवसर कहिल्यै जुरेन । न नीलमले न विभासले भेटघाटको लागि जोरजुलुम गरे - जे भयो त्यो स्वाभाविक, प्रासङ्गिक र स्वतःस्फूर्त रूपमा भयो । जे भएन, त्यो भएन ।

६
आरोहण

'हेल्पलेस होइन यार । नीलमसँग धेरै भयो आउट अफ टच भएको ।' विभासले लाक्पाको आँखामा हेरेर भन्यो ।

'अनि बरू म आजकल अलि कम आत्मविश्वासी पनि पक्कै भएको हुँला ।'

'ल ठीक छ अब, सब बिर्स । इन्ट्रान्समा फोकस गर । अनि टोफेल, स्याट पनि सँगै देऔं । अमेरिकन लाइब्रेरी पनि जाऔं कहिलेकाहीँ । नीलमलाई भेटिहाल्यो भने म कबाबमा हड्डी नबनुँला ।', लाक्पाले जिस्काउँदै भन्यो ।

'ल ल लाक्पा धेरै नजिस्क्याऊ । बरू भन, प्रियाङ्कासँग कस्तो चल्दै छ तिम्रो ?'

प्रियाङ्का र लाक्पा पहिला एउटै स्कुलमा पढ्थे । स्कुलसम्म त उनीहरू साथी मात्र थिए । पछि कलेज छुट्टाछुट्टै भएपछि उनीहरूलाई आपसमा मिस हुन थालेछ । बिस्तारै नजिकिँदै गए । ए लेभल सक्किँदासम्म उनीहरू प्रेमी-प्रेमिका भइसकेका थिए ।

'राम्रै छ यार । ऊ पनि अमेरिका नै ट्राइ गर्ने भन्दै छ । मिल्यो भने एउटै कलेज जाने हो, हेरौं । तिमीलाई पनि सोधिरहन्छे उसले ।'

'ल मेरो पनि रामराम सुनाइदेऊ भाउजूलाई । विभासको कुरा सुनेर लाक्पा मुसुक्क हाँस्यो ।'

कफी सकिएपछि लाक्पाले उठ्दै भन्यो, 'ल मित्र अब फेरि केही दिनपछि कल गर्छु म । अहिले निस्कौं । बुबाको बिजनेसका केही कामहरू सल्ट्याउनु छ ।'

बुबा भन्ने शब्द सुन्नेबित्तिकै विभास भित्रभित्रै झसङ्ग भयो ।

'ल हुन्छ यार । किप इन टच ।' विभासले भन्यो ।

क्याफे बाहिरबाट एउटा दोबाटोसम्म सँगै आएपछि उनीहरूले फेरि हात मिलाए र एकअर्कालाई बिदाइ गरे ।

बाबाको देहान्तपछि विभासको मानसपटलमा एउटा दैत्य छिरेको थियो । ऊ कुनै पनि कुरामा राम्ररी ध्यान दिन सकिरहेको थिएन ।

त्यसमाथि घरका स-साना पहिला नदेखिएका, गर्नु नपरेका काम उसले गर्नुपर्ने भयो । आमालाई सघाउन, बहिनीको पढाइ र अन्य कुराको निर्णय र बन्दोबस्त मिलाउन कतिपय ठाउँमा आमाले गरे पनि उसले पनि आफूले सक्ने काम गर्नु परिहाल्यो ।

"अरूलाई पर्दा वेदान्त, आफूलाई पर्दा मरणान्त ।" भन्ने उखानको साँचो अर्थ उसले बल्ल बुझ्यो । डेकार्ट, प्लाटो, शङ्कराचार्यहरू दिमागको एक ठाँउमा थिए । प्रत्यक्ष आँखाअगाडिको सृष्टिमा हरेक बिहान उठ्नुपर्थ्यो । दिनचर्याका साना मसिना समस्या समाधान गर्नु पर्थ्यो । परिस्थितिको चक्रब्यूहमा बिस्तारै फस्दै र त्यसभित्रको सकस उसले भोग्दै गयो । पढाइले सिकाएकाले नपुग्ने रहेछ । त्यो त उसले बुझ्यो तर चक्रव्यूहबाट कसरी निस्कने त्यो उसले खोज्दै थियो ।

अनेक किसिमका सोचाइ आएर विभासको दिमाग खलबल थियो । मूल धमिलो भएकोले पानी सङ्लो आउने कुरै थिएन । तैपनि, भित्र कहीँ उसलाई थाहा थियो ती सबै क्षणिक हुन् । केही समय धमिलै भए पनि मनमा आउने अनेक तर्कनाको प्रदूषणबाट सङ्लिन सम्भव थियो । उसले धमिला सोचहरूलाई बाहिर निकाल्नु थियो । केही महिनामै त्यस वर्षको इन्जिनियरिङको इन्ट्रान्स परीक्षा थियो । विभासले भरमग्दुर प्रयास गर्‍यो । धमिलो पानीमा भए पनि माछा समात्न खोज्यो ।

यता घरायसी कुराको चटारो बिस्तारै सल्टँदै थियो । बहिनीको पढाइ, घरखर्च, बाबाले जोगाएको बैङ्क ब्यालेन्स हिसाब गर्दा केही वर्ष बहिनी प्लस टु वा ए लेभलसम्म पढ्न सक्ने र ऊ अमेरिका जान लाग्ने तयारी गर्न सक्नेसम्म खर्च जग्गा बेचेपछि चाँजोपाँजो हुने देखियो । तर, इन्जिन्यरिङमा छात्रवृत्ति नपाए वा अमेरिकामा पैसा तिरेर जानुपरे घरले धान्न नसक्ने थियो ।

आमाको अनुभव जीवनका सानासाना दिनचर्याका कुरा र व्यावहारिक कुरामा त थिए । तर, पढाइमा केकसो गर्ने ? ठूलाठूला हिसाबकिताब वा योजनाका कुरामा अब सब विभासको भर भयो । आमा र बहिनीले टेक्ने एक अदृश्य लट्ठी अब विभास थियो ।

यिनै दिनानुदिनका घटनाका उतारचढावसँगै इन्जिनियरिङ इन्ट्रान्स परीक्षा पनि आयो । पढेको कुरा त विभास निचोडमा बुझ्थ्यो तर रणनीतिक तरिकाले दिनुपर्ने जाँचहरूमा ऊ त्यति राम्रो थिएन । अनि परीक्षाको तयारीमा उपलब्ध सीमित समयमै धेरै पढ्ने र जाँचमा सकेसम्म कसरी धेरै प्रश्नको उत्तर दिने भन्ने कुरामा विभासको पूरा ध्यान गएन ।

ए लेभलको अध्ययन सामग्री इन्ट्रान्स परीक्षामा सोधिने सामग्रीभन्दा अलि फरक पनि थियो र फेरि ए लेभल पढ्न सुरू गर्दा यसरी नेपालमै छात्रवृत्तिको लागि परीक्षा दिन्छु भनेर विभासले सोचेको पनि थिएन ।

परीक्षा भयो र केही हप्तापछि परीक्षाको नतिजा आयो । विभासको नाम छात्रवृत्तिमा निस्केन ।

विभासले ए लेभलमा त क्लास टप गरेको थियो तर यहाँ इन्ट्रान्स परीक्षामा आफू फेल भएको महसुस गन्यो । आफ्ना बाबाले कुनै दिन भनेको कुरा सम्झियो - '.. .. यी परीक्षाका नतिजाहरू केवल सानातिना सिँढी हुन् । मान्छेको असली परीक्षा जीवन हो । आज टप गर्ने भोलि जीवनको परीक्षामा बटममा पुग्न सक्छ .... ।'

रामनाथ, विभासका बाबा, कहिल्यै आफ्नो क्लासका टप विद्यार्थी थिएनन् । उनले विभासलाई एक दिन भनेथे - उनी स्नातकको अङ्ग्रेजी परीक्षामा धेरैपटक फेल भए रे । त्यसपछि पनि उनले ती परीक्षा दिन छोडेनन् । आखिरमा पास भएरै छोडे । अङ्ग्रेजी किताब कम पढे पनि रामनाथले नेपालीमा अनुवाद भएका धेरै विषयका किताब उत्साह र जाँगरसहित पढे । आफ्नो ज्ञानको उचाइ थपे, चौडाइ बढाए । लगनशील र दृढ भएर लागे आफूले ओँटेको कुरा प्राप्त गर्न सकिन्छ भनेर देखाए ।

किताबी ज्ञान एउटा पक्ष थियो उनको । अर्को सबल पक्ष जीवन बाँच्न चाहिने विवेक थियो, त्यो पनि उनमा पर्याप्त थियो । भन्थे, सबैभन्दा उपयोगी ज्ञान उनले जीवनरूपी पाठशालाबाट सँगालेका थिए जो उनी विभासलाई बुझाउन कोसिस गरिरहन्थे । त्यो सम्झेर फेरि एकपल्ट विभासका आँखा रसाए । आफ्ना बाबाका शब्द आफ्ना कान वरिपरि गुञ्जिए ।

इन्जिनियरिङ इन्ट्रान्स परीक्षामा नाम ननिस्कनु एउटा हार थियो विभासको । जसको प्रहारको भार आफ्नी आमा र बहिनीसम्म पुग्थ्यो । उसले सोच्यो ठीक छ; यो हार म स्वीकार्छु तर यसमा टेकेर म फेरि उठ्छु । आमालाई गएर सुनाउँछु र भन्छु - 'आमा म अब अमेरिका जान्छु ।'

विभासले यसै गन्यो । दुःखी सन्तानको आफ्नो असफलताको स्वीकारोक्तिसँगै त्यसलाई कुल्चेर अघि बढ्ने प्रण देखेर आमा निर्मला भावविह्वल भइन् । छोरो आफूबाट टाढा जान सक्ने कुरा सोचेर उनी भित्रभित्रै अत्तालिइन् । तैपनि, छोराको अठोटलाई प्रोत्साहन दिन विभासलाई आलिङ्न गरेर भनिन् - 'हुन्छ बाबु तँ जा, म यहाँ सम्हाल्छु ।'

. . . . . .

ए लेभलको अन्तिम परीक्षासम्म विभासले सोचेको थिएन ऊ अमेरिका जाने प्रयास पनि गर्छ भनेर । बदलिएको परिस्थितिमा एकाएक आमालाई त जान्छु भनिहाल्यो तर आफू नहुँदा यता बूढी हुँदै गरेकी आमाको एउटा सहारा पनि नहुने, बहिनीको एउटै जानेबुझेको अभिभावक आफू नहुने कुरा त उसले गहिरिएर सोचेकै थिएन ।

त्यसमाथि अब त उसले, कहाँ-कहाँ जाने, के-के गर्ने, सम्पूर्ण कुरा निर्ख्यौल गर्नुपर्थ्यो । हो, लाक्पा एक भरपर्दो साथी थियो तर अब पनि चुक्ने सहुलियत विभासलाई थिएन ।

विभास सबथोक भुलेर अब अमेरिका जाने प्रक्रियामा केन्द्रित हुन खोज्यो । आफूलाई एकाग्र भएर काम गर्न अझै उसलाई अप्ठ्यारो भइरहेको थियो । तीनकुनेको जग्गा बिक्यो । अब त दुईचार वर्ष बहिनीलाई पढाउन र घरखर्च चलाउन सकिन्थ्यो । तर, एकाएक अर्कै खाले जिम्मेवारीले विभासलाई आफ्नो स्वच्छन्द यौवन किचिएजस्तो लाग्न थाल्यो । बाबाको मृत्यु, भर्खरै नाम ननिक्लिएर पाएको धक्का, घर-व्यवहारका चटारा - यी सबैको भारले ऊ सुस्ताइसकेको थियो ।

जसरी खुलेर सिर्जनशील भएर ऊ सोच्ने गर्थ्यो अब त्यो अवस्था रहेन । विभास भारी मस्तिष्क लिएर भएपनि अघि बढ्न खोज्दै थियो तर अफसोच पहिले पहिलेकै जस्तो गतिमा दौडिने सामर्थ्य अब ऊसँग थिएन । दिमाग फड्को मार्न चाहन्थ्यो ; शरीरले दिँदैनथ्यो । जिन्दगीको महलभित्र जान खोज्दा मुख्य ढोकाबाट पस्नै नपाई पिँढीमै बस्नुपरेकोझैं, सहर पस्न खोज्दा मोफसलमै अल्झिएझैँ अनि शिखर पुग्न खोज्दा फेदमै अड्केर पिसिनुपरेकोझैँ उसलाई लाग्थ्यो । ऊ कुद्न चहान्थ्यो तर घस्रनु अवश्यम्भावी बन्यो । एकाएक उसले त्यो बुझ्न सकेन - बिस्तारै बुझ्दै गयो ।

आमा र बहिनी विभासले नै बाटो देखाउँछ भनेर सोच्थे । एक्कासी आएको यस परिवर्तनले विभासमा केही निराशा पलायो । किन यस्तो पर्‍यो मलाई ? त्यो प्रश्नको जबाफ ऊ खोज्थ्यो तर कसैलाई सोध्न सक्दैनथ्यो । उसको मनोबल गिर्‍यो अनि के सही के गलत निर्ख्यौल गर्ने क्षमतामा ह्रास आयो । उसले सोच्न थाल्यो केही कुराको भर छैन । सबथोक सरल देखिए पनि तरल छ; अस्थायी छ र जटिल छ । मुटुमा गाँठो परेपछि जतातत्तै गिर्खा मात्र देखिने रहेछ । सतहमा जस्तोसुकै रङ्गका चस्मा लगाए पनि, आँतमा जस्तोसुकै लेपले पोतेको छु भन्ने ठाने पनि, जीवनले जर्जर प्रहार गर्दा चेतनाको तार छिन्न केही छिन मात्र लाग्दो रहेछ । अपेक्षाको फोकोभित्र मात्र जीवनलाई बुझ्न खोज्नेले ठूलो मूल्य चुकाउँदो रहेछ । अनपेक्षित घटनाले पुर्पुरो एकाएक रन्थ्याउने मात्र होइन अपझ्‌ट आफूमाथि अवरोधको छानो अनि आफूअगाडि बाक्लो तुवाँलोको पर्खाल पनि निर्माण गर्दो रहेछ ।

उसलाई बाबाको मृत्युले केही सिकाएजस्तो लाग्यो । लाग्यो, बाबाले सायद हरचिज तरल छ भन्ने बुझेर नै जे मन लाग्यो त्यो गर्नुहुन्थ्यो । फेरि ऊ सोच्थ्यो बाबाको कर्मले गर्दा आज जिम्मेवारी मेरो काँधमा आयो । के बाबाले मनखुस गरेर स्वार्थी हुनुभएको हो ?

त्यसको जबाफ ऊ आफैँ दिन्थ्यो । होइन, उहाँले हाम्रा लागि जति गर्न सक्नुहुन्थ्यो त्यो सबै गर्नुभयो - त्यसमा कुनै शङ्कै छैन । मात्र यति कुरामा दुःख छ कि बाबाले

आफ्नो आयु सिध्याउन अलिकति कन्जुस्याँइ गरिदिएको भए हुन्थ्यो । चुरोटसँगको मितेरी त्यति गाढा नबनाएको भए हुन्थ्यो ।

यस्तो उत्तर सोच्दै गर्दा विभासलाई उल्टै आफू पो स्वार्थी भएको हो कि जस्तो लाग्थ्यो । उसका लागि कसैले किन सीमामा बाँच्नुपर्ने ? उसले सोच्थ्यो । अनि फरि रुमलिन्थ्यो - के उसले पनि त्यसै गरी निस्फिक्री बाँच्नु ठीक छ ? बाँकी रहेका दिन भोलि नभनी छिटोछिटो बाँच्न । फेरि आफ्नो अचानक अनुपस्थितिमा आमा र बहिनीमाथि के घट्न सक्थ्यो त्यो सोचेर विभासलाई कहाली लाग्थ्यो ।

यस्तै अन्तरविरोध माझ अमेरिका जाने तयारीकै सिलसिलामा विभास अमेरिकन लाइब्रेरी पुगेको थियो । त्यसदिन लाक्पासँग पनि त्यहीँ भेट्ने योजना बनेको थियो तर अप्झैट लाक्पाको अर्कै काम परेकाले विभास एक्लै गयो । एउटा टेबलमा उसले स्याटको तयारी गर्ने पुस्तक पढ्दै थियो । अचानक दुई परिचित आँखा ऊअगाडि आएर अडिए ।

. . . . . .

'नीलम, तिमी ?'

'हाइ विभास, आइ एम सो सरी टु हिअर अबाउट योर लस । आइ रिअल्ली डिड नट नो ह्वाट टु से । त्यही भएर इमेल पनि गर्न सकिनँ । अनि तिम्रो नम्बर पनि थिएन मसँग ।'

'इट इज ओके नीलम । हाम्रो फोन नम्बर एक्सचेन्जको कुरा त अधुरै छ नि । अब त दिन्छौ नि तिम्रो नम्बर ।'

'दिन्छु नि । पहिला म अङ्कलहरूकोमा बस्थें । मेरो बाबा र ममी विराटनगरमा बस्नुहुन्छ । म मात्र पढ्न काठमाडौँ आएकी । त्यति बेला मलाई नम्बर सेयर गर्न अप्ठेरो लाग्थ्यो । अहिले त म एक जना साथीसँग डेरामा बस्छु । ल टिप ।'

यति भनेर नीलमले विभासलाई डेराको फोन नम्बर दिई । विभासले पनि आफ्नो नम्बर दियो । त्यति बेलाको समयमा सबको हातहातमा मोबाइल फोन हुन्थ्यो; मात्र ल्यान्डलाइन । न फेसबुक थियो, न डिएसएल इन्टरनेट छ्यासछ्यास्ती । प्रायः घरमा हुने फोनमा नै मोडेम जोडेर डाइल अप पद्धतिमा इन्टरनेट चलाइन्थ्यो ।

'भनेपछि तिमी पनि युएस ट्राइ गर्ने ?'

'ट्राइ होइन मिस नीलम अब जाने त्यहीँ हो । ट्राइ गरेर फेल हुने सहुलियत अब मलाई छैन ।'

'अँ, म बुझ्न सक्छु ।' नीलमले विभासको आशय बुझी ।

उसलाई विभासको इन्जिनियरिङ इन्ट्रान्समा नाम ननिक्लेको पनि थाहा थियो ।

'अनि रेकमेन्डेसन लेटर्सहरू लेखायौ त ?' नीलमले सोधी ।

'छैन । आज लाक्पा र म सँगै क्याम्पस जाने र टिचर्सहरूलाई रिक्वेस्ट गर्ने प्लान थियो । उसको काम परेर आउन मिलेन । मलाई एक्लै जान पनि मन छैन ।'

'म जान्छु नि त तिमीसँग । मेरो पनि रिक्वेस्ट गर्नु छ ।'

'हो र ? ल ठीक छ त्यसो भए निक्लिहालौं । चाँडै काम सके बेलुका केही गर्ने समय रहन्छ ।'

'हुन्छ । म एकदुईवटा किताब चेकआउट गर्छु अनि निस्किहालौं ।' नीलमले भनी ।

विभास र नीलमले केही किताब लिए र चेक आउट गरेर ब्यागमा राखेपछि सँगै बाहिर निस्किए । अमेरिकन लाइब्रेरीबाट कलेज हिँडेर त्यस्तै एक घण्टा जतिमा पुगिन्थ्यो । नत्र कि त बस, टेम्पो वा ट्याक्सी लिनुपर्थ्यो । ट्राफिकको कस्तो संयोग पर्थ्यो त्यसले निर्धारण गर्थ्यो कति समयमा पुगिन्थ्यो भनेर ।

'ह्या मलाई त यो बस, टेम्पो, ट्याक्सीभन्दा हिँडेर जान मजा लाग्छ । कमसेकम कतिखेर पुगिन्छ भन्ने त थाहा हुन्छ । जाऔं हिँडेर जाऔं । के भन्छौ तिमी ?' नीलमले सोधी ।

'ठ्याक्कै मेरो मनकै कुरा भन्यौ त । तिमी अन्तरयामी हौ कि क्या हो ?' विभासले जिस्किँदै भन्यो ।

वर्षा र चर्को गर्मीको मौसम भर्खरै सकिएर काठमाडौँमा बाहिर हिँड्न रमाइलो तापक्रम थियो । महाराजगन्जबाट ज्ञानेश्वर जाने बाटो बालुवाटार भाटभटेनी हुँदै जानुपर्थ्यो । सडकमा ट्राफिकको कर्कस स्वर, यताउता अनेक पसल, केही धूलोधुँवा भएपनि हल्का घाम लागेकोले दिन सुन्दर थियो । । विभास र नीलम एकअर्कासँग कुरा गर्न यति लिप्त थिए कि क्याम्पस आएको थाहै भएन ।

क्याम्पसमा शिक्षकहरूसँग रेकमेन्डेसन लेटर्सहरू मागिसकेपछि उनीहरू एक छिन क्याम्पसकै लाइब्रेरी गए । त्यहाँ टोफेल एक्जामको प्राक्टिस टेस्टहरू गरे । एकैछिनमा मध्याह्न भयो । दुबैले पहिलो पटक गएको क्याफेमा लन्च खाने विचार गरे र खाए पनि।

लन्चपछि नीलमले सोधी - 'अनि अरू के छ त आज तिम्रो प्लान ?'

'फेरि पर्खाल चढेर जम्प हान्ने कि आज पनि भनरे सोच्दै छु ।' विभासले लगभग कटाक्षको भावमा मुस्कुराउँदै आँखा सन्कायो र नीलमको आँखामा हेन्यो । नीलम पनि खुलेर मुस्कुराई ।

केहीबेरको मौनता पछि विभासले भन्यो, 'खासै केही छैन प्लान । टोफेलको डेट लिनु छ अनि उही त हो स्याटको तयारी ।'

'मैले त टोफेलको डेट लिइसकेँ । नेक्स्ट विक छ । स्याटको यही महिनाको अन्त्यमा । म त मिल्यो भने स्प्रिङ सेमेस्टरमै जाने ट्राइ गर्छु ।' नीलमले भनी ।

'ए हो र ? मैले सुनेको स्प्रिङ सेमेस्टरमा त्यति स्टुडेन्ट्स लिन्न रे; फेरि स्कलरसिप पनि त्यति हुन्न रे ।'

'त्यो त हो तर टाइम इज मनि टु । मलाई सकेसम्म चाँडै स्टार्ट गर्न मन छ । अनि अन्डरग्राजुएटमा त्यसै पनि कम स्कलरसिप हुन्छ । बरू इन स्टेट फी मिलाइदिने कलेज र क्याम्पसमै काम पाइने ठाउँ पाएँ भने गइहाल्छु भन्ने सोचेको । मेरो दाइ पनि युएसमै हुनुहुन्छ । उहाँले पनि हुन्छ चाँडै आऊ भन्नुभा'छ ।'

'नाइस् ! तिमीलाई अलि बढी नै आइडिया रहेछ । मेरो त कहाँ-कहाँ अप्लाइ गर्ने लिस्ट पनि बनेको छैन । टोफेल र स्याट रजिस्टर गर्न पनि बाँकी छ ।'

'भइहाल्छ नि चाँडै । वान स्टेप एयाट ए टाइम नि । बरू तिमी पनि हेर स्प्रिङमा ट्राइ गर्न भ्याउँछौ कि ? ज्यानुवरीबाट स्टार्ट हुन्छ । अझै तीनचार महिना पूरै बाँकी छ ।'

'खै यार मेरो त तयारी पुगेको छैन । एप्लिकेसन एस्से पनि लेखेको छैन । बरू तिमी गइहाल्यौ भने मलाई हेल्प गर है ?'

'अफ कोर्स ।'

'बाइ द वे, तिमी कता बस्छ्यौ त ?'

'म यहीँ नजिकै वाकिङ डिस्टेन्समा बस्छु । जाऔँ, हिँड चिया ख्वाउँछु ।'

'हुन्छ जाऔँ ।' विभासले सहमतिमा टाउको हल्लायो ।

केहीबेर हिँडेपछि रातोपुल नजिकको एउटा घरको कम्पाउन्ड गेटबाट छिरेर नीलम र विभास दोस्रो तलाको एकापट्टिको कोठामा पसे । कोठाको पछाडिपट्टिको ढोकाबाट एउटा बार्दली पुगिन्थ्यो । बार्दली आउजाउ सडकभन्दा उल्टो दिशामा थियो तर त्यहाँबाट बाहिरको दृष्य राम्रो देखिन्थ्यो ।

बार्दलीमा दुइवटा कुर्सी र एक टेबल पनि थियो । मौसम राम्रो भएकाले दुबै जना बाहिरै बसे ।

कोठा चटक्क मिलेको र ठूलो थियो - सँगै किचेन जोडिएको । दुई छेउमा दुइटा खाट थिए । एकापट्टिको खाटसँगैको नाइट स्ट्यान्डमा नीलमले आफ्नो ब्याग राखी । त्यहाँ उसका बा-आमा अनि दाइसँगको फोटो थियो । एउटा कुनाको बुकर्‍याकमा केही कोर्सका र केही अन्य पुस्तकहरू मिलाएर राखिएको थियो ।

'ल तिमी बस्दै गर; म चिया बनाउँछु ।' नीलमले भनी ।

'कहाँ पाइन्छ त्यसरी एक्लै काम गर्न ? म पनि आउँछु नि सघाउन अनि तिम्रो सिक्रेट रेसिपी चोर्न ।' यति भन्दै विभास नीलमसँग किचेनमा पस्यो ।

'केही छैन त्यस्तो सिक्रेट । म त कालो चिया पिउने गर्छु, तिमी नि ?'

'मलाई पनि कालो नै मन पर्छ ।'

कोठाको अर्को कुनामा रहेको गिटारलाई अङ्कित गर्दै विभासले सोध्यो, 'गिटार चाहिँ कसले बजाउँछ ?'

'मेरी रू.पा.ले ।'

'मतलव ?'

'मेरी रूम पार्टनर सुम्निमाले ।'

'ए । हाम्रो कलेजकै सुम्निमा ?'

'अँ उही ।'

'चिया पाकिसकेपछि दुबैले चिया लिएर बार्दलीमा गए ।

'कस्तो राम्रो मौसम ।' नीलमले भनी ।

'अँ . . . . रियल्ली लभ्ली । अनि भन नीलम - तिमी कलेजमा निकै पपुलर थियौ । आर यु सिइङ एनि वान ?'

विभासको सिधा प्रश्नले एक छिन नीलम हल्का आश्चर्यमा परी र हाँसेर प्रतिप्रश्न गरी 'किन र ? तिमी पनि मलाई लाइन हान्ने विचारमा छौ कि क्या हो ?'

नीलमको पनि सिधा प्रतिकारात्मक प्रश्नले विभासलाई एक छिन अवाक् बनायो । केहीबेर वातावरणमा निस्तब्धता छायो ।

नीलमले नै मौनता तोडी र भनी, 'छैन । मन मिल्ने मान्छे कम नै हुन्छ नि । कति त इन्ट्रेस्टेड थिए तर कोही के कोही के ? कति कुरा अन्न्याचुरल लाग्थ्यो । फेरि मलाई कमिटमेन्टहरूदेखि डर लाग्छ । सिङ्गल लाइफको रमाइलो नै छुट्टै - मनखुसी आफ्नै हिसावमा बाँच्न त पाइन्छ । एनिवेज हाउ अबाउट यु ?'

'म त अलि लजालु स्वभावको मान्छे । तिमी जति पपुलर पनि होइन । अभियस्ली नो वान । तर नीलम, कमिटमेन्टनै नगरी कमिटेड लाइफको बारेमा कसरी धारणा बनाउन सक्छ्यौ ?'

'अरूको जिन्दगीलाई नियालेर पनि कति कुरा बुझ्न सकिँदैन र ?' यति भनेपछि नीलम अलि भावुक देखिई ।

त्यसपछि विभास र नीलम केही छिन फेरि मौन भए ।

एकाएक नीलमले भनी - 'आइ रिमेम्बर यु सेइङ यु प्ले गिटार, सिङ समथिङ ।

'यस आइ डु । बट इट्स बिन अ ह्वाइल सिन्स आइ लास्ट प्लेड इट ।'

'कम अन, गिभ इट अ ट्राइ ।'

यति भनेर नीलम र विभास चिया सकेर भित्र पसे । चियाका कप किचेनमा राखेर उनीहरू कोठाको एउटा कुनामा दुई कुर्सीमा आमने-सामने बसे । विभासको हातमा एकुस्टिक गिटार थियो । उसले एकदुईवटा इन्स्ट्रुमेन्टल म्युजिक बजाएर गिटारको ट्युनिङ चेक गर्‍यो ।

'ल "नाइन्टिन सेभेन्टीफो एडी", वान अफ माइ फेभ्रेट नेपाली ब्यान्डको "सम्झी बस्छु" सुनाउँछु ।' अनि विभासले गीत सुरू गर्‍यो ।

'सम्झी बस्छु कता-कता त्यो रातको एकान्तमा

कति छट्पटिँदै तिम्रा सारा कुराहरू

सम्झेर . . . ।'

विभासले गीत गाउँदै गर्दा नीलमका आँखा चम्किला भए । विभासका आँखाका गहिराइ र भित्र अनुभूति गरेर गीत गाउने शैली नीलमलाई खुब मन पर्‍यो ।

विभास हत्तपत्त त्यति खुल्दैनथ्यो । आज गीत गाउँदा ऊ सूर्यलाई देखेर फक्रेको सूर्यमुखी फूलझैँ फक्रेको थियो । नीलमको सामीप्यमा विभास एउटा छुट्टै प्राणीझैँ लाग्थ्यो ।

गीत सकिएपछि नीलमले ताली बजाई । विभासले गिटारलाई गिटार-स्ट्यान्डमा राख्दै भन्यो, 'अनि तिम्रो नृत्यमा रुचि भएको पनि मलाई याद छ । हाउ अबाउट सम मुभ्स ?' विभासले भन्यो ।

'लेट्स सि ।' नीलमले यति भनेर नजिकैको न्याकमाथिको ज्युकबक्स अन गरी । त्यसले एरिक क्ल्याप्टनको "ल्येला" भन्ने गीत बजायो ।

एकैछिनमा गीतको इन्ट्रोपछि विभास र नीलमका आँखा जुधे - लाग्छ त्यो हेराहेरमा केही नबोली केही कुराको आदान-प्रदान भयो । अचानक विभासले उठेर नीलमको हात माग्यो । नीलमले पनि आफ्नो हात दिई । मन र शरीरको तादात्म्य मिलेपछि नृत्य आफसेआफ हुँदो रहेछ । केही छिन विभास र नीलम जोडिएर नाचे । एकैछिन उनीहरूले सबथोक बिर्से । आँखा बन्द गरेर मधुर सङ्गीतसँगै शरीरका कोषकोषको मिठो कम्पन आभास गरे ।

आफूलाई मन पर्ने मान्छेसँग त्यति नजिक हुन पाउँदा विभासले सोच्यो आइन्सटाइनले सोचेजस्तो प्रकाशको गति समाएर त्यही पलमै समयलाई स्थिर बनाइराखूँ । तर केहीबेरको मौनतापछि नीलमले आँखा खोली र विभासलाई पनि होसमा ल्याई । अर्कै संसारबाट ओर्लिएर बोलेझैँ नीलमले भनी, 'सुम्निमा आइपुग्ने बेला भयो ।'

'ए हो र ?' विभासले भन्यो ।

किन हो कुन्नि नीलम अँगालोबाट एकाएक फुत्किई र सरासर गएर आफ्नो ब्यागबाट एक बट्टा चुरोट र लाइटर निकाली । अनि विभासलाई बार्दलीतिर निम्त्याउँदै भनी - 'डु यु माइन्ड इफ आइ स्मोक ?'

'नो' विभासले भन्यो । चिया पिउँदै गर्दा बार्दलीमा देखेको एस्ट्रेको रहस्य उसले बल्ल बुझ्यो ।

'डु यु वान्ट वान ?' नीलमले सोधी ।

नीलमले चुरोट सल्काएर एक फ्वाँक हावामा उडाउँदै गर्दा विभासलाई अचानक बाबाको याद आयो । आजभन्दा अघि उसले कहिल्यै चुरोट पिएको थिएन । एकाएक उसलाई थाहा पाउन मन लाग्यो - आखिर के छ त त्यसमा ?

'स्योर ।' विभासले पनि एउटा सल्कायो । धुवाँ भित्रैसम्म नतानेर मुखबाटै बाहिर फ्याँक्यो ।

धुँवालाई अलि भित्र निल अनि बल्ल अलिकति स्ट्रेस कम भएको फिल हुन्छ ।' नीलमले भनी ।

विभासले त्यस्तै गन्यो । त्यसो गर्दा चुरोटको धुँवा उसको नाकबाट निस्कियो । उसलाई अनौठो लाग्यो ।

'अनि नीलम, तिमी आजकल स्ट्रेसमा छौ कि क्या हो ?'

'हो यार ! माइ मम एँड ड्याड रिसेन्ट्ली गट डिभोर्स्ड ।'

नीलमले रसाएको आँखाले आकाशतिर हेर्दै भनी ।

'सो सरी टु हिअर द्याट ।'

विभासभित्र जस्तो सन्ताप थियो त्यो सन्ताप नीलमभित्र पनि कुनै न कुनै रूपमा रहेछ । विभासले बल्ल बुझ्दै गयो नीलमभित्र गुम्सिएको पीडा । चुरोट खान थाल्नुको रहस्य । नत्र नीलम त एकदमै स्वास्थ्यको ख्याल गर्ने मान्छे । पक्कै पनि ठूलै चोट परेको हुनुपर्छ - विभासले सोच्यो । अनि कमिटमेन्टप्रतिको नीलमको अवधारण त्यही डिभोर्सको उपज होला भन्ने अनुमान गन्यो ।

'एनिवेज यार लेट्स नट टक अबाउट इट मोर । इट्स अ लङ्ग स्टोरी । आइ एम जस्ट डिस्टर्ब्ड ।' नीलमले भनी ।

'एज यु व्हिस ।'

'लेट्स प्लान सम्थिङ फर नेक्स्ट टाइम । तिमी अब फेरि कहिले जान्छौ अमेरिकन लाइब्रेरी ?' नीलमले सोधी ।

'अब त म फ्रिक्वेन्ट्ली जान्छु होला ।'

'ल म यो हप्ता मेरो टोफेलमा फोकस गर्छु घरबाटै । अर्को हप्ता म विराटनगर जान्छु एक हप्ताको लागि । त्यसपछि फर्केर स्याट एक्जाम दिन्छु ।' नीलमले भनी ।

'हुन्छ कल मि वान्स यु आर ब्याक । अहिले म जान्छु । साँझ पनि पन्यो ।' विभासले भन्यो ।

'हुन्छ । हेर न, मेरो बाइक वर्कसपमा छ, नत्र म छोडिदिन्थें ।' नीलमले भनी ।

'होइन ठीकै छ । यहाँबाट एक घण्टा जति को वाक त हो - मलाई हिँड्नै सजिलो लाग्छ ।'

'ल हिँड, अलिपरसम्म म पनि आउँछु ।'

त्यसपछि नीलम र विभास एउटा अलि परको चोकसम्म सँगै गए । त्यसपछि छुट्टिने बेलामा विभासले नीलमको हात समातेर भन्यो - 'तिमीसँग हुँदा मलाई रमाइलो लाग्छ, नीलम ।' विभासको स्वरमा मायालुपन थियो ।

'मलाई पनि त, विभास ।'

'हामी फेरि चाँडै भेट्ने ल ।'

'हुन्छ ।' नीलमले खुसी भएर भनी ।

छुट्टिने बेलामा विभासले फेरि नीलमको हात समात्न खोज्यो तर जबाफमा नीलमले न्यानो हग गरी र दुबै आ-आफ्नो बाटो लागे । बाटोभरि दुबैले भर्खरै बितेको पल बारम्बार सम्झिए । पहिलोपल्टको भेट, त्यसपछिको सानातिना भेट अनि एकाएक यो भेटले दुबैको मनमा गाढा छाप बनायो ।

. . . . . .

नियति कस्तो थियो भने दुबैले चाहेर पनि अर्को तीन महिनासम्म उनीहरूको फेरि भेट भएन । नीलमले टोफेल दिई र विराटनगर गई । फर्केर आई अनि स्याट दिई तर त्यसपछि फेरि ऊ विराटनगर नै गई । घर-घरायसी कुराहरू मिलाउनुपर्ने थियो - बाबाआमाको पारपाचुकेपछिका किचलासँगै अन्य यावत् कुराहरू । सँगैसँगै आफ्नो अमेरिकामा भएको दाजुको सहयोगमा उसको एउटा कलेजमा स्प्रिङ सेमेस्टरमै एडमिसन भयो । तुरून्त जानुपर्ने थियो । उसले भिसा इन्टरभ्यु दिई । भिसा पनि भइहाल्यो ।

विभास र नीलमको इमेलमा त कुरा बारम्बार भइरहन्थ्यो । नीलमले आफूले आवेदन दिएका कलेजको लिस्ट विभासलाई पठाएकी थिई । आफ्नो एस्से अनि अन्य सान्दर्भिक जानकारीहरू सँगसँगै उनीहरूबीच इमेलमा अन्य रमाइला कुराहरूको पनि साटासाट हुन्थ्यो ।

एक दिन एक्कासी नीलमको फोन आयो ।

विभास ! मेरो भिसा भयो । म बोइजी स्टेट जाने भएँ । मेरो दाइ पनि त्यहीँ हुनुहुन्छ । मलाई इन स्टेट फी मात्र तिरे हुने भयो । मेरो फ्लाइट नेक्स्ट विक छ । दाइले नै अलि चाँडै आऊ सेटल हुन सजिलो हुन्छ भन्नुभयो । त्यसैले, क्लास सुरु हुनुभन्दा अलि अगाडि नै जान लागेको ।'

'ए हो र ? ल ठीक छ । कङ्ग्राचुलेसनस, आइ एम भेरी ह्याप्पी फर यु । एयरपोर्ट डेट र टाइम कहिले हो ?'

नीलमले आइडाहोको आफ्नो दाजु भएकै युनिभर्सिटीमा अप्लाइ गरेको त उसलाई थाहा थियो । एडमिसन भएको तर इन स्टेट ट्युसन पाएको र भिसा अप्लाइ गरेर जानेसम्म निर्णय भइसकेको यो केही हप्तामा एकाएक भएको घटना थियो । फेरि विभास पनि आफ्नो टोफेल सकेर अलिकति घुमघाम गर्नुपर्‍यो भन्दै एक हप्ता लाक्पासँग पोखरा, बुटवल र चितवन घुम्न गएर आएको थियो ।

'डिसेम्बर सात फ्राइडे बेलुका आठ बजेको फ्लाइट छ । यहाँबाट दिल्ली, त्यहाँबाट प्यारिस अनि लस एन्जेलस अनि बोइजी ।'

'भनेपछि आइहालेछ त ।'

'अँ, तिमी आउँछौ एयरपोर्ट ? यहाँ मेरो ममी आइस्या छ । सपिङहरू गर्न । यो एक हप्ता आफन्त भेटघाट अनि अरू चाँजोपाँजो मिलाउन भ्याइनभ्याइ छ ।'

'अफ कोर्स ! कति बजे ? साँढे पाँचतिर ।'

'अँ त्यही ठीक होला । . . . ल अहिले राख्छु । हामी यो कोठा पनि छोडेर अब अङ्कलहरूकोमै जान्छौं । एयरपोर्ट पनि त्यतैबाट जाने हो । आइ विल सि यु एट द एयरपोर्ट है ।'

'हुन्छ । सि यु सुन ।' यति भनेर विभासले फोन राख्यो ।

नीलम जाने दिनको केही दिनपछि विभासको स्याट एक्जाम थियो । नीलम जाने दिन साढे पाँच बजे लाक्पा र विभास एक गुच्छा फूल लिएर नीलमलाई बिदाइ गर्न एयरपोर्ट पुगे । एयरपोर्टको बाहिरपट्टि नीलमका अङ्कल, आन्टी, कजनहरू, उसका केही आफन्त, आमा, बुबा र क्याम्पसका केही साथीहरू थिए । क्याम्पसका ती साथीहरूसँगै विभास र लाक्पाले नीलमलाई शुभकामना दिँदै बिदा गरे ।

भित्र जाने बेलामा नीलमले विभासलाई भनी, 'विभास ! तिम्रा एक्जामहरूको अपडेट गर ल मलाई ।'

'हुन्छ । ह्याभ अ सेफ जर्नी ।' हल्का उदास स्वरमा विभासले भन्यो ।

विभासले नीलमलाई उसका बाबाआमासँग भित्र नपुगन्जेल हेरिरह्यो । सबैको आँखाअगाडिबाट हराउनुभन्दा पहिले नीलमले पछाडि फर्केर बाइ गरी ।

त्यसपछि लाक्पासँग विभास घर फर्कियो । लाक्पाले मोटरसाइकल चढ्ने हुनाले विभास ऊसँगै गएको थियो । उसैले फर्कँदा पनि घरमा छोडिदियो । घर आइपुगेपछि लाक्पाले भन्यो, 'ल ब्रदर, राम्ररी स्याट एक्जामको तयारी गर्नू । आन्टी र बहिनीलाई सोधेको छु भन्देऊ ।'

'हुन्छ, भित्र आउँदैनौ ? धन्यवाद मित्र राइड दिएकोमा ।'

'नो प्रबलम, अहिले राति भइसक्यो । पछि आउँला ।' यति भनेर लाक्पा मोटरसाइकलमा बतासियो ।

विभास भित्र पस्यो । उसलाई आज केही पढ्न मन लागेन । अचानक अमेरिका कस्तो होला ? त्यहाँका कलेजहरू, विधार्थीहरू कस्ता होलान् भन्ने सोच आउँदा आउँदै ऊ अनायास निदाएछ ।

नीलम गएको पहिला हप्ता विभासले स्याट दियो । टोफेल र स्याट दुबैमा राम्रो नम्बर आयो । उसले कलेजहरूको लिस्ट बनाइसकेको थियो । लाक्पा र उसले चार समूह बनाएर युनिभर्सिटीहरूको लिस्ट बनाएका थिए । पहिलो समूहमा दुईतीन वटा अत्यन्त मुस्किलले एडमिसन पाइने तर टप न्याङ्किङ भएका युनिभर्सिटी वा कलेज थिए । त्यसपछि क्रमबद्ध रूपमा कम एप्लिकेसन फी भएका, थोरै ट्युसन फी भएका, अनि सजिलै एडमिसन पाइने खालका पनि केही थिए ।

कलेजहरूमा अप्लाइसँगै विभासले अन्य एम्बेसीहरूमा पनि अप्लाइ गर्दै गयो । कहिले पाकिस्तानी एम्बेसी, कहिले रसियन र कहिले इन्डियन एम्बेसीमा । अमेरिकाका कलेजहरूबाट निर्णय आउने बेलासम्म अनि फल सेमेस्टर सुरू हुने अगस्त महिनासम्म यता इन्जिनियरिङको त्यस वर्षको अर्को इन्ट्रान्स परीक्षा पनि आइसकेको हुन्थ्यो । त्यसका लागि पनि विभासले ब्याकअप प्लान गर्‍यो । उसले यस वर्षको पनि इन्ट्रान्स परीक्षा दियो । मात्र यति फरक थियो - नेपालमै पढ्ने अब पहिलो प्राथमिकता नभएर ब्याकअप प्लान भइसकेको थियो ।

लाक्पाले स्याट एक्जाममा विभासले भन्दा राम्रो गरेका थियो । लाक्पाले मिजोरी भन्ने स्टेटमा एउटा राम्रै युनिभर्सिटीमा पार्सियल स्कलरसिप पायो । त्यहाँ विभासले पनि अप्लाइ गरेको थियो । एकपछि अर्को गर्दै विभास र लाक्पाका एडमिसन लेटर्सहरू आए । कतिले रिजेक्ट गरिदिए । कतिले स्कलरसिप दिएनन् ।

आखिरमा टेक्सास राज्यको एउटा सानो युनिभर्सिटीमा विभासले पनि पार्सियल स्कलरसिप पायो । त्यस युनिभर्सिटीमा लाक्पाले पनि ठ्याक्कै विभासकै जस्तो अफर पाएको थियो तर लाक्पाले मिजोरीमा पाएको युनिभर्सिटी टेक्सासको त्यो युनिभर्सिटीभन्दा माथिल्लो र्‍याङ्किङमा पर्थ्यो । त्यसैले, लाक्पा मिजोरी जाने भयो । विभासको टेक्सास जानेबाहेक अरू अप्सन थिएन ।

. . . . . .

हो, आज अगस्त १, २००२ को अपरान्ह विभास खुसी थियो । उसको आज अमेरिका जाने भिसा लागेको थियो । उसको घरमा अलिकति भए पनि खुसीको माहोल थियो । वरिपरिका साथी र इष्टमित्र विभासको सफलतामा उसलाई बधाई

दिन उपस्थित थिए । आफ्नो एउटा लक्ष्य अनि बाबाको पनि इच्छा पूरा हुँदा विभासलाई उहाँको झझल्को आइरह्यो । सोच्यो - बाबा त्यतै कतै हुनुहुन्छ घरमा र ऊ, आमा र बहिनीको खुसीलाई हेरिरहनुभएको छ ।

'बाबु ! अब जाने तयारीलाई के-के सहयोग चाहिन्छ भन्नु ल ।', लाहुरेनी आन्टीको बोलीले विभास झल्याँस्स भयो ।

१९ अगस्तबाट फल सेमेस्टर सुरु हुन्थ्यो । १४-१५ तारिखदेखि नै गइसक्दा राम्रो हुने हुनाले १२ अगस्तमा काठमाडौँबाट सँगै उड्ने टिकट लिन लाक्पा र विभास ट्राभल एजेन्सी गए ।

लाक्पाले पनि केही दिनअघि मात्र भिसा पाएको थियो । दुबैले अलि चाँडै भनेजस्तो युनिभर्सिटीमा भर्ना पाइएला र ढुक्कसँग ट्राभल प्लान गर्न सकिएला भन्ने सोचेका थिए । तर, अन्तिमसम्म कुर्नुपर्‍यो र भिसा पनि लास्ट आवरमा भयो । संयोगवश काठमाडौँबाट ब्याङ्ककसम्म आरएनएसीकै फ्लाइट र त्यहाँबाट थाइ एयरबाट लस एन्जेलेससम्म सँगै जाने, त्यहाँबाट लाक्पा क्यान्सस्‌सिटी मिजोरीतिर अनि विभास डालास फोर्टवर्थ एरपोर्ट जाने टिकट मिल्यो ।

क्यान्सस्‌सिटीबाट लाक्पाको कलेज जान सरल रहेछ । विभासको भने डालासको एयरपोर्टबाट सानो प्लेनमा एक घण्टा अझै गएपछि क्याम्पसको इन्टरन्यासनल स्टुडेन्ट कोअर्डिनेटरले भ्यानमा लिन आउने प्रबन्ध रहेछ ।

अमेरिका उड्ने केहीदिनअघि विभास एकपल्ट आफ्नो पुर्खाको थलो सिन्धुपाल्चोकको चौतारा गएर आयो । चौतारामा पहिलेभन्दा अहिले सहर ठूलै भइसकेको रहेछ । उसका आफ्ना नाता पर्ने काकाकाकी र अन्य इष्टमित्रहरू अझै पनि त्यतै बस्थे ।

बाटोमा पर्ने काभ्रेको महादेवस्थान, मण्डन अवस्थित आफ्नो मामाघर पनि ऊ आमा र बहिनीसँग गयो । उसको मामाघरका पनि हजुरबा-हजुरआमा बितिसकेका थिए । एक जना मामा हुनुहुन्थ्यो । माइजू भने केही वर्ष अघि पाठेघरको क्यान्सरले प्रताडित भएर बितिसक्नुभएको थियो ।

मामा किसान हुनुहुन्थ्यो । आमाभन्दा अलिकति मात्र जेठो भए पनि निकै बूढो देखिनुहुन्थ्यो । आफ्नी बहिनी, भान्जा-भान्जीलाई भेटेर उनका आँखा खुसीले गद्गद भएको प्रस्टै देखिन्थ्यो ।

'बाबु, तिमीलाई हाम्रो आसिक लागोस् । अमेरिका गएर राम्ररी पढ्नू; कमाउनू; आमा र बहिनीको माया नमार्नू; आफ्नो देशलाई नभुल्नू; तिमीहरूजस्तो मान्छे पढेर यतै फर्कनुपर्छ । हाम्रो देशको नै विकास गर्नुपर्छ । सबै प्राकृतिक स्रोत हुँदाहुँदै पनि यहाँ हामीलाई खेतीपाती गर्न मुस्किल छ । भनेको बेलामा मल पाइँदैन । ट्र्याक्टर लगाउन चाहिने तेल लिन घण्टौँ हिँड्नुपर्छ । बिजुलीबत्तीको पनि ठेगान

छैन । सिँचाइ गर्ने राम्रो प्रविधि, कुलो, सामान ढुवानी गर्न बाटो र मिहिनेत गरे अनुसार उब्जिएको कुराको जाहेज मूल्य पाउने बजार व्यवस्थापन छैन । हामीलाई तिमीहरूबाट ठूलो आशा छ । तिमीलाई हाम्रो शुभकामना छ । भान्जा राम्रोसँग जानू ।'

मामाले यस्तै कुरा गर्दै दही चिउरा र मीठो आलुको तरकारी खुवाएर पठाउनु भयो उनीहरूलाई । यसरी चौतारा र काभ्रे - जो काठमाडौँबाट त्यस्तै पचास-साठी किलोमिटर पर होलान्; ती ठाउँहरू र त्यहाँको बिकटता देख्दा उसले सुनेका हुम्ला, जुम्ला, जाँजरकोट झन् कस्ता होलान् ? उसले मनमनै सोच्यो । तर अफसोच ऊ त्यहाँ कहिल्यै पुग्न पाएन ।

. . . . . .

अगस्त १२-मा बिहानको फ्लाइट थियो । लाक्पा पनि आइसकेको थियो । उसका पनि केही आफन्त; विभासका पनि केही आफन्त; आमा, बहिनी, लाहुरेनी आन्टी सब जना एयरपोर्ट आइपुगेका थिए । अबिरको रातो टीका र फूलको माला लगाएकाले ती दुई विदेश जान लागेको सबैले अनुमान लगाउन सक्थे ।

एयरपोर्टको माथिल्लो तला चढ्नुअघि नै विभासले आमा, बहिनी र अरु सबैलाई बिदाइ गर्नुपर्ने थियो । अन्तिमपल्ट आमाले विभासलाई आलिङ्गन गरेर आँखामा टलपल आँसु छचल्क्याउँदै भनिन् - 'बाबु, स्वास्थ्यको ख्याल राख्नू । पुगेपछि खबर गर्नू ।' यति भनेपछि आमाका आँसु थामिएनन् । बहिनी शोभा र लाहुरेनी आन्टीले आमालाई सम्हाले र विभासलाई भरिएका आँखाले हात मात्र हल्लाएर बिदाइ गरे ।

पहिलोपटक विदेश जान थोरै उत्साह नै भए पनि आफ्नी आमा र बहिनीलाई त्यस ठाउँबाट छोडेर अघि बढ्न विभासलाई सकस भयो । एक पाइला बढाउन पनि धौधौ पर्‍यो । परिवार, इष्टमित्र र साथीभाइसँग अनिश्चित समयका लागि अलग्गिएर अपरिचित आकासतिर उड्न अप्ठ्यारो हुँदो रहेछ । त्यो अनुभूतिको पीडाले त्यस पलदेखि विभासको आन्तरिक आकासमा परिक्रमा गर्न प्रारम्भ गर्‍यो ।

'हुन्छ आमा ! मेरो चिन्ता नलिनू होला । आफ्नो र बहिनीको ख्याल गर्नू ।' यति भनेर मनलाई दह्रो पारेर विभास सरासर अगाडि बढ्यो ।

लाक्पाको एकजना मामा पर्ने नातेदारले एयरपोर्टमा मान्छे चिनेकाले तिनी अलि भित्रसम्म माथि आएका थिए । सुरक्षाजाँचबाट भने अब लाक्पा र ऊ मात्र अगाडि जान मिल्थ्यो । लाक्पा र उसले ती अङ्कललाई धन्यवाद भनेर अगाडि बढे ।

सुरक्षाजाँचमा त्यति बेला अत्यन्तै घुसखोरी चल्थ्यो । विभासलाई एउटा पुलिस अफिसरले बोलाएर सोध्यो - 'कति डलर लान लाग्नुभयो ?'

नेपाल सरकारले ट्युसन फी बराबरको र केही अतिरिक्त पैसा तोकेर त्यति मात्र डलर साटेर लान पाउने नियम थियो ।

'बयालीस सय डलर ।'

'ल देखाउनुहोस् ।'

विभासले पासपोर्ट ब्यागबाट पैसा निकालेर देखायो ।

त्यो पुलिसले गन्यो र भन्यो, 'अब तपाईंको वालेट पनि देखाउनुस् ।'

विभासले वालेट देखायो । त्यहाँ अरू सय डलर थियो ।

'योचाहिँ के हो ?' पुलिसले सोध्यो ।

'त्यो पकेट खर्च । त्यति त लान पाइन्छ भन्ने सुनेको । फेरि ट्रान्जिटहरूमा खानपिनको खर्च त ट्युसन फीबाट तिर्ने कुरा भएन नि ?'

'हत् कहाँ हुन्छ । पाइँदैन नि नियम मिच्न ।' पुलिसले भन्यो ।

'ल, कसरी मिलाउने हो भाइ, भन ।'

विभासले बुझिहाल्यो । पुलिसले त्यस्तो ज्यादती गर्नुपर्ने थिएन तर त्यो अलिकति पैसा असुल्ने दाउ थियो ।

'ल दाइ, मसँग एक सय नेपाली रूपैयाँ मात्रै छ । त्यो पनि विदेशमा नेपाली मुद्राको एउटा स्याम्पल लान्छु भनेर राखेको । यही लिनोस् - म विद्यार्थीको डलरमा चै आँखा नलाउनोस् ।' अलिकति रन्किएर विभासले भन्यो ।

त्यसपछि पुलिसले त्यो एक सय सुटुक्क आफ्नो खल्तीमा हाल्यो र विभासलाई जान दियो ।

हो, घुस खाने र ख्वाउने दुबै गलत हुन् भन्ने विभासलाई थाहा थियो । तर, आफूलाई नियम राम्ररी थाहा नहुँदा के गर्ने उसले सोच्न सकेन । विभासले नियम मिचेकै भए पनि अतिरिक्त सय डलर कानुनअनुसार बकाइदा जफत गरेर सम्बन्धित निकायमा बुझाउनुपर्थ्यो । पुलिसको दाउ सरासर घुस खाने नै थियो ।

देश, इष्टमित्र र आफन्त छोडेर बिरानो देश जाँदै गरेको नरमाइलो क्षणमा एउटा साधारण विद्यार्थीसँग भएको अन्तिम नेपाली पैसा कानुनलाई पालना गर्न खटेको कर्मचारीले नै गैरकानुनी तरिकाले दिनदहाडै लुट्यो । आफ्नो गोजी भर्नका लागि त्यस पुलिसले गरेको त्यो संवेदनाहीन हर्कतले विभासको मन खिन्न भयो ।

विभासले सोच्यो, एक दिन देशबाट घुसखोरीको अन्त्य होस् । अनि एक मनमा आफू देशमै बसेर त्यस्ता विकृतिहरू विरूद्ध लड्नुपर्ने हो भन्ने जिम्मेवारी महसुस भयो । तर, त्यस दिन व्यावहारिक कुरा आदर्शभन्दा अघि थियो । आरएनएसीको विमानले उसलाई बाहिर कुरिरहेको थियो ।

लाक्पा गइसकेको रहेछ भित्र प्लेनमा जाने ठाउँमा । घुस र पुलिसबारे विभासले त्यतिखेर केही बोल्न चाहेन । एकैछिनको कुराइपछि प्लेन जाने बेला भयो । विभास र लाक्पा सँगसँगैको सिटमा थिए । लाक्पा झ्यालपट्टि, विभास त्यसको छेउमा ।

विमानले भुइँ छोड्ने बेला पहिलोपल्ट प्लेन चढेको विभासलाई कस्तो पिङ खेल्दा माथि हुत्तिएको जस्तै अनुभव भयो । आफू जन्मेको ठाउँ, आफ्नो माटो छोडेर जाँदै गरेको सम्झँदा विभास अलि भावुक भयो । एकैछिनमा विमान-परिचारिका ड्रिङ्क्स बाँड्दै आइपुगिन् ।

'तपाईंलाई के दिऊँ ।' उसले पहिला लाक्पालाई सोधी ।

लाक्पाले सोध्यो, 'के-के छ ?'

'ओरेन्ज जुस, वाटर, एप्पल जुस र बियर ।'

उसले बोलिसक्न नपाउँदै लाक्पाले 'ओरेन्ज जुस' भन्यो ।

विमान परिचारिकाले विभासलाई सोधिन् - 'तपाईंलाई ?'

विभासले भन्यो - 'बियर'

लाक्पा आश्चर्यमा पर्दै विभासलाई हेर्‍यो - 'बियर रे?'

विमान परिचारिकाले कार्ल्सबर्ग बियरको एउटा क्यान दिएर अघि बढी ।

'हो यार बियर । . . . चियर्स ! यो आरोहणले एउटा बियर नै माग्यो ।'

<h1 style="text-align:center">७</h1>

<h1 style="text-align:center">आगमन</h1>

आरएनएसीको विमान एकैछिनमा कुहिरो छिचोल्दै आकाशमा हुइँकियो । लाक्पाले विभासको यो नौलो गतिविधि देखेर सोध्यो, 'के हो विभास, आजैदेखि स्वतन्त्रताको उपयोग ?'

'होइन यार । निकै नरमाइलो लागिरा'छ । आमा र बहिनी नेपालमा एक्लै, बहिनी सानै पनि छे । अनि जान पनि निकै टाढा जाँदैछौ हामी । सोमरसले चिन्ता कम गरिदिन्छ कि भनेर आज ट्राइ गरेको ।'

'अँ, यात्रा त हाम्रो निकै टाढाकै हो । फेरि कहिले नेपाल फर्किने, आफ्नो परिवारसँग भेट्ने, यो सबै सम्झँदा त मलाई पनि के हामीले ठीक गरेका हौँ त जस्तो लाग्छ । आखिर यतै बसेर पनि केही गर्न नसकिने त थिएन ।

ल जे होस् ब्रो, हामीले आफ्नो बाटोचाहिँ भुल्नु हुन्न । हामी त्यहाँ पढ्न, अनुभव बटुल्न र प्रगति गर्न जान लागेका हौँ । त्यो नभुलेसम्म एउटै वियरले त के नै लछार्ला र ?'

'हो नि । बरु तिमी नि चाख्छौ ?' विभासले हाँस्दै सोध्यो ।

'नो यार ।' लाक्पाले भन्यो ।

करिब साढे तीन घण्टाको उडानपछि प्लेन ब्याङ्ककक आइपुग्यो । ब्याङ्ककबाट लस एन्जेलसको फ्लाइट करिब चार घण्टापछि थियो । ब्याङ्ककक एयरपोर्टको ट्रान्जिट लाउन्जमा बस्दै गर्दा विभास र लाक्पाले झोलामा ल्याएका केही ड्राइ फुड खाए ।

केहीबेरमा एउटी सुन्दर मोडलजस्तो देखिने महिला आएर नजिकैको टेबलअगाडि दुईचारओटा चुरोटका कार्टुन राखेर गई । त्यो फ्री स्याम्पल चुरोट रहेछ । विभासले चुरोट देखेर नीलमलाई सम्झियो । भिसा लागेपछि उसले नीलमलाई इमेल त गरेको थियो तर रिप्लाइचाहिँ आएको थिएन । दुई बट्टा चुरोट विभासले झोलामा हाल्यो । लाक्पा बाथरूम गएकोले उसले विभासको त्यो क्रियाकलाप देखेन ।

लस एन्जेलेस जाने फ्लाइटको बोर्डिङ केही बेरमै सुरु भयो । झन्डै सत्र घण्टा लामो त्यो फ्लाइटमा टन्नै समय थियो । लाक्पा र विभासले प्लेनमा उपलब्ध गराइएका स्क्रिनमा केही फिल्म हेर्न भ्याए । मनका खुलदुली पोख्न, यावत् कुरामा छलफल गर्न र केहीबेर प्लेनमै दिएका कम्बल ओढेर सुत्न पनि भ्याए ।

लस एन्जेलस ल्यान्ड हुन लाग्दा बिहानको करिब ९ बजेको हुँदो हो । प्लेनमा केही इमिग्रेसनका फर्महरू दिइएका थिए । त्यहाँको इनग्रेसनमा करिब दुई घण्टा जति लाइन बसेर पार भएपछि अब लाक्पा र विभासको बाटो छुट्टिन्थ्यो ।

इमिग्रेसनको काम सकिएपछि लाक्पा र विभासले नजिकैको फोन बुथबाट नेपाल फोन गरे । त्यसपछि एउटा नजिकैको क्यान्टिनजस्तो देखिने ठाउँमा के खाने भनेर बुझ्न गए । त्यहाँ वरिपरि धेरैवटा खाना बेच्ने पसल थिए । तीमध्ये एकमा बर्गर, फ्राइज र पिज्जा पाइने रहेछ । उनीहरूलाई ती खानासँग हल्का अनुभव भएकाले दुबैले चिकेन बर्गर, फ्राइज र कोक मगाए । दुबैले करिब छ डलर जति तिरे ।

झ्वाट्ट हेर्दा, ओहो ! कति सस्तो जस्तो लाग्यो उनीहरूलाई तर छ डलरलाई त्यति बेलाको करिब-करिब प्रतिडलर सत्तरी नेपाली रूपियाँको दरमा हेर्दा जम्मा चार सय बीस रूपियाँ हुन्थ्यो । झन्डै-झन्डै पाँच सय रूपियाँ । त्यसले त त्यति बेला नेपालमा आफ्ना पाँच साथीहरू राम्रै रेस्टुरेन्टमा खान सक्थे ।

त्यही सोच्दै विभासले बर्गरको पहिलो गाँस निल्यो । भोक निकै लागेकाले दुबै जनाले खाइसकेपछि मात्र लाक्पाले बोल्यो ।

'ल यार । अब डेल्टाको टर्मिनल खोजौं । तिमी डालासतिर म क्यान्सससिटीतिर । अबको यात्रा वि आर अन आवर ओन ।'

'हुन्छ जाऔं ।'

त्यति भनेर आफूले खाएका बर्गर र फ्राइजका कागजी न्याप तथा बट्टा ट्रयास क्यानमा फ्यालेर उनीहरू नजिकैको डिस्प्ले स्क्रिनमा डेल्टा एयरलाइन्सको टर्मिनल र गेट नम्बर हेर्न थाले ।

'डेल्टाको टर्मिनल थ्री रहेछ । मेरो फ्लाइट गेट थर्टीबाट बाह्र पन्ध्रमा रहेछ । अब गइहाल्नुपर्छ ।' विभासले भन्यो ।

'मेरो पनि टर्मिनल त्यही । गेट थर्टी सेभन ए । बोर्डिङ सुरू भइसकेछ । जाऔं हिँड ।'

यति भनेर दुबै टर्मिनल दुईका साइनहरू पछ्याउँदै त्यतातिर लागे । टर्मिनल आइपुगेपछि लाक्पाको गेट पहिला आयो । त्यहाँ मानिसहरू लाइन लागेर प्लेनमा जान थलिसकेका थिए । बिदा हुनुभन्दा अगाडि लाक्पाले भन्यो, 'ल मित्र अब यहाँ अमेरिकामै बबाल प्रगति गर्ने हो । लेट्स किप इन टच, ह्याभ अ सेफ फ्लाइट । इमेल मि योर नम्बर है ।'

'ल यार ल । तिमी पनि राम्ररी जाऊ । मलाई खबर गर । आइ विल रियल्ली
मिस अ फ्रेन्ड लाइक यु । यु आर लायक माइ बिग ब्रदर । आइ मिन इट यार ।'
त्यसपछि दुबैले एकअर्कालाई एकपल्ट अँगालो हाले र आफ्नो सुटकेस डोर्‍याउँदै
लाक्पा लाइनतिर लाग्यो भने विभास आफ्नो गेटतर्फ ।

. . . . . .

विभासको फ्लाइट त्यहाँको समय सवा बाह्रमा उडेर साँझ साँढे पाँच बजे डालास
आइपुग्यो । त्यहाँबाट करिब चालीस मिनेट कुरेर त्यस्तै एक घण्टा सानो प्लेनमा
उडेपछि विभासको कलेज टाउन आइपुग्यो । ऊ आउने समयको खबर कलेजबाट
लिन आउने व्यक्तिलाई उसले पहिले नै इमेलमा पठाएको थियो । फेरि डालासबाट
उड्नुअधि पनि उसले फोन गरेर अवगत गराएको थियो ।

पहिलोपल्ट एयरपोर्टबाट बाहिर निस्कँदा विभासलाई एकदमै अनौठो लागिरहेको
थियो । उसलाई कहाँ-कहाँ अनौठो ठाउँमा आएको जस्तो लाग्यो - नचिनेको माटो,
मान्छेहरू र वातावरण । तर सबै मान्छे आँखा जुध्नेबित्तिकै मुसुक्क हाँस्थे र
मिलनसार लाग्थे ।

अराइभल गेटबाट बाहिर निक्लनेबित्तिकै एउटा करिब ३०-३५ वर्षको जस्तो लाग्ने
अलि मोटो शरीर भएको एउटा गोरो व्यक्तिले 'विभास न्यौपाने'-को कार्ड लिएर
बसेको थियो । त्यो पक्कै पनि आफ्नो कलेजको स्टाफ हुनुपर्छ भनेर विभास ऊतर्फ
गयो ।

'हाइ, आइ एम विभास ।'

हेलो । आ एम माइकल, माइकल म्युलर, यु क्यान कल मि माइक । . . . . सो
हाउ वाज योर ट्राभल ?'

'इट वाज लङ बट आइ ट्राभल्ड विथ अ फ्रेन्ड अप टु एलए सो इट वाज ओके ।'

'लेट्स गो दिस वे ।'

विभासका दुइटा लगेज थिए । पहिला लगेज लिएपछि उनीहरू पार्किङ लटतिर
गए । त्यहाँ माइकले विभासलाई पार्किङ गरिएको एउटा भ्यानतिर लग्यो ।

'आर यु हङ्ग्री अर डु यु वान्ट टु ड्रिङ्क समथिङ ?' यति भनेर पछाडिको
डिक्कीमा लगेज राख्दै एउटा कुलर बाक्सा खोल्दै माइकले विभासलाई त्यहाँ भएका
केही चिसो खानेकुरा र ड्रिङ्कहरू देखायो । सँगसँगै केही बदाम र काजुजस्ता
देखिने र बिस्कुटका साना-साना पोका भएको एउटा ब्याग पनि थियो ।

विभासले एउटा अरेन्ज जुस र एक प्याकेट काजु लियो । माइकले विभासलाई अगाडि आफ्नो ड्राइभर सिटसँगैको सिटमा बस्न भन्यो र सिट बेल्ट लगाउन अनुरोध गर्‍यो । प्लेनमै सिटबेल्ट लगाएकाले त्यो के हो भन्ने विभासलाई थाहा थियो । गाडीमा बस्दा पनि सिट बेल्ट लगाएको यो उसको पहिलोपल्ट थियो ।

'इफ यु आर हङ्ग्री एन्ड यु वान्ट रियल फुड वी निड टु गेट यु सम फुड अन आवर वे । कलेज क्याफ्टेरिया विल वि क्लोज्ड वाइ द टाइम वि रिच देअर ।'

अलि-अलि भोक त लागेको थियो तर विभासले डालास एयरपोर्टमा पनि नेपालदेखि ल्याएको चाउचाउ र सुकेको नरिवल स्न्याक खाएको थियो । आमाले उसलाई सुकेको नरिवल मन पर्छ भनेर साना-साना चाना बनाएर हालिदिनुभएको थियो । आमालाई सम्झी-सम्झी स्वाद लिएर उसले एउटा पूरै नरिवल खाएको थियो । हातमा लिएको जुस र काजुलाई हेर्दै विभासले भन्यो, 'आइ थिङ्क आइ विल बि फाइन अन्टिल टुमरो मर्निङ ।'

'ओ के देन । इट विल अन्ली बि थर्टी मिनेट राइड एन्ड आइ विल गेट यु टु योर डोर्म रूम ।'

यति भलाकुसारी गर्दागर्दै माइकले एयरपोर्टको पार्किङबाट भ्यान बाहिर सडकमा निकाल्यो । त्यसपछि एउटा ठूलो हाइवेमा छिरायो । हाइवेमा छिरेपछि भ्यान बत्तियो । यति द्रुतगतिमा विभास कहिल्यै गाडी चढेको थिएन । बाहिर चहलपहल कम थियो । सूर्यास्त हुन लागिसके पनि हप्प गर्मी अझै थियो ।

करिब पच्चीस मिनेट बत्तिएपछि हाइवेबाट सानो बाटो हुँदै क्याम्पस आइपुग्यो । त्यहाँको एउटा बिल्डिङअगाडि रोकेर माइकले भन्यो - 'ओ के जेन्टलम्यान, वेलकम टु स्मिथ हल । दिस विल वि योर होम ।'

विभास र माइक मिलेर विभासका सुटकेस र सामान कोठासम्म पुन्याए । कोठा एउटा अमेरिकन विद्यार्थी निकसँग सेयर गर्नुपर्ने थियो । कोठाको दुईतिर एकएकवटा बेड, एकएकवटा कुर्सी अनि अगाडि एउटा किचन क्याविनेट र सिङ्क थियो ।

माइकले निकसँग परिचय गरायो । बाथरूम देखाइदियो । क्याम्पसको म्याप र अन्य जानकारीसहितको प्याकेट दियो । डोर्म रूमको नियम सरसर्ती भनेपछि सेमेस्टरभरि बस्ने कानुनी कागजमा दस्तखत गरायो । भोलिपल्ट जानुपर्ने क्याफ्टेरिया र उसको अफिस म्यापमा कहाँ पर्छ, त्यो पनि देखाइदियो र आफ्नो बाटो ततायो ।

रात परिसकेकाले निकसँगको सामान्य परिचयपछि विभास एकपल्ट नुहाएर सुत्ने तरखर गर्न थाल्यो । सुटकेसबाट फेर्ने लुगा र रूमाल लिएर ऊ बाथरूमतिर लाग्यो । बाथरूम साझा थियो । वरिपरिका चारपाँच कोठाहरूको लागि त्यहाँ छवटा

नुहाउने स्टल, प्राइभेट ट्वाइलेट र युरिनलहरू थिए । त्यहाँ साबुन र स्याम्पु थिएन । विभासले लिएर आएको पनि थिएन । उसले निकलाई गएर सोध्यो ।

'ओ । यु ह्याभ टु ब्रिङ योर औन । यु क्यान बरो माइन फर टुडे । आइ ह्याभ सम एक्स्ट्रा ।'

त्यसपछि निकले उसलाई एउटा साबुन दियो र आफ्नो स्याम्पुको बट्टा दियो । साबुनचाहिँ विभासलाई नै राख्न भन्यो ।

विभास नुहाएर फर्केपछि खाटमा पल्टियो । निक पनि पल्टिसकेको थियो । कोठाको बत्ती निभेपछि विभासले घर सम्झियो - आमा अहिले के गर्दै हुनुहोला ? बहिनी पक्कै स्कुल जाने तयारी गर्दै छे होली . . . . । यस्तै घर सम्झँदै गर्दा ऊ भुसुक्क निदायो ।

. . . . . .

भोलिपल्ट निकको अलार्म बज्दा विभास पनि ब्युँझियो । ऊ निकसँगै क्याफ्टेरियामा ब्रेकफास्ट खान गयो । त्यसपछि माइकको अफिसमा गयो । माइकको अफिसबाट एकपल्टलाई नेपाल फोन गर्न पाइने रहेछ । उसले आमालाई फोन गर्‍यो । बहिनीसँग पनि कुरा गर्‍यो । आफू सकुसल आइपुगेको र अब बिस्तारै कक्षाहरू सुरु हुने सब तयारीमा रहेको बतायो ।

'बाबु खानपिनको ख्याल गर्नू । स्वास्थको ख्याल गर्नू । मलाई तेरो फोन नम्बर दे । हामी पनि यताबाट फोन गर्दै गर्छौं । यही समयमा फोन गर्दा हुन्छ ?'

'होइन आमा, त्यहाँको बिहान ठीक होला । म नम्बर दिन फेरि फोन गरूँला ।'

कुरा सकिएर फोन राखेपछि माइकतर्फ के हेरेको थियो, माइकले विभासलाई एउटा कार्डमा फोन नम्बर र चिठी पठाउने ठेगाना दिँदै भन्यो, 'दिस् इज योर फोन नम्बर इन योर डोर्म रूम । यु सेयर द नम्बर विथ निक । योर मेलिङ अड्रेस इज हिअर टु ।'

'ओके । ह्वाट डु आइ निड टु डु टु कल नेपाल ?'

'यु विल निड टु बाइ फोन कार्ड ।'

'ओके आइ प्रोबब्ली निड टु मेक अ लिस्ट अफ थिङ्स ।'

'यस् । चेक द ह्यान्डबुक आइ गेभ यु यस्टरडे । देअर इज ए सजेस्टेड लिस्ट, अल्सो आस्क निक ।'

'स्योर, ह्वेर डु आइ गो टु सप ।'

'वि ह्याभ ए भ्यान द्याट गोज् टु वालमार्ट सपिङ सेन्टर एभ्री मन्डे, वेनस्डे एन्ड फ्राइडे एट फाइभ पिएम एन्ड कम्स ब्याक एट सेभेन थर्टी ।'

'ओके । अल्सो ह्वेर इज बर्सरर्स अफिस ?' (बर्सरको कार्यलयः क्याम्पसमा आर्थिक कारोवार हुने ठाउँ)

विभासलाई यो सेमेस्टरको पढ्न र खानबस्न लाग्ने फी बुझाउनु थियो । माइकले बर्सरर्स अफिसको बाटो देखाइदियो । अनि भोलिपल्ट क्लासहरू रजिस्टर गर्नुभन्दा अघि अन्डरग्राजुएट एड्भाइजरसँग भेट्नुपर्ने र उसको निर्देशनअनुसार आफूलाई अनुकूल मिल्ने कक्षाहरू रजिस्टर गर्नुपर्ने कुरा माइकले बतायो ।

माइकले अरू नेपालीहरू पनि कलेजमा भएको र यो वर्ष विभासबाहेक अरू दुई जना पनि हिजै दिउँसो आइपुगेको कुरा बतायो । तिनको नाम, फोन नम्बर र बस्ने ठेगाना पनि दियो । अनि अन्य विद्यार्थी र क्याम्पसका कर्मचारीको सबै कन्ट्याक्ट इन्फरमेसन क्याम्पस डाइरेक्टरीमा हुने बतायो । हिजो माइकले दिएको प्याकेटमा त्यो डाइरेक्टरी पनि थियो ।

विभासले त्यो सेमेस्टरको पैसा बुझाएर आयो । उसको पार्सियल स्कलरसिप कटाएर ट्युसन र रूम एन्ड बोर्डको पैसा उसले अठतीस सय तिर्नुपर्थ्यो । ल्याएको बाँकी चार सय डलर र पकेटमा भएको करिब नब्बे-त्रियानब्बे डलर गरेर जम्मा पाँच सय डलरमा अब सब कुरा धान्नुपर्ने थियो ।

यस्तै पर्छ भनेर नेपालबाट सियोदेखि, स्टेपलर, पेन, पेन्सिल, केही कापीहरू, मोजाहरू, ज्याकेट, टिसर्ट, जुत्ता सबै दुइटा लगेजमा उसले ल्याएको थियो । तैपनि किन्नुपर्ने कुराहरू केही थिए, मुख्य त कोर्सका किताबहरू ।

बर्सरर्स अफिसबाट पैसा तिरेर फर्केपछि लन्च खाने बेला भइसकेको थियो । क्याफ्टेरियामा स्टुडेन्ट आइडी देखाउनुपर्ने कुरा उसलाई बिहान भर्खर थाहा भएको थियो । भर्खर आएको विद्यार्थी भएर त्यो दिन बिहान उसलाई एकपल्ट बिना आइडी कार्ड भित्र पस्न दिइएको थियो । आइडी कार्ड बनाउने ठाउँ, लाइब्रेरीको कोठा नम्बर माइकले दिएको थियो । ऊ त्यहाँ गयो ।

त्यहाँ उसको फोटो खिचियो र तुरुन्तै आइडीमा फोटो छापिएर कार्ड बन्यो । त्यसपछि त्यो आइडी बनाउने आइमाईले उसलाई त्यो कार्ड देखाएपछि क्याम्पसका धेरै ठाउँमा जान पाइने जानकारी दिई - क्याफ्टेरिया, जिम, लाइब्रेरी आदि इत्यादि ।

कम्प्युटर ल्याब वा लाइब्रेरीमै पनि इन्टरनेट चलाउन पाइने ठाउँ थियो । एकैछिन विभासले लाइब्रेरीमा इमेल चेक गर्‍यो । लाक्पालाई आफ्नो फोन नम्बर, ठेगाना र आफू सकुशल आइपुगेको खबर इमेलमा पठायो । नीलमको पनि रिप्लाई आएको रहेछ ।

'कङ्ग्राचुलेसन्स । प्लिज अपडेट मि ह्वेन यु अराइभ टु युयस ।' यति मात्र लेखेकी रहिछ नीलमले । विभासले आफू सकुशल आइपुगेको र आफ्नो फोन नम्बर र अड्रेस लेखेर नीलमलाई पनि पठायो ।

त्यसपछि क्याफ्टेरियामा गएर खानाको लाइन बस्यो । त्यहाँ सबले एउटा-एउटा ट्रे लिएर लाइनमा बसेका थिए । ऊ पनि लाइनमा बस्यो । हरेक दिन लन्च र डिनरमा केही एकदुई विशेष परिकार हुँदो रहेछ । तीमध्ये आफूले एक रोजेपछि त्यो प्लेटमा राखेर दिइन्थ्यो । बाँकी अरू खाना पिज्जा टेबल, सालड बार, पेस्ट्री स्टेसन, फ्रुट स्टेसनमा गएर आफूखुसी लिन सकिन्थ्यो । ड्रिङ्क्समा दूध, जुस अनि कोक, स्प्राइट यस्तै-यस्तै हुन्थ्यो । कोक, डायटकोक आदिलाई सोडा भनिने कुरा अमेरिका आएर मात्र विभासले थाहा भयो ।

लन्च विभासले एक्लै खायो । यसो हेर्दा कलेजमा धेरैजसो गोरा, केही काला, केही ऊजस्तै देखिने खैरो छाला भएका दक्षिण अमेरिकी वा इन्डियनजस्ता लाग्ने र केही चाइनिज-मूलका व्यक्तिहरू देखिन्थे । आज अपराह्नमा इन्टरन्यासनल स्टुडेन्टहरूको ओरिएन्टेसन थियो । त्यहाँ नयाँ आएका नेपाली र अन्य देशका विद्यार्थीहरूसँग पनि भेट्न विभास आतुर थियो ।

लन्चपछि विभास एक छिन डोर्म रूममा गयो र आफ्ना सामानहरू मिलायो । तीन बजे ओरियन्टेसनको लागि उसले आफ्नो नयाँ लुगा लगाएर गयो । त्यहाँ फुड र ड्रिङ्क्सको व्यवस्था रहेछ । छिर्नेबित्तिकै एउटा कागजमा (नेम ट्याग) आफ्नो नाम र देशको नाम लेखेर सर्टको अगाडि टाँस्नू भनेर उसलाई भनियो । त्यसबाट अरू मान्छेले विभासलाई र विभासले अरूलाई चिन्न सजिलो हुन्थ्यो । विभासले सरसर्ती सबैको नाम र देश हेर्‍यो । दोस्रो हरफको कुनातिर दुई नेपाली विद्यार्थी आएर बसिसकेका रहेछन् । ऊ त्यहीँनिर गएर बस्यो ।

. . . . . .

'के छ साथीहरू ? म विभास हँ ।'

'ए, तिमी नै हौ विभास । हिजो माइकले भन्दै थियो । मचाहिँ सम्राट् ।'

'अनि मचाहिँ सुवास ।'

दुई नेपालीले ऊसँग परिचय गरे । बिस्तारै ओरियन्टेसन सुरू भयो । पहिला सबको परिचय, त्यसपछि क्याम्पससम्बन्धी जानकारी, क्याम्पसका कानुन, हेल्थ इन्स्युरेन्स, इन्टरन्यासनल स्टुडेन्डहरूले मान्नुपर्ने नियम आदि इत्यादि सबै कुराहरूको जानकारी गराइयो ।

क्याम्पसमा जम्मा बीस घण्टा मात्र काम गर्न पाइन्थ्यो । काम गर्न पहिला सोस्यल सेकुरिटी नम्बर लिनुपर्थ्यो तर त्यो आई नसक्दासम्म क्याम्पसको आइडि नम्बर प्रयोग गर्न मिल्थ्यो । त्यसताका सोस्यल सेकुरिटी नम्बर लिन क्याम्पसमा जागिर पाइसकेको हुनु पर्दैनथ्यो ।

सोस्यल सेकुरिटी नम्बर अप्लाइ गर्न पनि इन्टरनेसनल स्टुडेन्ट अफिसले सहयोग गर्थ्यो । अरू कुनै कानुनी परामर्शसम्बन्धी जानकारीका लागि पनि त्यहीँ सोध्नुपर्थ्यो ।

क्याम्पस टेक्सासको एउटा सानो कलेज टाउनमा थियो । जनसङ्ख्या करिब दस हजारको हुँदो हो । त्यसमा करिब चार हजार जति क्याम्पसकै विद्यार्थी र कर्मचारी हुँदा हुन् ।

त्यस सहरमा रक्सी किन्न नपाइने रहेछ । 'ड्राइ काउन्टी' भनिदो रहेछ । अलि बढी कन्जरभेटिभ क्रिस्चियनहरू भएकाले त्यस्तो नियम थियो - त्यो जिल्ला याने काउन्टीको । डोर्महरूमा पनि केटाको डोर्ममा केटी आउन पाए पनि बेलुका ८ बजेसम्म फर्किसक्नुपर्थ्यो वा केटीको डोर्मबाट केटा । विपरीत लिङ्गका व्यक्तिको कोठामा रात बस्न पाइन्नथ्यो ।

ओरियन्टेसन सकिएपछि विभास, सम्राट् र सुवास डिनर खान सँगै क्याफ्टेरिया गए । अर्को एक जना अलि सिनियर त्रिलोक भन्ने पनि त्यही क्याम्पसमा पढ्दै रहेछन् । उनको अन्डरग्राजुयट झन्डै सकिन लागिसकेको रहेछ । सम्राट् र सुवासले चाहिँ तीसँग भेटिसकेका रहेछन् । जुनियर वर्षमा पनि अर्का दुई नेपाली अनिस र विप्लव भन्ने रहेछन् । उनीहरूसँग चाहिँ सम्राट् र सुवासको भेट भएको रहेनछ ।

सम्राट् पोखराको रहेछ । अरू सब काठमाडौँबाटै आएका रहेछन् ।

त्यो दिन बेलुका क्याम्पसको भ्यान सपिङ सेन्टर जान्थ्यो । विभासलाई सपिङ जानु थियो तर त्रिलोक दाइले सबैलाई बोलाएका छन् भनेर थाहा भएपछि आजको रात त्यतै खाना खाने योजना बनेको थियो । सपिङ सेन्टर चौबीसै घण्टा खुल्ने भएकाले खाना खाएर त्रिलोक दाइसँगै सपिङ जाने कुरा पनि भएको रहेछ । कुरा गर्दै जाँदा विभास, सम्राट् र सुवास बस्ने हल एउटै रहेछ । सम्राट् र सुवासले सुरूमा आउँदै एउटै कोठामा बसाइ मिलाएका रहेछन् ।

विद्यार्थीको चार समूह हुन्थ्यो । फ्रेसम्यान, सफोमोर, जुनियर र सिनियर । कति क्रेडिट आवर कक्षाहरू लिइसकेको त्यसबाट तीमध्ये कुन समूहमा पर्ने भन्ने निर्धारण हुन्थ्यो । एक क्रेडिट आवर आर्जन गर्न करिब एक घण्टाको कक्षा र दुई घण्टाको कक्षा बाहिरको पढाइ करिब पन्ध्र हप्तासम्म पूरा गर्नुपर्थ्यो ।

प्रायः कक्षाहरू तीन क्रेडिट आवरका हुन्थे । कि सोमबार, बुधबार, शुक्रबार एक-एक घण्टा कि त मङ्गलबार र बिहीबार डेढ-डेढ घण्टा । यसरी एउटा कक्षा पन्ध्र-सोह्र हप्तासम्म लिएपछि तीन केडिट आर्जन हुन्थ्यो । एक घण्टा कक्षामा लिएको लेक्चर बराबर विद्यार्थीले अरू दुई घण्टा समय अध्ययनमा लगाउँछन् भन्ने मान्यताअनुसार थियो त्यो आँकलन । बत्तीस क्रेडिटभन्दा कम आर्जन गरेको फ्रेसम्यान, चौसट्ठीभन्दा कम सफोमोर, छयानब्बेभन्दा कम जुनियर र त्यसपछि सिनियर मानिन्थे ।

विभास, सम्राट् र सुवास फ्रेसम्यान थिए । अनिस र विप्लव जुनियर र त्रिलोक सिनियर थियो । उनीहरूमध्ये त्रिलोक, अनिस र विप्लव क्याम्पसबाहिरका अपार्टमेन्टमा बस्थे । अनिस र विप्लव सँगै बस्थे । त्रिलोक एउटा बङ्गाली साथीसँग बस्थ्यो । अनिस र विप्लवको एउटा कार थियो र त्रिलोकको पनि ।

साँझ पाँच बजेतिर त्रिलोकले विभास, सुवास र सम्राट्लाई लिएर उसको अपार्टमेन्टमा लग्यो । त्यहाँ भित्र छिर्नेबित्तिकै चुरोट र गाँजाको गन्ध आयो ।

'ल केटा हो मैले भात बसालिसकेँ । त्यो चिकेन एक जनाले काट त । अनि तिमीहरूमध्ये कसलाई मीठो बनाउन आउँछ ?' त्रिलोकले सोध्यो ।

'काट्न चाहिँ म काटुँला तर पकाउन मलाई खासै आउँदैन ।' विभासले भन्यो ।

'मलाई नि आउँदैन खासै तर म ट्राइ गर्छु ।' सम्राट्ले भन्यो ।

'ल, अब सिक्छौ बिस्तारै । केही चाहिए सोध मलाई । म एक सर्को तानेर आउँछु ।'

एकैछिन विभास, सम्राट् र सुवास अलमलिए । तर, तुरुन्तै काममा लागे । त्यो अपार्टमेन्टको बार्दलीमा त्रिलोकको बङ्गाली साथी, एउटी साउथ एसियनजस्तै देखिने केटी र अर्की एउटी गहुँगोरी नै तर कर्लि कपाल भएकी अल्की केटी एउटा राउन्ड टेबल वरिपरिका कुर्सीमा बसेका थिए ।

त्रिलोक त्यता जानुभन्दा पहिला फ्रिज खोल्यो र तीनवटा बियरका क्यान निकाल्दै विभास, सम्राट् र सुवासलाई दिँदै भन्यो, 'ल मोज गर्दै काम गर ।'

सम्राट् र सुवासले बियरको क्यान खोले । विभासको हात मासु काट्दा फोहोर भएकाले सम्राट्ले खोलेर दियो । बियरको चुस्की लगाउँदै चिकेन एकैछिनमा पाक्यो ।

त्रिलोक सबै साथीहरूसँग भित्र आयो र सबैसँग परिचय गरायो । त्यो अल्की केटी मोरोक्कन रहिछ, त्रिलोकको गर्लफ्रेन्ड ।

'तिमीहरू गाँजा खान्छौ ?' त्रिलोकले सोध्यो ।

'म त खान्न ।' सम्राट्ले भन्यो ।

विभास र सुवासले पनि खान्न भनेर टाउको हल्लाए ।

'ल ठीक छ । अनिस र विप्लव पनि आउँदै छन् एकै छिनमा । तिनीहरूले पनि केही बनाएर ल्याउँदै छन् रे, सँगै खाऔँला । तिमीहरूलाई सपिङ पनि तिनीहरूले लग्दिन्छन् । तिनीहरू बियर पनि खाँदैनन् । त्यसैले, ड्राइभ तिनीहरूले नै गर्नु राम्रो । . . . अनि सुन तिमीहरू एक्काइस वर्ष पुगेको छैनौ । अलि केयरफुल हुनु क्याम्पस जाँदा ।'

एक्काइस वर्ष नपुगी रक्सी खान कानुनअनुसार पाइँदैनथ्यो । अठार नपुगी चुरोट खान पाइँदैनथ्यो । क्याम्पसबाहिर बस्न पनि एक्काइस पुगेको हुनुपर्थ्यो । क्याम्पसबाहिर बस्दा सस्तो पनि पर्ने रहेछ । आफूखुसी खान पनि पाइने । मिलेर बस्दा सस्तो पनि पर्ने ।

त्रिलोक बस्ने अपार्टमेन्टमा दुई कोठामा चार जना बस्दा रहेछन् । त्रिलोक र उसकी गर्लफ्रेन्ड एउटा कोठामा । अर्कोमा बङ्गाली साथी र उसकी गर्लफ्रेन्ड ।

त्रिलोकले तीन वर्षमै पढाइ सक्न लागेको रहेछ । समर सेमेस्टरमा पनि क्लास लिएर - चाँडो-चाँडो ।

'हेर केटा हो, जति चाँडो सक्कायो त्यति चाँडो राम्रो काम पाइन्छ, बरु अलि लोन लिएर भए पनि चाँडै सकेर हिँड्ने हो म त डालासतिर ।' त्रिलोकले कुरैकुरामा भन्यो ।

'अनि सुन तिमीहरू भोलिदेखि नै क्याफ्टेरिया, लाइब्रेरी, फिजिकल प्लान्ट, कम्प्युटर ल्याव सबतिर जब अप्लाइ गरिहाल । यहाँ पहिला-पहिलाजस्तो सजिलो छैन । हामी नेपालीहरू सबैको आर्थिक स्थिति प्रायः उस्तै हो । त्यसैले जब हन्टमा ढिलो नगर ।'

मैले त सुरुको वर्षपछि दोस्रो वर्ष त अन-क्याम्पस नै दुइटा जब गरेँ । क्याम्पसको एउटा डिपार्टमेन्टसँग अर्को डिपार्टमेन्ट त्यति बेला मात्र जोडिएको हुन्छ जब पे चेक एकैठाउँबाट आउँछ । हामीले बीस घण्टा मात्र काम गर्न पाउँछौं तर मैले बीस घण्टा लाइब्रेरीमा गरेँ । बीस घण्टा क्याफेटेरियामा । मैले त्यसरी हप्ताको चालीस घण्टा काम हान्दा पनि क्याम्पसले थाहै पाएन । मैले काम गरेका दुई डिपार्टमेन्टका फरक-फरक पे चेक हुन्थ्यो । काम पनि एउटा राति, एउटा दिउँसो । म क्लासहरूको बीचतिर पारेर काम गर्थें । अब त्यस्ता अवसरहरू छैनन् । इन्टरन्यासनल स्टुडेन्ट धेरै भए । काम पाउन कम्पिटिसन धेरै छ ।'

त्रिलोकका आँखा राता थिए । ऊ बिस्तारै लर्बराउँदै बोल्दै थियो । सँगै उसकी गर्लफ्रेन्ड त्रिलोकले नेपालीमा भनिरहेको कुरा बुभ्mे पनि नबुभ्mेपछि बेलाबेला मुसुक्क-मुसुक्क हाँस्थी । त्रिलोकले जस्तो अवस्थामा बोलिरहेको भए पनि विभास, सम्राट् र सुवास ध्यानपूर्वक सुनिरहेका थिए । सँगसँगै त्रिलोकका गहिरा आँखाभित्र उसले भोगेका सङ्घर्षका दिनहरूको पनि आँकलन गर्दै थिए । अनि आफ्ना भावी दिनहरूका दृश्य परिकल्पना गर्दै थिए ।

कुरा गर्दैगर्दा अनिस र विप्लव आइपुगे । तिनीहरूले आलुको अचार र मासको दाल बनाएर ल्याएका रहेछन् । सबै जनाले एकैछिन भात, दाल, अचार र सम्राट्ले बनाएको कुखुराको परिकार खाए ।

'मीठो बनाउँदो रहेछ सम्राट् भाइले ! ल ब्रो अबदेखि भात खान मन लाग्यो भने यहाँ आउने ।'

'थ्याङक्यु दाइ ।' सम्राट्ले भन्यो ।

सबैले आ-आफूले खाएका प्लेट माझे । बाँकी खाना भाँडै सहित त्रिलोकले फ्रिजमा राख्यो । विप्लवले आफूले ल्याएका भाँडा माझिसकेर एउटा प्लास्टिकको झोलामा हाल्दै भन्यो, 'दाइ अब हामी जाऔँ होला । यी केटाहरूलाई वालमार्टमा सपिङ लगिदिएपछि डोर्ममा पुर्‍याएर घर जानु छ ।'

'ल हुन्छ ब्रो । फेरि-फेरि पनि भेटनुपर्छ । ल केटा हो केही पर्‍यो भने खबर गर्नू । भोलि मिक्सचर पार्टी छ क्यारे त्यहाँ भेटौँला ।'

सबैले सहमति जनाउँदै विभास, सुवास र सम्राट् विप्लव-अनिसको गाडीमा वालमार्ट गए । वालमार्ट जाँदा विप्लवले गाडी चलाइरहेको थियो । साइडमा अनिस बसेको थियो । पछाडिको सिटमा विभास, सम्राट् र सुवास । बाटो वरिपरि खाली जग्गा थियो । करिब पन्ध्र मिनेट गएपछि बल्ल केही बिल्डिङहरू देखिन थाले । एउटा एकतले लाम्चो बिल्डिङको पार्किङ लटमा विप्लवले गाडी रोक्यो । करिब आठ बजेको हुँदो हो । बाहिर हप्प गर्मी नै थियो । सूर्यास्त भर्खर हुन लागेको थियो ।

भित्र ठूलो पसल रहेछ । ठाउँठाउँ छुट्याएर विभिन्न खालका सामान राखिएको थियो । लुगा, कपडा, खानेकुरा, इलेक्ट्रोनिक्स, स्टेसनरी, सोच्न सकिने जति सबै । अनिस र विप्लवले साबुन, स्याम्पु, केही चाउचाउ, आलुका चिप्स, कापीहरू, नेपाल फोन गर्ने कार्ड आदि किन्न मद्दत गरे ।

सपिङ सकेर बाहिर निक्लँदा रात झमक्क परिसकेको थियो । स्मिथ हल अगाडि विभास, सम्राट् र सुवासलाई ओरालेर विप्लव र अनिस फर्के ।

विभासले कोठामा सामान राख्न जाँदा निक सुत्ने तर्खरमा रहेछ । केहीबेर आफ्ना साथीहरू सम्राट् र सुवाससँग कुरा गरेर फर्कन्छु अनि सुटुक्क डिस्टर्व नगरी कोठामा पस्छु भनेर निकलाई विभासले भन्यो । त्यसपछि विभास सम्राट् र सुवासले दिएका उनीहरूको कोठा नम्बर खोज्दै एक छिन अघि मात्र भएको सहमतिअनुसार नै उनीहरूको कोठामा पुग्यो । सम्राट् र विभास भर्खर किनेर ल्याएका सामान मिलाउँदै रहेछन् ।

'तिमीहरूलाई पो मस्ती छ यार ! जतिखेर जे गर्न पनि भयो । मेरो रूममेट त सुतिसक्यो ।' विभासले भन्यो ।

'ल ब्रो हामी तिमी होइन, तँ भनौँ है । सुरूमा अलि अप्ठेरो लाग्ला तर पछि त्यही मजा आउँछ ।' सम्राट्ले भन्यो ।

'भइहाल्छ नि, बरू भोलिको मिक्सचर पार्टी कतिखेर हो थाहा छ ?'

'खै थाहा छैन । ओइ सुवास हेर त त्यहाँ प्याकेटमा कतिखेर लेखेको छ ?'

'दिउसो तीन बजे हो, मैले हेरिसकेँ ।'

मिक्सचर पार्टी फ्रेसम्यान, सफोमोर, जुनियर, सिनियर सब लेभलका विद्यार्थीको जमघट गराएर घुलमिल गराउने अभिप्रायले आयोजित हुन्थ्यो ।

'ल हेर त्यसलाई थाहा भइसकेछ । कहिले भेटिन्छन् च्वाँक-च्वाँक खैरनी भनेर बस्या छ । बोको मूला ।' सम्राट्ले खिलिति हाँस्दै भन्यो ।

'हो त मूला । अमेरिका आएर नि खैरेनी नहेर्नु त । त्यत्रो पैसा खर्च गरेर आको, अलि नयाँ चाख्नु परेन । तँ जस्तो लट्टुक हो ।' सुवासले पनि जिस्कँदै भन्यो ।

सम्राट् र सुवासको हल्काफुल्का ठट्टा चलिराख्थ्यो । उनीहरू एकअर्कालाई काठमाडौँदेखि नै चिन्दा रहेछन् । मैतिदेवीमा एकअर्काको घरनजिक बसेका रहेछन् । सम्राट् पोखराबाट अमेरिका आउने तयारीमा त्यता बसेको रहेछ । सुवास त्यहीँको रैथाने रहेछ ।

सुवास बोलीपिच्छे अपशब्द ओकल्थ्यो । सम्राट्ले पनि उत्तर दिनै पर्थ्यो । झन् अमेरिका आएपछि त आफूआफू मात्र जे बोले पनि वरिपरि बुझ्ने कोही थिएन । त्यसैले अपशब्द बोल्न सबै जना फुकुवा राँगोजस्तो छाडा भएका थिए । अमेरिकी अपशब्द गालीहरूको पनि सब उनीहरूले अनुवाद गरेर नेपाली भर्सन बनाइसकेका थिए ।

'ओइ सुन् तिमीहरू बियर खान्छौ ?' सुवासले एकाएक सोध्यो ।

'बियर रे, कताबाट आयो बियर ?' सम्राट्ले सोध्यो । विभासले पनि कौतुहलताका साथ हेन्यो ।

'अघि त्यहाँ वालमार्टमा एउटा ऱ्याकमा थियो । बियर लेखेको देखेर मैले आफ्नो कार्टमा हालें । सुइँसुइँ सब सामानसँग पैसा पनि तिरें । कसैले केही भनेन ।'

'हो त । निकाल्न त खाऔं ।'

एउटा ठूलो दुई लिटरको प्लास्टिकको बोतल निकालेर सिङ्कअगाडि भएका दुइटा कपमा उसले त्यो बोतलबाट झोल खन्यायो । झोल कालो र फिँजले गर्दा बियर जस्तै नै देखिन्थ्यो ।

सम्राट्ले एउटा कपबाट एक चुस्की लियो र अचम्म मान्दै विभासलाई अर्को कप दियो । विभासले पनि एक चुस्की लियो - 'कस्तो गुलियो त ।' विभासले भन्यो ।

त्यसपछि सुवासले बोतलबाटै एक घुट्को निल्यो र हेन्यो । त्यहाँ "रूट बियर" लेखिएको थियो । त्यो विभास र सम्राट्लाई देखायो ।

'ब्या अघि त्यहाँ ओरिएन्टेसनमा भन्या सुनेनौ तिमीहरूले ? यो ड्राइ काउन्टी हो । यहाँ बियर बेच्न पाइदैन रे । यो बियर होइन ।' विभासले भन्यो ।

त्यो बाँकी झोल सुवासले तनतन सक्कायो । सम्राट् र विभासले पनि आफ्नो कपको बाँकी सक्काए । त्यसले न उनीहरूलाई झुम बनायो न केही । त्यो बियर लेखिएको भए पनि बियर होइन सोडा नै रहेछ भन्ने कुरा उनीहरूले पछि मात्र थाहा पाए ।

रूटबियरको स्वाद लिएपछि विभास, सुवास र सम्राट्ले भोलिपल्ट सँगै ब्रेकफास्ट गर्ने प्लान गरे । ब्रेकफास्टपछि दिनभर क्याम्पसमा जागिरका एप्लिकेसन भर्ने काम गर्ने र त्यसपछि अपराह्नमा मिक्सचर पार्टीमा जाने निधो गरे । त्यसपछि विभास सुटुक्क आफ्नो कोठा फर्केर आफ्नो खाटमा पल्टियो । सुत्नुअघि उसले सरसर्ती आफूले लिने क्लास बिहान फाइनल गर्ने विचार गऱ्यो । जागिर अप्लाई गर्न पनि क्लासको स्केजुअल दिनुपर्थ्यो ।

भोलिपल्ट क्याफेटेरिया, लाइब्रेरी, कम्प्युटर ल्याव, बुक स्टोरलगायत अन्य केही ठाँउमा पार्ट टाइम जबको लागि उनीहरूले एप्लिकेसन भरे । त्यसपछि घर आएर नुवाइ-धुवाइ गरेर राम्रो लुगा लगाएर मिक्सचर पार्टीमा गए । हिजोको रूट बियरबारे मिक्सचर पार्टीमा विप्लवलाई सोध्दा उसले हाँस्दै भन्यो - 'हा हा हा, रूट बियर भनेको कोक फ्यान्टाजस्तै एक प्रकारको सफ्ट ड्रिङ्क हो ।'

त्यो थाहा पाएपछि विभास, सम्राट् र सुवास छक्क पनि परे अनि मनमनै लाजले मुस्काए । सुवासले हल्का मुर्मुरिँदै भन्यो, 'यो खैरेहरूलाई ठग्न पनि कति आउने के, वियर भनेर सोडा बेच्दारेछन् ?'

मिक्सचर पार्टीमा एउटा ठूलो हलमा खुब तडकभडक थियो । यो विद्यार्थीहरूले नै आयोजना गरेका रहेछन् । एउटा टेबलमा सफ्ट ड्रिङ्क्सहरू थिए । बीचको स्टेजमा लाइभ ब्यान्डले गीत गाइरहेको थियो । अगाडिपट्टि केटाकेटीहरू रमाइलो गर्दै नाँचिरहेका थिए । त्रिलोक, विप्लव र अनिस पनि आइसकेका थिए । साथै अरू इन्टरन्यासनल विद्यार्थीहरू पनि थिए । त्रिलोकले भन्यो, 'ल केटा हो अब यसो वरिपरि घुम्ने हो; जोसँग मन लाग्छ परिचय गर्ने, कुरा गर्ने ।'

त्यति भनेर त्रिलोक आफ्नी गलफ्रेन्डसँग नाँच्न अघि गयो । विप्लव र अनिसले आफ्ना केही साथीहरू चिनाइदिए । तीमध्ये केही अमेरिकन, केही भियतनामी, केही रसियन थिए । सम्राट् एउटी रसियन केटीसँग मज्जाले जम्दै थियो ।

सुवासचाहिँ खैरेनी केटीहरू भएतिर हाइ भन्दै जाकिँदै थियो । विभासचाहिँ घरमा फोन गर्नुपर्ने भन्ने सोच्दै थियो । अनि फेरि क्लास रजिस्ट्रेसन फाइनल गर्न अन्डरग्राजुएट एडभाइजरको स्वीकृति लिनु थियो । जब अप्लाइ गर्दा त उसले क्लास फाइनल नगरी मोटामोटी स्केज्युल दिएको थियो ।

मिक्सचर पार्टी केहीबेरमा सक्कियो । त्यसपछि विभास, सुवास र सम्राट् फर्किए । विभासले घरमा फोन गर्नु छ भनेर कोठामा आयो । आमालाई फोन गन्यो । आमाको र बहिनीको सबै ठीक रहेछ । आफ्नो फोन नम्बर र ठेगाना पनि टिपायो । आफ्ना नेपाली साथीहरू भएको सुनायो । त्यो कुरा सुनेर आमा खुसी भइन् । बहिनी शोभाले पनि आफ्नो इमेल एकाउन्ट खोलेको र उसलाई इमेल पठाएको सुनाई । विभासले भोलि एडभाइजरसँग स्वीकृति लिएर क्लास रजिस्ट्रेसन फाइनल हुनेबित्तिकै इमेल हेर्ने जमर्को गन्यो ।

'इट्स अ गुड प्लान, एटिन क्रेडिट्स, विथ फिजिक्स, क्यालकुलस, साइकोलोजी, म्युजिक, हेल्थ एन्ड इङ्लिस कम्पोजिसन ।' त्यसो भनेर विभासले गरेको प्लानअनुसार नै एड्भाइजरले स्वीकृति दिए । आफूले सोचेकै जस्ता क्लासहरू लिन अनुमति पाएपछि विभास दृढ थियो ।

फुल टाइम स्टुडेन्ट स्टाटस मेन्टेन गर्न कम्तीमा बाह्र क्रेडिट लिनै पर्थ्यो र बाह्रदेखि अठार क्रेडिटसम्म उत्ति नै पैसा तिर्नुपर्थ्यो । विभासलाई चाँडो सक्काउनु थियो । त्यसैले, उसले अठारै क्रेडिट लियो । स्वीकृति पाएपछि लाइब्रेरीको एउटा कम्प्युटरबाट विभासले क्लास रजिस्टर गर्‍यो । त्यसपछि इमेल चेक गर्‍यो । लाक्पाको इमेल रहेछ । उसको पनि ओरियन्टेसन भएछ र क्लास रजिस्टर हिजै गरिसकेछ । नीलमको इमेल थिएन । बहिनी शोभाको इमेल रहेछ ।

'हाइ दादा । माइ फर्स्ट इमेल । वि मिस यु एट होम । प्लिज कल अस विथ योर फोन नम्बर । योर सिस्टर ।'

बहिनीको इमेल देखेर विभासका आँखा रसाए । त्यो शुक्रबारको दिन थियो । सोमबारबाट कक्षा सुरु हुन्थ्यो । बहिनीलाई र लाक्पालाई हालसालैका गतिविधि लेखेर रिप्लाइ गरेपछि विभास घर फर्कियो ।

. . . . . .

आफ्नो कोठामा रूममेट भएकाले कोठा पस्नुभन्दा पहिले ढकढक्याउने बानी बसिसकेको थियो विभासको । कोठाको ढोका ढकढक्याउँदै गर्दा भित्रबाट निकले भन्यो, 'हे, विभास, आइ एम विथ माइ गर्लफ्रेन्ड, क्यान यु प्लिज कम ब्याक इन अबाउट एन आवर ?'

'स्योर ।' त्यति भनेर विभास सम्राट् र सुवासको कोठातर्फ लाग्यो । लन्च आवर थियो त्यसैले सम्राट् र सुवास कोठामा थिएनन् - पक्कै क्याफेटेरियामा भेटिन्छन् भन्ने लागेर विभास क्याफ्टेरियातिर गयो ।

क्याफ्टेरियाको बाहिरपट्टि नोटिस बोर्डमा केही मान्छेहरूको भीड थियो । त्यहाँ प्रायः इन्टरन्यासनल स्टुडेन्ट बढी देखिन्थे । क्याफ्टेरियामा कसकसले कति-कति घण्टा काम पाए भनेर स्केजुअल निकालेर टाँसेकोले हेर्न पो त्यो भीड लागेको रहेछ । विभासले त भुसुक्कै बिर्सेछ आज क्याफेटेरियाको कामको पत्तो लाग्छ भनेर । विभासले काम पाएन; सुवासले पनि पाएन । तर सम्राट्ले चाहिँ पायो ।

ल यहाँ नपाए अन्त पाइएला नि भन्दै विभास क्याफेटेरिया छिर्‍यो । नभन्दै सुवास र सम्राट् पनि त्यहीँ थिए अरू केही अफ्रिकन र चाइनिज इन्टरन्यासनल स्टुडेन्टसँग । नजिकैको चर्चमा पुल, टेबलटेनिस खेल्न पाइने रहेछ । लन्चपछि त्यतै गएर खेल्ने योजना बन्दै रहेछ ।

'किन झोला बोकेरै आएको विभास ? कोठामा नपसी आइस् कि क्या हो ?' सम्राट्ले सोध्यो ।

'होइन यार, फोर्थमा रूममेट गर्लफ्रेन्डसँग रहेछ, ढकढक गर्दा एक घण्टापछि आइजो भनेर रिक्वेस्ट गर्‍यो, त्यसैले । अनी तिमीहरूकोमा गएको तिमीहरू पनि यता आइसकेछौ ।'

'आम्मामा, त्यो मूला खैरे दिउँसै खप्टेर सुतेछ गर्लफ्रेन्डसँग ? कस्ती छे गर्लफ्रेन्ड पहिला देखेको थिइस्?' सुवासले सोध्यो ।

'आजै थाहा पाएको गलफ्रेन्ड छ भनेर । यस्तो कुरै हुन पाएको थिएन ।'

'ए । त्यसो पो । यो मूलाहरूको के थाहा एक दिनमै गर्लफ्रेन्ड अर्को दिन ब्रेकअप । ल गरिखानेखाले छ जस्तो छ तेरो रूममेट यसो टिप्स लिइराख् ।'

'व्या नकरा जुत्ताचोर ! के थाहा हिजो हामीले देखेको एउटी खैरेनी केटीजस्तै पछाडिको थुप्रो मात्र जोख्दा नि सय किलो हुनेजस्तो थसुल्ली पो पट्याएको छ कि ?' सम्राट्ले भन्यो ।

'होसियार मित्रगण ! हामी अब अमेरीकामा छौँ । ओरिएन्टेसनमा भनेको सुनेनौ ? यस क्याम्पसमा जात, वर्ण, धर्म, लिङ्ग, राष्ट्रियता, शारीरिक बनोट, उमेर आदि-इत्यादि अगडम-बगडमको आधारमा कसैलाई उडाएर बोल्न र हेप्न पाइँदैन । मोटोपनाको सिकारले विशाल जिउडाल भएकी ती स्त्रीले नसुने पनि क्याम्पस देउताको पाप लाग्न सक्छ । त्यसैले आफ्नो मुख समातेर बोल्ने बानी बसालौँ ।' विभासले जिस्कँदै भन्यो ।

'मुख समातेर रे ? हाहाहा . . . बोल्यो अर्को गोलखाँडी ।' सुवासले त्यो भनेसँगै सबै जना एकपल्ट गलल्ल हाँसे ।

लन्च खाइसकेपछि सबै जना क्याम्पसनजिकैको चर्चमा गए । सुवासको चुरोट खाने बानी रहेछ । उसले नेपालबाटै एक कार्टुन 'सूर्य' चुरोट ल्याएको रहेछ । एउटा चुरोट चर्चबाहिर तानेपछि सबै भित्र छिरेर पुल र टेबलटेनिस खेल्न थाले ।

सोमबारसम्म यसैगरी कहिले कता कहिले कता खेलेर समय बित्यो । सोमबार बिहानबाट कक्षा सुरु भयो । कक्षाले गर्दा दिनहरू व्यस्त हुँदै गए । सम्राट् क्याफ्टेरियामा काम गर्थ्यो र कक्षा जान्थ्यो । विभास र सुवासको आ-आफ्नै स्केजुअल थियो । बेलुका-बेलुका डिनरमा र शनिबार र आइतबारबाहेक अन्य समय पढाइ वा स्केजुअलको भिन्नताले साथीहरूसँग त्यति भेट हुन छोड्यो ।

क्याफ्टेरियामा मात्र होइन विभासले अन्त कतै पनि काम पाएन । अर्को सेमेस्टर क्याम्पसलाई तिर्नुपर्ने पैसा नहुँदा उसले नेपालबाट आमासँग मगाउनुपर्थ्यो । त्यो उसले कल्पना पनि गर्न सक्दैनथ्यो ।

यही कुराले विभासको मनमा निकै तनाव भइरहन्थ्यो । पढाइमा चाहिँ विभासले राम्रो गरिरहेको थियो । वास्तवमा ए लेभलमा पढिसकेका कुरा यहाँ फिजिक्स, क्यालकुलसका सुरूका कक्षामा दोहोरिइरहेकाले उसलाई धेरै सजिलो थियो ।

अप्ठ्यारो त पैसाको बन्दोबस्त गर्नुपर्ने कुराले थियो । बिस्तारै उसलाई कतैबाट काममा नबोलाउनुको रहस्य उसले बुझ्दै गयो । उसको क्लासहरू अठार क्रेडिटको थियो र प्रायः क्याफ्टेरिया वा अन्य ठाउँ व्यस्त हुने समयमा ऊ कक्षामा हुन्थ्यो । त्यसैले कतिपय ठाउँमा उसले काम पाउने चान्स थिएन । सायद कतिपय ठाउँमा उसको अठार क्रेडिट देखेर पनि उसलाई बोलाउँदैनथे । त्यो विभासको अनुमान मात्र थियो ।

क्लास कम लिऊँ, सकेसम्म बढी लिएरै फाइदा थियो । धेरै क्रेडिट लिँदा चाँडै सकिने र सस्तो पर्ने । नलिऊँ काम पाउन गाह्रो । एक हप्ता दुई हप्ता तीन हप्ता हुँदै करिब एक महिनासम्म पनि कामको टुङ्गो लागेन ।

म्युजिक क्लासका प्रोफेसर साह्रै सहयोगी भएकाले उसले तिनलाई आफूले काम पाउन नसकेको कुरा बताएको थियो । उनले आफू बसेकै हलको डाइरेक्टरलाई फ्रन्ट डेस्कको काम मिलाइदिन सकिन्छ कि भनेर भनिदिएका रहेछन् । तर, त्यो काम सुवासले पायो । पछि बुझ्दै जाँदा पो थाहा भयो हलको डाइरेक्टरलाई प्रोफेसरले एक जना नेपाली विभास नाम गरेको भनेका रहेछन् । डाइरेक्टरले सुवासलाई सोध्न पुगेछ, विभास र सुवासमा झुक्किएछ ।

'आर यु द नेपाली स्टुडेन्ट लुकिङ फर जब ? योर म्युजिक प्रोफेसर प्रोभाइडेड द रेफरेन्स ?'

जबको कुरा सुन्नेबित्तिकै म्युजिक प्रोफेसर, रेफरेन्स केही पनि नसुनी सुवासले "यस" भनेछ । त्यसपछि त्यो जागिर पनि सुवासले उम्क्यायो ।

सुवास न कुनै म्युजिक क्लासमा थियो न कुनै म्युजिक प्रोफेसरलाई चिन्थ्यो । हलको डाइरेक्टर पनि केही वर्ष मात्र सिनियर आलाकाँचो विद्यार्थी नै थियो । र त उसले पनि हल्का रूपमै सोधखोज गऱ्यो ।

सुवास पनि काम नपाएर छटपटिएको थियो । उसले एकपल्ट पनि त्यो अवसर अरू कसैको मिहिनेतले उपलब्ध भएको र त्यसको असली हकदारलाई पनि त्यतिकै जरूरतमा छ होला भन्ने सोचेन । विभासको दुर्भाग्यको त बयान गर्न जरूरी थिएन ।

आखिर जागिर पाउन केही सीप नलागेर त्रिलोकसँग केही उपाय छ कि भनेर विभासले सोध्यो । त्रिलोकले भन्यो, 'हेर ब्रो, यो सानो ठाउँमा क्याम्पसबाहिर क्यासमा इल्लिगली काम पाउने चान्स छैन । फेरि तिम्रो गाडी पनि छैन । यसो

गर, मेरो कामको ड्युटी तिमी गर । म त्यो पैसा तिमीलाई दिन्छु । तर हप्ताको दस घण्टा जति मात्र सेयर गर्छु म । म यसपालि ग्राजुयट हुँदै छु, मलाई पढेअनुसारको जब खोज्न टाइम चाहिन्छ । फेरि गेरा कोर्सहरू पनि गाह्रा छन् ।'

एकाएक विभासले 'हुन्छ' भन्यो र एउटा मुखमा आइसकेको पनि खोसेर खाने र अर्को आफ्ना गाँस पनि बाँड्ने दुई साथीहरू सुवास र त्रिलोकलाई सरसर्ती सतही रूपमा मनमनै दाँज्यो ।

'बरू सुन, फिजिक्समा राम्रो गर । राम्रो गन्यौ भने स्प्रिङ सेमेस्टरको लागि डिपार्टमेन्टल स्कलरसिप छ पन्ध्र सयको ।' त्रिलोकले थप्यो ।

'हुन्छ दाइ, थ्याङ्क्यु सो मच ।'

त्रिलोकको सहयोगी हाउभाउले गर्दा एकाएक विभासलाई लाक्पाको याद आयो । अमेरिका आगमनसँगै जीवनमा नयाँ सम्बन्धहरू पनि बन्दै थिए । अगाडिका बाटाहरू पनि बिस्तारै देखिँदै थिए । अलि-अलि भए पनि गन्तव्यसम्मको दूरी छोटिँदै पनि थियो ।

८
अप्ठेरा

त्रिलोकले दिएकै केही घण्टा मात्र काम गरेर त्यो सेमेस्टर सक्कियो । एक महिनाको विन्टर ब्रेक थियो । ब्रेकमा केही काम गर्न पाए पनि अर्को सेमेस्टरको फी तिर्न सजिलो हुन्थ्यो । यसबीच सोस्यल सेकुरीटि नम्बर पनि आइसकेको थियो । त्यो पाएपछि विभासले क्रेडिड कार्ड अप्लाइ गरेको थियो तर अहिलेसम्म कुनै क्रेडिट हिस्ट्री नभएकोले कुनै पनि कार्ड पाएको थिएन । पाएमा त्यस्तै पन्ध्र सय दुई हजारसम्म क्रेडिट कार्डमा उधारो चलाउन पनि मिल्ने थियो ।

चौध हप्ताजति गरेको कामबाट केही किताब किनेका खर्च काटेर विभाससँग त्यस्तै तेह्र सय डलर मात्र थियो । अब अर्को सेमेस्टर सुरु हुनुअघि विन्टर ब्रेक थियो । ब्रेकमा नियमअनुसार हप्ताको चालीस घण्टासम्म काम गर्न पाइन्थ्यो । अहोभाग्यले क्याम्पसमै चालीस घण्टा काम पाए नै पनि घण्टाको त्यस्तै सात डलरको हिसाबले करिब-करिब हजार डलरजस्तो मात्र कमाउन सकिन्थ्यो । तर त्यो हुन लगभग असम्भव थियो ।

क्याम्पसमा क्याफ्टेरिया लगायत धेरैजसो ठाउँ विन्टर ब्रेकमा बन्द हुन्थ्यो । स्प्रिङ सेमेस्टर सुरु हुनुभन्दा अघि टेम्पोररी हाउजिङमा बस्नुपर्थ्यो जहाँ खाना आफै बनाउने साझा किचनको बन्दोबस्त हुन्थ्यो । त्यसैले उल्टो अझै खर्च हुने थियो - काम नभएको खण्डमा ।

लाक्पाले राम्ररी नै काम पाएछ । उसको स्कलरसिप पनि अलि बढी भएकाले सेमेस्टरको पच्चीस सय मात्र तिर्नुपर्थ्यो । उसको राम्रै बन्दोबस्त रहेछ ।

नीलमसँग विभासको सुरुसुरुमा एक-दुईपल्ट फोनमा कुरा भयो । ऊ आफ्नै संसारमा व्यस्तजस्ती लाग्थ्यो विभासलाई । ऊ पनि टन्न क्लास लिन्थी । मिलेजति काम गर्थी । हो, उसका बुबाआमाले उसलाई चाहिएजति पैसा पठाउन सक्थे तर ऊ आफ्नो खुट्टामै टेकेर सफल हुन चाहन्थी । फेरि ऊ विभासभन्दा एक सेमेस्टर अगाडि थिई । त्यसैले पढ्ने कुराहरू पनि सायद अप्ठ्यारा हुँदै गएका थिए । कुरा हुँदा कुनै हल्काफुल्का कुरा कमै हुन्थे खालि यस्तै काम, पढाइ, अर्को सेमेस्टरको प्लानिङ, स्ट्रेस आदि यस्तै कुराहरू बढी हुन्थे । पछि बिस्तारै कुरा गर्ने अनुपात कम हुँदै गयो ।

विभासको स्थिति बुझेपछि लाक्पाले एक जना चिनेको अङ्कल पर्नेलाई विन्टर एक महिनालाई विभासका लागि काम खोजिदिन आग्रह गरेको रहेछ ।

पहिलो सेमेस्टरको जाँच सकिने केही दिनअघि लाक्पाले विभासलाई फोन गरेर भन्यो, 'ल विभास, मेरो एक जना अङ्कलले तिमीलाई मेम्फिस टेनेसीमा एउटा इन्डियन रेस्टुरेन्टमा काम भन्दिनुभएको रहेछ । यो नम्बरमा फोन गर्नू ।'

यति भनेर लाक्पाले फोन नम्बर दियो र विभासले टिप्यो ।

'बरू सुन, अङ्कलले भन्नुभएको, एक महिनाको लागि मात्र काम गर्ने नभन्नू रे । कसैले पनि एक महिनाको लागि मात्र, त्यो पनि बिजनेस ठप्प हुने समय विन्टरमा काम गर्ने मान्छे खोज्दैनन् रे । त्यो ठाउँमा अहिले काम गरिरहेको एउटा मान्छेले छाड्न लागेकाले अहिलेदेखि नै अर्को मान्छे खोज्दै रहेछन् । जाँच सकिनेबित्तिकै जाने अनि क्लास सुरूहुनुभन्दा अगाडि बहाना बनाएर छोड्ने रे । अब तिनीहरूले छोड्ने बेलामा पैसा दिन्न भनेर किचकिच गर्‍यो भने अङ्कललाई फोन गर्नू रे ।'

त्यो भनेर उसले अङ्कलको नाम र फोन नम्बर पनि दियो ।

'मचाहिँ विन्टरमा इन्डियानापोलिस जान्छु । त्यहाँ मेरा आफन्तहरू छन् । म ग्रेहाएन्ड भन्ने बस चढेर यात्रा गर्न लागेको । तिमी पनि मेम्फिस बसमै जानू । सस्तो पर्छ ।'

'ल यार हुन्छ । तिम्रो जाँच सक्कियो ?'

'अँ सक्कियो । मेरो त यसपालि फोर पोइन्ट ओ आउँछ यार । पहिलो सेमेस्टर त सारै सजिलो लाग्यो ।'

'अँ त्यो त मेरो पनि आउँछ । म्याथ र फिजिक्स त सब पहिल्यै पढेको । मलाई पनि पहिलो सेमेस्टर निकै सजिलो लाग्यो ।' विभासले भन्यो ।

हरेक कक्षाका परीक्षाका औसतबाट प्रायः सयमा नब्बे वा बढी ल्याउनेको ग्रेड "ए" आउने हुन्थ्यो ।

"ए" आएमा चारमा चार ग्रेड पोइन्ट एभरेज अर्थात् जिपिए हुन्थ्यो । सबै क्लासमा "ए" आए औसत ग्रेड पोइन्ट एभरेज फोर पोइन्ट ओ (चार दशमलव शून्य) हुन्थ्यो ।

'लाक्पा थ्याङ्क्यु सो मच यार । आइ रियल्ली निड टु वर्क ड्युरिङ विन्टर । घरमा आमासँग पैसा मगाउने त म सोच्न पनि सक्दिनँ ।'

'ह्या यार तिमी पनि बरू तिमीलाई अझै हजार पन्ध्र सय जति नपुग्न सक्छ त्यति चाहिँ मगाउनै पर्ने हुन सक्छ । मसँग पनि त्यति एक्स्ट्रा हुन्न । त्यो काममा खान बस्न सब दिएर महिनाको तेह्र सय दिन्छ रे ।'

'हो र ? ल म फिगर आउट गरूँला ।'

'ल हुन्छ । अहिले म राख्छु ।'

'हुन्छ । बाइ ।'

लाक्पासँग कुरा टुड्गिनेबित्तिकै विभासले उसले कामको लागि भनेर दिएको नम्बरमा फोन लगायो । फोन उठाएर एक जनाले भन्यो, 'मुम्बइ मार्ट, हाउ मे आइ हेल्प यु ?'

'हेलो, आइ एम विभास । माइ फ्रेन्ड गेभ मि दिस नम्बर सेइङ द्याट यु आर लुकिङ फर अ वोर्कर इन योर रेस्टुरेन्ट ?'

'हाँ . . . . . तो आप हे विभास ? चलो ठीक है कब आ सकते हो मेम्फिस । टेक्सास में हो ना आप ?'

'डिसेम्बर सात तक आ सकता हुँ ।'

'चल अच्छा ।'

यसो भनेर त्यो व्यक्तिले मेम्फिसको रेस्टुरेन्टको ठेगाना र बस स्टपमा आएर सम्पर्क गर्नुपर्ने व्यक्तिको फोन नम्बर दियो । विभासले टिप्यो । धन्यवाद दियो र आफ्नो क्यालेन्डर हेर्‍यो । बिहीबार डिसेम्बर छसम्म उसका सबै कक्षाका जाँच सकिन्थे । बिहान साँढे नौतिर जाँच सकिनेबित्तिकै बसको टिकट लिएर मेम्फिसतिर जाने विचार उसले गर्‍यो । भयो पनि त्यस्तै ।

विप्लवले उसलाई दस बजेतिर बस स्टपसम्म पुर्‍याइदियो । एउटा सुटकेसमा अलि-अलि चाहिने लत्ताकपडा बोकेर एउटा फिरन्तेझैँ ऊ मेम्फिस जाने बस चढ्यो । उसको सिटसँगै क्याम्पसकै एक युक्रेनी विद्यार्थी सिल्भिया आएर बसी । सिल्भिया निकै सुन्दर थिई । उनीहरूको पहिले क्याम्पसमा सामान्य चिनजान थियो ।

'हाइ, सिल्भिया ।'

'हाइ, ह्वेर आर यु गोइङ ?'

'मेम्फिस ।'

'रिलेटिभ्स ?'

'नो, आइ फाउन्ड ए जब फर अ मन्थ ।'

'लक्कि यु । आइ एम गोइङ टु टेनेसी एज् वेल । बट नासभिल, अ बिट फर्दर द्यान मेम्फिस ।'

'ग्रेट, वि क्यान वि ट्राभल बड्डिज ।'

'फर स्योर ।'

यति कुरा भइसक्दा बस हिँड्न थालिसकेको थियो । सिल्भिया र विभासले निकैबेर आ-आफ्नो देशको, आफ्ना संस्कारको कुरा गरे ।

करिब चार घण्टाको यात्रापछि बस एउटा ग्याँस स्टेसनमा गएर रोकियो । त्यहाँ खाने ठाँउ पनि थियो । ड्राइभरले त्यहाँ पन्ध्र मिनेट ब्रेक हुन्छ, केही खाना लिनू वा छिटो खानु छ भने खानू भन्यो । दिउँसोको दुई बजेको हुँदो हो ।

बसमा चढ्नुभन्दा पहिले विभासले केही खाएकोले उसलाई अलि-अलि मात्र भोक लागेको थियो । सिल्भियाले अचानक भनी, 'डु यु स्मोक ?'

'भेरी रेअरली ।'

'ओ, ओके, आइ वाज वन्डरिङ इफ यु वुड लाइक टु सेयर द कस्ट अफ बाइङ ए प्याक अफ सिगरेट वी कुड सेयर ।'

सिल्भिया पनि इन्टरन्यासनल स्टुडेन्ट र युक्रेनको मध्यम वर्गीय परिवारकी थिई । आर्थिक स्थिति उसको पनि त्यति राम्रो थिएन । एक बट्टा चुरोटको करिब चार डलर भए पनि आधा-आधा गरेर लिन पाए हुन्थ्यो भनेर सोचेकी रहिछ ।

विभासले त्यो दिन बिहान सामान प्याक गर्दा थाइल्यान्डको एयरपोर्टमा हालेको दुई बट्टामध्ये बाँकी एक बट्टा चुरोट अचानक भेट्टाएको थियो । त्यो उसले आज बोकेको ब्यागमै लिएर आएको थियो ।

थाइल्यान्डमा फ्रिमा पाएको चुरोटले पनि आफ्नो पारखी पायो भन्ने सोच्दै विभासले सिल्भियातर्फ हेरेर भन्यो 'ओ वेट – आइ ह्याभ अ प्याकेट आइ क्यान सेयर विथ यु ।'

त्यसो भनेर एउटा बट्टा निकालेर खोल्यो र चाहिए जति निकाल भनेर सिल्भियालाई दियो । सिल्भियाले त्यस्तै आठदसवटा चुरोट निकाली र आफ्नो सानो पर्समा राखी ।

त्यसपछि लाइटर निकालेर बाली र विभासतर्फ तेस्र्याई । विभासले एउटा चुरोट सल्कायो र उसले पनि सल्काई । त्यो चुरोटको स्वाद अलि फरक थियो ।

ल्वाङको स्वाद आँउथ्यो । नीलमले कुनै दिन उसलाई सिकाएजस्तो गरी विभासले एक सर्को तानेर भित्र तिल्यो । धुँवा नाकबाट निक्लेर हावामा उड्यो ।

सिल्भियाले पनि एकदुई सर्को तानी र भनी - 'वावो, दिस सिगरेट टेस्ट्स् सो गुड । डु यु गाइज् युज क्लोभस् अ लट इन योर फुड टु ?'

अकमकिँदै विभासले भन्यो, 'यस, इट इज ए पपुलर स्पाइस् । बट आइ गट दिज् सिगरेट्स फ्रम थाइल्यान्ड ।'

'ओ ओके, कम लेट् मि बाइ यु कफी सो वि आर इभन ।'

यति भनेर विभास र सिल्भिया नजिकैको ग्याँस स्टेसनमा गए र एकएक कप कफी लिएर फर्किए । बाहिर चिसो थियो । भित्र छिर्नुअघि उनीहरूले आफ्नो-आफ्नो चुरोट सकेका थिए । बस चल्नुअघि अझै केही समय थियो । सिल्भियाले फेरि अर्को चुरोट सल्काई । यसपटक भने विभासले सल्काएन ।

चुरोट सकिएपछि उनीहरू बसभित्र पसे । सिल्भियासँग सेल फोन रहेछ । अघि चुरोट भित्र हाल्दा उसको पर्समा विभासले देखेको थियो ।

'डु यु माइन्ड इफ आइ कल माइ फ्रेन्ड टु लेट हिम नो माइ अराइभल टाइम इन मेम्फिस ?'

'अफ कोर्स, प्लिज ।'

त्यसपछि सिल्भियाको फोनबाट विभासले मेम्फिसको आफ्नो सम्पर्कलाई फोन गरेर आफू आठ बजेतिर बस स्टपमा आइपुग्ने र त्यहाँ आइसकेपछि फेरि फोन गर्ने बतायो ।

थाइल्यान्डबाट ल्याएको अर्को बट्टा चुरोटचाहिँ विभासले सुवासलाई दिएको थियो । सुवासले रेसिडेन्स हलमा जागिर पाउनुभन्दा अघि नै उसले नेपालबाट ल्याएको 'सूर्य' चुरोट सकिएर सारै तलतल लागेको कुरा विभासलाई सुनाएको थियो । विभासले त्यस बेला पनि आफूले थाइल्यान्डबाट ल्याएको चुरोट सम्झिएर सुवासलाई एक बट्टा दिएको थियो ।

'तँ होस् के मेरो सच्चा साथी ।' सुवासले दङ्ग पर्दै भनेको थियो ।

विभासलाई के थाहा यस्तो भन्ने सुवास जानेर वा नजानेर एक दिन विभासकै भागमा आउन लागेको जागिर खोस्ने पात्र हुनेछ । जानेर गरेको भए त्यो कति नीच र निकृष्ट कार्य थियो । नजानेर गरेको भए त्यो घटना विभासको स्थितिप्रति कति निर्दयी, निराशाप्रद र निरूत्साहित गर्ने खाले थियो ।

एउटा जागिर त पक्कै पाउँछु भनेर झिनो आशाको त्यान्द्रोमा झुन्डेर बसेको विभासको अन्तिम आशा तुहाउने अमोघ वाणझैँ थियो, त्यो घटना । त्यसको अचुक, क्रूर प्रहारले केही दिन विभासलाई बिथोलिएको, अचकल्टो र कोत्रिएको एक अचानोझैँ बनायो । तर, विभासले जीवनमा त्योभन्दा अवाञ्छित र विकराल घटनाहरूसँग साक्षात्कार गरिसकेको थियो । त्यसैले, उसले शीघ्र त्यो घटनाका अवशेष कुल्चेर अघि लम्किने मानसिक तयारी गऱ्यो ।

फेरि सुवासलाई पनि जागिरको खाँचो नै थियो । जे भए पनि अर्को एक आर्थिक समस्या भएको विद्यार्थीले नै त काम पायो भनेर पनि विभासले चित्त बुझायो ।

विभासलाई पढ्न पैसा कमाउनु थियो । अफसोस, यता सुवासलाई जागिर पाएपछि महँगै परे पनि बियर, चुरोट, गाँजा डलरमै किनेर खाने बानी पर्न थाल्यो ।

सुवास र सम्राट्को त विभासको जति पार्सियल स्कलरसिप पनि थिएन । सम्राट्ले काम पहिलेदेखि नै पाए पनि क्याम्पसमा गरेको कामले उसलाई अर्को सेमेस्टर तिर्ने पैसा पुग्दैनथ्यो । सुवासको त जागिर पनि अलि पछि नै मिल्यो - खर्च भने आँखै नहेरी गर्थ्यो ।

काम नपाइने अनि पाइहाले पनि पाएको कामबाट आउने पैसाले फी तिर्न नपुग्ने भएपछि सुवास र सम्राट् दुबै दोस्रो सेमेस्टरमै डालासको एउटा कम्युनिटी कलेजमा ट्रान्सफर गर्ने सुरसारमा थिए । सुरूका दुई वर्षमा त्यहाँ जेनेरल रिक्वायरमेन्ट कोर्सहरू पढ्ने अनि पछि डालासनजिकैको युनिभर्सिटीमा बाँकी दुई वर्ष पढेर ग्राजुयट गर्ने तरखरमा लागेका थिए ।

डालासमा क्याम्पसबाहिर काम पनि सजिलै पाइन्छ भन्ने उनीहरूले सुनेका थिए । क्याम्पसबाहिर बस्न पनि पाइने । बरू सुरूमा गाडी एउटाचाहिँ किन्नुपर्ने थियो । कम्युनिटी कलेजको फी सस्तो थियो । त्यहीँ पहिला सस्तो फी तिर्ने र ठीकठीकैको हजार बाह्र सयको गाडी किन्ने पैसा जम्मा गर्दै थिए उनीहरू । साथसाथै ट्रान्सफरको लागि अन्य तयारी पनि ।

नभन्दै त्यो सेमेस्टरको जाँच सकिनेबित्तिकै उनीहरू डालास जाने भए । विभास बिहीबार नै मेम्फिस हिँड्यो । उनीहरू भोलिपल्ट निक्लन सुरसार कस्दै थिए । जानेबेलामा विभासले भनेथ्यो, 'ल केटाहरू हो, जेजस्तो भए पनि हामी छोटो समयमै निकै नजिक भयौँ । . . . यो क्याम्पसमा यस्तै भइराख्यो भने म पनि त्यतै आउँछु । अहिलेलाई चाहिँ तिमीहरूलाई गुड लक एन्ड किप इन टच ।'

त्यसपछि विभास विप्लवसँग मेम्फिस जाने बस स्टपतिर लागेको थियो ।

सिल्भियासँग यात्रा गर्दैगर्दा कुरैकुरामा विभास र सिल्भियाको रोमान्टिक कुरा पनि भयो ।

'सिल्भिया, यु आर अ टल, ब्युटिफुल एन्ड अट्र्याक्टिभ वुमन ।' विभासले नै सुरु गर्‍यो । उसले भन्यो - सिल्भिया, मलाई लाग्छ तिमीलाई धेरै केटाहरूले ताक्छन् होला । म यो जान्न उत्सुक छु कि यदि तिमीलाई मजस्तो औसत एउटा केटाले प्रस्ताव राख्यो भने तिमी के गर्छौ ? हुन त मैले साँच्चै तिमीलाई त्यो हिसाबले मन पराउने भए म तिमीले जे सोचे पनि प्रस्ताव भने पक्कै राख्थेँ होला तर तिमीले त्यस्ता प्रस्तावहरूलाई कसरी लिन्छ्यौ ?

'वेल, आइ एम ग्ल्याड यु ब्रट दिस अप । यु नो, बिइङ् फिजिकल्ली अट्र्याक्टिभ क्यान बि ए ब्लेसिङ एज वेल एज ए कर्स ।' सिल्भिया बोल्दै गई । आफ्नो राम्रो जिउडाल भएकोले प्रायः उसलाई ऑट्ने केटाहरू पनि राम्रै जिउडाल भएका मात्र हुन्थे रे । त्यस्ता केटाहरूचाहिँ प्रायःजसो आफूले जस्तो चाह्यो त्यस्तै जति पनि केटी पाउँछु भनेजस्तो गर्ने घमण्डी हुने गरेको उसलाई लाग्दो रहेछ । अनि फेरि बाहिरी आवरण अलि सामान्य देखिने खालका केटाहरूले कि त ऑट्न नसक्ने कि त धेरै राम्री भएकीले पक्कै घमण्डी र बाहिरी आवरण मात्र हेर्ने खाले केटी होली भनेर नजिक हुनै खोज्दैनन् रे ।

त्यसैले ऊ भन्दै थिई, तिमीलाई मन परेको केटी जतिसुकै राम्री भए पनि एकपल्ट पक्कै उसलाई मनको कुरो भन । यदि उसले तिमीलाई बाहिरी आवरण मात्र हेरेर तिरस्कार गरी भने पनि ठिकै छ नि, त्यस्तो केटी त तिमीले खोजेको पनि होइनौ होला ? तर त्यो असल केटी हो भने उसले तिम्रो बाहिरी आवरणलाई मात्र कहिल्यै हेर्दिन ।

'राइट । . . . यु गेभ मि एन इन्साइट द्याट आइ ह्याड नट थट अफ । थ्याङ्क यु ।'

'यु आर वेलकम ।'

'थ्याङ्क यु सिल्भिया . . . द्याट बुस्ट्स माइ इगो . . . । ह्वाट अ काइन्ड पर्सन यु आर इन एडिसन टु बिइङ् सो गर्जेअस ।'

'थ्याङ्क यु टु फर योर जेनेरस कम्प्लिमेन्ट ।'

त्यसपछि दुबै जना एकअर्कालाई हेरेर मुसुक्क हाँसे र केहीबेर मौन रहे । केही छिनमा फेरि अन्य विषयमा संवाद गर्न थाले ।

अर्को पाँच घण्टा जतिको बस यात्रापछि मेम्फिस आइपुग्यो । त्योभन्दा अगाडि बस अर्को एकठाउँमा रोकेर केहीबेर ब्रेक भएको बेला विभास र सिल्भियाले एउटा फास्ट फुडमा केही खानेकुरा खाइसकेका थिए । मेम्फिसमा ओर्लिनुअघि विभासले फेरि रेस्टुरेन्टको मान्छेसँग सिल्भियाको फोनबाट कुरा गर्‍यो र आफू आइपुगेको जानकारी गरायो ।

सिल्भियासँग यत्रो समयसँगै बस्दा अलि नजिक भइसकेको अनुभूति भयो विभासलाई ।

'ओके माइ लेडी, सि यु इन ज्यानुवरी ।'

'ओके सियु विभास । वि देन ह्याभ टु सेयर द मनि यु मेक ओभर द ब्रेक ।', सिल्भियाले जिस्किँदै भनी ।

'हा हा . . . . . डु यु ह्याभ इनफ स्पेस टु किप सो मच मनि । एनिवेज्, बन भोयज् । इट वाज फन ट्राभलिङ विथ यु एन्ड थ्याङ्क यु फर लेटिङ मि युज योर फोन ।'

त्यसपछि विभास ओर्लियो र बस नासभिलतिर कुद्यो । सिल्भियाले भित्रबाट बाइ-बाइ गर्दै हात हल्लाई, विभासले बाहिरबाट । केहीबेर बसस्टपभित्रै कुरेपछि बाहिर एउटा खैरो जिपबाट एउटा इन्डियनजस्तो लाग्ने मान्छे निस्केर विभासतर्फ आयो । आफूलाई लिन आउने मान्छे पक्कै त्यही हो भन्ने ठानेर विभास बसस्टपबाहिर निक्ल्यो र त्यो मान्छे भएतिर गयो ।

. . . . . .

'तो आप हे विभास ।'

'हाँ ।'

'चलो, पिछे लेलो सुटकेस ।'

विभासले जिपको पछाडि डिक्कीमा सुटकेस राख्यो ।

'माइसेल्फ अमनप्रित ।'

यसो भनेर उसले विभाससँग हात मिलायो र अगाडि बस्न भन्यो । त्यसपछि गाडी कुँदाउँदै जाँदा उसले भन्यो । 'आपको दो ह्वाइट सर्ट, ब्ल्याक प्यान्ट एन्ड एक पेयर ब्ल्याक सुज चाहिए । हे क्या ?'

'एक ब्ल्याक प्यान्ट और सुज हे । सर्ट नहीं हे ।'

'अच्छा चलो । लेते हें । प्यान्ट भि दो हुवा तो अच्छा, काममे कभी-कभी गन्धा हो जाता है, चेन्ज कर्ना पडता हे ।'

यसो भनेर अमनप्रितले विभासलाई एउटा कपडा पाइने स्टोरमा लग्यो । दुईवटा सर्ट र एउटा प्यान्ट किनिदियो र भन्यो, 'इसका कस्ट हम आपके पहेले महिनाके तनख्वासे काटेंगे ।'

'जी आच्छा ।'

'और सुनो, तुम्हारा मन्डे अफ । उसदिन सब कपडा धोना हप्तेभर चलाना पडेगा दो सर्ट और प्यान्ट से ।'

'जी, अच्छा ।'

अमनप्रित फरासिलो थियो । बाटोमा उसले आफ्नो र रेस्टुरेन्टको बारेमा धेरै कुरा गर्‍यो । विभासले उसका कुरा ध्यान दिएर सुन्यो । कुरोको सुरमा केहीबेरमै रेस्टुरेन्ट आइपुगेको विभासलाई पत्तै भएन ।

त्यहाँ टङ्कु भन्ने अर्को एक जना नेपाली दाइ पनि काम गर्दा रहेछन् । टङ्कु दाइ किचनमा हेल्पर रहेछन् । तरकारीहरू काट्ने, मासु काट्ने, मरमसला तयार गर्नेजस्ता किचनका अनेक काम उनले गर्दा रहेछन् । विभासको कामचाहिँ सर्भर र बस ब्वाइको रहेछ । अर्थात्, भाँडा र प्लेट उठाउने, खाना र ड्रिङ्क्स ग्राहकलाई लगिदिने जस्ता काम गर्नुपर्ने रहेछ ।

बाहिर काम गर्ने एक जना म्यानेजर र अरू कर्मचारीमा एउटा फुड रनर, अर्को दुइटा सर्भर र एउटा बारटेन्डर थिए । अहिले भएका दुई सर्भरमध्ये एक चाँडै इन्डिया फर्किन लागेको थियो । रेस्टुरेन्ट राम्रो चल्ने रहेछ । व्यस्त रेस्टुरेन्ट भएकाले पछि सजिलो हुन्छ भन्ने अभिप्रायले एउटा सर्भर जानुभन्दा अघि नै विभासलाई काम गर्ने तालिम दिएर तयार पारिराख्न काममा बोलाइएको रहेछ । आफू एक महिनाभित्रै छोडेर जाँदा त्यहाँ अप्ठेरो पर्ने देखेर विभासलाई मनमनै नराम्रो लाग्यो ।

भित्र किचनमा भने सेफ नै किचेन म्यानेजर रहेछ । अनि टङ्कु दाइ, अर्को एउटा इन्डियन तन्दुरमा रोटी सेक्ने र एउटा मेक्सिकन डिसवासर काम गर्दा रहेछन् । मेक्सिकन, बाहिरको म्यानेजर र भित्रको म्यानेजरबाहेकका छ जनालाई रेस्टुरेन्टनजिकैको एउटा तीन बेडरूमको अपार्टमेन्टमा बस्ने व्यवस्था रहेछ ।

तीनवटा बेडरूममा हरेक कोठामा दुईदुई जना मिलेर बस्ने बन्दोबस्त थियो । विभास आएपछि ऊ सातौँ व्यक्ति भयो । इन्डिया फर्किने सर्भर नफर्केँदासम्म तत्कालका लागि विभासले लिभिङ रूमकै एक छेउमा ओछ्यान लगाएर सुत्नुपर्ने भयो । त्यहाँ एउटै मात्र बाथरूम थियो र सात जनाले सेयर गर्नुपर्ने कुरा चुनौतीपूर्ण थियो । किचेन भने एउटै भए पनि खासै प्रयोग हुन्नथ्यो किनकि प्रायः सबै खानेकुरा रेस्टुरेन्टबाटै आउँथ्यो ।

बिहान एघार बजे रेस्टुरेन्ट खुल्थ्यो । एघार बजेदेखि दुई बजेसम्म बुफे हुन्थ्यो । बिहान नौ बजेदेखि एघार बजेसम्म बुफे सेट गर्ने काम हुन्थ्यो । रेस्टुरेन्ट खुल्नु अलिअघि सबै कामदारले खाना खान्थे । बुफेमा विकडेमा अलि कम तर विकएन्डमा निकै व्यस्त हुन्थ्यो । धेरै प्लेट उठाउनुपर्ने, टेबल क्लिन गर्नुपर्ने हुनाले भागम्भाग नै हुन्थ्यो ।

दुई बजे बुफे बन्द गरेपछि पाँच बजेसम्म रेस्टुरेन्ट बन्द हुन्थ्यो । नयाँ व्यक्ति भएकाले बन्द हुनुभन्दा अघि भ्याक्युम क्लिनर लगाएर गर्नुपर्ने सफाइ विभासले गर्नुपर्थ्यो । भ्याकुम लगाइसकेपछि केहीबेर सुस्ताउनेबित्तिकै पाँच बज्थ्यो । अनि फेरि डिनर सुरु हुन्थ्यो ।

डिनरमा टेबलहरू सफा गर्नेबाट सुरु गरेर, कहिलेकाहीँ अर्डर लिने, खाना लग्ने सब काम विभासले गर्न थाल्यो । पहिला ड्रिङ्कको अर्डर लिइन्थ्यो । त्यसपछि पापड र चटनीहरू लगेर राखिन्थ्यो टेबलमा । ड्रिङ्क पुर्‍याएपछि यदि एपेटाइजर अर्डर गरेको छ भने पहिले त्योसँग सानो-सानो प्लेट लगिन्थ्यो । त्यो खाइसकेपछि मेन कोर्स खाना र ठूलो प्लेट लगिन्थ्यो । त्यसपछि कसैकसैले डिजर्ट पनि लिन्थे - त्यसको सर्भिङ अन्त्यमा हुन्थ्यो । अनि चेक अर्थात् बिल लगिन्थ्यो ।

कहिल्यै यतिबिग्न काम नगरेको विभास बिहान उठेदेखि बेलुकासम्म काम गर्दा लखतरान हुन्थ्यो । अमेरिका आएदेखि उसले कहिल्यै नेपालमा पाएजस्तो फुर्सद पाएको थिएन । सधैँ कतै न कतै केही न केहीमा व्यस्त भई नै रहन्थ्यो । जीवन अत्यन्त द्रुतगतिमा हिँडेकोजस्तो लाग्थ्यो उसलाई । दिन, हप्ता, महिना बितेका पत्तै नलाग्ने ।

कुरैकुरामा एक रात टङ्क दाइसँग कुरा गर्दा विभासले तिनी पनि सिन्धुपाल्चोक जिल्लाकै चौतारानजिकैको एउटा गाउँका भएको थाहा भयो । आफ्नै पुख्र्यौली गाउँका एक मिलनसार नेपाली दाइसँग बस्न र बोल्न पाउँदा विभासले कामको धपेडीलाई केही मात्रामा भए पनि भुल्यो ।

झन्डै चालीस वर्षका थिए होलान् टङ्क दाइ । विभासले आफ्नो परिस्थिति बेलीविस्तारमा बताएपछि टङ्क दाइले पनि आफू अमेरिका आउन लिएको जोखिम र कठिन बाटाको कहाली लाग्दो कहानी बताए ।

'भाइ, हरियो घाँसको खोजीमा कुन दशा लागेर अमेरिका आउने निर्णय गरेछु ।' टङ्क दाइले सुरु गरे ।

उनी आफ्नो घरजग्गा धितो राखेर लिएको ऋणको पैसा खर्चेर मानव तस्करी गर्ने दलालहरूमार्फत अमेरिका आइपुगेका रहेछन् । इन्डियाबाट मेक्सिको छिर्दा लाग्ने रकम दलालले नेपालमै लिइसकेपछि नयाँ दिल्लीबाट मेक्सिको जानुपर्ने उनलाई

सुरुमा झुक्याएर इन्डोनेसियाको जकार्ता पुऱ्याइएछ । त्यसपछि सुडान लगेर तीन महिना अलमल्याइएछ । त्यहाँबाट ब्राजिल लगिएछ ।

ब्राजिलको साओ पाउलोको खुल्ला जिन्दगीमा केही दिन त उनलाई रमाइलो पनि लागेछ । त्यसपछि बोलिभिया र कोलम्बियाको बाटो हुँदै लगेपछि उनलाई ल्याटिन अमेरिकी दलालहरूको चङ्गुलमा फसिएको थाहा भएछ । उनीसहित अरु दुई इन्डियनहरू पनि रहेछन् । फर्कने बाटो बन्द भइसकेकाले उनीहरु हन्डर र ठक्कर खाँदै पानामा, कोस्टारिका, निकारागुवा हुँदै अनेक अन्धकारका जँघार छिचोलेर होन्डुरससम्म बल्लतल्ल पुगेछन् ।

त्यहाँसम्मको यात्रा निकै कष्टकर रहेछ । विभिन्न देशमा गैरकानुनी रूपमा हिँड्नुपर्ने भएकाले, रातको समयमा मात्र हिँड्नुपर्ने बाध्यता रहेछ । सुत्ने र खानपानको कहाँ र कहिले केही टुङ्गो रहेनछ । कैयौँ दिन अन्धकार मालसामानका बाक्साभित्र गुम्सिएर बिताउनुपर्ने, पुलिस र कानुनको गोली र पासोबाट बच्नुपर्ने, धेरै रगत पसिना बगाउनुपर्ने भएछ । कतिले त ज्यान नै पनि गुमाउने रहेछन् । फेरि पानामा र निकारागुवाको जङ्गलमा लुटेराहरूले उनीहरुसँग भएका सबै पैसा लुटिदिएछन् - त्यो पैसामा मेक्सिको पुगेपछि अमेरिका छिराउने दलालहरूलाई दिनु पर्ने पैसा पनि थियो ।

होन्डुरसबाट आठ जना अट्ने सानो गाडीमा अठार जना कोचिएर उनीहरु एलसाल्भाडोर हुँदै ग्वाटेमाला छिरेछन् । ग्वाटेमालाबाट उनीहरुलाई बल्लतल्ल मेक्सिको पुऱ्याइएछ । तर मेक्सिको पुगेपछि त्यहाँबाट अमेरिका पुऱ्याउने दलालहरूले पैसा नदिएसम्म उनीहरुलाई कैद बनाएर राखेछन् । एक महिनाभित्र पैसा नदिए मार्दिने धम्की दिएर दिनदिनै कुटपिट पनि गरेछन् ।

पहिलेनै आफ्ना सबै झिटीझाम्टा बेचेर, घरजग्गा धितो राखेर, सक्ने जति ऋण लिइसकेका उनीहरूको अब अरु पैसा निकाल्ने श्रोत कतै थिएन । चिनेजानेका सबैसँग नेपालमा विदेशमा सबैतिर हारगुहार गरेर पैसा मगाएर दलालहरूलाई दिएपछि बल्ल उनीहरूलाई अमेरिकाको बोर्डरतिर लगिएछ ।

मेक्सिको र अमेरिकाको सीमामा आएपछि टङ्कु दाइलाई बल्ल राहत भएछ - जिन्दगीको सन्ध्यालबाट सूर्य उदाएजस्तो । त्यहाँ सीमाका ठाउँठाउँमा अमेरिका जाने मानवलस्कर देखिन्थ्यो रे । आखिरमा कानुनी फन्दामा नपरी सीमापार गरेर मेक्सिकोबाट टेक्सास छिरेपछि बल्ल लामो सास फेरेछन् । एक महिना टेक्सासमै आफन्त पर्नेकोमा बसेछन् । टेक्सासबाटै कामको लागि दुई वर्षअघि मेम्फिसको त्यो रेस्टुरेन्टमा आइपुगेका रहेछन् ।

आफ्नो कथा सक्दै गर्दा अन्त्यमा टङ्कू दाइले भावुक भएर भने, 'जति नै दुःखले आए पनि मैले यहाँ पाएको अवसरदेखि म खुसी छु भाइ । यहाँ हर कामको सम्मान छ, काम गर्नेहरूको अधिकार सुरक्षित छन् ।

दलाललाई तिर्न लिएको ऋण मैले डेढ वर्ष कमाएको पैसाले तिरेँ । अब कमाएको पैसाले छोराछोरी पढाउँछु अनि आफूले गरिखान सक्ने पुँजी जम्मा गर्छु भाइ ।

संसारभरि अमेरिकी साम्राज्यवादको हुङ्कार छ भनी जति विरोध गरे पनि यहाँको डलर नराख्ने समाजवादी देश नै छैन होला भाइ । अनि अमेरिकाभित्र जुन किसिमको मानव अधिकारको पालना देखें, त्यो मैले भोगेको अरु कुनै पनि देशमा देखिनँ ।'

गरिखान सक्ने पुँजी जम्मा गर्नेबित्तिकै नेपाल नै गएर केही गर्ने उनको अन्तर्मनको इच्छा रहेछ । भन्थे, 'जे भए पनि विभास, पछि त म नेपालनै फर्कने हो । यसो पाँचदस वर्ष हेरौँ कत्तिको मजबुत भइन्छ पैसाले, अनि जाने हो आफ्नै ठाउँमा । यस्ता अरूका नोकरी मात्र गरेर पूरा जीवन बिताउन मन छैन मलाई त ।'

विभासलाई जसरी नि पढाइमै फिर्ता जान र सकेरै छोड्न प्रोत्साहन गर्थे उनी । पर्‍यो भने सहयोग गर्न तत्पर छु भनेर पनि भन्थे - उनको आफ्नै परिस्थिति नाजुक छँदाछँदै पनि ।

. . . . . .

यता आमा र बहिनीसँग विभासको बारम्बार कुरा भइरहन्थ्यो । विभास आफ्ना कुराहरू छोटकरीमा भन्थ्यो । 'मैले भनेजस्तो काम पाइनँ क्याम्पसमा । पढाइमा राम्रो गरिराख्या छु । काम गर्न एक महिना मेम्फिस जाँदै छु । अर्को सेमेस्टर फी तिर्ने पैसा हल्का नपुग्ला जस्तो छ ।' यस्तै मोटामोटी कुराबीच हरेक दिन उसले भोग्ने कुराको भेउ नेपालमा हुँदैनथ्यो । आमा र बहिनीलाई सकेसम्म कम तनाव होस् भन्ने कुरामा विभास ध्यान पुन्याउँथ्यो ।

यता आमा पनि छोराले दुःख नपाओस् भन्ने सोच्थिन् । बहिनी शोभा त्यति गहिरिएर सोच्ने भइसकेकी थिइन । कक्षा दसमा पढ्दै थिई - पढाइमै अभ्यस्त पनि हुन्थी ।

आमाले भने विभास पढ्दै छ भन्ने बुझेर लाहुरेनी आन्टीसँग पर्‍यो भने पैसा सहयोग माग्ने प्रबन्ध मिलाएकी थिइन् । लाहुरेनीले डेरानजिकै एउटा किराना पसल पनि सुरु गरेकी थिइन् । विभासकी आमाले त्यसमा सघाउन थालेकी थिइन् । यसरी घरमा चाहिने सरसामानका लागि लाहुरेनी आन्टीको किराना पसलबाट सहयोग हुन थालेको थियो ।

करिब एक महिना रेस्टुरेन्टमा घोटिएपछि अब क्याम्पस फर्कने दिन आइसकेको थियो । अमनप्रित रेस्टुरेन्टको साहू थियो । ऊ दिनमा एकदुईपटक आउँथ्यो अनि जान्थ्यो । एक दिन आएको मौका पारेर विभासले भन्यो - 'सत्श्रीयकाल पाजी, मे टेक्सास लौटना चाहता हुँ । मे स्टुडेन्ड था वहाँ मेरा स्कलरसिप नहीं था तो मे और पढ् नहीं सकता था । इसलिए काम कर्नेके इरादासे आया था । कल मुझे कलेजसे इमेल आया है, मुझे स्कलरसिप मिल गया । मे पढाइके लिए वापस जना चाहता हुँ ।'

अमनप्रित पढेलेखेकै जस्तो देखिन्थ्यो । विभासको कुरा सुनेर सुरूमा त ऊ एक छिन अलमल्ल परेजस्तो भयो । विभासले जान लागेको अर्को सर्भरको ठाउँ लेला र रेस्टुरेन्टको कामदारहरूको लफडा ठीक होला भन्ने सोचेको तर एक्कासि विभासले छोड्न लाग्दा उसलाई रिस पनि उठ्यो । तैपनि, विभासका निर्दोष आँखा र पढाइप्रतिको उत्कट आकाङ्क्षालाई देखेर अमनप्रितले भन्यो - 'क्या यार ? अभि आया अभि चलेगा ? . . . चल, तु भि क्या याद रखेगा, तेरा हिसाब करदेता हुँ ।'

तेह्र सय तलबमा सर्ट पाइन्ट किनेको पैसा कटाएर बाह्र सय छैसट्ठी डलर विभासलाई दिँदै उसले भन्यो - 'चल बच्चु, पढाइमे घ्यान देना । हो सके तो लाइफमे चाहे जितना हि मुस्किलमे क्यु ना हो, इथिकल काम हि करना ।'

त्यसो भनेर अमनप्रितले एक छिन विभासको आँखामा हेर्‍यो । उसको हेराइमा लाग्थ्यो उसले विभासले उसलाई झुटो बोलेर एक महिनाको लागि मात्र काम गर्न आएको थाहा पायो । तैपनि, पढाइलाई निरन्तरता दिन टेडो बाटो लिनुपरेको एउटा मजबुर युवकको मिहिनेत देखेर ऊ नतमस्तक भयो ।

'अब चल, कब जा रहा है ।'

'कल हि निक्लुङ्गा ।'

'ओके । यहाँ आकर खाना खाके जाना ।'

'जी अच्छा, थ्याङ्क्यु ।'

नेपालबाट आँउदा विभासले एउटा आफूलाई साह्रै मन परेको निलो टाइ किनेर ल्याएको थियो । त्यो टाइ अहिलेसम्म उसले कहिल्यै लगाएको थिएन, प्याकेटमै थियो । अमनप्रित रेस्टुरेन्ट आउँदा जहिले पनि राम्रो टाइ लगाएर आउँथ्यो ।

भोलिपल्ट विभास फर्कनुअघि रेस्टुरेन्टमा खाना खायो । सबै जनालाई बाइ गर्‍यो । अमनप्रित थिएन । उसलाई त्यो टाइ दिनू भनेर म्यानेजरलाई दियो र ट्याक्सीमा बस स्टेसन गयो । त्यहाँबाट टेक्सास फर्कियो ।

अमनप्रितले अर्को दिन त्यो टाइ पायो । मन परायो र तुरून्त लगाएर हेर्‍यो । टाइको प्याकेट भित्र एउटा सानो कागजमा लेखिएको थियो - 'थ्याङ्क यु पाजी, यु आर ए गुड ह्युमन बिइङ' । अमनप्रित मुसुक्क हाँस्यो र मनमनै सोच्यो - विभासले एक दिन पक्कै केही बनेर देखाउँछ । उसले विभासको बहिर्गमनबाट आफ्नो बिजनेसमा पर्न सक्ने अप्ठेरा पनि बिर्सिदियो ।

मेम्फिस बसुन्जेल विभासले त्यो सहर केही देख्न पाएन । सर्धैं कि त रेस्टुरेन्ट कि अपार्टमेन्ट । सोमबार एक दिन बिदा हुन्थ्यो । त्यो दिन पनि घरमै इन्टरनेट चलाएर बस्थ्यो ।

त्यहाँबाट फर्केर क्याम्पसनजिकको बस स्टेसनमा आइपुग्दा उसलाई अनिस लिन आएको थियो । यसपालि एउटी नेपाली केटी आउँदै छे रे स्प्रिङ सेमेस्टरमा भनेर भन्दै थियो ऊ ।

अमनप्रितलाई त स्कलरसिप पाएँ भनेर झूटो बोल्यो विभासले तर इमेलबाट उसले यस सेमेस्टरको फिजिक्स स्कलरसिप नपाएको कुरा थाहा पाएको थियो । हुन त सब जाँचमा सयमा सय ल्याएको थियो उसले फिजिक्समा । तैपनि स्टेफन भन्ने एउटा रसियन स्टुडेन्डले फाइनल परीक्षामा भएको अत्यन्त गाह्रो एक्स्ट्रा क्रेडिड पाउने प्रश्नको उत्तर पनि मिलाएको रहेछ । स्कलरसिप उसैले पाएछ ।

. . . . . .

अबको सेमेस्टरलाई अठतीस सय तिर्नुपर्ने थियो । विभाससँग भात्र छब्बीस सय थियो । यसपालि लाहुरेनी अन्टीले नै वेस्टर्न युनियनबाट पन्ध्र सय डलर पठाइदिइन् ।

विभासलाई आशा थियो अबको सेमेस्टरचाहिँ उसले काम पाउँछ कि भनेर । तर, यसपालि स्प्रिङ सेमेस्टरमा पनि अन्तर्राष्ट्रिय विद्यार्थी निकै आएछन् । काम भइसकेकाले आफ्नो काम छोडेनन् । बल्लबल्ल सुवासले छोडेकै ठाउँमा विभासले काम त पायो तर त्यो पनि हप्ताको बाह्र घण्टा मात्र थियो ।

त्यो सेमेस्टरपछि समरमा तीन महिनाको छुट्टी हुन्थ्यो । त्यसमा क्याम्पसमा चालीस घण्टा काम पाए गर्न मिल्थ्यो । पैसा भए त क्लास नै लिएर अझै छिटो कोर्स सक्काउन मिल्थ्यो । अर्को उपाय काम पाउने ठाउँतिर काम गर्न गएर पैसा कमाएर ल्याउने अनि वर्षभरि जति क्याम्पसको काम पाइन्छ त्योअनुसार बन्दोबस्त मिलाउने ।

समरमा क्याम्पसमा काम पाउने, त्यो पनि चालीस घण्टा, त्यो प्रायः असम्भव थियो । फेरि अन्त काम गर्न जाने कुरा पनि त्यत्ति भरपर्दो थिएन । कति साथीहरू

अघिल्लो वर्ष मेरिल्यान्डको ओस्यन सिटी काम गर्न गएको, कतिले वर्षभरि पुग्ने पैसा कमाएको त कति रित्तो हात फर्किएको पनि सुनेको थियो विभासले ।

अब एउटै भरपर्दो उपाय थियो । डालासनजिकको कुनै युनिभर्सिटीमा ट्रान्सफर गर्ने । संयोगवश डालास र फोर्टवर्थको नजिक पर्ने एउटा युनिभर्सिटीमा चौबीस क्रेडिटभन्दा माथि आर्जन गरेका राम्रो जिपिए भएका विद्यार्थीलाई स्कलरसिप दिइने रहेछ । त्यो स्कलरसिप पाए सेमेस्टरको जम्मा दुई हजार जति मात्र तिर्नुपर्ने रहेछ । खाने बस्ने चाहिँ छुट्टै खर्च ।

फेरि त्यहाँ क्याम्पसमा जागिर नपाए पनि गाडी भयो भने क्याम्पसबाहिर पनि क्यासमा जति पनि काम पाइने रहेछ । त्यसरी काम गर्नु इल्लिगल थियो - पे चेकमा बकाइदा सोस्यल सेक्युरिटी नम्बर दिएर क्याम्पसमा मात्र काम गर्न पाइन्थ्यो । बाहिर काम गर्न कि त इन्टर्नसिप अप्रुभ भएको हुनुपर्थ्यो नत्र गैरकानुनी हुन्थ्यो ।

इन्डियन वा अन्य विदेशी वा अन्य कुनै ठाउँमा क्यासमा काम गर्दा कतै रेकर्ड हुन्नथ्यो । त्यसो गर्दा काम लगाउनेलाई पनि विविध श्रमसम्बन्धी कानुनी लफडा, कर सम्बन्धी लफडाबाट मुक्ति मिल्थो र काम गर्नेलाई पनि कर नतिरी, कागजमा कतै कानुन तोडेको नदेखाई काम गर्दा फाइदा । कसैकसैले चाहिँ सानासाना व्यापारहरूमा सोस्यल सेक्युरिटी नम्बर दिएरै पे चेकमै पनि काम गर्थे । ती व्यापारहरूमा नम्बर भेरिफाइ गरेर कानुनी वा गैरकानुनी चेक नगर्ने भएकाले । त्यसो गर्नाले कालान्तरमा कानुनी फान्दामा पर्न सकिने सम्भावना भने हुन्थ्यो ।

अबको सेमेस्टरपछि विभासले डालासनजिकको युनिभर्सिटीमै जानु उचित सम्झियो । दोस्रो सेमेस्टर सक्किँदा उसको झन्डै छत्तीस क्रेडिट आवर सक्किइसकेको हुन्थ्यो । उसले त्यसै गर्‍यो । जिपिए पनि फोर पोइन्ट ओ नै मेन्टेन गर्न सकेकाले उसले स्कलरसिप पनि पाइहाल्यो ।

समरको तीन महिना कक्षा नलिए पनि हुन्थ्यो । सुरुको तीन महिना काम गर्ने त्यसपछि फल सेमेस्टरबाट अलि आरामले पढ्ने उसले विचार गर्‍यो ।

त्रिलोक ग्याजुएसनपछि डालासतिरै काम पाएर त्यतै बस्थ्यो । डालासमा आफ्नो ठाउँको बन्दोबस्त नहुँदा ऊ त्रिलोकसँगै बस्यो । सम्राट् र सुवास पनि नजिक- नजिकै बस्थे ।

सम्राट् र सुवास त्यसताका चाहिँ सँगै बस्न छोडिसकेका थिए । सम्राट् प्रताप भन्ने अर्कै नेपालीसँग बस्न थालेको रहेछ । प्रताप सुरुमा विस्कन्सिन राज्यको एउटा महँगो कलेजमा आएको रहेछ । पछि काम नपाउने र पाएको कामले पढाइ धान्न

नसक्ने भएर डालासतिरै ट्रान्सफर गरेको रहेछ । संयोगवश फल सेमेस्टरबाट ऊ पनि ट्रान्सफर स्कलरसिप पाएर विभासकै युनिभर्सिटी जान लागेको रहेछ ।

सम्राट्चाहिँ अझै केही कक्षा कम्युनिटी कलेजमै पूरा गरेर पछि मात्र युनिभर्सिटीमा ट्रान्सफर गर्ने मनसायमा थियो । उसको जिपिए पनि त्यति राम्रो थिएन । घरतिर पनि पैसा पठाउनुपर्ने बाध्यता रहेकोले काम धेरै गर्थ्यो । खुब मिहिनेत गर्थ्यो ।

सुवासचाहिँ एउटा अर्कै मोहन भन्ने नेपालीसँग बस्न थालेको रहेछ । ग्याँस स्टेसनमा टन्न काम गर्थ्यो । कलेजचाहिँ नाम मात्रको स्ट्याटस मेन्टेन गर्न मात्र जान्थ्यो । सजिला-सजिलो कोर्सहरू मात्र लिन्थ्यो ।

मोहन अमेरिका आएको ३-४ वर्ष भइसकेको रहेछ । उसले त स्ट्याटस पनि मेन्टेन गर्न छोडिसकेको रहेछ । त्यसैले, इल्लिगल भइसकेको रहेछ । एउटी मेक्सिकन अमेरिकन केटीसँग विवाह गरेर ग्रिनकार्ड बनाउने चक्करमा रहेछ ।

सुवासको पनि मति त्यस्तै गर्नेतिर जाँदै थियो । क्रेडिट कार्डमा टन्न रिन गरेर पनि खर्च बग्रेल्ती गर्थ्यो । गाडी महँगो भए पनि लक्जरी कार लेक्सस किनेको रहेछ । आजकल त्यही मोहनबाहेक अरू त्यति नेपालीहरूसँग सङ्गत गर्दैन रहेछ । घरमा चाहिँ पढाइमा राम्रो छ भन्दो रहेछ । हरेक रात रक्सी खाने, चुरोट, गाँजा पिउने चर्तिकला हुन थालेपछि सम्राट् र ऊ छुट्टिएका रहेछन् । यी कुरा डालास आएर त्रिलोककोमा बसेपछि मात्र विभासले थाहा पाएको थियो ।

दोस्रो सेमेस्टरमा कमाएको पैसाले विभासले हजार डलरमा एउटा गाडी किन्यो । कहिले सम्राट्, कहिले त्रिलोकले मिलेर उसलाई गाडी सिकाए । गाडीको लाइसेन्सको जाँच विभासले सजिलै पास गन्यो ।

होन्डा एकोर्ड गाडी पुरानै भए पनि राम्रो चल्थ्यो । गाडी भएपछि काम पाउन सजिलो भयो । कसैले आउजाउमा सहयोग गर्नु परेन । काम पनि मिलिहाल्यो । काम त्रिलोक बस्ने ठाँउबाट अलि टाढा थियो तर उसको भावी क्याम्पसबाट नजिकै थियो ।

काम एउटा अब्दुल भन्ने बङ्गाली साहूको ग्याँस स्टेसनमा थियो । अब्दुल सत्तरीको दशकमा विद्यार्थी नै भएर अमेरिका आएको रहेछ । जमानामा उसले इन्जिनियरिङ पढेको रहेछ । केही वर्ष इन्जिनियर भएर काम गरेपछि व्यापार गर्ने इच्छा लागेर ग्याँस स्टेसन चलाउन थालेको रहेछ । पहिला-पहिला त्यो ग्याँस स्टेसन औधी चलेको ठाँउ रहेछ । त्यसैबाट टन्न जग्गा जमिन जोडिसकेको रहेछ ।

विद्यार्थीहरू पहिला पनि काममा राख्ने गरेको रहेछ । राम्रो पढ्ने विद्यार्थी भनेपछि चिज गर्दा रहेछ । विभासको अहिलेसम्म फोर पोइन्ट ओ जिपिए छ भन्ने थाहा पाएपछि पसलमा आउने सबैलाई सुनाउँथ्यो ।

बिस्तारै विभास काम र भावी क्याम्पसनजिक रहेको सम्राट्को रूममेट प्रतापसँग एउटा एपार्टमेन्टमा सर्‍यो । मे महिना सकिएर जुन लागिसकेको थियो । क्याम्पस सुरु हुन अझै साढे दुई महिना जति थियो । यसपालि भने विभासले एउटा मोबाइल फोन पनि लियो । कमाइ पनि हुन्थ्यो तर अब खर्चहरू पनि बढ्दै थिए । गाडीको इन्स्योरेन्सको पैसा, अपार्टमेन्टको भाडा, खानपिनमा ग्रोसरीको पैसा आदि ।

समरको अन्त्यतिर छात्रवृत्तिको र क्याम्पसमा तिर्नुपर्ने ट्युसन फीको अफिसियल लेटर आइसकेको थियो । त्यो समर अब्दुलले दिउँसोको पूरै सिफ्ट विभासलाई दियो । दिउँसो दुई बजेदेखि बेलुका एघार बजेसम्म हरेक दिन बिदा नभनी घण्टाको सात डलर कमाउँदा खर्च कटाएर त्यस्तै पैंतालीस सय डलरजति पैसा जम्मा भएछ ।

त्यसले त वर्षभरिकै ट्युसन शुल्क तिर्न पुग्थ्यो । बाँकी खान बस्न, गाडीको इन्स्योरेन्स, किताब किन्ने खर्च यस्तैका लागि काम त छँदै थियो । पैसा सबै क्यासमा आउँथ्यो, कर पनि तिर्नु पर्दैनथ्यो । इन्टरन्यासनल स्टुडेन्डको हेल्थ इन्स्योरेन्सको पैसा कलेज फीमै तिरिसकेको हुन्थ्यो ।

आमा र बहिनीसँग कुरा गर्दा अब विभास अलि ढुक्क थियो । घरमा बिस्तारै खर्चको अप्ठ्यारो हुँदै गएको एकपल्ट बहिनीले भनेकी थिई । आमाले कहिल्यै भनिनन् । एकपल्ट बहिनी र आमाले एउटा साइबर क्याफेबाट छुट्टै वेभक्याम भएको कम्प्युटरबाट इन्टरनेट फोन गर्दा उसले आमाको उही पुरानो झोला, तिनै पुराना गहना अनि बहिनीको पनि पहिरन पहिलेकै थोत्रा लुगा देखेको थियो ।

यसपालि विभासको एक जना विश्वासिलो साथी नेपाल जान लागेको रहेछ । त्यो डालासमै पढ्ने एक विद्यार्थी थियो । त्यसको आफ्नो खासै सामान रहेनछ नेपाल लाने । विभासले घरमा एउटा वेभक्याम, आमा र बहिनीलाई जुत्ता, केही कपडा, ह्यान्डब्याग, चकलेट र केही पैसा त्यो साथीको हातमा पठाइदियो ।

आफूले पनि एउटा ल्यापटप किन्यो । घरमा बाबा हुँदै किनेको एउटा पुरानो डेस्कटप थियो । विभासले पठाएको सामान पाएपछि अलिकति खर्च गरेर बहिनी शोभाले त्यो डेस्कटपको सफ्टवेर अपडेड गरी । त्यसपछि विभासले नै पठाएका वेभक्याम जोडेर आमा र बहिनीले घरबाटै भिडियो च्याट गर्न सुरु भयो ।

पहिलोपल्ट घरबाट भिडियो च्याट गर्दा आमा र बहिनीले विभासले नै पठाएको लुगा लगाएका थिए - उनीहरू खुसी थिए । विभास पनि पहिलोपल्ट सन्तुष्ट थियो अमेरिका आएपछि ।

बिस्तारै अप्ठेराहरू हट्दै त थिए तर चुनौतीहरू थपिँदै पनि थिए ।

९
अमनचैन

अगस्तको मध्यबाट नयाँ युनिभर्सिटीमा पढाइ सुरू भयो । पहिलो सेमेस्टर विभासले लिएका चार क्लासहरूमा कम्प्युटर प्रोगामिक पनि थियो । प्रोग्रामिङ गर्न उसलाई रमाइलो लाग्दै गयो । आफूले जानेजति म्याथ सबैभन्दा बढी उसले प्रोग्रामिङ गर्दा नै उपयोग गर्न पाएको थियो । त्यसपछि ऊ क्याम्पसको रोबोटिक्स क्लबमा सहभागी भएर आफूले सिक्दै गरेको प्रोग्रामिङलाई प्रयोग पनि गर्दै गयो । उसले इलेक्ट्रिकल इन्जिनियरिङमा मेजर गर्ने निर्णय गऱ्यो ।

प्रताप पनि त्यही विषय नै लिएर पढ्ने भयो । काममा अब्दुलले मङ्गलबार, बिहीबार, शनिबार र आइतबार बेलुकाको सिफ्ट विभासलाई दियो । यसरी चार दिन एघार घण्टाको सिफ्टमा झन्डै चवालीस घण्टा काम थियो । पढाइ बाह्र क्रेडिड लिएको थियो । यस युनिभर्सिटीमा चाहिँ बाह्रभन्दा बढी क्रेडिट लियो भने बढी पैसा तिर्नुपर्थ्यो ।

अब काम पनि थियो । पैसाले पनि धान्न सक्ने हुनाले विभासले फल र स्प्रिङ मात्र नभएर समर सेमेस्टरमा पनि क्लासहरू लिने निधो गऱ्यो । फल र स्प्रिङमा ठिक्क बाह्र-बाह्र र समरमा नौ केडिट मात्र लिएर आफूलाई अलि सजिलो हुने गरी पढाइ सक्दै जाने उसको योजना थियो ।

पढाइ र कामको व्यस्तताले खासै अरू चिज गर्ने फुर्सद हुँदैनथ्यो । त्यो वर्षको अन्त्यसम्म विभासको गाडीले अलि दुःख दिन थाल्यो । दुई हजार चारको ज्यानुवरीमा उसले पैतीस सय हालेर अर्को अलि भरपर्दो र अलि नयाँ गाडी किन्यो ।

पैसा कमाएअनुसार खर्च पनि हुन्थ्यो तर हरेक दुई-तीन महिनामा विभासले एक हजार डलरजति घर पठाउँथ्यो । घरमा त्यही पैसाले जोहो गर्थिन् आमा ।

बहिनी शोभा प्लस टु पढ्न थालिसकेकी थिई । बाह्र कक्षापछि उसको पनि कि त विदेशतिरै कि नेपालमै स्नातक पढ्ने चाँजोपाँजो मिलाउनुपर्ने थियो । आमाले चाहिँ कहिलेकाहीँ बिहे गराइदिने कुरा गर्नुहुन्थ्यो - विदेशतिरै सेटल भएको केटा खोजेर । विभासलाई त्यो कुरा पटक्कै मन पर्दैनथ्यो; शोभालाई पनि मन पर्दैनथ्यो ।

विभासको पढाइ अलि गाह्रो हुँदै गइरहेको थियो । त्यसमाथि काम पनि गर्नै पर्थ्यो । उसका नयाँ-नयाँ साथीहरू पनि बन्दै थिए । विभास अब अलि पैसा कमाउने भएकाले राम्रा लुगाहरू लगाउने, आफ्नो बुबाले जस्तो कोलोन लगाएर

बास्ना आउने भएर हिँड्ने र फुर्तीसाथ खर्च गर्ने भइसकेको थियो । उसको हिँडाइ, बोलाइ अनि अन्य हाउभाउमा सुहाउँदो कन्फिडेन्स आएको थियो ।

त्यो सेमेस्टर अमेरिकन हिस्ट्री क्लासमा पहिलो दिन जाँदा ऊ पहिलो हारको बीचतिरको कुर्सीमा बसेको थियो । पछाडिबाट एउटी सुन्दर गोरी केटीले उसलाई एउटा सानो पेपरमा 'हाइ, आइ एम अथिना । यु लुक भेरी क्युट ।' भनेर लेखेर दिई । कक्षा सुरु भइसकेको थिएन ।

त्यो पढिसकेपछि विभास सुरुमा त छक्क पऱ्यो अनि अलिकति मक्ख पनि । पछाडि फर्केर, 'थ्याङ्क यु, यु लुक बिउटीफुल एज वेल । आइ एम विभास ।' भनेर विभासले बोल्न सुरू गऱ्यो । अथिनाले आफू बसेकै मेचहरूको हारमा नजिकै आएर बस्न विभासलाई रिक्वेस्ट गरी । कस्तो-कस्तो मान्दै विभास दोस्रो हारमा अथिनासँगैको कुर्सीमा गएर बस्यो ।

पढाइ विभासको सबैभन्दा ठूलो प्राथमिकतामा थियो । सधैँ पहिलो हारमै बसेर लेक्चर सुन्ने विभासलाई दोस्रो हारमा गएर बस्ने मन थिएन । तर, मुखै खोलेर बोलाएपछि अलि रूखो भइएला भनेर पनि अनि यति राम्री केटीले बोलाउँदा पनि किन नजाने भन्ने सोच्दै विभास अथिनासँगै बस्न गयो ।

एकैछिनमा हिस्ट्री प्रोफेसरले कक्षा सुरू गरे । कक्षा चलुन्जेल अथिनासँग कुरा भएन । हेराहेर र मुस्कानको मात्र आदानप्रदान भयो । कक्षा सकिएपछि अथिना र विभास सँगै बाहिर निस्किए । निस्कँदै गर्दा अथिनाले विभासको हात समाई । विभासको पूरै शरीर तरङ्गित भयो । बाहिर आइपुगेपछि अलि परपट्टि एउटा बेन्च थियो । बिहानको दस बजेको हुँदो हो । त्यति गर्मी भइसकेको थिएन ।

'डु यु स्मोक ?' अथिनाले एउटा चुरोट निकाल्दै भनी ।

'यस ।' विभासले अथिनाले तेर्स्याएको मार्ल्ब्रो ब्लेन्ड ट्वेन्टिसेभेन भन्ने चुरोट एउटा लियो । अथिनाले पहिला विभासको चुरोट सल्काउन लाइटर बाल्दिई त्यसपछि आफ्नो सल्काई ।

अथिना अर्कै थिई । अलि विद्रोही, निर्भीक लाग्ने । अथिनालाई भेट्दा कताकता विभासलाई नीलमको झल्को आयो । तर, अथिना फरक थिई । ठ्याक्कै कसरी त्यो विभासले भन्न सक्दैनथ्यो । अथिना एउटा शक्तिशाली चुम्बकजस्ती लाग्थी । ह्वाते तान्न सक्ने - आकर्षणले ।

नीलमसँग विभास सम्पर्कविहीन भएको निकै भइसकेको थियो । नीलमसँग कुरा हुँदा उही न्यानोपन आभास हुन्थ्यो तर आजकल कुरै हुन्नथ्यो । सायद उनीहरू दुई बीचको ठूलो भौगोलिक दूरीले उनीहरूको मनबीचको सानो दूरीलाई खर्लप्पै निलेको थियो ।

मात्र लाक्पासँग बेलाबेलामा कुरा हुन्थ्यो विभासको । नत्र आफ्नो परिवार र त्यही वरिपरिकै साथीभाइको सर्कलमा विभासको संसार घुम्थ्यो ।

चुरोट तान्दै अथिनाले भनी, 'आइ एम वेटिङ फर माइ मम टु पिक मि अप । आइ एन्ड माइ मम राइड टुगेदर ।'

'ह्वेर इज सि ?'

'सि गोस् टु दिस कलेज टु । सि इज टेकिङ सम ग्राजुयट कोर्सेस ।'

'सो यु वार अ फ्रेसम्यान ?'

'फ्रेसवुमन ।' अथिनाले जिस्कँदै भनी ।

'आइ एम ए सफोमोर ।'

यति भन्दै गर्दा अथिनाले आफ्नी आमा अलि परबाट आउँदै गरेको देखी र भनी, 'लिसन, आइ ह्याभ टु गो नाउ, सि यु वेनस्डे ।' यति भनेर अथिनाले विभासलाई अङ्कमाल गरी । उसका दुई अग्ला चुच्चा वक्षस्थलले विभासको छातीमा छोए । अथिनाको एउटा मीठो बास्ना थियो शरीरको - एक छिनका लागि विभास एकाएक अथिनाप्रतिको आकर्षणले मुग्ध भयो । अथिनालाई त्यहीँ अङ्कमालमै कैद गर्ने मन भए पनि अथिना फुत्त निक्लिहाली ।

अथिनाको कपाल कैलो थियो । उसले ओठमा कालो लिपिस्टिक लगाएकी थिई । कालै टीसर्ट, माथिसम्म आउने कालै बुट र घुँडाभन्दा अलि तलसम्म मात्र आउने कालै कप्रि प्यान्ट लगाएकी थिई । ऊ आफ्नी आमातिर जाँदै गर्दा पछाडिबाट उसको शरीर हेर्दा शरीरको अनुपातमा नितम्ब पूरै भरिएको र ठूलो थियो ।

एक्काइस वर्षको जोबनसम्म आइपुग्दा विभास धेरै युवती देखेर आकर्षित भएको थियो । मात्र नीलमसँग विभासको शरीरले अङ्कमाल गरेको थियो - वयस्क भावनाका साथ । अथिनासँगको अङ्कमाल अर्कै थियो । विभासको शरीरमा जुन तरङ्ग अथिनाले दिएर गई, त्यो तरङ्ग अर्को बुधबार उसलाई फेरि भेट्दा पनि त्यत्तिकै थियो - शरीरका हरेक कोषहरू झन्झन् झनझनाइरहेका थिए ।

बुधबारको कक्षा सकिएपछि फेरि विभास र अथिना चुरोट खान त्यही बेन्चमा पुगे । अथिना त्यो दिन पनि त्यस्तै काला लुगा र बुट लगाएर आएकी थिई । 'गथ' भन्ने सबकल्चरको ऊ अनुनायी रहिछ । त्यसका लुगा लगाउने पारा र पद्धति प्रायः अलि फरक पड्ड स्टाइलको हुने रहेछ ।

जे भए पनि अथिना खुब राम्री देखिन्थी । ऊ फेसनेबल थिई र लगाएको सुहाउने गरी लगाउँथी । अलि स्वतन्त्र र स्वच्छन्द थिए उसका आँखाहरू, त्यसैले ऊ अरूभन्दा फरक देखिन्थी ।

विभासलाई लाग्यो, अथिनालाई नेपाली पोसाकमा कस्तो देखिएला ? संयोगवश, आउँदो सोमबार बेलुका क्याम्पसमा इन्टरन्यासनल स्टुडेन्ट्सहरूको फ्यासन सो गरिने एउटा कार्यक्रम थियो । दुईचार अरू नेपाली साथीहरू मिलेर नेपाली पोसाक लगाएर केटा र केटीको चार जोडी नेपालका विभिन्न ठाउँका पोसाक लगाएर न्याम्पमा हिँड्ने प्लान थियो ।

विभासले अथिनालाई आउँदो सोमबारको हिस्ट्री कक्षापछि बेलुका हुने फ्यासन सोमा भाग लिने हो भनेर सोध्यो । अथिनाले उत्साहित हुँदै हुन्छ भनेपछि विभासले साथीहरूलाई आफू अथिनासँग एक थरीको नेपाली पोसाक लगाएर भाग लिन तयार भएको बतायो ।

त्यो हप्ता शुक्रबारको हिस्ट्री क्लासपछि अथिनाकी आमाको कतै जान चाँडै निक्लिहाल्नु-परेकोले कक्षापछि विभास र अथिनाको खासै कुरा हुन पाएन । सोमबारचाहिँ फ्यासन सोअघि रिहर्सल पनि भएकाले अथिना क्याम्पसमै साँझसम्मै बसी । विभासको अन्य क्लास नहुँदा दुवै जना दिनभर क्याम्पसमै गफ गर्दै बसे ।

साँझ रिहर्सल सुरु हुने बेला दुबै सँगै गए । एक जना रितेश शुक्ला नाम गरेका जनकपुरे विधार्थी दाइले नेपालबाट ल्याएको मैथिली जोडीको पोसाक लगाउनेमा विभास र अथिना परे ।

विभास नेपालीहरूमा औसत उचाइकै थियो । अथिना पनि विभास जति नै अल्की थिई । दुबैलाई मैथिली लुगा ठीक भयो । विभासले टाउकोमा फेटाजस्तो बाँधेर लगाउने मुरेठा, जिउमा कुर्ता र जाँघमा धोती लगायो । अथिनाले ब्लाउज र सारी, घाँटीमा हँसुली, टाउकोमा झुमर, माथापट्टी, नाकमा नत्था, हातमा कङ्गन र खुट्टामा पाउजु लगाई ।

अथिनाको आफ्नो मनपर्ने कलर नै कालो, त्यसमाथि उसको ब्लाउज कालो नै थियो । त्यसमाथि कालै गाजल र कालै लिपिस्टिक लगाएपछि उसको गोरो अनुहार र चटक्क मिलेको जिउमा ऊ बिच्छै राम्री देखिई । विभासलाई पनि सलक्क परेको जिउ र हिस्सी परेको अनुहारमा कुर्ता र धोती खुब सुहायो ।

शुक्ला दाइले नै न्याम्पमा हिँड्दा बज्ने म्युजिक पनि अरेन्ज गरेका रहेछन् । उनैले फ्यासन सो र हल्का नृत्यको कोरियोग्राफी पनि गर्ने कुरो थियो । सुरुमा चारै जोडी न्याम्पमा हिँड्ने बेला मीठा नेपाली धुनहरू बज्ने र अन्त्यमा अङ्ग्रेजी गीत

'ह्वेर डिड यु कम फ्रम ह्वेर डिड यु गो ? ह्वेर डिड यु कम फ्रम कटन आइड जो' बज्ने अनुक्रम थियो ।

यो गीतमा 'ह्वेर डिड यु कम फ्रम कटन आइड जो' भन्दा 'ह्वेर डिड यु कम फ्रम काठमाडौँ' भनेजस्तो लाग्थ्यो । विभास र अन्य नेपाली साथीहरूले त्यही भन्दै सानैदेखि सुन्दै आएको गीत र त्यसमा नाचौँ-नाचौँ लाग्ने ताल भएकाले रिहर्सलमा खुब रमाइलो भयो । कार्यक्रममा पनि राम्रो भयो ।

कार्यक्रमपछि विभिन्न देशका खाना भएको डिनर पनि थियो । डिनर सक्किँदा बेलुकाको नौ बज्न लागिसकेकाले विभासले अथिनालाई घर पुर्‍याइदियो । रात परिसकेकाले अथिना गाडीबाट ओर्लेपछि विभास फर्कियो । जे भए पनि अथिना दङ्ग थिई ।

त्यसपछि फेरि बुधबार आयो । हिस्ट्री कक्षा सकिएर सधैँझैँ विभास र अथिना बाहिर चुरोट तान्दै थिए । 'डु यु वान्ट टु गो टु माइ हाउस अगेन टुडे ?' अथिनाले सोधी ।

विभासको त्यो नौ बजेको हिस्ट्री क्लासपछि अब एक बजे मात्र कक्षा थियो । भर्खर सवा दस भएको थियो ।

'स्योर, बट आइ ह्याभ टु वि ब्याक बिफोर वान ?'

'ओके लेट मि टेक्स्ट माइ मम एन्ड लेट हर नो ।'

यति भनेर विभासको गाडीमा उनीहरू अथिनाको घर गए । तीन बेडरूमको सानो घर थियो । अगाडि र पछाडि बगैँचा भएको । अथिनाको कोठामा गथ म्युजिक ब्यान्डका पोस्टर, एउटा खाट, क्लोसेट, किताबको र्‍याक, ड्रेसर र एउटा पढ्ने टेबल थियो ।

एकैछिन उसको कोठामा बसेपछि अथिनाले घरको लिभिङ रूममा भएको एउटा ट्याङ्क देखाउँदै भनी, 'आइ ह्याभ ए स्नेक पेट, इट्स अ बल पाइथन ।'

त्यसो भनेर उसले पहेँलो देखिने करिब तीन फिट लामो सर्प निकालेर हातमा लिई ।

'इट्स नट पोइसनस्, डु यु वान्ट टु होल्ड इट ?' विभासले हल्का डराउँदै सर्प लियो र एक छिनपछि उसैलाई फिर्ता दियो ।

एथिनाले यो सेमेस्टर एउटै मात्र क्लास लिइरहेकी रहिछ । ऊ कलेजमा के पढ्ने, कति पढ्ने, कसरी पढ्ने भन्ने बिस्तारै बुझ्दै रहिछ । ऊ हाइस्कुल सकेर बसेकी

थिई । पार्ट टाइम काम गर्थी - नजिकको एउटा इलेक्ट्रोनिक्स पसलमा । उसलाई पढ्न हतार रहेनछ । आमाले एउटा कोर्स लिँदै गरेकाले ऊ पनि हिस्ट्री कक्षाचाहिँ लिएर हेर्ने विचारले कलेज जान थालेकी रहिछ ।

'आर यु हङ्ग्री ? आइ विल मेक यु अ स्यान्डविच ।' अथिनाले सोधी ।

'स्योर, बट देन यु विल ह्याभ टु लेट मि बाइ यु डिनर नेक्सट टाइम ।'

विभासले पनि मौकामा चौका हानिहाल्यो । अथिनालाई डिनरमा लान उसलाई कुन बहानाले सोधूँ भइराखेको थियो ।

'द्याट विल वि असम । हाउएभर, आइ एम ए भेजिटेरियन, वुड यु इट ए बिन बर्गर ?'

'आइ वुड लभ ए भेजिटेरियन बर्गर ।'

'सायद शाकाहारीहरूमा केही फरक ऊर्जा हुन्छ कि क्या हो मसँग जोडिन आइपुग्ने नीलम पनि शाकाहारी खाना नै रूचाउँथी ।' विभासले मनमनै सोच्यो ।

खाजा त्यहीँ खाएपछि अथिनासँग अड्कुमाल गरेर विभास एक बजेको कक्षा भ्याउन क्याम्पस आयो । अब अर्को हिस्ट्री क्लास शुक्रबार हुन्थ्यो । शुक्रबार अथिनालाई डिनर लाने प्लान कक्षाभरि सोचेर विभासको कक्षा सकियो ।

शुक्रबार पनि आयो । हिस्ट्री क्लासमा अस्ति बुधबारको दिन "पप क्विज" अर्थात् पहिला नै विद्यार्थीहरूलाई सूचना नै नदिई कक्षामा कत्तिको ध्यान दिइराखेका छन् भनेर जाँच्न एकाएक लिइने जाँच लिइएको थियो । हिस्ट्री प्रोफेसरले जाँचको नतिजा बाँड्दै आए । अथिना र विभास सँगसँगै बसेका थिए ।

आफ्नो पेपर पाइसकेपछि अथिनाले उत्साहित हुँदै, 'यस्', भनी । अनि विभासतिर हेर्दै भनी, 'आइ गट नाइन पोइन्ट फाइभ आउट अफ टेन । ह्वाट डिड यु गेट ?'

'टेन आउट अफ टेन ।'

'फक यु मिस्टर स्मार्टी प्यान्ट्स ।' अथिनाले जिस्कँदै भनी ।

'स्योर लेट्स सेभ द्याट फर आफ्टर डिनर ।'

विभासले फेरि मौका छोपिहाल्यो । अथिना खुलेर मुस्कुराई । कक्षा सुरू भयो ।

त्यो दिन पूरै अथिना र विभासले लाइब्रेरीमा बिताए । विभास बीचबीचमा आफ्ना अन्य क्लासमा गयो । नजिकैको कलेज क्याफ्टेरियामा उनीहरूले लन्च पनि खाए ।

अथिना पढ्नमा सौखिन थिई । हिस्ट्रीबाहेक अरू क्लास उसको थिएन । उसले दिनभरमा यान मार्टेलको "लाइफ अफ पाइ" भन्ने किताब आधा पढेर भ्याई ।

जब विभास र अथिना लाइब्रेरीमा पढिरहेका थिए, त्यहाँ दुबै केहीबेर पढ्थे अनि एकअर्काले पढिरहेको आक्कल-झुक्कल हेर्थे । अथिना गहन भएर पढिराख्थी । विभास पनि आफ्नो क्लासको सामग्री ध्यानपूर्वक पढिरहेको हुन्थ्यो । उनीहरू कम बोल्थे तर त्यो सामीप्यतामा एउटा न्यानो ताप थियो, जसले दुबैलाई बिस्तारै सेकिरहेका थियो । लाग्थ्यो उनीहरू दुबैको परिवेशमा एउटा फरक आयाम थपिएको थियो ।

साँढे तीन बजेतिर विभासको त्यो दिनको अन्तिम क्लास सकियो । त्यसपछि पनि उनीहरू पाँच बजेसम्म लाइब्रेरीमा पढेर बसिरहे । विभासले त्यो हप्ता आफूले सक्नुपर्ने होमवर्क सक्यो । यसबीच उनीहरूले आफ्ना केही कुरा गर्न भ्याए पनि ।

विभास पढ्नमा अब्बल र "स्ट्रेट एज स्टुडेन्ट" आर्थात् सबै विषयमा 'ए' ग्रेड सजिलै ल्याउने खाले विद्यार्थी हो भनेर अथिनाले थाहा पाई । विभासले ध्यानमग्न भएर पढेको देखेर उसले विभासको जिपिए सोधेकी थिई ।

अथिना "सिङ्गल मम"-सँग हुर्किएकी रहिछ । ऊ सानै हुँदा उसको बा र आमाको डिभोर्स भएको रहेछ । आमाको भखैरै एउटा कम्पनीबाट 'ले अफ' भएर जागिर खुस्केको रहेछ । अहिले फेरि क्याम्पसमा कोर्स लिएर नयाँ जमाना सुँहाउँदो केही सीप विकास गर्न खोज्दै रहिछन् । कामहरू पनि खोज्दै रहिछन् । अहिले उनीहरू बसेको घर अथिनाकी हजुरआमाको रहेछ । आमाको जागिर नभएकाले तत्कालका लागि हजुरआमाले आफ्नो दोस्रो घरमा उनीहरूलाई बस्न दिएकी रहिछन् । उनीहरूको आफ्नै घर भने रहेनछ ।

अथिनाको बाबाले डिभोर्स भएको केही वर्षसम्म त आमालाई "चाइल्ड सपोर्ट"-को लागि पैसा पठाउने गरेका रहेछन् । केही वर्षपछि लागूपदार्थको कुलतमा लागेर पैसा तिर्न नस्कने भई उनी गायब भएका रहेछन् । त्यसैले, आमाले अथिनालाई दुःखले हुर्काएकी रहिछन् । अहिले अथिना पनि काम गर्न थालेपछि चाहिँ आमालाई अलि हल्का भएको रहेछ । तैपनि, छोरीलाई कलेज पढाउने आर्थिक सामर्थ्य उनीसँग रहेनछ ।

विभासले यी कुरा थाहा पाएपछि उसलाई लाग्यो - मानिस जहाँ भए पनि आफ्नै खाले समस्या हुँदा रहेछन् । हो, अमेरिकाजस्तो सबै सुविधासम्पन्न ठाउँमा जन्मेकी थिई अथिना, तैपनि विभास र उसको स्थितिमा खासै फरक थिएन ।

. . . . . .

'सो, ह्वेर वुड यु लाइक टु गो फर डिनर ?'

साँझ परिसकेको र अब त भोक पनि लागिसकेकोले विभासले सोध्यो ।

'आइ थट इट वाज अल प्लान्ड बाइ यु मिस्टर ।'

'ओके देन, डु यु लाइक मेक्सिकन फुड ?'

'यस् इफ दे ह्याभ गुड भेजिटेरियन अप्सन ।'

'देन लेट्स गो । आइ नो अ गुड मेक्सिकन प्लेस । दे ह्याभ रियल्ली गुड अथेन्टिक मेक्सिकन फुड । दे ह्याभ गुड भेजिटेरियन अप्सनस् टु ।'

'ह्वाट इज इट कल्ड ।'

'टकेरिया ।'

'ओ . . . . . आइ ह्याभ नेभर बिन देअर ।'

विभास र अथिना कलेजबाट त्यस्तै दस मिनेट सहरभित्रकै ड्राइभपछि टकेरिया रेस्टुरेन्ट आइपुगे । नभन्दै त्यो अथेन्टिक मेक्सिकन रेस्टुरेन्ट नै थियो । त्यहाँ वेटरहरूले पनि स्प्यानिस मात्र बोल्थे । त्यो साँच्चिकै मेक्सिकनहरू धेरै आउने ठाउँ थियो । अरू मेक्सिकन रेस्टुरेन्टजस्तो अमेरिकनहरूलाई टार्गेट गरेर खोलिएको जस्तो लाग्दैनथ्यो ।

साँच्चै नै विभासले भनेजस्तै त्यहाँ भेजिटेरियनहरूको लागि पनि मनग्य कुरा छान्न मिल्थ्यो । अथिनाले त्यहाँको खाना खुब मन पराई । विभासले वेट्रेससँग स्प्यानिसमै बोलेको देखेर छक्क पनि परी ।

'सो हाउ डु यु नो स्प्यानिस ?'

'ओ, एयाट माइ वर्क, आइ गेट अ लट अफ हिस्प्यानिक पिपल । आइ लर्न्ड अ फ्यु कन्भरसेसनल स्टफ फ्रम देम ।'

'नाइस ।'

. . . . . .

विभास काम गर्ने ग्याँस स्टेसनमा धेरै किसिमका मान्छे आउँथे । होमलेस मान्छेदेखि युनिभर्सिटीका ठूला ओहोदाका, स्टेटका सांसद अनि विविध खालका जनसमुदाय । स्प्यानिस बोल्ने पनि धेरै ग्राहक आउँथे । कोही-कोही त विभासको खैरो छाला देखेर ऊ पनि मेक्सिकन वा हिस्प्यानिक नै होला भनेर स्प्यानिस नै बोल्न सुरू गर्थे ।

बिहानको सिफ्टमा ग्याँस स्टेसनमा धेरै वर्षअघिदेखि काम गर्दै आएको अस्लम काम गर्थ्यो । अस्लमले स्प्यानिसका दिन, महिना, अङ्क र सामान्य बोलीचालीका वाक्यहरू टिपेर राखेको थियो । त्यसबाट सुरु गर्दै विभासले समरभरिमा निकै स्प्यानिस सिकिसकेको थियो ।

एउटी पाओला भन्ने त्यस्तै बीस-बाइसकी मेक्सिकन युवती आउँथी ग्याँस स्टेसनमा । बिछट्टै राम्री थिई । बोइज्कट कपाल काट्थी । अनारको दानाजस्तै आकर्षक राता गाला भएकी - रसिली र सुकोमल लाग्ने । वक्षस्थल र नितम्ब मजाले भरिएकीले लोभलाग्दी देखिन्थी ।

सिक्दै जाँदा विभासले स्प्यानिसमा केही फ्लिर्ट गर्ने वाक्यहरू पनि सिकेको थियो । उसो त खासै प्रयोग गर्दैनथ्यो विभासले तैपनि पहिलोपल्ट पाओलालाई देख्दा एकाएक ऊबाट निस्किहालेको थियो - 'वोला लिन्दा ! कोमो इस्तास् ?'

एकाएक एक युवकले आफूलाई 'हेलो सुन्दरी, तिमीलाई कस्तो छ ?' भनेर सोधेपछि पाओलाले मुसुक्क हाँसेर भनेकी थिई - 'बिएन । यी तु ?' (मेरो राम्रो छ, तिम्रो नि ?)

'मुइ बिएन । सोलो हाब्लो पोकितो स्प्यान्ओल ।' (मेरो पनि धेरै राम्रो छ । मलाई थोरै मात्र स्प्यानिस बोल्न आउँछ ।)

'इट्स ओके वि क्यान टक इन इङ्लिस् ।' पाओलाले भनेकी थिई ।

'हाइ । आइ एम विभास ।'

'आइ एम पाओला ।'

त्यसरी उनीहरूको परिचय भयो । पाओला आइरहन्थी ग्याँस स्टेसनमा । प्रायः ऊ साँझपख एउटा गुलियो खाले बियर लिएर जान्थी । मङ्गलबार र बिहीबार कमै आए पनि शनिबार बेलुका भने प्रायः सधैँ आउँथी ।

कुरा गर्दै जाँदा ऊ मेक्सिकोबाट अलि सानै हुँदा बोर्डर क्रस गरेर आएकी रहिछ । अमेरिका बसेको दस वर्षजति भएको रहेछ । एउटा पेपर रिसाइकल गर्ने सानो कम्पनीमा काम गर्दी रहिछ ।

एउटा शुक्रबार पाओलालाई नगद पैसाको खाँचो परेको रहेछ - मेक्सिकोमा आफ्ना आफन्तलाई पठाउन । उसको कामको "पे चेक" प्रायः शुक्रबार बेलुका आउने रहेछ । शुक्रबार चेक बैङ्कमा जम्मा गर्न नभ्याए शनिबार जम्मा गरेको चेक सोमबार नभई पैसा पूरै निकाल्न नमिल्ने रहेछ । ग्याँस स्टेसनमा चेक साइन गरेर दियो भने तुरुन्तै नगद पाइन्थ्यो ।

पाओलाले विभास काम गर्दा चेक क्यास गर्न ल्याई । अरू दुईतीन ठाउँमा गइछ तर कतै क्यास भएनछ । विभासलाई आएर क्यास गरिदेऊ भनी । उसो त अब्दुलले चेक क्यासिङमा एकदमै भरपर्दा र चिनेका मान्छेहरूको मात्र गर्नु भनेको थियो । पाओलाको चेक पहिला कसैले क्यास गरेको रहेनछ ।

हुन पनि चेक क्यासका लागि धेरै खाले मान्छे आउँथे । कतिले त फर्जी चेक ल्याएर अब्दुलले धेरैपल्ट धोका खाएको रहेछ । विभासले त्यति बेलासम्म धेरै मान्छेको हाउभाउबाट को असली को नक्कली होला भन्ने भेउ पाउन लगभग सक्ने भइसकेको थियो । फर्जी गर्नेहरू सेक्युरिटी क्यामेराले नदेख्नेपट्टि गाडी पार्क गरेर भित्र छिर्थे । चिप्ला कुरा गर्थे । नचाहिने डिटेलहरू दिएर विश्वास जित्न खाज्थे । पाओलालाई भेटेको धेरै भएको थिएन तर दुईतीन ठाउँमा आफूलाई नपत्याएर विभासकोमा आउँदासम्म पाओलाको निराशा उसको आँखामा प्रस्ट पढ्न सकिन्थ्यो ।

'क्यान यु डु मि अ फेभर ? आइ क्यान्ट वेट टु क्यास माइ चेक एयाट दि ब्याङ्क । क्यान यु क्यास इट फर मि ?'

'अफ कोर्स, आइ ट्रस्ट यु । बट माइ बोस चार्जेज टु पर्सेन्ट चेक क्यासिङ फी ।'

'द्याट्स फाइन ।'

त्यो भनेर पाओलाले चेकको पछाडि सही गरेर दिई ।

चार सय पचपन्नको चेक थियो । विभासले दस डलर काटेर चार सय पैंतालीस डलर दियो । पाओला दङ्ग परी । उसले सधैँ लग्ने बियरको एउटा सिक्स-प्याक पनि लिएर गई ।

जाने बेलामा विभासलाई एउटा सानो पेपरमा आफ्नो फोन नम्बर र केही लेखेर दिई । त्यहाँ लेखिएको थियो - 'यु आर भेरी काइन्ड एन्ड स्विट । आइ एम बाइसेक्सुवल । आइ लिभ विथ माइ गर्लफ्रेन्ड मारिया ।'

पाओलाको चेक सक्कली थियो । अब्दुल सुरूमा नयाँ मान्छेको चेक देखेर अलि डराएको थियो । तर, चेक राम्रो पन्यो भने क्यास गरेबापत लगाउने शुल्क चोखै फाइदा हुन्थ्यो । विभासको मान्छे चिन्ने खुबी देखेर बिस्तारै उसले विभासलाई त्यस्ता निर्णयहरू गर्ने स्वतन्त्रता दिन थाल्यो ।

एउटा त्यस्तै अर्को शनिबार पाओला एउटी अर्की युवतीसँग ग्याँस स्टेसनमा आई । विभास शनिबार बेलुका काम गर्छ भन्ने उसलाई थाहा थियो । त्यो युवती मारिया थिई - पाओलाकी गर्लफ्रेन्ड । मारिया अलि लजालु स्वभावकी थिई । लामो कपाल भएकी । उसले विभाससँग आखाँ जुधाएर कम नै कुरा गर्थी ।

मारिया टेकेरिया रेस्टुरेन्टमा काम गर्थी । उसैले त्यहाँ काम गर्ने भएकाले विभासलाई त्यो रेस्टुरेन्टको बारेमा थाहा भएको थियो । मारिया अलि मोटी थिई तर सुहाउँदी र राम्री थिई । ऊ क्याम्पसकै एउटा जिममा गेस्ट मेम्बर भएर जान थालेकी थिई । विभास पनि कहिलेकाहीँ क्याम्पसमा भएको दिन त्यही जिममा जाने गर्थ्यो ।

यसरी कहिले मारियासँग जिममा, कहिले पाओलासँग वा पाओला र मारिया दुबैसँग ग्याँस स्टेसनमा भेट भइरहन्थ्यो विभासको । ग्याँस स्टेसनमा मनिग्राम पनि थियो । मारिया पनि मेक्सिकोकै थिई । मारिया वा पाओला आफन्त वा साथीहरूलाई मेक्सिको पैसा पठाउनुपर्दा पनि त्यही ग्याँस स्टेसनमै आउँथे ।

बिस्तारै उनीहरूको राम्रो हेलमेल हुँदै गयो । एक दिन मारियाले विभासलाई आफ्नो रेस्टुरेन्टबाट केही मेक्सिकन खाना ल्याइदिई । विभासले पनि पाओलाले सधैं लैजाने बियर उनीहरूलाई पठाइदियो । यस्तो क्रम क्रमशः चल्दै गयो । पाओला र मारिया मुटुले मेक्सिकन तर हाउमाउ र अन्दाजले अमेरिकनजस्तै लाग्थे । खाना मेक्सिकन खान्थे, बियर अमेरिकन पिउँथे । बोलीचाली लवाइ-खवाइचाहिँ अमेरिकनहरूको जस्तै थियो ।

परिवार मेक्सिकोमै रहेछ तर दसौँ वर्ष अमेरिकामै बसेकाले यतैको जीवनशैलीमा घुलमिल भइसकेका थिए । उनीहरू मेक्सिकोमा भएका आफ्नो परिवार, आफन्त, साथीभाइहरूलाई सहयोग गर्थे । आफ्नो मात्र सोच्दैनथे ।

एकपल्ट मारियालाई विभासले सोधेको थियो कि के उनीहरूलाई मेक्सिको फर्कन मन लाग्दैन भनेर । मारियाले भनेकी थिई कि उनीहरूलाई अवसर र बाँच्ने स्वतन्त्रताका हिसाबले यतै बस्न मन पर्छ रे ।

मारिया लेस्बिएन थिई । मेक्सिकोमा उनीहरू हुर्केको कन्जरभेटिभ ठाउँभन्दा यता अमेरिकामा अलि बढी स्वतन्त्रता छ रे । भलै टेक्सास आफैंमा त्यति लिबरल स्टेट थिएन तर मारियाको अनुभवअनुसार मेक्सिकोको उसको सहरभन्दा यतै बढी स्वतन्त्रता थियो । त्यसैले उनीहरूको मेक्सिकोको घरमा उनीहरूको यताको जीवन पद्धतिको बारेमा उनीहरूले थाहा पनि दिएका रहेनछन् ।

सुरुमा उनीहरू गैरकानुनी रूपमा बोर्डर क्रस गरेर आएका रहेछन् । धेरै वर्ष इल्लिगली अमेरिका बसेपछि साथीभाइका सहयोगले स्टेटको आइडी, लाइसेन्स हुँदै बिस्तारै ग्रिनकार्ड पनि लिन सफल भएका रहेछन् । मारिया भन्थी – उनीहरू दुईतीन वर्षमा एकपल्ट जस्तो जान्छन् मेक्सिको ।

त्यो दिन अथिनासँग टकेरियामा खान आउँदा मारिया पनि काममै थिई । विभास र अथिना सँगै आएको देखेर विभाससँग मुसुक्क हाँसेर गएकी थिई मारिया – भलै

त्यो कुरा अथिनाले चाल पाइन । मारिया त्यहाँ वेट्रेस थिई तर उसको अर्कै सेक्सनमा ड्युटी परेको थियो त्यो दिन ।

. . . . . .

विभास र अथिनाले डिनर खाइसकेपछि बिल आइपुग्यो । विभासले क्यासमै सबै पैसा चुक्ता गर्‍यो र भन्यो, 'लेट्स गो टु माइ प्लेस, आइ विल मेक यु सम टी ।'

आज प्रतापको काम हुन्थ्यो । ऊ राति साढे एघार बजेतिर मात्र आइपुग्थ्यो । भर्खर आठ बज्दै थियो ।

'स्योर । आइ विल टेल माइ मम आएम विथ यु ।'

यति भनेर अथिनाले आमालाई टेक्स्ट गरी ।

एकैछिनको ड्राइभपछि विभास र अथिना विभासको अपार्टमेन्ट आइपुगे । विभासले मसला हालेर दूध राखेको चिया बनायो ।

चिया सकिएपछि अथिनाले "अल्टोइड" भन्ने दाल्चिनीको फ्लेभर भएको एउटा मिन्ट निकालेर विभासलाई दिई र आफूले पनि मुखमा हाली । लिभिङ रूमबाट उनीहरू विभासको बेडरूममा पुगे । त्यहाँ एउटा कुनामा पढ्ने टेबल, किताबको ‍र्‍याक र गिटार थियो ।

सम्राट्ले केही दिनअघि मात्र विभासलाई एउटा गिटार ल्याइदिएको थियो । प्रताप विभाससँग बस्न थालेपछि सम्राट् विनोद भन्ने अर्को स्टुडेन्टसँग बस्थ्यो । विनोदका नाता पर्ने क्यालिफोर्नियामा भएकोले ऊ त्यतै सरेछ । तर, ऊसँग भएको गिटार प्लेनमा लानुभन्दा यतै छोड्न सस्तो पर्ने भएकाले सम्राट्लाई छोडेर गएको रहेछ । सम्राट्लाई विभासले गिटार बजाउँछ भन्ने थाहा थियो । त्यसैले उसले त्यो गिटार विभासकोमा ल्याइदिएको थियो ।

विनोद गएपछि सम्राट् सम्पदा भन्ने एक जना नेपाली स्टुडेन्डसँग बस्न थालेको थियो । सम्पदा पनि सम्राट्कै कम्युनिटी कलेजमा पढ्दी रहिछ । गिटार ल्याइदिँदा सम्राट् र सम्पदा सँगै आएका थिए ।

विभासले क्यालकुलसका दुइटा कोर्स लिइसकेको थियो । अहिले सम्राट्ले बल्ल ती कोर्स लिइरहेको थियो । नोटहरू र किताब मिल्ने भएकाले विभासले आफ्नो किताब र नोटहरू सम्राट्लाई दिनुको साथै सम्पदा पनि विभासकै युनिभर्सिटीमा ट्रान्सफर गर्दै भएकीले त्यससम्बन्धी जानकारी पनि त्यसदिन विभासले उनीहरूलाई दिएको थियो ।

विभासको बेडरूममा बेड थिएन । एउटा म्याट्रेस मात्र फ्लोरमा थियो ।

'आइ ह्याभ नट ह्याड अ चान्स टु सप फर ए नाइस बेड ।' विभासले भन्यो ।

'इट्स कुल । स्लिपिङ अन लो ग्राभिटी म्याट्रेस इज पोब्ब्ली बेटर द्यान स्लिपिङ अन टलर बेड ।' अथिनाले भनी ।

अमेरिकनहरू घरभित्र पनि हत्तपत्त आफ्नो जुत्ता खोलिहाल्दैनथे । अथिनाले आफ्नो बुट खोल्दै कोठाको कुनामा राखी र सोधी, 'मे आइ जम्प इन योर म्याट्रेस ?'

'यु स्योर मे ।'

'सो, आइ गेट टु लिसन टु योर गिटार प्लेइङ ।'

'स्योर ।' त्यसपछि विभासले पनि आफ्नो जुत्ता कर्नरमा राख्यो र गिटार लिएर म्याट्रेसको छेउपट्टि बस्यो ।

एउटा इन्स्ट्रुमेन्टल धुन बजाएपछि विभासले सोध्यो, 'ह्याभ यु हर्ड "मोर द्यान वर्ड्स" बाइ "एक्स्ट्रिम" ?'

'या ।'

'ओके देन लिसन टु अ नेपाली गाइज् कभर अफ इट ।'

विभासले त्यो गीत बजायो र गायो । गीत गाइसकेपछि अथिनाले भनी, 'इट्स गुड । . . . . आर यु अ अकुस्टिक सफ्ट रक फ्यान ?'

'वेल, आइ डु लाइक सफ्ट रक एन्ड लाइक टु सिङ दिस सङ्ग अन अकुस्टिक गिटार बट आइ लाइक अल्ट रक मोर । आइ वुड से मोडर्न डे "कोल्ड प्ले" वुड बि माइ फेभरेट ब्यान्ड ।'

'हाउ अबाउट यु ?'

'आइ लाइक गथ रक, ह्याभ यु हर्ड एनि ?'

'एस, बट नट मेनी, आइ डु लभ "लभ विल टिअर अस अपार्ट" बाइ "जोइ डिभिसन" ।'

'ओ आइ लभ द्याट सङ ।'

'लिरिक्स अफ द्याट सङ इज ग्रेट ।' विभासले अङ्ग्रेजीमा भन्दै गयो - त्यो गीतको शब्द साँचा लाग्छन् । मानिसहरू सुरुमा एकअर्कासँग आकर्षित हुन्छन्; नजिकिन्छन्; प्रेममा पर्छन् अनि फरक तरिकाले परिपक्क हुँदै जान्छन् । अनि बिस्तारै आफूहरू फरक भएको थाहा पाउँदै जान्छन् । बाँकी रहेको मायाले गर्दा उनीहरू छुट्टिन सक्दैनन् तर त्यही कारणले उनीहरू विभक्त हुँदै जान्छन् ।' विभासले भन्यो ।

'यु आर सो राइट ।' अथिनाले भनी ।

'डु यु थिङ्क दियर इज ट्रु लभ ?' विभासले उत्सुकता साथ सोध्यो ।

'आइ थिङ्क सो ।' अथिनाले भनी र एकछिन रोकिएर फेरी यस्तो आशयको कुरा बोली - साँचो माया हुन्छ; त्यो विनासर्तको हुन्छ र त्यो केही समयसम्म मात्रै पनि रहन सक्छ । साँचो मायामा दुई प्रेमी सधैँका लागि एकअर्कामै सीमित हुनु पर्दैन । त्यो त समाजले गर्ने एक अपेक्षा मात्र हो । त्यस्तो अपेक्षाले गर्दा पनि हामीहरू आफ्नो इच्छा र स्वभावविपरीत पनि सम्बन्धलाई स्थायी देखाउन खोज्दा भित्रभित्रै दुःखी हुन्छौँ । हरकुरामा स्थायित्व र प्रतिबद्धता खोज्न हाम्रो मस्तिष्क अभ्यस्त भइसकेको छ । मलाई त्यो प्राकृतिक र हृदयसङ्गत लाग्दैन । त्यसो गर्दा हामीले धेरै दुःख पाउँछौ ।

'यस आओर सोसाएटि इज बेस्ड अन ह्वाट वि थिङ्क कन्ट्रारी टु दि ट्रु नेचर अफ थिङ्ग्स ।' अथिनासँग सहमत हुँदै विभासले भन्यो ।

केहीबेर विभास र अथिना चुप रहे । त्यसपछि एक अर्काको आँखामा हेरे । दुबै जना मन्द मुस्कुराए ।

'नाउ हाउ अबाउट वि प्ले अ गेम ?' विभासले चञ्चल आँखाले अथिनालाई हेर्दै भन्यो ।

'ह्वाट गेम ?'

'आइ गेस द कलर अफ योर अन्डरवेयर एन्ड यु गेस माइन ।'

'ह्वाट इफ आइ से, आ एम वेरिङ नन् ।' अथिनाले जिस्केँदै भनी ।

'सो मि द प्रुफ ।' यति भनेर विभासले अथिनालाई आफूतिर तान्यो ।

एकैछिनमा उनीहरूका ओठ र ओठ जोडिए ।

'ह्वाट टाइम इज योर रुममेट कमिङ ।' अथिनाले सोधी ।

'नट अन्टिल इलावेन थर्टी । आइ टेक्स्टेड हिम द्याट आइ एम विथ यु एयाट होम ।'

'यु आर अ ब्याड बोअइ । आरन्ट यु ? डु यु ह्याभ कन्डमस् ब्याड बोइ ?'

'यस बिउटिफुल लेडी ।'

त्यसपछि उनीहरूको चुम्बनको लामो शृङ्खला चल्यो । यसपटक चुम्बनहरू ओठमा मात्र सीमित भएनन् । वस्त्रहरू शरीरमा बाँकी नरहेकाले ओठहरू जताततै पुगे । एउटा आत्मीय सन्धिस्थल र महफिल बन्यो त्यो कोठाको परिधि । जहाँभित्र दुई शरीरका अङ्ग-प्रत्यङ्ग सिलसिलाबद्ध जोडिँदै, छुट्टिँदै एक अर्कासँग परिचित हुन खोजे ।

त्यो प्रक्रियामा दुबैले यति आनन्द पाइरहेका थिए कि त्यहाँ कसैलाई हतार थिएन । निकैबेरको चलपहलपछि विभासले अथिनाभित्र कवचसहित आतिथ्य ग्रहण गऱ्यो । गन्तव्यमा गिलो न्यानोपनको सहर्ष स्वागत थियो ।

साउती, कानेखुसी र निपातका संवादसँगै निकैबेरको शारीरिक परिश्रमपछि दुबै जना विस्तारै उत्साहको भन्याङबाट ओर्लिए । दुबैको प्रफुल्ल मुद्राको सन्नाटा तोड्दै अथिनाले सोधी, 'वाज दिस योर फर्स्ट टाइम ?'

'यस् ।' विभासले भन्यो ।

त्यसपछि सर्वाङ्ग अँगालोमा बेरिएर उनीहरू निक्कैबेर चुप रहे । विभासले अथिनाको कपाल सुमसुम्याइरह्यो । घडीमा एघार बज्नै लागेको थियो ।

'लिसन, आइ ह्याभ टु गो, माइ मम माइट् बि वरिड अल्दो आइ टेक्स्टेड हर ।'

'आइ ह्याड अ ग्रेट टाइम ।' यसो भनेर विभासले फेरि एकपल्ट अथिनालाई ओठमा चुम्यो ।

'मि टु ।' भनेर अथिना उठी । कोठामा छरपस्ट आफ्ना पहिरन दुबैले खोजेर लगाए ।

'आइ विल ड्रप यु अफ । . . . . आइ मस्ट टेल यु, यु वार द मोस्ट अट्रयाक्टिभ एन्ड क्याप्टिभेटिङ गर्ल आइ ह्याभ एभर मेट । आइ विल बि थिङ्किङ अबाउट यु अल द टाइम अन्टिल वि मिट अगेन ।'

अथिनाले विभासलाई हेरेर मुसुक्क हाँसी र भनी, 'यु आर सो डिप, अथेन्टिक एन्ड सिम्पल विभास । योर एनर्जी इज इन्फेक्सिअस । आइ फिल कनेक्टेड ।'

त्यसपछि दुबै विभासको गाडीतर्फ लागे । विभासले अथिनालाई घर पुऱ्याइदियो ।

त्यो रात घर फर्केर विभासले अथिना र आफ्नो केही छिनअघिको अद्भुत चुम्बकीय सम्भोगबाहेक अरू केही सोच्न सकेन । किशोर अवस्थादेखि नै उसलाई कैयौं स्त्री शरीरहरूले मोहित नबनाएका होइनन् । तर, शारीरिक मोहबाट माथि अथिनासँग उसको एउटा दिव्य सम्बन्ध भएको जस्तो लाग्यो विभासलाई । यस्तै कुरामा घोत्लिँदै, अथिनालाई सम्झँदै आफू कतिखेर भुसुक्क निदायो उसले थाहै पाएन ।

सायद नियति यस्तै थियो । त्यस दिनपछि फेरि अथिना कलेज कहिल्यै आइन । सोमबार कलेज नआएछि विभासले उसलाई फोन गरेर सोध्यो ।

'ह्वाइ डिड् यु नट कम टु क्लास टुडे ?'

कक्षा सुरु भएको दोस्रो हप्ता बल्ल हुँदै थियो ।

'आइ एम ड्रपिङ माइ क्लास टु गेट अ फुल रिफन्ड अफ ट्युइसन फी आइ अलरेडि पेड ।'

'ह्वाइ ?'

'माइ मम गट कल्ड ब्याक टु हर जब फ्रम हर कम्पनी । वि आर मुभिङ टु सान आन्टोनियो ।'

'रियल्ली ? ह्वेन ?'

'दिस विक, आइ वान्ट टु स्टे क्लोजर टु माइ मम सो आएम मुभिङ विथ हर । . अथिना बोल्दै गई – हेर विभास अपर्झट यस्तै आइलाग्यो . . . । यसलाई अब सजिलोसँग लिऔं . .। यथार्थता भनेको यही रहेछ । केही पनि स्थायी छैन । हामीले केही पल राम्ररी बितायौं । अब हुन नसक्ने कुरा सोच्नुभन्दा स्वाभाविक रूपमा जे हुन सक्छ त्यसैमा चित्त बुझाऔं । यदि हाम्रो इच्छा र ऊर्जाले धकेलेर हामी फेरि नजिक हुन खोज्यौं भने नियतिको पनि केही लाग्ने छैन । अहिलेलाई हामी परिस्थितिको प्रवाहमै बगौं । तिमी तिम्रो पढाइ नछोड । म आमालाई छोड्दिनँ । सधैं आमासँगै नबसे पनि म उहाँनजिकै चाहिँ सधैं बस्न चाहन्छु ।'

अथिनाको कुरो सुन्दा लाग्थ्यो उसले जीवनमा यस्ता परिस्थितिहरू भोगिसकेकी छे । त्यसैले उसको आँखामा हेर्दा दृढता र परिस्थितिको मजबूत पकड आभास हुन्थ्यो । लाग्थ्यो उसले यस क्षणका लागि पहिले नै तयारी गरेकी छे । उसको आत्मविश्वास देख्दा विभासलाई ऊप्रति झनै आकर्षण भयो ।

सान आन्टोनियो सहर त्यहाँबाट करिब तीन सय माइल जति टाढा थियो । विभासले छक्क पर्दै भन्यो, 'सो यु आर नट कमिङ ब्याक टु क्लास ? आर यु एट होम ? आइ वान्ट टु सि यु नाउ ।' विभासले सोध्यो ।

'यस ।'

'स्टे राइट देयर, आइ एम कमिङ ।' यति भनेर विभास तुरून्त गाडी लिएर अथिनाको घर पुग्यो । घरमा अथिना एक्लै थिई । घरको बाहिर नै एकैछिन दुबै जनाले एकअर्कालाई हेरे र कसिलो अङ्कमाल गरे । अनि केहीबेर अङ्कमालमै एकअर्कालाई चुमे - कहिले गाला, कहिले शिरमा, कहिले निधार अनि ओठमा ।

उनीहरूको यस्तो भलाकुसारीमा प्रस्ट देखिन्थ्यो दुवैका भित्र मनदेखिको भावना सबैतिर छताछुल्ल थिए । कुन कोणबाट परिस्थितिलाई बुझ्ने, आफूलाई बुझाउने अनि अगाडिको बाटो तय गर्ने । त्यसका अनेक विकल्प पनि थिए तर दुबैका लागि छुट्टिने बाटो नै तत्कालको बैसाखी हुने प्रस्ट थियो ।

अथिनाको निम्ति आमासँगको डुङ्गामा खुट्टा राखेर फेरि विभाससँगको डुङ्गामा पनि खुट्टा राख्ने विकल्पले परिस्थितिलाई झन् उल्झ्याउने थियो । विभासको लागि अमेरिकामा जसरी पनि पढेर केही गर्ने उसको चट्टानझैँ दृढ सङ्कल्पबाट अलिकति पनि विचलित हुने कुनै कदम ठीक थिएन - त्यसैले उ अथिनालाई पछ्याउन सक्दैनथ्यो । उनीहरूको एकअर्काप्रतिको गहिरो संवेदना र बुझाइले नै बाटो तय गरिदियो । छुट्टिन सहज बनाइदियो ।

छुट्टिनुअघि धित मर्ने गरी नजिकिन चाहन्थे दुई शरीर तर भित्र कतै दुबैलाई आशङ्का थियो कि त्यसले स्थितिलाई झनै जटिल बनाउने पो हो कि ? त्यो हुनुअघि नै विभासले भावुक स्वरमा भन्यो, 'आइ विल मिस यु ।'

'आइ विल मिस यु टु । आइ व्याड फन टेकिङ क्लास विथ यु । मुभर्स आर कमिङ टुमरो इभिनिङ । वि विल प्रोबब्ली बि गन बाइ वेनस्डे ।'

विभासको बुधबार पूरै दिनजस्तो कक्षा थियो । मङ्गलबार साँझ ऊ काम गर्थ्यो ।

'लेट मि नो, इफ आइ क्यान हेल्प यु विथ मुभिङ ।'

'नो, लेट्स नट मेक टि मोर डिफिकल्ट । यु फोकस अन योर स्टडिज एन्ड वर्क । लाइक आइ अलरेडि सेड, इफ वि आर मेन्ट टु रिकनेक्ट वि विल बि इन टच ।'

लाग्थ्यो अथिनामा पनि एउटा डर थियो कि अब फेरि विभाससँग भेटियो भने छुट्टिन गाह्रो हुन सक्छ वा ऊ हेर्न चाहन्थी उनीहरूबीचको आत्मीयता र लगावमा समय र परिस्थितिलाई बदल्ने मजबुती छ कि छैन ।

अथिनाकी आमाको स्थिति अलि निश्चित भई नसकेको र कमजोर थियो । लामो सङ्घर्ष गर्दै आफूलाई एक्लैले हुर्काएकी आमाको स्थिति मजबुत नहुँदासम्म यत्तिकै एक्लै छोड्न अथिना चाहन्नथी । ऊ भखरै टुसा उम्रन लागेको विभाससँगको सम्बन्धको हाँगा समाएर झुन्डिन पनि सक्दैनथी । अथिनाको आँखाका भाव बुझेर विभासले अरू केही भनेन मात्र यत्ति भन्यो, 'आइ वुड ह्याभ लभड टु सि यु ब्याक, प्लिज अपडेट मि ह्वेन यु रिच सान आन्टोनियो ।'

'क्यान यु प्लिज गो नाउ ?' रसाएका आँखा भुइँतिर हेर्दै एकाएक अथिनाले भनी ।

त्यति बेला अथिना आफ्नो मुटु पूरै ढाकेर बसेकी थिई - उसको साँचो भावनाको भवन पस्ने ढोकामा बलियो आग्लो लगाएर । सायद मुटुभित्र अब ऊ विभासलाई अलिकति पनि धेरै ठाउँ दिन चाहन्नथी । लाग्थ्यो, उसलाई परिचित-अपरिचित, को आए; को गए; पत्तै भएन । भित्र धुजाधुजा भए पनि उसले संवेदना दबाएर बोली - आफ्नो निर्भीकता देखाई ।

विभासले अन्तिमपल्ट अथिनाको चिसो निधारमा चुम्यो र उदास भएर कलेज फर्कियो । बाटोभरि उसको मुटुमा असह्य पीडाको असिना अन्धाधुन्ध वर्षिरह्यो । अथिनाप्रतिको सम्पूर्ण भावना सेहोरिएर मनमा गहिरो माया मात्र मडारिइरह्यो । नसोचूँ भन्दा पनि घरिघरि अथिनाको अनुहार मात्र झलझली आइरह्यो ।

उड्नुअघि नै शरीरको पँखेटा काटिएजस्तो विभासलाई लाग्यो । कोपिलाहरू फुल्न नपाउँदै निमोठिएकोझैं । उसले सोच्यो, भाग्यमा भ्वाङ परेपछि सपनाहरू त्यसै तुहिँदा रहेछन् ।

आफ्नो वरिपरि अथिना नहुँदा आफू बाँझो बारीजस्तो उराठ हुन्छु कि जस्तो लाग्यो । परदेशमा पढाइ र कामको बीचको नीरसताका थुप्राबाट घिस्रिँदै गर्दा पाएको अथिनाजस्ती सुकन्याको साथ विभासको लागि अमृत थियो । त्यो नपाउँदा काकाकुल जसरी तड्पिन्छु कि जस्तो उसलाई लाग्यो । हल्का उदाउन लागेको अमनचैन अपर्झट अस्तायो ।

. . . . . .

त्यो दिन विभासले कक्षामा खासै त्यति ध्यान दिन सकेन । गाडीको इन्स्योरेन्स नवीकरण गर्नुपर्ने भएकोले एजेन्टकोमा जानु थियो । एउटा इन्डोनेसियन एजेन्ट थियो - डेभिड, जसले उसलाई सहुलियतमा इन्स्योरेन्स मिलाइदिन्थ्यो । जहिले जाँदा पनि लाइफ इन्स्योरेन्स पनि किन भनेर बेच्न खोज्थ्यो ।

इन्स्योरेन्स एजेन्ट भएकै ठाउँनजिक एउटा भियतनामीहरूले खोलेको कपाल काट्ने ठाउँ थियो । ऊ कपाल काट्न सधैँ त्यहीँ जान्थ्यो । त्यहाँ कपाल काट्ने एउटी युवती त्यस्तै पच्चीस छब्बीसकी हुँदी हो । प्रायः विभास जाँदा त्यही पर्थी उसको कपाल काट्नेमा । सधैँ हँसिलो जिस्कने मुद्रामा हुने विभासलाई त्यसले आज उदास देखेर सोधी, 'ह्वाट ह्यापेन्ड माइ फ्रेन्ड? वुमन प्रवलेम ?'

थाहा छैन उसले के सोचेर भनी तर निराशा अथिनाको अचानक जानुपर्ने कारणले नै भएको थियो ।

'यस । समबडी आइ वोन्ट बि एवल टु फरगेट ।'

'आइ एम सो सरी टु हिअर ।' उसले यसरी भनी कि लाग्थ्यो उसलाई त्यस्तो परिस्थितिको पहिला अनुभव थियो । उसले सधैँझैँ विभासको कपाल छोटो बनाएर काटिदिई र अन्त्यमा एक छिन टाउको मालिस पनि गरिदिई । विभासले अघिपछि २-३ डलर मात्र टिप्स दिन्थ्यो । त्यस दिन बीस डलर दियो ।

जाने बेलामा उसले एउटा कार्डमा आफ्नो नाम र नम्बर लेखेर दिई र भनी, 'इफ यु निड अ फ्रेन्ड टु टक टु, प्लिज कल मि ।'

उसको नाम लिन् रहेछ ।

१०

अध्ययन

विभासको मुटुको तख्तामा अथिनासँग बिताएका पल अचल र अजम्बरी थियो । तर अथिना गएको दुईतीन हप्ता भइसक्दा पनि विभासले केही खबर पाएन । न त विभासले नै फोन गर्ने आँट गर्‍यो । काम र पढाइको व्यस्तता यति धेरै थियो कि अरू कुरा सोच्ने समय नै थिएन । दिनका हरेक सानाभन्दा साना समयका टुक्राहरूमा गर्नुपर्ने कामले योजनाबद्ध कब्जा जमाइसकेका हुन्थे र समयले आफ्ना नियन्त्रित क्षणहरू निरन्तर बगाइरहन्थ्यो । त्यही लगातार बहावको प्रभावले विभासका कैयौँ निजी भिज्ञ-अनभिज्ञ सोच अनि चाहनाहरू पनि मूल प्रवाहबाट हुत्तिएर बाहिर पुगे ।

विभास फुल टाइम काम गर्थ्यो र फुल टाइम स्टुडेन्ट पनि थियो । त्यसमाथि सबै कक्षाहरू बिस्तारै गाह्रा हुँदै थिए र इन्जिनियरिङका विषयहरू त झनै अप्ट्यारा हुँदै गएकाले विभास अध्ययनमै निकै व्यस्त हुन थाल्यो । कहिलेकाहीँ त सास फेर्न पनि समय नभएको जस्तो उसलाई लाग्थ्यो ।

विभासका बाटामा अप्ठेराहरू आए । उसको मन कहिलेकाहीँ हतास भयो । कहिलेकाहीँ उसले गल्तीहरू पनि गर्‍यो । उसलाई हरेक चुनौतीको सामना गर्नु थियो । हरेक समस्याको हल गर्नु थियो । हरेक अन्धकारलाई चिरेर लक्ष्यको बाटो पहिल्याउनु थियो । जिन्दगी जति कठोर भए पनि त्यसैले दिएका साना साना खुसीहरूलाई गाँसेर माला उन्नु थियो ।

होला, कतिलाई जीवनले सजिलो बाटो तेर्स्यायो, मीठो मात्र पस्कियो, जन्मदै दुईचार कदम अगाडि राखिदियो । तर, ती त केवल नगण्य तथ्य मात्र थिए । विभासको लागि आफूअगाडिको बाटो नै अन्तिम यथार्थ थियो । जिउनुको मजा त्यही बाटोबाट आफैले तय गरेको गन्तव्यमा पुग्नु थियो । जित्नुको अर्थ त्यही हुन्थ्यो - सुरुवातदेखि अन्त्यको बाटोभरि आफूले आफूलाई पाउनु, यात्राभरि रमाउनु अनि लक्ष्यमा पुगेर आफ्नो ध्येय समाउनु । विभासले आफ्नो उद्देश्य बिर्सेन । जस्तोसुकै प्रतिकूलतामा पनि ऊ गन्तव्य पथमा अनवरत हिँडिरह्यो ।

लाक्पासँग पनि विभासको कहिलेकाहीँ मात्र कुरा हुन्थ्यो । क्याम्पसमा केही साथीहरू थिए । होमवर्क गर्न एकअर्काको सहायता लिनेदिने हुन्थ्यो । कामको व्यस्तताले विभास अध्ययनमा चाहिएजति समय दिन सक्दैनथ्यो । त्यसैले, अरूसँग होमवर्क विभाजन गर्नु पर्थ्यो । अलि-अलि गर्दै कसैले कति कसैले कति पूरा गर्ने अनि एकअर्काको सार्ने । कामको चापले गर्दा यसो नगरी सुखै थिएन ।

प्रताप पनि उसकै डिपार्टमेन्टमा थियो । सुरूसुरूका जेनेरल रिक्वायरमेन्ट कक्षाहरूमा उनीहरू सँगै नभए पनि इन्जिनियरिङ कक्षाहरूमा उनीहरू सँगै हुन्थे । यदि सँगै कक्षा लिने साथी भएनन् भने पनि अरूले पहिले नै लिइसकेको कोर्सहरूमा प्रोफेसरका नोट, जाँचका प्रश्न, रिपिट हुने होमवर्क साट्ने र एकअर्कालाई सहयोग गर्ने साथी-साथीको सञ्जाल थियो ।

राम्रो ग्रेड ल्याउन अत्यन्त जरूरी थियो - छात्रवृत्ति कायम राख्न । अनि फेरि इन्टरन्यासनल स्टुडेन्टहरूले पछि ग्राजुएसनपश्चात् काम नपाए ग्राजुएट स्कुल जान पनि राम्रो ग्रेड कायम गर्नुपर्थ्यो । कुनै बेला विभासले पढेका कुराहरू बुझेर जीवनमा प्रयोग गर्न अध्ययन गर्थ्यो । त्यसताका काम र पढाइको चापले अध्ययन भन्ने कुरा जसोतेसो जाँचमा राम्रो गर्ने, हतार-हतार भ्याउनेमा सीमित भयो ।

दोस्रो वर्ष एउटा पोलिटिकल साइन्सको फाइनल जाँचमा सयमा सय आए मात्र विभासको 'ए' ग्रेड आउने भयो । सुरूका दुई जाँच बिग्रेर 'ए' ल्याउन औसत चाहिने नब्बे नम्बर पुर्‍याउन फाइनलमा सयमा सय नै ल्याउनुपर्ने भयो ।

त्यो पोलिटिकल साइन्सको कक्षामा एकदिन प्रोफेसरले कक्षामा अमेरिकाको हालसालैको चुनावमा भोट हाल्नेजति सबैलाई हात उठाऊ भने । कक्षामा पचासौंमध्ये त्यस्तै दस-बाह्र जनाले हात उठाएका थिए होलान् । ती दस-बाह्र जनालाई प्रोफेसरले कक्षाको फाइनल स्कोरमा पाँच अङ्क बोनस थपिदिन्छु भनेका थिए ।

आफूलाई फाइनलमा सयमा सय चाहिने थियो अनि त्यो बोनस पाउन सक्ने प्रश्न आफूलाई लागू नहुने थियो । विभासले प्रोफेसरको अफिसमा गएर कुरा गर्‍यो । त्यो अङ्ग्रेजीमा भएको संवाद नेपालीमा लेख्दा यस्तो हुन्थ्यो ।

'प्रोफेसर, मलाई यो कोर्समा "ए" ल्याउन फाइनल जाँचमा सयमा सय नै ल्याउनुपर्नेछ । म त्यही प्रयास गर्नेछु । तर, तपाईँले एकपल्ट कक्षामा सोध्नुभएको - गएको अमेरिकी चुनावमा भोट हाल्यौ कि हालेनौ ? - भन्ने प्रश्न मजस्ता अन्तर्राष्ट्रिय विद्यार्थीलाई लागू हुँदैन । भोट हालेँ भनेर हात उठाउने अमेरिकी विद्यार्थीले बोनस नम्बर पाए । अमेरिकी चुनावमा मैले पनि भोट हाल्न पाउने भए म पक्कै भोट हाल्थेँ तर आफूलाई त्यो प्रश्न लागू नहुने भएकाले बोनस नम्बर पाउनबाट वञ्चित भएँ । त्यसैले, तपाइले सोध्नुभएको प्रश्न सबै खाले विद्यार्थीहरूलाई उपयुक्त भएन भन्ने मलाई लाग्छ ।' विभासले भन्यो ।

'के भन्न खोज्दै छौ तिमी ? बोनस नम्बर पाए नि नपाए नि तिमीले "ए" ल्याउन चाहिने नम्बर ल्याउन सक्नुपर्ने त हो नि, होइन ?' प्रोफेसरले भने ।

'हो, तर मेरो जस्तै स्थिति भएको तर बोनस नम्बर पाएको अमेरिकी विद्यार्थीलाई त मलाई भन्दा सजिलो हुने भयो नि ?' विभासले भन्यो ।

केहीबेर सोचेर प्रोफेसरले भने 'ल ठीक छ । तिमीले फाइनलमा सयमा सय होइन पन्चानब्बे मात्र ल्याए पनि म विचार गरूँला ।"

'थ्याङ् यु प्रोफेसर । बट इट विल बि माइ गोल टु ट्राइ फर अ हन्ड्रेड ।' यति भनेर विभास फर्कियो ।

त्यो फाइनल जाँचमा विभासले सयमा सय नै ल्यायो । अलिकति तलमाथि होला कि भनेर जोखिम नलिन मात्र ऊ प्रोफेसरकोमा कुरा गर्न गएको थियो । उसको अर्जुनदृष्टि पढ्ने र पढाइमा राम्रो गर्नेमा थियो । त्यसको साँघुरो घेरा अहिले जाँचमा राम्रो गर्ने र ग्रेड पोइन्ट राम्रो ल्याउनेमा सीमित भइसकेको थियो ।

अर्को त्यस्तै एउटा फिजिक्स कोर्समा एउटा पुराना खाले प्रोफेसर थिए । सबै होमवर्क र जाँचका क्वेसनहरू रिपिट गर्थे । ती सबै वेबसाइटमा थिए तर विद्यार्थीहरूलाई लिङ्क भने चालु वर्षको मात्र दिन्थे । चालु वर्षको लिङ्कमा पुरानो वर्षको नम्बर हालेमा पहिलेका वर्षहरूको पूरै होमवर्क र जाँचहरूको उत्तर निकाल्न सकिने थियो । अरू कतिले त्यो जुक्ति प्रयोग गरे त्यो त विभासलाई थाहा थिएन तर उसले त्यो जुक्ति प्रयोग गरेर त्यो कक्षाको पूरै होमवर्क र जाँचमा राम्रो गर्‍यो । त्यो फिजिक्स क्लासमा उसले सजिल्यै "ए" ल्यायो ।

कागजमा देखिने मात्र ज्ञान प्राप्त गर्‍यो; असली ज्ञान उधारो नै भयो । अरू चारा पनि थिएन । काम गर्नै पर्थ्यो । नतिजा पनि राम्रो ल्याउनै पर्थ्यो । साम, दाम, दण्ड, भेद सब लगाउनुपर्थ्यो । गर्न नहुने गरेको पक्डिनबाट चाहिँ खुब बच्नुपर्थ्यो ।

विभासको असली पाठशाला त उसका बाबाले भनेझैँ जिन्दगी पो भएको थियो । रूममेट प्रतापसँग सम्बन्ध बिग्रँदो थियो । हो, उनीहरू नेपालकै विद्यार्थी, एउटै डिपार्टमेन्टमा पढ्थे तर प्रताप विभासभन्दा फरक थियो ।

हेर्दा अल्को, आकर्षक देखिने प्रताप पहिलो भेटमा सबैलाई प्रभावित त पार्थ्यो तर चिन्दै गएपछि उसमा एउटा नराम्रो पक्ष थियो । ऊ आफ्नो अभीष्टपूर्तिका लागि जे पनि गर्न सक्थ्यो ।

काठमाडौँमा हुनेखाने परिवारमा हुर्केको रहेछ । पूरै नेपालको बारेमा त्यति ज्ञान रहेनछ । अरूलाई त्यति गन्दैनथ्यो । फिल्म वा टिभीमा गाउँका मान्छेलाई केही थाहा नपाएको देखाएको हेरेर, गाउँबाट काठमाडौँ आएका मान्छे त्यस्तै त हुन् नि भनेजस्तो व्यवहार गर्थ्यो । आफूबाहेक अरू सब पाखे हुन्; ल्वाँठ हुन् झैँ सोच्थ्यो र प्रायः नेपालीलाई उनीहरूको पिठपछाडि निकै खसालेर बोल्थ्यो । उसलाई थाहा थिएन, अरूलाई खसालेर बोल्नु भनेको आफू पनि अर्कको नजरबाट खस्नु हो ।

प्रताप पढ्नमा तेजिलो थियो तर अर्काको बर्बादीमा रमाउथ्यो । एकपल्ट प्रोग्रामिङको कक्षामा एउटा नयाँ नेपाली विद्यार्थी आएको थियो । उसले प्रतापसँग पुराना होमवर्कहरू मागेको रहेछ । प्रतापले आफ्ना सबै प्रोग्रामहरू इमेलमा पठाइदिएछ । नयाँ विद्यार्थीलाई त्यसरी पठाएको प्रोग्रामहरू हुबहु कपी गरेर बुझाउनु हुन्न भनेर थाहा रहेनछ । बिचरा ऊ पनि काम गर्दै पढ्ने हुनाले कक्षाहरू छुटेको रहेछ । नत्र, त्यसरी हुबहु सार्न नपाउने कुरा कक्षामा पनि प्रोफेसरले भनेका हुन्थे । कक्षाको सिलेबसमा पनि लेखिएको हुन्थ्यो ।

त्यस विद्यार्थीलाई प्रोफेसरले अर्काको प्रोग्राम हुबहु सारेको आरोपमा कक्षाबाट फेल गरिदिएछन् । त्यो थाहा पाएर प्रतापले हाँस्दै भनेथ्यो, 'कस्तो मुजी काइते रहेछ, ल ला भनेर सब गरिसकेको प्रोग्राम दिएको, अलि-अलि पनि यताउता नमिलाई बुझाएछ । हा हा हा . . . खायो खातेले दनक . . . स्कलरसिप पनि गएछ पाजीको ।'

ती प्रोग्रामहरू प्रताप र विभासलाई पनि एउटा इन्डियन सिनियर स्टुडेन्टले दिएको थियो । दिनुभन्दा अघि उसले हुबहु नसार्नु, पहिला बुझ्नु अनि आफै मिलाएर कोड लेख्नु भनेको थियो । त्यही कुरा प्रतापले पनि त्यो विद्यार्थीलाई भन्न सक्थ्यो । त्यो त भनेन-भनेन; त्यसमाथि त्यो विद्यार्थीको बर्बादीमा यसरी हाँस्ने प्रतापको तौरतरिका देखेर विभासलाई उदेक लागेको थियो ।

प्रतापले गरेको होमवर्क पनि अरूलाई दिँदा बिगारेर दिने गरेको एकदिन विभासले पक्डियो । अरूबाट चाहिँ प्रतापले सफा मनकै सहयोग पाउँथ्यो । प्रताप आफ्नो पढाइ र खर्च दुरुस्त राख्थ्यो तर अरूको राम्रो भएको देखी सहन्नथ्यो ।

प्रताप प्रायः घरमा विभिन्न खालका साथीहरू ल्याउँथ्यो । ऊ कुनै स्टिन फलो गर्दैनथ्यो । एकजना एरिक भन्ने अमेरिकनसँग उसको निकै हिमचिम थियो । एरिक बिधार्थी नभएर अरूनै केही काम गर्थ्यो तर ऊ प्रतापसँग कोठामा आइरहन्थ्यो । एरिक र प्रताप रातरातसम्म कहिले कतै गएर फर्कन्थे त कहिले घरमै अड्डा जमाएर बस्थे । विभास सामान्य घुलमिल मात्र गर्थ्यो र आफ्नै पढाइ वा कामतिर लाग्थ्यो । रातरातभर बसेर घर फोहोर बनाएपनि प्रताप सफा भने गर्दैनथ्यो र विभाससँग त्यसकै कारणले धेरैपल्ट भनाभन पनि हुन्थ्यो ।

एकपल्ट रोबोटिक्स क्लबको मिटिङमा सबै सदस्यहरूको भेला भएको थियो । क्लबको प्रेसिडेन्ट बन्ने प्रतापको रहर रहेछ । एउटा अमेरिकी विद्यार्थीले विभासको नाम पहिले नै नोमिनेट गरिदियो । विभासलाई प्रतापको इच्छा रहेको थाहा पनि थिएन । उसले आफू बन्ने पनि सोचेको थिएन । नोमिनेट हुनेबित्तिकै दुईचार जनाले सहमतिमा ताली पनि पड्काइहाले । आफ्नो बायोडाटामा राम्रो देखिने र साथीभाइले पनि साथ दिएको देखेर विभासले हुन्छ भन्यो ।

कक्षाका साथीहरूलाई आफूले जानेसम्म विभास सहयोग गर्थ्यो । कहिलेकाहीँ त उसले बुझेका कुरा स्टडी ग्रुपमा प्रोफेसरले भन्दा पनि राम्ररी बुझाइदिन्थ्यो । त्यस्ता ग्रुप स्टडीहरूमा प्रताप सामेल हुँदैनथ्यो । आफू पढ्थ्यो; बुझ्थ्यो; नबुझेको अरूबाट सिक्थ्यो र आफ्नो बाटो लागिहाल्थ्यो ।

रोबोटिक्स क्लबको प्रेसिडेन्ट हुने इच्छा रहेको प्रतापले अर्को एक जना सदस्यलाई चाहिँ भनेको रहेछ । त्यो विभासले पछि थाहा पायो । विभासको नाम नोमिनेट हुनेबित्तिकै माहोल हेरेर प्रताप चुप बस्यो । विभास क्लबको प्रेसिडेन्ट भएदेखि फेरि कहिल्यै प्रताप क्लबमा आएन । प्रतापलाई भित्रभित्रै कम्प्लेक्स थियो । त्यो विभासले बुझ्दै गयो ।

प्रताप राम्रो-राम्रो ब्रान्डेड जुत्ता, लुगा लगाउँथ्यो । गाडी पनि महँगो विएमडब्लु ब्राण्डको चढ्थ्यो । उसको हिमचिम भएको साथी एरिकको पनि विएमडब्लुकै कन्भर्टिबल स्पोर्ट्स कार थियो । सायद सँगतको फल अनि प्रताप नेपालकै हुनेखानेको छोरो होला भन्ने विभासको ठम्याइ थियो । सानैदेखि होस्टलमा बसेर पढेको रहेछ । त्यसैले सामाजिक र व्यावहारिक कुरामा त्यति निपुण लाग्दैनथ्यो । ताजुब त त्यो कुराले लाग्थ्यो कि के नैतिक के अनैतिक पनि छुट्याउन सक्दैन कि जस्तो लाग्थ्यो ।

प्रताप पनि एउटा ग्याँस स्टेसनमै काम गर्थ्यो - एउटा इण्डियन साहुको निकै चल्ने ग्याँस स्टेसनमा । तर ऊ काम भने निकै कम गर्थ्यो । तिन दिन रातको केही घण्टा मात्र ऊ काममा जान्थ्यो तर प्रायः हरेक रात ऊ एरिकसँग गायब हुन्थ्यो । विभासलाई "रातभर बार गएको, केटीहरूसँग मस्ती गरेको" भनेर सुनाउँथ्यो ।

भर्खर भर्खर प्रतापसँग बस्न थालेको बेला विभास एक्काइस वर्ष पुगेको थियो । प्रताप र एरिक एक्काइस कटिसकेका थिए । एक्काइस पुगेपछि अमेरिकामा बकाइदा रक्सी खान पाइने भएकाले प्रताप र एरिकले नै विभासलाई एकदिन रक्सी पनि सर्भ गर्ने "स्ट्रिप क्लब" लगेका थिए । एरिकले त्यहाँ काम गर्ने एउटी गोरी केटीलाई केही पैसा दिएर विभासको काखमा निर्वस्त्र नृत्य गर्न लगायो - "ल्याप डान्स" ।

कस्तो हुँदो रहेछ भनेर एकपल्ट हेर्न विभास त्यहाँ गएको थियो । त्यो ख्वान स्त्रीले विभासको काखमा आफ्नो कला देखाउँदै सेवा गरी - विभासलाई जागृत बनाई । विभासले त्यसको आनन्द लियो तर त्यो माहोलमा महिलालाई एउटा बस्तु जसरी मात्र हेरिने तरिका विभासलाई उचित लागेन । त्यहाँ सबैले कानुन अनुशार नै आ-आफ्नो कर्म गरिरहेका हुनाले विभास चुपचाप बसिरह्यो । एरिकले त्यहाँ गरेको खर्च देखेर चाहिँ विभास अचम्ममा पर्‍यो । एरिकलाई जहिले भेट्दा पनि ऊ फुर्सदमै भएकोझैँ लाग्थ्यो, कामको कुरो खासै गर्दैनथ्यो तर पैसा भने ऊसले त्यो दिन खुब उडायो ।

प्रताप भने धनी र हुनेखानेकै सन्तान लागे पनि आफूले काम गर्ने ग्याँस स्टेसनबाट पैसा चोर्थ्यो । एक दिन उसले भनेथ्यो - 'आज सय डलर ट्याक्स लगाइयो साहूलाई । अब अलि अलि त झ्याप हान्नै पर्यो नि हाहाहा ।' प्रताप जस्ता कही विद्यार्थी कामदारहरूले गर्दा अरू इमान्दार विद्यार्थी कामदारहरूलाई पनि काम पाउन समस्या हुने खतरा थियो ।

प्रतापको त्यस्तै बीस-बाइसकी स्टेफानी भन्ने एउटी राम्री गोरी केटीसँग लसपस थियो । बिचरी गोरीको चार वर्षको सानो छोरो थियो । बिहे नहुँदै गर्भवती भएकी रहिछ । छोरोको बाउ पनि कुनै गैरकानुनी कामले गर्दा जेल परिसकेको रहेछ ।

स्टेफानी निकै सोझी लाग्थी । क्याम्पसनजिकैको एउटा रेस्टुरेन्टमा काम गर्थी । एकपल्ट स्टेफानी प्रताप र विभासको कोठामा छोरो पनि लिएर आएकी थिई । उसलाई प्रतापले पढाइ सकेर बिहे गरोस् जस्तो लागेको रहेछ । उसका बाआमाले एउटा छोरो भइसकेको आफ्नी छोरीप्रति एउटा सुन्दर र तेजिलो लाग्ने युवकको हेलमेल देखेर छोरीलाई भनेका रहेछन् - 'हेर छोरी, त्यो युवकको तिमीसँग बिहे गरेर ग्रिनकार्ड लिने दाउ होला । राम्ररी विचार गर्नू । उसको असली नियत के छ भनेर ।'

स्टेफानीलाई प्रतापले ग्रिनकार्डको मोह गरेकै भए पनि ठूलो कुरा लागेको थिएन । उसले साँच्चै आफूलाई मन पराउँछ कि पराउँदैन ? आफ्नो बच्चालाई पनि माया गर्छ कि गर्दैन ? भन्ने कुरा बुझ्ने मन रहेछ । विभाससँग ती कुराहरू गर्दा विभास र प्रतापको पनि त्यति गहिरो चिनजान भइसकेको थिएन । विभासले केही भन्ने कुरै थिएन ।

स्टेफानीबाट शारीरिक फाइदा लिन, उसलाई खुसी पार्न प्रतापले स्टेफानीलाई कहिले के, कहिले के किनेर लगिदिन्थ्यो । बिस्तारै विभासकै अगाडि प्रतापले स्टेफानीको बारेमा नानाभाँती कुरा गर्न थाल्यो ।

'जाँठीले बिहे गर्छु भनेर सोचेकी छ । बुद्धि पुन्याउनुपर्ने बेलामा छाडा भएर मनपरि गरेर हिंडी उरन्ठेउली । अहिले त्यसको छोरोसहित भुत्रो गर्छु म बिहे । आफू त मस्ती गर्ने हो मानुन्जेल त्यसपछि बालै फरर ।'

प्रतापको यस्तो अनैतिक कुरा सुन्दा विभासलाई नमज्जा लाग्थ्यो । प्रताप कतिसम्मको निर्लज्ज र अर्काको भावनासँग खेलबाड गर्ने मान्छे रहेछ भन्ने लाग्थ्यो । उसको अरूलाई प्रयोग गर्ने प्रवृत्तिले उसको हृदयको दरिद्रतालाई देखाउँथ्यो । उसको घमण्डलाई देखाउँथ्यो ।

विभासलाई लाग्थ्यो अरूलाई किन झुक्याउनु ? शारीरिक भोक नै पूरा गर्नु छ भने पनि सिधै भनेर मन्जुरीमा गर्नु । अर्कालाई ढाँटेर छलेर फाइदा लिनु गलत थियो ।

शारीरिक भोक प्राकृतिक हो । अरूमाथि अन्याय नगरी छलछाम नगरी तृप्ति लिन सकिन्छ भने ठीकै छ । नत्र, बेठीक हुन्थ्यो । प्रतापको अरूलाई आफ्नो फाइदाको लागि मात्र प्रयोग गर्ने त्यो पक्ष विभासलाई पटक्कै मन पर्दैनथ्यो ।

बाहिरी आवरणलाई मात्र हेर्दा प्रताप सुन्दर देखिन्थ्यो तर उसको मन मैलो थियो । उसलाई झ्वाट्ट हेर्दा उसको मनभित्रको मैलो देखिन्नथ्यो । मनको मैलो थाहा पाउन समय लाग्थ्यो । जसजसले सतहमै उसको बाहिरी आवरण मात्र हेरेर उसलाई विश्वास गरिहाल्थे, त्यस्ता धेरैलाई ऊ आफ्नो मात्र फाइदाको लागि उपयोग गर्थ्यो ।

शारीरिक सौन्दर्य त एक दिन उमेरसँगै फिक्का भएर गइहाल्छ; ओइलाइहाल्छ । साँचो सौन्दर्य त आवरणमा होइन मनोवृत्ति र भित्री दृष्टिकोणमा हुन्छ; व्यावहारिक रवैयामा हुन्छ । तर, अर्कालाई छल्न र गुमराहमा राख्न खोज्नेलाई बुझ्न समय लाग्न सक्थ्यो । अफसोच प्रतापलाई स्टेफानीले समयमै चिन्न सकिन । बिस्तारै स्टेफानीले थाहा पाइहाल्ली नि भन्ने विभासलाई लाग्थ्यो ।

प्रतापको हाउभाउ देख्दा विभासलाई प्रतापदेखि बिस्तारै टाढा हुने मन थियो । मात्र अनुकूल अवसर मिलाउने सोचमा विभास थियो । साँचो अर्थमा प्रतापजस्तो मान्छेसँग सङ्गत गर्नु खतरनाक छ भन्ने बिस्तारै विभासले आभास गरिसकेको थियो ।

एकपल्ट एक जना नेपालीकै बिहेको पार्टीमा विभास र प्रताप सँगै गएका थिए । त्यहाँ एक जना नेपाली विद्यार्थी भर्खर एक्काइस पुगेको रहेछ । एक्काइस पुग्दा अमेरिकामा रक्सी खान लिगल हुने थियो । हुन त प्रायः नेपाली विद्यार्थीहरूले त्योभन्दा पहिले नै खाने भइसकेको हुन्थे । प्रतापले त्यो विद्यार्थीलाई - 'ल भाइ ! आज साथीको बिहे पनि छ; तिमी पनि एक्काइस पुगेछौ टन्न खाऊ; जीन्दगीको मजा लेऊ भन्दै सुन्याउँदै खुवाउँदै थियो । आफूचाहिँ त्यति नपिई बसेको थियो । पछि विभास र प्रतापसँगै एउटै गाडीमा फर्किंदा प्रतापले नै ड्राइभ गरेको थियो ।

'त्यो फुच्चे आफै ड्राइभ गर्ने हो भन्दै थियो । त्यो पाजीलाई ख्वाउनु रक्सी ख्वाइदिएँ । हा हा हा - जाकोस् एक्काइसौँ जन्मदिनका दिन गाडी ।'

'व्या प्रताप, अर्काको किन कुभलो सोच्छस् तँ ?' विभासले अलि कड्केर भन्यो । प्रतापको बोल्ने शैलीले गर्दा विभासले प्रतापलाई पनि तँ नै भन्न थालिसकेको थियो ।

'तँ पनि सारै सोझो छस् । आखिरमा डिसिजन त त्यही फुच्चेले लिने हो नि । विस्कनसिन बस्दा एउटा त्यस्तै फुच्चेलाई व्यास लिन सिकाइदिएको पछि त त्यो मुजी एडिक्ट भएर सबको सामान चोर्न थालेछ । कलेज ड्रपआउट भएर डिपोर्ट

भएछ । कस्तो कमजोर विल पावर भाएको काई मान्छे रहेछ । के ठीक के बेठीक त आफैले छुट्याउनुपर्छ नि ।'

'व्या भो ! चुपलाग अब । अर्कालाई किन देखाउने त्यस्तो बाटो । सके राम्रो बाटो देखाउने नत्र चुप बस्ने । तलाईँ थाहा नै छ कतिपय ड्रग एकदमै एडिक्टीभ हुन्छन् । तीनलाई एकपल्ट त के बिर्सेर पनि ट्राइ गर्नु हुन्न, त्यो थाहा नहुनेहरूको त जिन्दगी सखाप हुनसक्छ । ग्यास स्टेसनमा आउने एडिक्सनका विरामीहरू देखेर तँलाई माया लाग्दैन पापी ? मलाई तेरो ब्यहोरा ठीक लाग्दैन, प्रताप ।'

विभासले यस्तो भन्दाभन्दै घर आइपुग्यो । विभासलाई प्रताप दिन प्रतिदिन झन्झन् गलत मान्छेजस्तो लाग्न थालिसकेको थियो । एक दिन विभास कामबाट फर्केपछि आफ्नो मेल बक्समा आएका चिठीहरू हेर्दै थियो । अचानक एउटा चिठी उसैका लागि त्यहाँको लोकल पुलिस डिपार्टमेन्टबाट आएको थियो ।

चिठी खोलेर हेर्दा त्यसभित्र एक महिनाअघि बुधबार राति साढे बाह्र बजे त्यही सहरको एउटा ट्राफिक लाइटमा रेड लाइटमा स्टप नगरी गाडी कुदाएको भनेर दुई सय पचास डलर जरिमानाको टिकट आएको रहेछ । टिकटमा गाडीको नम्बर प्लेट चिनिने गरी खिचिएको गाडीको फोटो पनि थियो । गाडी उसैको थियो ।

विभास तीनछक्क पर्‍यो । बिहानै पुलिस डिपार्टमेन्टमा गएर त्यो पक्कै मिस्टेक हुनुपर्छ भनेर भन्यो । पुलिस डिपार्टमेन्टमा त्यो मिस्टेक होइन भेरिफाइड छ भनियो । त्यसको भिडियो रेकर्डिङ पनि छ र यदि अदालत जानुपर्‍यो भने त्यो पनि उपलब्ध गराइन सक्ने पनि बताइयो । त्यसपछि केही नबोली विभास घर फर्कियो । शुक्रबारको दिन थियो । त्यो दिनको कक्षा सकेर दिनभर त्यही कुरा मनमा खेलाउँदै विभास घर फर्क्यो । कसरी यस्तो हुन सक्छ ? एकपल्ट त्यो ट्राफिक लाइटसम्म ड्राइभ गरेर आउने उसले विचार गर्‍यो ।

क्याम्पस जाने दिन उसले गाडी घरबाट पनि निकाल्नु पर्दैनथ्यो किनकि अन्य काम नभए क्याम्पसमा पार्किङको समस्या भएको र हिँडेरै पुगिने नजिकै बसेकोले गाडी त्यति चलाउनै पर्दैनथ्यो । फेरि त्यो घटना बुधबार बेलुका भएको थियो ।

गाडी निकाल्न साँचो निकाल्दै गर्दा विभासले आफ्नो साँचो प्रायः छेउपट्टिको हुकमा झुन्ड्याउने गरेको तर साँचो बीचको हुकमा भएको अवगत गर्‍यो । बल्ल उसको मनमा चिसो पस्यो । पक्कै प्रतापले गाडी लगेको हुनुपर्छ ।

पार्किङ लटको ठ्याकै अगाडिपट्टि विभासको कोठा थियो । प्रताप निकैपल्ट धेरै राति मात्र आएको विभासले भेउ पाएको थियो । राति यसै पनि आफ्नो कामपछि वा कलेज भएको दिन विभास चाँडै सुतिहाल्थ्यो । बरु बिहानै उठेर पढ्ने गर्थ्यो । विभास राति सुत्नेबित्तिकै उसको गाडी प्रतापले लगे पनि उसलाई थाहा हुन्नथ्यो ।

त्यो शङ्का लाग्नेबित्तिकै विभास कतै गएन । मात्र प्रतापलाई नियाल्ने विचार गन्यो । भोलिपल्ट शनिबार साढे एघारतिर कामबाट फर्किएपछि विभास कोठामा गएर सुतेजस्तो गन्यो । नभन्दै त्यस्तै साढे बाह्रतिर प्रताप विभासको गाडी लिएर निक्लियो । पछि दुई बजेतिर मात्र फर्कियो ।

बुझ्दै जाँदा प्रताप एरिकसँग मिलेर ड्रग डिल गर्दो रहेछ । नेपालदेखि नै होस्टेल बस्दा ड्रगहरूको राम्रो ज्ञान रहेछ । ड्रग डिल गर्दा रिस्क हुन्छ भनेर विभासको गाडी लिएर जाँदो रहेछ । एरिक त त्यो एरियाको ठूलै ड्रग डिलर रहेछ । त्यसपछि बल्ल एरिक र प्रतापका महँगा-महँगा सौख, बिएमडब्ल्यु गाडी र उडाउने पैसाको श्रोत पनि खुल्यो ।

त्यो सबै पत्ता लगाइसकेपछि एक दिन बिहानै प्रताप उठेपछि विभासले सोध्यो, 'मेरो गाडी लिएर राति-राति कहाँ जाने गर्याछस् ?'

प्रतापले सशङ्कित भएर विभासलाई भन्यो, 'ओ . . . सरी यार मेरो गाडीले आजकल अलि प्रबलम दिन थालेर तिम्रो लानुपरेको । स्टेफानीको छोरो बिरामी भएर दुःख दिइरहँदो रहेछ, त्यसैले ।'

विभासले पुलिसले पठाएको टिकट अगाडिको कफी टेबलमा बजार्दै भन्यो, 'अनि योचाहिँ के नि जाँठा ?'

प्रायः विभास अपशब्द बोल्दैनथ्यो । रिसको झोकमा उसलाई अपशब्द बोलेको पत्तै भएन । रिसले विभासको रगत उम्लेको पनि प्रस्टै देखिन्थ्यो ।

'के हो त्यो ? मलाई थाहा भएन ।' प्रतापले हडबडिएर भन्यो ।

प्रतापको गालामा एउटा गतिलो झापड हानेर विभासले भन्यो, 'मेरो गाडी लगेर रेड लाइट क्रस गरिछस् । यो टिकटको जरिमाना तिरेर यो तेरो गल्ती हो भनेर पुलिसलाई लिखित दिएस् नत्र तेरो सब चर्तिकला मलाई थाहा भइसक्यो । पुलिसलाई, क्याम्पसलाई, नेपालमा तेरो घरतिर सब भन्डाफोर गर्दिन्छु ।'

झापड खाएपछि अमिलो मानेर प्रतापले एकपल्ट विभासको आँखामा हेर्यो । विभासको आक्रोश देखेर प्रतापले तुरुन्त प्रतिकार गर्ने आँट पनि गर्न सकेन । सुटुक्क टिकट लियो र विभासले भनेजस्तै गन्यो । टिकटको जरिमाना पनि तिर्यो र त्यसदिन आफूले गाडी चलाएको पनि प्रहरी कार्यलयमा लिखितमा अवगत गरायो ।

त्यसपछि विभासले छुट्टै अपार्टमेन्ट खोज्यो । सर्ने बेलामा सम्राट् सहयोग गर्न आयो ।

'मलाई त अलि-अलि गडबड छ कि यो मान्छेजस्तो लागेको थियो तर पढ्नचाहिँ राम्रो थियो । आफ्ना कुराहरू टकटक अनुशासित भएरै गर्थ्यो । त्यसैले शङ्काको लाभ दिएर तँलाई केही पनि नभनेको मैले', सम्राट्‌ले भन्यो ।

'ल छोड्दे यार । बाँच्दै गए कस्तो-कस्तो अनुभव गर्नुपर्ने रहेछ । सारा क्याम्पसमा कति देशका साथी छन् । आफ्नै देशको साथी यस्तो पर्‍यो ।'

कोठा सरेको दिन सम्पदाले मीठो खाना बनाएर विभासलाई खान बोलाएकी थिई ।

सम्राट्‌ र सम्पदाको जोडी विभासलाई साह्रै मन पर्थ्यो । मीठो खाना खाएपछि उसले आफ्नी बहिनी शोभालाई सम्झियो । खाना बनाउन शोभालाई पनि निकै मन पर्थ्यो । रात परिसकेपछि सम्राट्‌ र सम्पदाले त्यतै बस भन्दाभन्दै पनि विभास नयाँ कोठामै फर्कियो ।

. . . . . .

भर्खर नौ बज्दै थियो । बहिनी सँगै आमाको पनि सम्झना आएकोले एकपल्ट घरमा फोन लगायो । घरमा त्यस दिन काभ्रे, मन्डनबाट मामा पनि काठमाडौँ आएका रहेछन् । मामा विभास अमेरिका आउँदाभन्दा निकै बूढा देखिन्थे । यसपालि देख्दा अलि बढी नै चाउरी परेछन् । कपाल पनि निकै फुलेछ ।

'बाबु हामीजस्ताले त गरिखान पाइएला जस्तो छैन । अहिले त झन् माओवादी र सरकारी लडाइँ छ सबतिर । कस्तो शान्त देश थियो सब खत्तम बनाए । राजाराम दाइ पनि माओवादीमा गयो - अहिले मलाई सघाउने कोही छैन ।' मामाले भिडियो च्याटबाट दुखेसो पोखे ।

राजाराम दाइ विभासको भान्दाइ थिए । पढाइमा बेलैमा राम्रो गर्न नसकेकाले मामालाई खेतीकिसानीमा सघाउँथे । सामान्तीहरूको पत्तासाफ गर्ने भनेर माओवादीतिर गएका रहेछन् । अर्को एउटा भाइ दयाराम थियो ।

'लौ बाबु विभास, दयारामले बरु राम्ररी पढ्दै छ । त्यसले पनि अब अर्को वर्ष बाह्र कक्षा सक्छ । तिमीले त्यसलाई पनि त्यतै तान ।'

केही वर्षअघि मात्र देशमै फर्केर आउनुपर्छ भन्ने मामाले त्यो दिन त्यस्तो केही भनेनन् । उल्टो आफ्नो कान्छो छोरोलाई पनि विभासले अमेरिकातिर तानिदिए हुन्थ्यो झैँ गरे ।

मामाले थपे, 'जनताका अभावलाई सुल्झ्याउँछौँ भन्नेहरूले राजधानी पसेपछि आफ्ना चाहिँ सानाभन्दा साना आवश्यकताको पूर्ति सरकारी ढुकुटीको दोहन गरेर गर्न थाले बाबु ।

मर्कामा रहेका जनतासँग भने एकतर्फी सम्बन्धविच्छेद गरे । हामी जनताहरू, गाउँलेहरू, नगरबासीहरूलाई देखाइएका सपना, सपना मात्र रहे; आशा निराशा मात्रै भए । विकासका ठूलाठूला कुरा गर्नेहरूले हामीजस्ता गोरु जोतेर पाखुरा खियाउँदै बाली लगाउने किसानका खेतबारीमा एउटा सानो ट्रयाक्टर किन्न सक्ने अवस्था पनि बनाउन सकेनन् ।

स्थिरता ल्याउँछु भन्नेहरू तिनै थिए । तिनकै स्वार्थी हर्कतले अन्योल मात्र बढ्ने गरी शक्तिको हानाथाप बढिराख्या छ बाबु । चोक्टाचोक्टाका लागि हानाथाप छ । क्रान्ति त एउटा ठूलो भ्रम रेछ । मलाई त लाग्छ देशको राजनीतिमा लुतो लागेको छ । लुतो फाल्ने कोही छैन अब । लुतो फाल्छु भन्नेहरू आफैं लुतो भएर देखिन थालेपछि चौतर्फी निराशा छ बाबु । यो देश बनाउँछु भन्नेहरू नै यसलाई थोत्रो बनाउँदै छन् । अब यो निकम्माहरूको अड्डामा बस्नुभन्दा विदेशतिरै गएर इमानदारी साथ आफ्नो दुनो सोझ्याउनु राम्रो बाबु ।'

त्यसो भन्दै गर्दा मामाको आँखामा कुनै ग्लानि थिएन । रोष पक्कै थियो । देशको चिन्ता पक्कै थियो तर आशा गरेकाहरूबाट भरोसा भाँचिएको प्रस्ट पढ्न सकिन्थ्यो । मामाको त्यो मनोभावले विभासको मनको भित्रसम्म छोयो र मन नै नमीठो बनाइदियो । मामाजस्ता कर्मठ सपुतप्रति विभासलाई सहानुभूति जागेर आयो ।

विभासले सोच्यो, कर्म, ज्ञान र नियत सबैभन्दा ठूलो हो । कर्मठ जो पनि हुन सक्छ । समाजलाई हित गर्ने कर्म सानो वा ठूलो हुँदैन । ज्ञानी जो पनि हुन सक्छ । असल नियत जसको पनि हुन सक्छ । त्यो सब जोसँग छ, त्यो पहिला त असल व्यक्ति हो अनि त्यो असल नायक पनि हो । एउटा असल नायक, अगुवा, हिरो मामाजस्ता किसान हुन् । हरदिन काठमाडौँको सडकमा प्लास्टिक टिपेर जीवन पाल्ने खाते बालकहरू हुन् । टेम्पोका खलासीहरू हुन् । विद्यालयमा हजारौं केटाकेटीलाई मार्ग देखाउने शिक्षकहरू हुन् । सन्तानलाई सक्दो राम्ररी हुर्काउने साधारण आमाबाबुहरू हुन् ।

धेरैजसो मान्छेहरू दास मानसिकताले ग्रस्त छन् । उनीहरू ओहोदा ओगटेका नेता, नाम चलेका कलाकार, सफल व्यापारी, बिक्ने लेखकमा मात्र खोज्छन् आफ्नो प्रेरणास्रोत, आफ्नो हिरो । तिनैबाट बनाउँछन् कसैलाई प्रतिमूर्ति । ठूलाठूला कुरा गर्नेहरूभन्दा आफ्नै माटोमा पसिना बगाएर दुई छाक खाने आफ्ना मामा विभासलाई असल लाग्यो । प्रेरणादायी लाग्यो ।

मामासँग कुरा सकिएपछि आमा र बहिनीसँग भलाकुसारी गरेर विभास त्यो दिन आनन्दले सुत्यो । अब ऊ एक्लै बस्न थाल्यो । काम थियो । पैसा कमाइन्थ्यो । नेपाल पनि अलि-अलि पठाउँथ्यो । बहिनीको पनि बाह्र कक्षा सकिनै लागेको

थियो । आफू मात्र कोठामा बस्दा अलि महँगो परे पनि रूममेटको लफडा झेल्नु नपर्दा र आफूखुसी खान, बस्न, पढ्न पाउँदा ऊ खुसी थियो ।

११
अनुभव

एकपछि अर्को सेमेस्टर हुँदै विभासले पढाइमा पनि अलि ध्यान दिन पायो । हो, धेरै कुराको जिम्मेवारी काँधमा थिए । त्यसैले किताबी ज्ञान मात्र होइन अन्य निकै कुराको ज्ञान र अनुभव विभासले बटुल्दै थियो ।

विन्टर ब्रेकहरूमा उसले मोटेल, होटेलहरूमा पनि काम गन्यो । ग्रोसरी स्टोर, क्याम्पस लाइब्रेरी, कम्प्युटर ल्याब सबतिर पाए र भ्याएसम्म कामको पनि अनुभव बटुल्यो । कक्षा चल्दै गर्दा ग्याँस स्टेसनको उसको नियमित काम त छँदै थियो ।

ग्याँस स्टेसनमा विभिन्न उमेर र पृष्ठभूमिका मान्छे आउँथे - गरिब गोरा, काला, मेक्सिकन इमिग्रेन्टहरू । बाटैमा पर्ने ग्याँस स्टेसन भएकाले सडकबाट यात्रा गर्ने जो कोही धनी वा गरिब टुप्लुक्क आइपुग्न सक्थे । प्रायः बाटो परेर आउनेहरूलाई अपझट केही चाहिँदा मात्र आउँथे । सधैँ आउने ग्राहकहरू प्रायः नजिकै बस्नेहरू नै हुन्थे ।

त्यहाँ रक्सी र चुरोट पनि बेचिन्थ्यो । त्यहाँका ग्राहकहरूलाई मात्र हेर्दा लाग्थ्यो अमेरिकामा धेरै मान्छे रक्सी चुरोट खान्छन् ।

क्याम्पसको संसार अर्कै थियो । कामको अर्कै । लाग्थ्यो अनेक साना-साना संसार आ-आफ्नै फोकाभित्र छन् । यताको उता नदेख्नेले त आफू भएको सानो फोकाभित्र संसार जस्तो हुन्थ्यो पूरै संसार पनि त्यस्तै मात्र छ भनेर सोच्न रत्तिभर गाह्रो थिएन ।

त्यो ग्याँस स्टेसन क्याम्पसकै नजिक भए पनि निम्न आय भएका मान्छे धेरै बस्ने क्षेत्रमा भएकाले अलि व्यस्त हुन्थ्यो । कन्भेनियन्स स्टोर भएकोले

धेरै गरिब अनि कम शिक्षित नै नियमित आउँथे । ठूला-ठूला सपिङ स्टोरमा धेरै मात्रामा सामान लिँदा सस्तो पर्छ भन्ने या त उनीहरूलाई थाहा हुन्थ्यो या त उनीहरूसँग आवत-जावत गर्ने भरपर्दो गाडी हुन्थ्यो । वा, उनीहरू एक दिनअघि वा पछिबाहेकको सोच्दैनथे । शुक्रबार कमाएको पैसा सोमबारसम्म उडाइसक्थे कि त सक्किन्थ्यो ।

ग्याँस स्टेसनमा आउनेहरू कति त ड्रग्स खाएर बहुलाएको अवस्थामा हुन्थे भने कति कुलतमा लागेर घरबार गुमाएकाहरू पनि हुन्थे । तैपनि, अलिकति पैसा भयो कि ड्रग्सकै लागि चाहिने सिसाका ट्युव लिएर जान्थे । ड्रग्सको लतबाट उम्कन नसक्दा कतिपय जवान युवायुवतीहरू चोरीचकारीदेखि देह-व्यापारसम्म गर्थे ।

माहौल राम्रो थिएन कामको तर जिन्दगीको वा भनौँ संसारको त्यो पाटो देखिन्थ्यो जो हुँदाहुँदै पनि कति आँखा चिम्लेर हिँड्थे वा कतिले नदेखेकोझैँ गर्थे । कति त आफ्नै सानो संसारको फोकालाई नै सम्पूर्ण संसार मान्थे र त्यसै अनुसार बोल्थे; व्यवहार गर्थे ।

एउटी मेक्सिकन युवती देहव्यापार गर्थी । सधैँ आउँदा मीठो बोल्थी । होची, त्यति राम्री पनि थिइन । जिउ पनि नमिलेको तर नम्र र मृदुभाषीचाहिँ थिई । मेक्सिकोको निकै विपन्न ठाउँबाट अवसर खोज्दै इल्लिगल बोर्डर क्रस गरेर अमेरिका आएकी रहिछ । अरू कुनै काम गर्ने सीप नभएकाले त्यो काममा होमिएकी रहिछ । आफ्ना आफन्तलाई ग्याँस स्टेसनबाट मेक्सिको पैसा पठाइरहन्थी ।

ऊ एक दिन एउटा मर्सिडिज कारबाट ओर्लेर ग्याँस स्टेसनमा केही सामान किनेर चेक आउट गर्दै थिई । बाहिर उसलाई ल्याउने कार अचानक उसलाई छोडेर हुइँकियो । एकाएक उसका आँखा रसाए - प्रस्टै पढ्न सकिन्थ्यो उसलाई त्यो व्यक्तिले पैसा नतिरी भागेको ।

उसले रुन मात्र नसकेर भनी 'पिन्चे मादे, हिहो दे पुता ।' (माचि...ने, कुकुरनीको छोरो ।)

एक छिनसम्म केही बोल्न सकिन । अकमकिँदै भनी, 'क्वान्तो अमिगो ?' (कति पैसा हो साथी ?)

'ग्रातिस, अमिगा ।' (फ्री साथी)

उसको मायालाग्दो अनुहार देखेर मर्सिडिज चढ्ने त्यो मनुवाप्रति उदेक अनी ऊप्रतिको सहानुभूतिले गर्दा विभासले ऊसँग पैसा लिनै सकेन । त्यो युवती कसैकी दिदी वा बहिनी थिई । कसैकी छोरी । आफ्नो शरीर बेचेको कमाइ पनि नपाउँदा न ऊ पुलिसकोमा जान सक्थी न कुनै हार-गुहार गर्न । समाजका विसङ्गतिको त्योभन्दा ज्वलन्त चित्र विभासले कलेजको कुनै आरामदायी कक्षामा पाउन सक्दैनथ्यो ।

संसारमा असमानता थियो र बाध्यताहरू पनि । समाजमा भद्दा अनैतिकता पनि थियो । मुटु चिर्थ्याने यथार्थता देख्न टाढा जानुपर्ने थिएन । तैपनि, फोकैफोकाका संसारमै धेरैको जीवन बितेर जान सक्थ्यो ।

. . . . . .

डिसेम्बर २००४-को बेला क्रिसमस आउन केही दिन मात्र बाँकी थियो । ग्याँस स्टेसनको रातको सिफ्टमा सधैँझैँ विभास मात्र काम गर्दै थियो । बाहिर चिसो र

ग्राहकको आवत-जावत कम थियो । टाढा हेर्दा अँध्यारो चकमन्न भएपनि स्टेसनको पार्किङलट र सडक उज्यालै थियो ।

बेलुकाको काम सकेर पसल बन्द गरी घर जान कुर्दै विभास क्यास रजिस्टर अगाडि स्टुलमा इन्जिनियरिङको एउटा किताब पढेर बसिरहेको थियो । एकाएक ठूला शरीर भएका एउटा अफ्रिकन अमेरिकन र अर्को गोरो व्यक्ति ग्याँस स्टेसनमा पसे । जाडो भएकाले दुबैले हुड भएका बाक्लाखाले स्वेट सर्ट लगाएका थिए ।

बाहिर चकमन्न अँध्यारो भए पनि काला चस्मा लगाएकाले विभासलाई अलि अनौठो लाग्यो । ती सुरुसुरु काउन्टर अगाडि आए र एउटाले ठूलो स्वरमा भन्यो, 'पुट द क्यास रजिस्टर अन द टेबल ।'

पहिला त विभासलाई तिनीहरू जिस्किएको जस्तो लाग्यो । सधैँ आउने कुनै ग्राहकहरूले नै जिस्किएका होलान् जस्तो लागेकोले, 'ह्वाट् ? आर यु किडिङ ?' भनेर मुसुक्क हाँस्यो । फेरि चस्माले र हुडि टोपीले गर्दा मान्छे चिन्न गाह्रो थियो ।

त्यसपछि त्योमध्ये एक गर्जिएर, 'पुट द्याड गड ड्याम रजिस्टर इन द टेबल ।' भनेर अचानक टेबलमा बेस्करी मुड्की बजाल्यो ।

विभासले आवक् भएर हेऱ्यो । त्यसपछि अर्कोचाहिँले हातमा बेरिएको रूमाल सारेर पेस्तोलजस्तो देखिने वस्तुको ब्यारल देखायो । त्यो साँच्चै पेस्तोल हो या होइन भन्न मुस्किल थियो तर पेस्तोल हो भने त कुनै जोखिम लिने कुरै थिएन । ब्यारल देख्नेबित्तिकै विभासको खुट्टा काँमिहाले । सुनेको त थियो क्रिसमसको समयतिर अत्याधिक रबरी हुन्छ भनेर । हतारहतार क्यास रजिस्टर विभासले खुरुक्क टेबलमा राख्यो ।

निकै द्रुतगतिमा क्यास रजिस्टरका एकएक कम्पार्टमेन्टबाट बहुतै पेसेवर तरिकाले सम्पूर्ण पैसा करिब पन्ध्र सेकेन्डमा निकालेर ती दुई तुरुन्तै रफ्फुचक्कर भए । रबरी भयो भने कहिल्यै पनि प्रतिकार नगर्नू भनेर अब्दुलले पहिलो दिनमै भनेको थियो । काम गरेको एक वर्षभन्दा बढी भइसक्दा सानातिना बियर लिएर भाग्ने, सामान चोर्ने, नक्कली पैसा भिडाउनेजस्ता अपराध त भएका थिए तर आर्मड रबरी भने भएको थिएन ।

एक छिन त सपना हो कि बिपना हो भनेर विभासले छुट्याउनै नसकेजस्तो भयो । यति द्रुतगतिमा त्यो भयो कि विभासले फर्केर हेर्दासम्म बाहिर कोही आए गएको कुनै छनक पनि थिएन । सबैतिर सेक्युरिटी क्यामेरा थिए । विभासले हेरी पनि राखेको हुन्थ्यो कताबाट को आउँदै छ भनेर । अचानक ती आए र क्षणभरमै रजिस्टरमा भएको सबै पैसा लुटेर गए ।

रजिस्टर नजिकै एउटा प्यानिक बटन हुन्थ्यो जो तिनीहरू गएपछि मात्र बजाउनु भनेर सिकाइएको हुन्थ्यो । त्यो थिचेपछि पुलिसकोमा सिधै फोन जान्थ्यो । पहिला पुलिसलाई फोनमा रबरी भएको र स्टोरको ठेगाना दिएपछि विभासले अब्दुललाई पनि फोन गर्‍यो ।

आत्तिएर खबर भनेकाले, 'आर यु अल राइट ?' अब्दुलले सोध्यो ।

'आइ एम अल गुड ।' विभासले भन्यो ।

पुलिसका सातआठ गाडी दुई-तीन मिनेटमै पार्किङलटमा आएर रोकिए । पुलिसले बयान लिए । हुलिया मागे । अब्दुल दस मिनेटजति पछि आइपुग्यो । सेक्युरिटी क्यामेराबाट सबै रेकर्डिङ निकाल्ने र पुलिसलाई बुझाउने कुरा भएपछि पुलिसहरू गए ।

'यु डिड गुड । नेभर ट्राइ टु रेजिस्ट देम । गिभ देम ह्वाट दे वान्ट । एज लङ्ग एज यु आर ओके, इट्स अल गुड ।' अब्दुलले भन्यो ।

त्यो रात त्यो घटनासँगै स्टोर चाँडै बन्द गरेर अब्दुल र विभास छुट्टिए । रातभर विभासलाई निद्रा परेन । घटना हुँदै गर्दा र भएपछि नलागेको डर र अत्यास पछि रातभर विभासलाई लागिरह्यो ।

म्याथेम्याटिकल प्रोब्याबिलिटीले ग्याँस स्टेसनको कामलाई रिस्क नै मान्नुपर्थ्यो । त्यो विभासले बुझेको थियो । तर, त्योभन्दा ठूला निर्णयहरूको कडी जिन्दगी र मान्छेको परिस्थिति हुँदो रहेछ । मान्छेको आफ्नो लहड र अलिकति बहुलापन पनि हुँदो रहेछ । जिन्दगीका अनुभूतिमा रस थप्न यिनै पागलपनले पनि योगदान दिँदो रहेछ । विभासले यस्तै सोच्यो ।

हो, ग्याँस स्टेसनमा ज्यानकै जोखिम थियो तर विभासलाई त्यहाँ अब्दुलले भनेजस्तो समय मिलाइदिन्थ्यो । कानुनअनुसार क्याम्पसमा बीस घण्टाबाहेक यसरी नै कागजमा कतै नदेखाई क्यासमा काम गर्ने अवसर त्यहाँबाहेक अरू धेरै ठाउँमा थिएन । कहीँ न कहीँ काम नगरी गुजारा चल्ने पनि थिएन । अनि फेरि मृत्यु नै हुनु थियो त हरेकपल्ट गाडी चढ्दा पनि त दुर्घटनामा पर्ने जोखिम हुन्थ्यो ।

हो, रबरी हुँदाको त्यो पल, त्यो क्षणलाई फर्केर हेर्दा डर लाग्थ्यो । आङ सिरिङ्ग हुन्थ्यो तर खतराबाट फुत्केर पछाडि हेर्दाको जीवनले बाँच्न बाँकी जिन्दगीलाई झन् रोमाञ्चक बनाउँथ्यो । चाहेर वा परिस्थितिले धकेलेर होस्, विभास गहिराइमा डुबिसकेको थियो । मोती टिपेरै फर्कने उसको अठोट थियो । उसको प्रतिज्ञा थियो ।

. . . .

भोलिपल्ट गाडीको इन्स्योरेन्स पनि नवीकरण गर्नु थियो । डेविडलाई फोन गरेर विभास एजेन्टकोमा गयो । तर, यसपालि गाडीकोभन्दा पहिला विभासले आफ्नो लाइफ इन्स्योरेन्स लियो । पाँच लाख डलरको ।

'ओके योङ म्यान, विकज यु आर सो योङ, आफ्टर द हेल्थ चेक अप योर मन्थली प्रिमियम सुड बि अराउन्ड फोर्टी डलर ।' डेभिडले भन्यो ।

सधैँ लाइफ इन्स्योरेन्स लिन कर गर्दा वास्ता नगर्ने विभासले आज किन एकाएक इन्स्योरेन्स गरायो त्यो भने डेविडले सोधेन । न त विभासले नै केही भन्यो ।

केही गरी आफू त्यस्तो दुर्घटनामा परेर मर्नुपरे त्यो मृत्युले आफ्नी आमा र बहिनीको मुटुमा पर्न सक्ने सम्भावित तोड सोचेर विभास व्याकुल भयो । उसले मनमनै सोच्यो कमसेकम आमा र बहिनीलाई इन्स्योरेन्सको रकमले जीवनयापनमा त सजिलो होला ।

त्यो दिन पनि कपाल काटैरै घर जाने विचार गरेकाले कपाल काट्न सलनमा पस्यो । मनमनै उसलाई लिन्सँग भेट्न पनि मन थियो । त्यो दिन लिन् थिइन । विभासले कपाल पनि काटेन । घर फर्केर बेलुका नेपालमा आमा र बहिनीलाई फोन गन्यो र आफूले लिएको लाइफ इन्स्योरेन्सको पोलिसी नम्बर र कम्पनीको जानकारी टिपायो ।

आमा र बहिनीले केही सोधेनन् । सोचे गाडीको वा हेल्थको इन्स्योरेन्स भनेजस्तै अमेरिकामा लाइफ इन्स्योरेन्स पनि त्यस्तै एउटा सजिलै सबैले लिइराख्ने सुविधा होला ।

त्यही वर्ष मार्च महिनामा डालासको एउटा ग्याँस स्टेसनमा एक जना नेपालीको रबरीमा परेर हत्या भएको खबर सबैतिर फैलियो । बुझ्दै जाँदा त्यो व्यक्ति विभासकै साथी सम्राट् रहेछ । एउटा ड्रग एडिक्टले पैसाकै लागि लुटेको रहेछ तर लागूपदार्थको सेवनले पागल भएकाले पैसा लिएपछि कन्चटमै गोली पनि हानेछ । सम्राट् घटनास्थलमै भुतुक्कै भएछ ।

पुलिस रिपोर्ट, पोस्ट मार्टम, हत्याराको खोजी सब हुँदै गर्दा सम्पदाले विभासलाई फोन गर्न भ्याएकी रहिनछ । थाहा पाउनेबित्तिकै विभास सम्पदालाई भेट्न गइहाल्यो । सम्पदालाई भेट्दा उनको अनुहारको चहक सम्राट्को मृत्युले घम्लङ्ग छोपेको देखिन्थ्यो । उनलाई हेर्दा लाग्थ्यो उनी एउटा ढुङ्गा भएकी छे । उनीभित्र भएका सम्पूर्ण आशा एकाएक बलेर अँगार भएका छन् । उनको आँखाले चिच्याइरहेको जस्तो लाग्थ्यो तर बोली भने सन्नाटाको बाक्लो बादलले पूरै पुरिएको थियो ।

'सम्पदा, आइ एम सो सरी द्याट यु ह्याभ टु गो थ्रु सच् ए लस । . . . आइ एम सक्ड माइसेल्फ एन्ड कान्ट थिङ्क ह्वाट टु से । बट प्लिज रिमेम्बर आइ एम विथ यु . . . प्लिज लेट मि नो इफ आइ क्यान डु एनिथिङ्क टु हेल्प यु । एन्ड आइ लभ यु लाइक माइ औन सिस्टर ।'

यति भनेर विभासले सम्पदालाई हग गन्यो । सम्पदाले आफ्नो टाउको विभासको काँधमा राखी र एक छिन केही बोलिन । त्यसपछि सम्पदाले लगभग रोएको स्वरमा भनी, 'थ्याङ्क यु विभास . . . मलाई त अझै पनि यो सपना हो कि बिपना हो विश्वास नै भइरहेको छैन' ।

'सबै ठीक हुन्छ सम्पदा . . . धेरै नसोच, लेट इट बि . . . '

. . . . . .

परदेशमा आपत् पर्दा आफ्नो परिवार, आफन्त, इष्टमित्र कोही नजिक नहुँदा चिनजानका साथीभाइ सहयोगका लागि आउँथे । त्यति पनि नहुँदो हो त कति मुस्किल हुन्थ्यो होला त्यो सात समुद्रपारिको रहरैरहरको देशमा ।

खबर सुन्नासाथ सम्राट्का बुबा रातारात नेपालबाट आए । लास नेपाल लाने तयारी भइरहेको थियो । असल चरित्र र दयालु मन भएको सम्राट्लाई श्रद्धाञ्जली दिन एकपल्ट सबै आइपुगे - सुवास, मोहन, त्रिलोक । शाश्वत सत्यको अगाडि मान्छे निरीह छ भन्ने सबैलाई बोध भयो । सम्राट्ले उच्च सम्मानपूर्वक बिदाई पायो ।

लाइफ इन्स्योरेन्सको बारेमा विभासले कसैलाई भनेको थिएन । सम्राट्लाई भन्न सकेको भए भन्ने कुराले विभासको मन झन् कुँडियो । नेपालबाट आएका उसका बाबालाई परेको पुत्रशोकको त कुनै मूल्यले हर्जना भर्न के सक्थ्यो र ? तैपनि ऋणमा डुबेर अमेरिका पठाएको छोरा पनि गुमाउनु अनि लास फिर्ता लान पनि ऋण गरेर खर्च गर्नुपर्ने अवस्था थियो ।

सम्राट् जेठो छोरो थियो । अरू दुई भाइ र बहिनीलाई सघाउन र घरकै ऋण तिर्न पनि अरूभन्दा सम्राट् अली बढी काम गर्थ्यो । विभास, सम्पदा र सुवासलाई त्यो थाहा थियो । त्यसैले, विभास र सुवासले एउटा फन्डरेजिङ सुरू गरे । सुवास आफैले पाँच सय डलर हाल्यो । सबैले अलि-अलि हाले । अब्दुलले पनि दुई सय पचासको चेक पठायो । विभासले पनि एक हजार डलर हाल्यो । सबैको सहयोगले दस हजार डलर जति उठ्यो । त्यति बेलाको गर्जो ट्न्यो ।

सम्राट् धेरै टाढा नफर्किने गरी गइसकेको थियो । उसको पार्थिव शरीरचाहिँ आफ्ना बुबासँग नेपाल फर्कियो । त्यो दिन घर फर्कँदा सम्राट्ले ल्याइदिएको गिटार देखेर विभास भक्कानियो । एउटा असल मान्छे, मित्र, दाइ गुमाउँदा आफ्नो पिता गुमाउँदाताकाको जस्तो पीडाले उसलाई छोप्यो ।

जिन्दगी चलिरहन्थ्यो । बित्ने घटनाले चराचर रोकिन्नथ्यो । पढाइप्रतिको अर्जुनदृष्टिले गर्दा जतिसुकै अप्ठेरा परे पनि विभासले मिहिनेत गर्न छोडेन । उसलाई पढाइ सकेर आमाको राम्रो बन्देबस्त गर्नु थियो । बहिनीलाई सक्षम बनाउन सहयोग गर्नु थियो । बुबाले भनेजस्तो जिन्दगीको परीक्षामा सफल हुनु थियो । अमेरिकामा केही बन्नु थियो । नाम कमाउनु थियो । उसले दिनरात मिहिनेत गर्‍यो । आफ्नो ध्येयलाई बिर्सेन । आफ्नो पथबाट विचलित भएन ।

२००५ को डिसेम्बर महिना आउन लागेको थियो । जुनियर र सिनियर लेभलका सम्पूर्ण कोर्समा राम्रो गरिसकेकाले विभासको त्यसपछिको सेमेस्टर अन्तिम हुन्थ्यो । त्यो विन्टर उसले नेपाल गएर आउने अनि ग्राजुवेट गर्ने विचार गर्‍यो । नेपाल जान र आरामले खर्च गर्न उसले केही पैसा पनि जम्मा गरिसकेको थियो ।

बेलैमा टिकट लियो भने सस्तो पर्ने सोचेर विभासले अक्टोबरतिरै नेपाल जाने टिकट लिन खोज्यो । टिकट लिन पासपोर्ट नम्बर हाल्न पासपोर्ट खोज्दा ब्यागमा सकुशल राखेको पासपोर्ट र सोस्यल सेकुरिटी कार्ड त्यहाँ थिएन ।

सधैँ प्रयोग नहुने कुरा भएकाले कोठा सर्दा पनि भित्र नहेरी ब्याग मात्र सग्लो हालेको र अहिले खोज्दा नभेट्दा विभास अलमल्लमा पर्‍यो । आखिर आफ्नो एकदमै महत्त्वपूर्ण कागज त राम्रैसँग राखेको थियो । कसरी हरायो होला ? विभासले सोच्यो ।

विभासलाई थाहा थिएन, उसको पासपोर्ट र सोस्यल सेकुरिटी कार्ड प्रतापले च्यातेर फोहरको कन्टेनरमा हालिदिएको थियो । रिसको सुरमा विभासले हानेको झापडको बदला लिन । प्रतापको चरित्र जस्तो रद्दी थियो उसको प्रतिशोध लिने तरिका पनि त्यस्तै घटिया । सायद यस्तो निकृष्ट तरिकाले बदला लिन्छ भन्ने भेउ मात्र पाएको भए पनि विभासले प्रतापलाई त्यसरी हिर्काउँदैनथ्यो होला । तर, जब विभास प्रतापको कुकर्म सम्झिन्थ्यो तब झापड हानेकोमा उसलाई कुनै पश्चात्ताप हुन्नथ्यो ।

सायद न्युटनले चालको तेस्रो सिद्धान्तमा भनेझैँ जिन्दगीमा पनि हरेक कर्मको बराबर तर विपरीत प्रतिक्रिया हुन्छ । त्यसमाथि प्रताप त झन् प्रपञ्च नरची बस्ने जीव थिएन । प्रतिशोध त उसले लिन्छ नै भनेर विभासले सोच्नुपर्ने थियो र उत्तेजित नभई होसियारीपूर्वक व्यवहार गर्नुपर्ने थियो । विभासलाई शङ्का त लाग्यो तर पुष्टि गर्न लगभग असम्भव थियो । जे होस्, रिसको झोकमा त्यसरी हानेको एक झापडको मूल्य विभासले राम्रैसँग चुकायो ।

पासपोर्ट हराएको पुलिस रिपोर्ट बनाउनुपर्‍यो । नयाँ सोस्यल सेकुरिटी कार्ड अप्लाई गर्नुपर्‍यो । पैसा तिरेर नेपाल एम्बेसीको फर्म अनि नेपाल जाने टिकट लिन डेढ

महिना कुर्नुपर्‍यो । 'रछानलाई चलाएर मुखमा छिटा' भन्ने उखान विभासले प्रतापलाई बेलैमा चिन्न नसकेर गरेको सङ्गत र व्यवहारले चरितार्थ गर्थ्यो ।

अन्त्यमा, सबै चाँजोपाँजो मिल्यो र त्यो हिउँद विभास नेपाल जाने भयो । आमा र बहिनीलाई लुगा, जुत्ता, ब्याग, घडी, नयाँ ल्यापटप, क्यामेरा, मोबाइल फोन सब किनेर सामान प्याक गर्‍यो । घरमा थाहै नदिई सरप्राइज गर्छु भन्ने सोचेर विभास बहराइन हुँदै काठमाडौँ ओर्लियो । काठमाडौँ पुगेपछि सिधै आफ्ना डेरामा ट्याक्सी लिएर पुग्यो ।

त्यहाँ पुगेपछि त्यही ट्याक्सी ड्राइभरको सहयोगमा डेरासम्म सामान लग्यो । डेरामा ताल्चा लागेको थियो । लाहुरेनी आन्टीको पट्टि पनि ताल्चा लागेको थियो ।

शनिबारको दिन थियो । आमा र बहिनी घरमा नहुनु अलि आश्चर्यजनक थियो । फेरि बहिनी बाह सक्नेबित्तिकै अस्ट्रेलिया ट्राइ गर्न आइएलटिएसको तयारी गर्न शनिबार घरैतिर हुन्छु भनेकी थिई ।

विभासले खुद घरमै आउँछु नभने पनि शनिबार बिहानै पर्ने गरी कुरा गर्‍यौँला भनेको थियो । अचानक ताल्चै लगाएर घरमा कोही नभएको देख्दा ऊ आश्चर्यमा पर्‍यो । डेराका पर्दाहरू पनि अलि फरक थिए । अलिकति खुलेको पर्दाबाट चिहाएर हेर्दा भित्र त कोठाका फर्निचर पहिले भएभन्दा निकै फरक देखिन्थे ।

ट्याक्सी ड्राइभर पनि एक छिन अलमल्ल पर्‍यो । अन्तै सामान लानुपर्ने हो कि त्यहीँ खोजिनीति गर्ने हो भनेर । एयरपोर्टबाट आउँदा-आउँदै साटेको पाँच सय रुपियाँ ड्राइभरलाई दिएर विभासले भन्यो, 'दाइ तपाईँको मोबाइल फोन दिनु त एकैछिन ।'

आमालाई विभासले मोबाइल फोन चारपाँच महिनाअघि मात्र लिन लगाएको थियो । ड्राइभरको फोनबाट विभासले गरेको फोनको दोस्रो घण्टीमै आमाले फोन उठाइन् ।

'हेलो ।'

'आमा, म विभास । कता हो तपाईँ ?'

अचानक छोराको स्वर सुनेर आमाले अलिकति खुसी र अलिकति खुलदुलीका साथ सोधिन्, 'हामी घरमै छौ । तिमी कता बाबु, नेपालकै नम्बरबाट आयो त फोन त ?'

'खै त, घरमा त ताल्चा पो लगाएको छ त ?'

आमाले कुरो बुझिहालिन् ।

'ए । बाबु हामी यहाँ लाहुरेनी आन्टीको नयाँ घरमा सरेको । त्यो पहिलाको कोठाबाट माथि सडकमा आउने उकालोमै छ । तिमी आऊ म बाहिरैबाट हेर्छु ।'

'ल हुन्छ । म आउँदै छु ।'

'ल दाइ अलिकति माथि लानुपर्ने भयो सामान ।'

ट्याक्सी ड्राइभरले मिटरमा जान्न तीन सय दिए मात्र जान्छु भनेको थियो एयरपोर्टबाट । पाँच सय पाएपछि दङ्ग थियो ।

'भइहाल्छ नि ।'

सामान गाडीमै राखेर ट्याक्सी उकालोबाट लाँदै गर्दा एकैछिनमै एउटा किराना पसलअगाडि आमा र बहिनी बाहिरै देखिए ।

'भन्नु पर्दैन लाटा, आउन लागेको छु भनेर ?' एकाएक आफ्नो मुटुको टुक्रालाई आँखाअगाडि देखेर आमाको अनुहार विहानको घामझैँ उज्यालो भयो ।

'अनि आफूहरूले नि भन्नु पर्दैन सरेको कुरा ?' मह घोलिएकोझैँ मीठो बोलीले विभासले भन्यो ।

सामान ओरालेर पसल भएकै घरको पहिलो तलासम्म सामान लिएर ड्राइभरसमेत गयो । त्यसपछि ड्राइभर फर्कियो ।

'कहिले सरेको ?'

'अस्तिको पालि मामा आउँदा ।'

नयाँ डेरामा दुई कोठा र एउटा किचेन मात्र थियो । पुराना फर्निचरहरू धेरै बेचिदिएको रहेछ । मात्र बाबाका किताबहरू सबै सकुशल थिए ।

यसपालि विभासले नेपालको एक महिना बसाइमा मस्ती गर्न भनेर तीन हजार डलर ल्याएको थियो । नेपाली रूपियाँमा साट्दा त्यो झन्दै दुई लाख पच्चीस हजार भयो । एक लाखको एउटा बिटो आमालाई दिएर विभासले अरू आफूलाई राख्यो ।

त्यति बेला विभास साढे तीन वर्षपछि नेपाल फर्किएको थियो । सुरुको एक हप्ता त उसलाई नेपाल यस्तो पो छ है भनेजस्तो भइरह्यो । काठमाडौँमा सबै कुरा अस्तव्यस्त थियो । धुलो, धुवाँ र ट्राफिक जाम । भएका संरचनाहरू झन् थोत्रिँदै गएका थिए । निजी क्षेत्रले केही ठूला बिल्डिङ र मलहरू ठड्याए पनि अन्य सब संयत्र मक्किँदै गएको आभास हुन्थ्यो ।

युवाहरूदेखि हातखुट्टा चल्ने सबै अमेरिका, युरोप, अस्ट्रेलिया, जापान, अरब आदि जहाँ सकिन्छ त्यतै जान चाहन्थे । पढ्न होस् वा श्रम गर्न ।

अघिल्लो वर्ष राजाले शासन लिएपछि फेरि पार्टीहरूले शासन फर्काउने कसरतमा थिए । माओवादी जनयुद्ध तत्कालका लागि रोकिएको थियो । त्यसैले केही मात्रामा भए पनि शान्ति त थियो तर राजा र पार्टीहरूको सङ्घर्षले जतिखेर जे पनि हुन सक्ने अवस्था थियो । जनतामा निराशा मात्र थियो ।

देशकै हालत त्यस्तो हुँदा, स्थायित्व र सुशासनको कुनै प्रत्याभूति थिएन । लाग्थ्यो कसैको श्राप लागेको थियो । सबै क्षेत्रमा कालो बादल मडारिएको थियो ।

विभास जान सक्ने र मिल्ने ठाउँहरूमा गयो । यसपालि आमा र बहिनीसँग चितवन राष्ट्रिय निकुञ्ज, मनकामना, सिन्धुपाल्चोकमा पुख्र्यौली थलो र काभ्रेमा मामाघर पनि जान भ्यायो । एक महिनाको समय सकिँदासम्म आफूले खर्च गर्न ल्याएको सबै पैसा सकियो । एटिएम मेसिनबाट अझै केही पैसा निकालेर केही लुगा जुत्ता किनेर विभास अमेरिका फर्कियो ।

महँगी कहालीलाग्दो गरी बढेको रहेछ । देशका युवा सब विदेशतिर जानाले स्वदेशमा उत्पादन कम तर रेमिट्यान्सले बढाएको पुँजीको बाढीले सबै कुरा महँगो हुँदै रहेछ । आमा र बहिनी सानो डेरामा सर्नुको कारण उसले बिस्तारै बुझ्यो । आफूले पठाएको पैसाले घर धान्न मुस्किल पर्ने भइसकेको रहेछ । फेरि अब बहिनीको स्नातकोत्तर पढ्न बाहिरै जाने मनसाय थियो ।

अन्तिम सेमेस्टर सकेर राम्रो जागिर खाने, आमालाई एउटा राम्रो बसोबास र खर्चको व्यवस्था गर्ने, बहिनीलाई पनि पढाइ सक्न सहयोग गर्नुपर्ने जिम्मेवारीबोध गर्दै विभास डालास आइपुग्यो ।

. . . . . .

आमा बूढी हुँदै जानुभएको थियो । आमालाई लाहुरेनी आन्टीकोमा काम सघाउन नपरे हुन्थ्यो झैं लागेको थियो विभासलाई । बहिनीले पनि खर्चको चिन्ता नगरी पढ्न पाओस् भन्ने लाग्थ्यो ।

बहिनी नेपालमै बसेर पढेको भए पनि हुने; आमालाई पनि साथी हुन्थ्यो जस्तो विभासलाई लागेको थियो । तर, बहिनीको पनि आफ्नै रहर थियो । आमालाई अमेरिका बोलाएर आफूसँगै राख्ने वातावरण पनि मिलिहाल्ने स्थिति थिएन ।

यता पढाइमा राम्रो गरेर अन्तिम सेमेस्टर पनि विभासले सक्यो । करिब तीस जनाका समूहमा क्लासको टप फाइभमै पर्‍यो । ग्याजुएसनपछि एक वर्ष काम गर्न पाइने स्वीकृति पाइन्थ्यो - अप्सनल प्राक्टिकल ट्रेनिङ भनेर । त्यसबीचमै काम दिने

कम्पनीले काम गर्ने भिसा स्पोन्सर गर्नुपर्ने हुन्थ्यो । काम गर्ने भिसा हुँदै कम्पनीले ग्रिनकार्ड पनि स्पोन्सर गर्दिन सक्थ्यो । वर्क भिसा स्पोन्सर नभए एक वर्षपछि फेरि स्टुडेन्ट भिसामै फर्किनुपर्थ्यो । त्यसो नभए त फेरि कि इल्लिगल भएर बस्नुपर्थ्यो कि त नेपाल फर्कनुपर्थ्यो ।

इल्लिगल हुने त अप्सन नै भएन । अहिले नै केही बन्दोबस्त नगरी नेपाल फर्कने विभासले कल्पना पनि गर्न सक्दैनथ्यो ।

अन्तिम सेमेस्टरभरि विभासले जबहरू अप्लाइ गरिरह्यो । धेरै ठाउँमा इन्टरभ्यु पनि भयो तर पछि वर्क भिसा स्पोन्सर गर्नुपर्ने देखेपछि अन्तिममा काम मिल्दैनथ्यो । डालासको निकै राम्रो एउटा कम्पनीमा दुईतीन राउन्ड इन्टरभ्यु भएको थियो । त्यहाँचाहिँ बोलाउलान् कि भन्ने विभासलाई ठूलो आशा थियो ।

सबै कुरा राम्रो भएकाले ह्युमन रिसोर्स डिपार्टमेन्टले फेरि एकपल्ट भेट्न बोलायो ।

त्यसताका एक वर्षको मात्र वर्क पर्मिट मेमा सुरू भएर अर्को मेमा अन्त्य हुन्थ्यो । तर, कम्पनीले स्पोन्सर गर्ने एचवनवि भिसा अप्रिलमा अप्लाइ गरेर अक्टोबरदेखि मात्र सुरु हुन्थ्यो । मे महिनादेखि अक्टोबर 'क्याप ग्याप' हुने भएकाले त्यसरी एकवर्षे वर्क पर्मिटमा लिएका व्यक्तिले मेदेखि अक्टोबर महिनासम्म काम गर्न नमिल्ने हुन्थ्यो । त्यही भएर कम्पनीले स्पोन्सर गर्न र जागिर दिने मन हुँदाहुँदै पनि लिगल डिपार्डमेन्टले हुन्न भनिदिएछ । त्यसैले, त्यो काम पनि विभासले पाएन ।

राम्रो जिपिए, बोल्ने शैली र बानी ब्यहोरा देखेर दुई चार हजार बढाएर तलब दिनेसम्म कुरा भएको थियो । ग्राजुएसन अगाडि विभासलाई काम जसरी पनि खोज्नु थियो । तर, विभासले काम पाएन ।

पढाइ सक्नु त मात्र एउटा खुड्किलो थियो । अर्को खुड्किलोको बारेका पहिले नै योजना बनाइसकेको हुनुपर्थ्यो । यस्तो कुरा त बाबाको सुझाव र आफ्नै भोगाइहरूबाट विभासले बुझिसकेको थियो तर कानुनी अडचनको हल त्यति सजिलो थिएन । तैपनि, विभासले हरेक सम्भावनाहरू केलायो । आफूले गर्नुपर्ने र गर्न सक्नेमा कुनै कसर राखेन ।

यता आमा र बहिनीलाई ग्राजुएसनमा बोलाउन क्याम्पसको चिठी, स्पोनसरसिप लेटर्स, बैङ्क ब्यालेन्स सबै उसले नेपाल पठाएको थियो । जागिर नभइहाले पनि आमा र बहिनी आउँदा कति रमाइलो हुन्छ भन्ने विभासले सोचेको थियो । आमालाई लिएर न्युयोर्क जानुपर्ला भन्ने विभासले मनमनै कल्पना गरेको थियो ।

लाक्पा पनि ग्राजुएट गर्दै थियो । उसका बुबाआमा दुबै आउने भनेर फोन गरेको थियो केही दिनअघि । लाक्पाले चाहिँ क्याम्पसमै बसेर एक वर्ष काम गर्ने र तुरुन्तै एक वर्षपछि एमबिए गर्ने विचार गर्दै रहेछ ।

त्यसताका फेसबुक भन्ने अनलाइन सोस्यल मिडिया वेभसाइट भर्खर अमेरिकाका सबै युनिभर्सिटी र कलेजहरूमा उपलब्ध गरिएको थियो । फेसबुकमा आफ्नो प्रोफाइल बनाउने एक प्रकारको लहर चलेको थियो ।

२००६ को ज्यानुवरीतिरै विभासले पनि प्रोफाइल बनाएको थियो तर खासै त्यति प्रयोग गर्दैनथ्यो । त्यसको केही महिनापछि एक दिन विभासले नीलमको प्रोफाइल देख्यो । तुरुन्त फ्रेन्ड रिक्वेस्ट पठाइहाल्यो ।

एकाएक विभास र नीलम फेरि एकअर्कासँग जोडिए । इमेल र फोनभन्दा सजिलो भयो एकअर्कासँग जोडिन । यसो केही गर्न इन्टरनेटमा गयो कि फेसबुक खोलिहालिने अनि आफ्ना नेटर्वका साथीहरूका गतिविधिहरू, फोटाहरू तुरुन्त थाहा भइहाल्थ्यो ।

नीलमले डिसेम्बरमै ग्राजुएट गरेकी थिई । अहिले सानफ्रान्सिस्कोको एउटा टेक कम्पनीमा काम गर्न थालेकी थिई । आफ्ना गतिविधिहरूका फोटाहरू बारम्बार फेसबुकमा राख्थी । फेसबुकबाट जोडिएपछि विभास र नीलमको अलि बाक्लो कुरा हुन थाल्यो – फेसबुककै च्याटबाट ।

नीलमले आफूले मास मिडियामा मेजर गरेको र अहिले टेक कम्पनीको पब्लिक रिलेसन डिपार्टमेन्टमा काम गरिरहेको छु भनेकी थिई । उसले हालसालै खुब रहर लागेर आफ्नो गर्धनभन्दा अलिमुनि ढाडमा "ॐ शान्ति : शान्ति : शान्ति"को ट्याटु बनाएको पनि विभासलाई भनेकी थिई र फोटो पठाएकी थिई ।

नीलमको ट्याटुहरूप्रतिको क्रेजबारे विभासलाई थाहा थिएन तर पाओला खुब सौखिन थिई ट्याटुको । उसले एक दिन ग्याँस स्टेसनमा आउँदा भनेकी थिई उसको शरीरमा आठवटा ट्याटु छन् ।

गर्मीको दिन भएकाले उसको हात र पिँडुला त लुगाले छोपिएका थिएनन् र त्यहाँका दुई ट्याटु देखिन्थे तर अरू देखिँदैनथे । विभासले जिस्कँदै भनेको थियो – 'आर दे इन द स्पट्स ह्वेर यु क्यान सो मि ?'

'टाइम विल टेल ।' पाओलाले मुस्कुराउँदै भनेकी थिई ।

ग्याँस स्टेसनमा आउँदा पाओलाले चुरोट बर्ने, "जिग ज्याग" भन्ने कागज किनेर लग्थी । पहिला त विभासलाई थाहा थिएन तर पछि बुझ्दै जाँदा पाओला त्यो गाँजा तान्न प्रयोग गर्दी रहिछ ।

त्रिलोकले गाँजा तान्दा चुरोटकै सुर्ती निकालेर त्यसमै भरेर जोइन्ट बनाएको विभासले देखेको थियो । एक दिन पाओलाले सुर्ती बेर्ने कागज माग्दा विभासले सोधेथ्यो कि त्यो कसरी प्रयोग गरिन्छ भनेर । पाओलाले शनिबार बेलुका अपार्टमेन्टमा आउनू अनि लाइभ देखाउँला भनेकी थिई ।

त्यसताका पढाइको प्रेसर र कामको व्यस्तताले विभासलाई हल्का अन्तै ध्यान लागेर आफूलाई थोरै भए पनि राहत दिनु थियो । फेरि उत्सुकता र पाओलाले बोलाएकाले ऊ शनिबार कामपछि पाओलाकोमा गयो । पाओलाले सधैँ लाने बियर लिएर ।

रातको साढे एघार बजिसकेको थियो । पाओला र मारिया फिल्म हेरेर लिभिङ रूमको सोफामै आराम गरिरहेका रहेछन् । त्यहाँ कफी टेबलअगाडि केही बियरका बोतल, खानेकुरा खाएका प्लेटहरू र एउटा एस्ट्रे पनि थियो ।

'आर यु हङ्ग्री, बि ह्याभ सम इन्चिलाडा वि मेड ।' त्यसो भन्दै पाओलाले एउटा चिसो बियर खोलेर दिई विभासलाई ।

'स्योर, जस्ट अ लिटल ।' विभासले भन्यो । हुन त त्यति बेलासम्म उसले ग्याँस स्टेसनमै खाइसक्थ्यो । विभासको त्यति राति खाने बानी पनि थिएन । ऊ काममै खान्थ्यो र घर पुगेपछि सिधै सुत्ने गर्थ्यो । तर, विभासले अलिकति इन्चिलाडा ट्राइ गर्ने विचार गर्‍यो ।

मारियाले अगाडिपट्टिका खालि प्लेटहरू लगेर सिङ्कमा राखी र एउटा अर्को प्लेटमा दुई पिस इन्चिलाडा हल्का माइक्रोवेभमा तताएर विभासलाई ल्याइदिई । बियरको चुस्कीसँगै त्यो खाँदा निकै स्वादिलो भयो ।

'दिस इज गुड ।' विभासले भन्यो ।

'मारिया मेड इट ।' पाओलाले भनी ।

मारिया र पाओला दुबै टी-सर्ट र पाजामा लगाएर बसेका थिए । पाओलाको छोटो कपाल, भरिएका वक्षस्थल र नितम्ब हेरिरहुँ झैं लाग्ने थिए । मारियाको लामो कपाल, ठूलो तर आकर्षक जिउ थियो । दुबै जना मिल्ने स्त्रीहरूसँग समय बिताउन पाउँदा विभास फुरुङ्ग थियो ।

खाइसकेर प्लेट किचनको सिङ्कमा लगेर राख्दै विभासले लिभिङ रूममा आएर भन्यो, 'सो, यु वेर गोइङ टु सो मि समथिङ लाइभ ।'

'यस् . . . . सो यु ह्याभ नेभर स्मोक्ड ए जोइन्ट ?'

'नो एकचुअली ।'

त्यसपछि पाओलाले एउटा सानो प्लास्टिकको पोकाबाट गाँजा निकाली । कफी टेबलमाथि एउटा पत्रिकामा बेर्ने पेपर फिँजाई । एउटा अर्को पेपर बेरेर पट्याई र फेदमा फिल्टर जसरी राखी । त्यो पेपरमा गाँजा भरेर गोलो पार्दै टाँसी र माथिपट्टि चुच्चो पारेर बेरी ।

'आइ रिमेम्बर यु सेइङ यु ह्याभ स्मोक्ड सिगेरट बिफोर ।'

'यस आइ ह्याभ ।'

'यु वान्ट टु ट्राइ अ रिअल स्ट्रेस रिलिफ मेडिसिन ?'

पाओलाले यसरी भनी कि विभासले जोइन्ट समायो र फिल्टरपट्टिको साइड ओठले च्यापेर पाओलाले बालिदिएको लाइटरमा झोसेर एक सर्को तान्यो । अनि नीलमले कुनै दिन सिकाएजस्तै भित्र पुग्ने गरी निल्यो ।

त्यसपछि त्यो जोइन्ट पाओला मारिया हुँदै फेरि केहीछिनमा उसैकोमा आइपुग्यो । जोइन्ट सर्किँदै गर्दा विभासका मस्तिष्कमा आउने सोचहरू अचानक निकै बिस्तारै आउन थालेका हुन् कि जस्तो लाग्यो उसलाई । कुनै पनि निर्णय लिनुभन्दा अगाडि मनमा खेल्ने अनेक विचारहरूको तँछाड-मछाड त्यो सुस्तताले गर्दा अझ प्रस्ट भएको जस्तो लाग्न थाल्यो ।

बिस्तारै पाओला र मारियालाई हेरेर मुस्कुराइरहने काम मात्र विभासले गर्‍यो ।

'सो ह्वाट काइन्ड अफ म्युजिक यु गाइज लाइक ?' विभासले सुरू गर्‍यो ।

'वि लाइक पप एन्ड हिप हप । इट इज टु लेट सो वि ह्याड स्टप द म्युजिक अर्लिअर ।' पाओलाले भनी ।

'ओ द्याट्स राइट, इट्स लेट । लुक्सलाइक द जोइन्ट इज डुइङ इट्स जब, आइ एम लुजिङ द सेन्स अफ टाइम - हा हा हा ।'

हाँस्दै विभासले भन्यो ।

'वि ह्याभ आइसक्रिम ।' मारियाले भनी ।

'स्विट - लेट्स ह्याभ आइसक्रिम ।'

त्यसपछि सबैले आइसक्रिम पनि खाए । पढाइका, कामका, अमेरिकन जीवनका कुराहरू गर्दै जाँदा रात छिप्पिसकेको थियो ।

त्यसमाथि पाओलाले अर्को जोइन्ट बनाउँदै भनी, 'यु क्यान स्लिप हिअर टुनाइट इफ यु डोन्ट माइन्ड क्रयासिङ इन द काउच ।'

विभासलाई थकाइ लागेको थियो अनि जोइन्टपछि त ऊ ड्राइभ गर्ने स्थितिमा पनि थिएन । त्यसमाथि बियर पनि खाएको थियो ।

'साउन्डस लायक अ प्लान ।' विभासले भन्यो । अर्को जोइन्ट र बियरपछि विभास कतिखेर निदाएछ थाहै पाएन । बिहान ब्युझँदा सोफामाथि एउटा तन्ना ओछ्याइएको थियो जसमाथि विभास सुतेको थियो । एउटा सिरानी र एउटा ब्ल्याङकेट पनि थियो ।

बिहानको नौ बजेको रहेछ । आइतबारको दिन थियो । साँझ काम थियो अनि भोलिपल्ट कक्षाहरूका प्रोजेक्टहरू र होमवोर्कहरू सक्नुपर्ने थियो ।

मारिया किचेनमा केही सारसुर गर्दै थिई । विभास उठेको देखेपछि उसले, 'कफी ?', भनेर सोधी । पाओला पनि निक्लिई । कफी र केही पेस्ट्री र फ्रुटको ब्रेकफास्ट खाएपछि विभास फर्कियो । फर्किने बेलामा भनेको थियो 'आइ ह्याड सो मच फन विथ यु गाइज् । लेट्स डु दिस् इन माइ प्लेस नेक्स्ट टाइम । अल्दो वि निड टु अरेन्ज सम स्लिपिङ ब्याग फर ओभर नाइट ।'

पाओला र मारिया दुबै मुसुक्क हाँसे । पावालाले, 'स्योर वि विल प्लान समथिङ ।' भनी ।

करिब तीन चार हप्तापछि यस्तै शनिबारको दिन विभासले पाओला र मारियालाई घरमा बोलायो । घरमा त्यस दिन उसले नेपाली खानेकुरा दाल, भात, तरकारी र अचार बनायो । इन्डियन ग्रोसरीबाट जेरी पनि ल्याएर राखेको थियो । त्यो २००५ को मेमोरियल डे विकेन्ड परेकोले शनिबारको आफ्नो काम विभासले अस्लमसँग सोमबारलाई साटेको थियो । त्यो हप्ता सोमबार क्याम्पस बिदा हुन्थ्यो ।

सात बजेतिरै बोलाएका मारिया र पाओला समयमै आए । उनीहरूले पनि लजान्या भन्ने परिकार बनाएर ल्याएका रहेछन् । बियर त फ्रिजमा टन्नै हुन्थ्यो विभासको । त्यो साँझ पनि खाना, बियरसँगै, चुरोट अनि जोइन्टको भरपुर सेवन भयो ।

वास्तवमा पहिलोपल्ट जोइन्ट तानेपछि विभासले ग्याँस स्टेसनमै आउने एक ग्राहकसँग गाँजा लिन थालेको थियो । तानेको भोलिपल्ट अलि दिमाग झुप्प भएर निद्रा लागेजस्तो भए पनि खाँदा एकदमै रिल्याक्स भएको आभास हुन्थ्यो ।

पढाइ र कामको स्ट्रेसलाई कम गर्ने बाहना बनाएर विभास बिस्तारै बियर, चुरोट, जोइन्ट सेवन गर्न थालेको थियो । प्रायः सधैँ कक्षा र काम सकिएपछि सुत्नुअघि त्यो बानी पर्न थालिसकेको थियो ।

रात भर्खरै पर्न लागेको मारिया र पाओलाले त्यस दिन आफ्नो मन पर्ने हिप हप म्युजिक पनि विभासको ल्यापटपबाट स्पिकरमा जोडेर बजाए । गाँजाको नसाले दुइटी सुन्दर युवतीहरूको साथमा नाँच्ने अर्कै ऊर्जा र सीप दिँदो रहेछ झैं विभासलाई भयो । त्यो सीपले नै थियो कि नसाले निस्फिक्री बनाएको मस्तिष्कको कारण त्यो त विभासले थाहा पाएन । बेलुका त्यस्तै दस एघार बजेतिर पाओला र मारिया फर्किने भए ।

मारियाले सुरूदेखि नै जोइन्ट पनि तानेकी थिइन र बियर पनि कम खाएकी थिई । उसलाई त्यति सन्चो पनि रहेनछ । उसैले ड्राइभ गर्ने भई । तर, दालको सुप चै खुब मीठो भनेर खाई । यसो त सबै खानेकुरा उनीहरूले मीठो मानेर खाए । जाने बेलामा दालचाहिँ विभासले मारियालाई एउटा बट्टामा हालेर पठाइ पनि दियो ।

खानेकुरा त्यति बाँकी भएन । खाना बनाइसकेपछि बनाएका भाँडाबाट खन्याएर फ्रिजमा राख्न तयार भाँडामा खानाहरू राख्ने विभासको बानी थियो । अलि-अलि बचेको खाना विभासले फ्रिजमा राख्यो । खाएका प्लेट र चम्चाहरू सबै डिस्पोजेबल भएकाले भाँडाहरू पनि माझ्न बाँकी थिएन । त्यसैले मारिया र पाओला गएपछि विभास सिधै सुत्न आफ्नो बेडरूमतिर गयो ।

. . . .

त्यसपछि मारिया र पाओलासँग फेरि त्यस्तरी जमघट हुन पाएको थिएन । एकपल्ट मारिया बिरामी परेर अस्पताल भर्ना हुनुपरेछ । पाओलाको काममा छोड्नै नमिल्ने परेकोले उसले विभासलाई एकरात मारियालाई हस्पिटलमा कुरेर सहयोग गर्न भनेकी थिई ।

एक गुच्छा फूल लिएर विभास मारियालाई भेट्न गएको थियो । एकाएक हात र खुट्टाका औंला सुन्निने र शरीरका भित्री अङ्गहरू दुखेको भएर मरियालाई पाओलाले इमरजेन्सीमा लग्नुपरेछ ।

किड्नीको प्रबलम देखिएकाले एकदुई दिन केही परीक्षण गर्न हस्पिटलमै राखिएको रहेछ । त्यो रात विभासले मारियालाई सोधेर केके खाने पिउने सब व्यवस्था गरिदियो र रातभर उसका लागि हस्पिटलमा कुन्यो ।

हस्पिटलमा हुँदा मारियाले विभासलाई सोधी – 'हाउ इज इट गोइङ विथ द गर्ल यु वेर विथ एयाट टकेरिया ?'

अचानक अथिनाको प्रसङ्ग आएकाले विभास एक छिन रोकिएर भावविभोर हुँदै भन्यो – 'इट वेन्ट वेल ह्वेन इट लास्टेड । इट एन्डेड बिकज अ आवोर सर्कुमस्टान्सेस् । नाउ इट फिल्स लाइक अ ड्रिम, अ गुड ड्रिम द्याट आइ क्यानट फर्गेट ।'

त्यसपछि दुबै निक्कैबेर चुप रहे । केही छिनपछि विभासले सोध्यो - 'सो मारिया, प्लिज फर्गिभ माइ इग्नोरेन्स ! बट टेल मि अबाउट यु एन्ड पाओला । आइ ह्याड नेभर सिन अ सेमसेक्स कपल एन्ड नाउ आइ ह्याभ फ्रेन्ड्स लाइक यु एन्ड पाओला ।'

मारियाले अङ्ग्रेजीमा बोल्दै रोकिँदै बोल्दै गई -

'सबै मान्छेको सेक्सुआलिटी ब्ल्याक एन्ड ह्वाइटमा हुन्न । सयमा पाँच प्रतिशत जति मान्छे समलिङ्गी हुन्छन् होला ।

अल्पसङ्ख्यकहरूलाई समाजले प्रायः नबुझ्ने, हेयको भावनाले हेर्ने हुँदा तीमध्ये करिब दुई वा तीन प्रतिशत मान्छे मात्र समलिङ्गी हुँ भनेर खुलेर समाजमा बाँच्ने साहस गर्छन् ।

मेरो शरीर केटीको छ अनि मलाई केटीहरूसँग मात्र शारीरिक आकर्षण हुन्छ । तिमीजस्तै कुनै एउटा केटा मेरो साथी हुन सक्छ तर मेरो शरीरले तिमीसँग आत्मीय भएर जिन्दगीभर बाँच्न निक्कै गाह्रो हुन्छ ।

तिमी विपरीत लिङ्गबाट आकर्षित हुन्छौ तर सोच त, तिमीले आफ्नो मन र शरीरले नचाहँदा-नचाहँदै कुनै एउटा केटासँग बिहे गरेर जिन्दगी बिताउनुप-यो भने तिमीलाई कति मुस्किल होला ? हो, त्यस्तै मुस्किल समाजमा दबिएर बसेका समलिङ्गीहरूलाई छ । उनीहरू सबै खुलेर बाँच्न सकेका छैनन् । जबर्जस्ती समाजको अपेक्षाअनुरूप पिल्सिएर बाँचिरहेका छन् । पाओला र मैले साहस गरेर खुलेर बाच्ने प्रयास गरिरहेका छौँ ।'

विभास ध्यान दिएर सुन्दै गयो । उसलाई लाग्यो विश्व मानव सभ्यताले हासिल गर्न बाँकी धेरै रहेछ । अमेरिकाजस्तो विकसित, पढेलेखेकाहरूको देशमा त यस्तो छ; संसारका अरू कति ठाउँमा त दासत्व, छुवाछुत, जातभात, महिला-हिंसाजस्ता यावत् कुराको पनि अझै विकराल समस्या ज्युँकात्युँ नै छ ।

विभासले मारियालाई फेरि सोध्यो - "आइ गेट द्याट सेक्सुवालिटी इज नट ब्ल्याक एन्ड ह्वाइट एन्ड पाओला मे बि समह्वेर इन द मिडल । सि इज बाइसेक्सुअल । एन्ड सि इज अल्सो अट्र्याक्टेड टु मेन । डज द्याट एभर बिकम एन इस्यु ?"

मारियाले फेरि भन्दै गई - 'वेल, अन ए पर्सोनल लेभल, आइ युज्ड टु गेट इन्सेक्योर ह्वेन आइ थट पाओला कुड अल्सो बि अट्र्याक्टेड टु मेन ।'

उसले भनी - जोकोही पनि जो कोहीसँग जतिखेर पनि आकर्षित हुन सक्छ । तर, दुई व्यक्ति एकअर्कालाई माया गर्न र सँगे बाँच्न प्रतिबद्ध भएपछि निभाउने बफादारी र क्षणिक आकर्षण फरक कुरा हुन् । पाओलासँग सम्बन्ध हुनुभन्दा पहिला मेरो एक

जना गोरी लेस्बियन केटीसँग सम्बन्ध थियो । मसँग सम्बन्धमा हुँदाहुँदै उसले पछि अर्कै लेस्बियन केटीसँग सम्बन्ध बढाएपछि मेरो र उसको सम्बन्ध टुट्यो । त्यसपछि मेरो भेट पाओलासँग भयो । पाओला र म एकअर्कालाई माया गर्छौं; हामीबीच विश्वास छ । ऊ केटाहरूबाट पनि आकर्षित हुन सक्छे भन्ने मलाई थाहा छ । तर, हामी दुईबीच राम्रो समझदारी छ । हामी आफ्ना हरेक कुराहरू साट्छौ ।

मारियाले बोलिसकेपछि विभासले भन्यो – 'वेल, आइ लाइक यु बोथ एज फ्रेन्ड्स । अल्दो आइ मस्ट टेल यु, आइ ट्राइड टु फ्लिर्ट विथ पाओला बिफोर आइ न्यु सि वाज इन रिलेसनसिप विथ यु ।'

मुसुक्क हाँसेर मारियाले भनी – 'आइ नो इट । पाओला टोल्ड मि अबाउट इट । एन्ड आइ डोन्ट ब्लेम यु, पाओला इज हट ।'

मारियाले त्यसो भनेपछि विभासलाई हल्का लाजजस्तो पनि लाग्यो । के भन्ने उसले सोच्न सकेन । खुलेर मुस्कुरायो मात्र ।

. . . . . .

मानवीय सम्बन्ध अनौठो छ । मानवीय संवेदना पनि । मान्छे कहाँ जन्मन्छ ? जीवनको यात्रामा कहाँ पुग्छ ? के भोग्छ ? त्यो अनुमान लगाउन कसैले सक्दैनथ्यो । नेपालको सिन्धुपाल्चोकमा जन्मेको एउटा विभास मेक्सिकोको तमौलिपासमा जन्मेकी मारियाको मायाले जाग्राम थियो त्यो रात ।

विभास आफूसँग हुँदा मारिया पनि ढुक्क थिई । सुरक्षित महसुस गर्थी आफूलाई । ऊ कम बोल्थी तर उसका आँखाले त्यो बताउँथे । विभासलाई पनि मारिया र पाओलाको वरिपरि आफू हुँदा एउटा न्यानो आफ्नोपनभित्रै भएजस्तो लाग्थ्यो । लाग्थ्यो सम्पूर्ण शरीर सजिलोपन महसुस गर्थ्यो । मस्तिष्क हलुको हुन्थ्यो । एउटा छुट्टै आनन्दले वरिपरि ओगट्थ्यो । परदेशमा परिवार इष्टमित्रबाट टाढा रहेको बिर्स्याइदिन्थ्यो ।

भोलिपल्ट विभासको काम साँझ मात्र सुरु हुन्थ्यो । साँझ हुनुभन्दा पहिला पाओला पनि आई । विभासले फेरि पनि पन्यो भने उसलाई खबर गर्नू भनेर पाओला र मारियासँग छुट्टियो । पाओला, मारिया र विभासको सम्बन्ध विशेष थियो । उनीहरूबीच आकर्षण थियो, माया थियो र एकअर्कोसँग हुँदा सधैँ खुसी हुन्थे ।

भोलिपल्टैबाट मारिया फर्किइच्छ । किड्नी कमजोर हुँदै गएकाले खानपान र व्यायाममा त्यसपछि मारियाले खुब ध्यान दिन थालेकी थिई । क्याम्पसको जिम्मा कहिलेकाहीँ विभास पनि जान्थ्यो । त्यहाँ मारियालाई उसले बारम्बार भेटिरहन्थ्यो ।

. . . . . .

२००६ को मध्य अप्रिलतिर विभासकी आमाको र बहिनीको भिसा इन्टरभ्यु थियो । ग्राजुएसन सेरेमोनि मेको तेस्रो शनिबार थियो । भिसाको टुङ्गो लागेपछि टिकट लिइहाल्नुपर्ने भइसकेको थियो । इन्टरभ्यु भएको दिन बेलुका आमा र बहिनीको फोन आयो । अलिकति भलाकुसारीपछि आमाले भनिन्, 'बाबु, भिसा दिएनन् ।'

विभास खड्ग्रङ्ग भयो । यत्रो मिहिनेतपश्चात् आफ्नो विशेष दिनमा आमा र बहिनीको उपस्थिति नहुने भो भन्ने सोचले ऊ भावशून्य भयो । एक छिनको सन्नाटापछि विभासले सोध्यो, 'हो र ? किन नि ? के भन्यो ?'

'खै, तपाईंहरूलाई अहिले दिन मिल्दैन मात्र भन्यो ।'

'किन होला त ? अब एकपटक फेरि ट्राइ गर्ने हो कि ?'

'भइहाल्यो छोड्दे बाबु, तँलाई हाम्रो आशीर्वाद यहीँबाट छ । बहिनीका पनि जाँचहरू भर्खर सक्किए । अब ऊ पनि अस्ट्रेलिया जाने तयारी गर्दै छे । फेरि भिसा दिएन भने अलिअलि भए पनि पैसाको सत्यानास । आज धेरैलाई दिएन । कडा गरेको छ रे ।'

'हो दाइ, अब अहिले फेरि ट्राइ नगरौँ होला । टिकट लिन पनि ढिला भइसक्यो । साह्रै महँगोमा परिन्छ । मेरो अस्ट्रेलियामा मिल्यो भने फेरि अरू खर्च लाग्छ । अहिले भिसा लागेको भए आउन पनि हुन्थ्यो । अब फेरि चाहिँ ट्राइ नगरौँ होला ।'

आमा र बहिनीको भिसा लागेर हुने आगमनसँगै ग्राजुएसनमा जानुको मजा, त्यो कुनै पैसासँग तुलना गर्न सकिने कुरो थिएन । विभासलाई किनकिन भिसा नदिएको कुरा पटक्कै स्वीकार भएको थिएन । तर, बहिनी शोभाको कुरा व्यावहारिक र जायज थियो । उसको अस्ट्रेलियाको भिसा लागेमा पाँचछ लाख रूपियाँ तुरून्त व्यवस्था गनुपर्ने हुन्थ्यो ।

आमा र बहिनी अमेरिका आउँदा एक त बहिनीले निरन्तरता दिइरहेको प्रक्रिया रोकिन्थ्यो । त्यसमाथि पाँच-छ हजार डलर घुमघाममा सक्किँदा बहिनीलाई विदेश पठाउने बेला मुस्किल पर्न सक्थ्यो ।

'त्यसो भए ठिकै छ । पछि कुनै उपाय सोचौँला ।' यति भनेर विभासले अन्य सामान्य कुराहरू गरेर फोन राख्यो ।

ग्राजुएसनपछि जागिर नपाए पनि आमा र बहिनीको भिसा लाग्ला भनेर बचेको आशाको जल्दोबल्दो अगुल्टो पनि एकाएक चिसो पानीमा झोसियो । आफ्नो क्लासका प्रायः सबैजसो विद्यार्थीहरूको कुनै न कुनै कम्पनीमा काम भइसकेको थियो । विभास कक्षामा अब्बल विद्यार्थी हुँदाहुँदै पनि अत्यन्त मिहिनेत गरेर काम खोज्दा पनि, इमिग्रेसन स्टाटसका कारण काम नमिल्दा विभासको मन अमिलो

भयो । त्यसमाथि आमाको पनि भिसा नलाग्नु यी यावत् कुराहरूले विभासलाई निराश बनायो ।

त्यत्तिकै हार खाने खाले भने थिएन विभास । जसरी ग्याँस स्टेसनमा रबरी हुँदा ज्यानको जोखिम छ भन्ने थाहा हुँदाहुँदै पनि विभासले काम छोडेन, त्यसैगरी जस्तोसुकै निराशाजनक नतिजाहरू आउँदै गरे पनि विभास उपाय सोच्दै गयो ।

हो, भनेजस्तो जागिर मिलिरहेको थिएन । तर, एउटा उपाय इन्डियनहरूले खोलेको कन्सल्ट्यान्सीहरूबाट काम गर्ने पनि हुन्थ्यो । प्रायः त्यस्ता कन्सलटेन्सीहरूले अन्य राम्रा कम्पनीले जस्ता हेल्थ इन्स्योरेन्स, भ्याकेसन र राम्रो तलबका सुविधा दिँदैनथे । तैपनि, तिनले ग्रिनकार्ड नभएका विभासजस्ता विद्यार्थीलाई अन्य कम्पनीमा काम गर्न पठाउँथे वा अन्य कम्पनीको काम आफ्नै अफिसबाट गराउँथे । ती कम्पनीहरूले पछि वर्किङ भिसा र ग्रिनकार्डको पनि स्पोन्सर गर्दिन्थे ।

हो, कम्पनीहरूले दिने पैसाको केही प्रतिशत आफूले राखेर केही प्रतिशत मात्र कामदारलाई दिन्थे । त्यो बन्दोबस्त पनि ग्याँस स्टेसनमा काम गर्नुभन्दा निकै राम्रो हुन्थ्यो । यस्तै एउटा कम्पनीमध्येको एउटा राम्रो कम्पनीसँग विभासले कुरा गर्दै थियो । त्यस कम्पनीले टेलिकमसम्बन्धी काम गर्न सक्ने मान्छे खोजिरहेको रहेछ । केही हप्ता ट्रेनिङ दिएर विभासलाई क्यालिफोनिया वा न्यु जर्सी पठाउन सकिने भनेर कम्पनीको व्यक्तिले विभासलाई भनेको थियो ।

कन्सलटेन्सीको मुख्य साहूले नै विभासलाई आइतबार बिहान नौ बजे फोन गर्छु भनेको थियो । न्यु जर्सीको नौ बजे विभासको बिहान आठै बजे पर्थ्यो । आइतबार पनि काम गर्दा रहेछ - पक्कै मिहिनेती हुनुपर्छ त्यो मान्छे भनेजस्तो विभासलाई लाग्यो ।

हो, इन्डियन कन्सल्टेन्सीहरूले मिल्नेसम्म कानुनी फाइदाहरू लिन खोज्थे । आफ्ना कामदारका इमिग्रेसन मामला मिलाउन अनेक प्रपञ्च पनि गर्थे । कामदारहरूलाई कम पैसा दिएर आफूले धेरै पनि राख्थे । तर, सबै त्यस्ता हुन्थे । कतिले सबै प्रकिया पुर्‍याएरै गर्न सक्ने र दिन मिल्ने सुविधा पनि दिन्थे । जहाँ अमेरिकी कम्पनीहरूको विभासजस्तालाई ढोका बन्द हुन्थ्यो, त्यहाँ त्यस्ता कन्सल्टेन्सीहरूले ढोका खोल्दिन्थे । विन विन सिचुएसन क्रिएट गर्थे ।

आफ्नो इन्जिनियरिङ पृष्ठभूमिसँग मिल्ने टेलिकमको इन्जिनियरिङ नै कामका लागि अवसर पाउँदा केही नहुनुभन्दा कानो मामा जाती भनेजस्तै विभास एक किसिमले सन्तोष मानेरै बसेको थियो ।

शनिबार बिहान ग्राजुएसन सेरेमोनिमा जानु थियो । अलि-अलि भएका साथीभाइहरूका आ-आफ्ना परिवार र कक्षाका साथीका कतिपय साझा साथीहरू

सबै भेट हुन्थ्यो । विभास आफूले चाहिँ आफ्नो परिवारको भिसा नभएको, आफूले जागिर नपाएको झोँकमा कसैलाई बोलाएको पनि थिएन । फेरि नेपालमा ए लेभलको ग्राजुएसन छुट्टेदेखि नै विभासले ग्राजुएसनभन्दा ठूला जीवनका अन्य घटनाक्रम र घुम्तीहरू पार गरिसकेको थियो । जागिर नपाउनुले ग्राजुएसनमा उत्सव मनाउने माहोल बनाएन । विभासले सोच्यो - साँचो ग्राजुएसन त पढेर भनेकोजस्तो काम पाउनु हो । विभास ग्राजुएसनमै गएन ।

. . . . . .

त्यो दिन काममा पनि ग्राजुएसन परेकोले आउँदिन भनेर अब्दुललाई भनेको थियो । विभासले बिहानभर सुतेरै बितायो । दिउँसो एकैछिन कन्सल्टेन्सीको मान्छेले पठाएको इमेल हेन्यो । काम मिल्ने पक्का भयो । अब न्यु जर्सी जाने कि क्यालिफोर्निया जाने ! कति तलब र सुविधा पाउने ? आदि कुराका लागि भोलिपल्टको फोन कुराकानीमा तय गर्ने कुरो थियो ।

बेलुकीपख हल्का व्यायाम गर्नुपन्यो भनेर कलेजको जिम गयो । ब्यागमा जिमपछि नुहाएर फेर्ने लुगा हालेर जिममा करिब एक घण्टा व्यायाम गरेर नुहाउन लकर रूमतिर जाँदै गर्दा मारिया भेट भई ।

मारिया निकै दुब्लाएकी थिई । नदुब्लाओस् नि कसरी अस्पताल भर्ना भएपछि उसले व्यायाम र खान्कीमा ठूलो परिवर्तन गर्दै गई । विभासले उसलाई त्यसरी जिममा धेरैपल्ट भेटेको थियो ।

मारियालाई विभासको आज ग्राजुएसन छ भन्ने थाहा थियो । दुईतीन दिनअघि पाओला ग्याँस स्टेसनमा आउँदा विभासले भनेको थियो । आफ्ना आमा र बहिनीले भिसा नपाएको अनि काम खोज्दा इमिग्रेसन स्ट्याटसले गर्दा मुस्किल परेको पनि उसले पाओलालाई भनेको थियो ।

'वाओ मारिया यु आर लुकिङ ग्रेट ! यु रिअल्ली लस्ट अ लट अफ वेट ।'

'थ्याङ्क यु । हाउ वाज योर ग्राजुएसन ?'

'आइ डिड नट एन्डेड । आइ वाज नट स्योर आइ वुड गो, सो डिड नट इन्भाइट यु गाइज ।'

'ओ, द्याट्स ओके वि अन्डरस्ट्यान्ड ।'

'डिस्पाइट बिइङ वान अफ द टप स्टुडेन्ट इन माइ क्लास, आइ स्टिल ह्याभ नो जब । एन्ड माइ मम डिड नट गेट अ भिसा टु कम अटेन्ड द ग्राजुएसन

सेरेमोनी, सो आइ डिड नट फिल लाइक अटेन्डिङ द ग्रयाजुएसन सेरेमोनी माइसेल्फ टु ।'

'आइ फिल योर पेन, सो सरी टु हिअर अल अफ दिस । . . . हे यु वान्ट टु गो टु आवोर प्लेस ? टुडे इज पाओलाज् वर्थडे । बट आइ निड अ राइड । पाओला ड्रप्ड मि हिअर एन्ड सि इज सपोज्ड टु पिक मि अप बट आइ वान्ट टु गिभ हर अ सर्पाइज ।'

कलेजनजिकै बस्ने र जिम पनि नजिकै भए पनि व्यायामपछि विभास प्रायः कतै ग्रोसरी वा अन्य ठाउँमा जानुपर्ने हुन सक्ने कारणले गर्दा गाडी लिएरै जान्थ्यो ।

'परफेक्ट, आइ ड्रोभ माइ कार टुडे ।'

'नाइस, लेट मि टेक्स्ट पाओला टु डिरेक्टलि कम टु अपार्टमेन्ट । आइ विल टेल हर समवान इज गिभिङ मि अ राइड सो सि डजन्ट ह्याभ टु कम पिक मि अप ?'

त्यसपछि मारियाले पाओलालाई टेक्स्ट गरी । केहीबेर टेक्स्टमा संवाद गरेपछि मारियाले भनी, 'ओके अल सेट ।'

'डु यु माइन्ड इफ आइ टेक अ क्विक सावर ।'

विभासले नुहाउन बाँकी थियो । मारियाले व्यायामपछि नुहाइसकेर निक्लेर घर जान तयार थिई । सायद उसले पाओलालाई लिन आऊ भनेर पनि खबर गरिसकेकी थिई तर एकाएक विभाससँग भेट भएपछि प्लान चेन्ज भएको थियो ।

'स्योर - ओर वि क्यान गो नाउ एन्ड यु क्यान टेक सावर एट आवर प्लेस । द्याट वे वि क्यान स्टप बाइ अ स्टोर एन्ड गेट सम थिङ्स फर पाओला टु ।'

'गुड आइडिया - आइ वान्ड टु गेट हर समथिङ टु ।'

त्यति भनेर मारिया र विभास सुरूमा एउटा ग्रोसरी स्टोर गए । त्यहाँबाट एउटा केक र केही फूल लिए । त्यसपछि अर्को स्टोरबाट विभासले एउटा पर्फ्युम लियो । उसलाई थाहा थियो पाओलालाई विभिन्न खाले पर्फ्युमको खुब सौख थियो । हरेकपल्ट पाओला ग्याँस स्टेसनमा आउँदा विभासले पाओलाले लगाएको बास्नाको तारिफ गर्दा पाओला मक्ख परेर जान्थी ।

मारियाले पनि एउटा सानो ह्यान्डब्याग लिई । त्यहाँ पसलमै गिफ्ट प्याकिङ पनि गरिदिए ।

अपार्टमेन्ट पुग्दा पाओला पुगिसकेकी रहिछ । केक, फूल र गिफ्टहरू लिएर विभास र मारिया भित्र छिर्दै गर्दासम्म पाओलाले थाहा पाइहाली ।

'ह्याप्पी बर्थडे पाओला ।' विभासले भन्यो ।

'ओ थ्याङ्क यु । आइ अल्मोस्ट डोन्ट काउन्ट यिअर्स एन्ड सेलेब्रेट बर्थडेज एनिमोर । सो थ्याङ्क यु बोथ फर मेकिङ मि फिल स्पेसल ।'

'वेल, वि वान्टेड टु मेक इट हिअर बिफोर यु एन्ड सेट अप एभ्रिथिङ सो आइ डिड नट टेक सावर एट जिम । आइ गेस नाउ आइ क्यान गो टेक अ क्विक सावर बिफोर वि डु एनिथिङ एल्स ।'

'गो फर इट ।'

विभास आफ्नो फेर्ने लुगा भएको ब्याग लिएर बाथरूममा गयो ।

पुरानै युनिभर्सिटीमा हुँदा सुवासको रहरले एकपल्ट विभास, सम्राट् र सुवास नजिकैको डान्स क्लबमा गएका थिए । सुवासलाई एउटी गोरी केटीसँग आफ्नो सम्बन्ध बनाउन खुब रहर थियो । क्लबमा एउटी गोरी केटीलाई भेटेर सुवास त्यो केटीसँग एकछिन क्लबमा हरायो । पछि फर्केर आएपछि सम्राट्ले उसलाई सोध्यो – 'पट्याइस त खैरेनी ?'

'कहाँ पट्याउनु यार ! झन् नेपालदेखि ल्याएको डलर खर्च गरेर ड्रिङ्क पनि किनिदिएँ । पछि फोन नम्बर माग्दा त मेरो पाखुरा छामेर भनी मेरो मसल्स नै छैन रहेछ रे । झुर भो नि यार ! म त भोलिदेखि नै रेगुलर जिम जाने हो अब । तिमीहरू पनि मसँगै हिँड ।' सुवासले भन्यो ।

'तेइट् उल्लु ! मेरो मसल्स फिल गर्न पाखुरा होइन अन्तै छाम्नु पर्छ भनेर आइनस् मोरीलाई ?' विभासले जिस्कँदै भनेपछि सबजना एकल्ट हाँसेका थिए ।

नभन्दै त्यो दिनदेखि सधैँ जिम जाँदा सुवासले विभास र सम्राट्लाई पनि आफूसँगै जान घचघच्याउँदै गयो । जिममा व्यायाम गरेपछि शरीरमा आउने तन्दुरुस्तीको भेउ पाएपछि विभासले जिम जान छोडेन । आज मारियासँग पनि जिममै त भेट भएको थियो उसको ।

नुहाएर निस्कँदा विभासले टिसर्ट र हाफप्यान्ट लगाएको थियो । अनियमित नै भए पनि विभासले अमेरिका आएदेखि नै जिममा जाँदाजाँदा उसको शरीर सलक्क परेको र पाखुरा मांसपेशीले टम्म भरिएको थियो ।

अपार्टमेन्टमा क्यान्डलको उज्यालो र मीठो बास्ना थियो । लिभिङ रूमको सोफामा मारिया र पाओला एउटा एस्ट्रेमा जोइन्ट राखेर बसेका थिए ।

भर्खरै विभासले ल्याएको पर्फ्युम पनि खोलिएको थियो । विभासलाई नुहाएर आएको देखेपछि पाओलाले आँखामा हेरेर भनी, 'वेलकम ब्याक ह्यान्डसम ।'

'थ्याङ्क यु बिउटीफुल ।' विभासले मुस्कुराउँदै भन्यो ।

मारियाले अगाडिपट्टिको सल्काइसकेको जोइन्टको एक सर्को तानी र विभासलाई दिई । विभासले चुपचाप जोइन्ट तान्यो र पाओलालाई पास गर्‍यो ।

'थ्याङ्क यु फर द पर्फ्युम, आइ लाइक इट । हिअर, स्मेल इट ।' भन्दै पाओलाले आफ्नो हातको नाडी विभासतर्फ देखाई ।

पाओलाको नाडी सुँध्दै विभासले भन्यो - 'आइ थट यु माइट लाइक इट । स्मेल्स गुड अन यु ।'

'गुड चोइस . . . . सो यु वान्टेड टु सि अल द ट्याटुज अन माइ बडी ?'

यसो भनेर पाओलाले उनो, दोस, त्रेस गर्दै दुबै पिडुँला, दाइने र देब्रे हातको पाखुरा, नितब्बको दुबैपट्टि र दाहिने तिघ्राको भित्रीभागपट्टि र ढाडमा भएका आफ्ना आठ ट्याटुहरू विभासलाई एकएक गर्दै देखाई ।

पाओला यत्तिकै पनि आकर्षक थिई । त्यसमाथि मीठो बास्ना र उसको बोलीको माधुर्यले विभास लट्ठ भइसकेको थियो । पाओलाको भर्भराउँदो शरीरको एक झलक पाएपछि विभास आगोको राप पाएको मैनबत्तीझैँ पग्लिँदै थियो ।

एकाएक मारिया उठेर भनी - 'आइ ह्याभ लर्नड टु मेक रियल्ली गुड मार्गरिटा, वुड यु लाइक सम ?'

'स्योर ।'

मारिया मुस्कराउँदै लजालु आँखाले विभासलाई हेरी । पाओलालाई ओठमा चुम्बन गरी र पाओलाको कानमा खै के भनी त्यसपछि किचनतिर हराई । अब विभासको अघिल्तिर अर्धनग्न पाओला मात्र थिई ।

पाओला विभासनजिक आएर विभासको आँखामा हेरी र भनी, 'नाउ, यु ग्राजुएट बोइ, आइ विल गिभ यु योर ग्राजुएसन गिफ्ट । आई एम गोइङ्ग टु गिभ यु अ स्पेसल मसाज ।'

'रिअल्ली ?' विभासले हल्का आश्चर्यमा परेर सोध्यो ।

'यस । आइ एम गोइङ टु युज स्पेसल मसाज ओइल विथ लाभेन्डर, होहोभा एन्ड आलमन्ड ।' पाओलाले टेबलमा भएको तेलको बट्टा देखाएर भनी ।

'ओके । ... साउन्डस् ग्रेट ।'

पाओलाले सोफामा एउटा तन्ना ओछ्याई र बिस्तारै विभासका कपडाहरू खोलिदिई । त्यसपछि विभासलाई सोफामा आरामसँग उत्तानो पारेर सुताई । विभास चुपचाप पल्टिरह्यो ।

अलिबेर लगाएर पाओलाले विभासको सम्पूर्ण शरीरमा स्नेहसाथ तेल लगाइदिई । अनि नरम हातले विभासको शरीर सुमसुम्याउँदै मसाज गर्न थाली । विभास तरङ्गित हुँदै गयो । तरङ्गको शिखरमा पाओलाका हात र ओठको जादुगरीपछि मसाजको सुखद अन्त्य भयो ।

त्यसपछि पाओलाले विभासको कानमा साउती गरेर भनी - 'नाउ यु मे ड्रेस अप ।'

विभासले सोफाका आफ्ना लुगा लगायो र मनमनै सोच्यो आफूलाई यस्तो चरम आनन्द दिने पाओलाई जिन्दगीभर माया गरूँ; सधैँ ऊसँगै बाँचौं; उसलाई पनि खुसी बनाऊँ । प्रफुल्ल मुद्रामा विभासले भन्यो, 'आइ थट मारिया एन्ड आइ वेर गिभिङ यु अ सर्पाइज ।'

'इट्स आओर सर्पाइज ग्राजुएसन गिफ्ट टु यु ।' पाओलाले मुस्कुराउँदै भनी ।

विभासले भन्यो - 'वेल, इट वाज ए फ्यानटास्टिक ग्राजुएसन गिफ्ट । आइ लभ्ड इट ।'

'एक्चुअली इट वाज अ सर्पाइज टु मि टु । इट ह्याड अलवेज बिन माइ फ्यान्टेसी टु ह्याभ अ म्यान द्याट मारिया एन्ड आई बोथ लाइक । वि ह्याड टक्ड अबाउट इट । ह्वेन सि टेक्सटेड मि अर्लिअर, द्याट यु वेर कमिङ विथ हर, सि टोल्ड मि हर प्लान । इट वाज मारियाज् सर्पाइज टु मि । आइ एम ग्ल्याड यु वेन्ट विथ द फ्लो एज वेल एन्ड इन्जोइड इट ।'

'ओ . . अफकोर्स . .' विभासले हल्का अचम्म पर्दै भन्यो ।

भर्खरै घटेको घटना विभासको कल्पनाबाहिरको थियो । कतै उसले सुनेको थियो कहिलेकाहीँ यथार्थ कल्पनाभन्दा पनि अनौठो हुन सक्छ । त्यो आज उसको आँखाअगाडि नै साबित भयो । के सही के गलत त्यो नापतौल गर्ने स्थितिमा आफू नभएको उसलाई लाग्यो र आफूले आफैँलाई मनमनै सोध्यो - 'के नशाले लट्ठिएको अवस्थामा सम्पन्न भएको भर्खरको कर्म पवित्र हो ?'

विभासले ठान्यो, त्यो कर्म इन्द्रियहरूको वशमा मात्र परेर शरीरले पूरा गरेको वासना मात्र पक्कै थिएन । त्यो अनुपम क्षणमा मारिया, पाओला र उसका भावना एकाकार भएका थिए । त्योभन्दा बढी विभासले सोच्ने चेष्टा नै गरेन । उसलाई लाग्यो - हल्का नशाले त सिर्फ अनावश्यक सोचका अवरोधहरू हटाइदिन्छ र अन्तरमनका असली अभिप्राय अगाडि ल्याइदिन्छ । हो, होस हुनु जरुरी छ र पाओला होसमै छे । नभएकी भए त उसले दायरा बनाउने थिइन होला ।

त्यो सोच्दै गर्दा मारिया मार्गरिटा लिएर भित्र पसी र मुस्कुराउँदै भनी - 'लुक्स लाइक यु बोथ ह्याड अ गुड टाइम ।'

विभास र पाओला मारियातिर हेरेर मुस्कुराए ।

'पिज्जा अन मि ।' यसो भनेर पाओलाले फोनबाट पिज्जा अर्डर गरी ।

मरियाले मार्गरिटामा भोड्का अलि बढी नै हालेर बनाएकी रहिछ ।

'योर बिग डे । इन्जोइ ए स्ट्रोङ मार्गरिटा ।'

मर्गरिटा मीठो थियो । विभासले थपेर लियो । त्यसमाथि जोइन्टले पनि तड्का दिइरहेको थियो । अर्को एक जोइन्टको सर्को तानेपछि विभासलाई लाग्यो ऊ पृथ्वीमा होइन अन्य कुनै ग्रहमा छ । त्यसपछि एकैछिन विभास सोफामा पल्टियो र एक छिन आँखा चिम्लियो । मारिया र पाओलाले पालैपाले त्यो जोइन्ट तानेर सक्काए । उनीहरूका आँखा राता भइसकेका थिए ।

विभासले आँखा खोल्दा मारिया र पाओला सोफामा इन्द्रियहरू जोडेर मायामा बेरिएका थिए । तिनलाई आफ्नो अगाडि हेरिरहँदा विभासलाई लाग्यो - यदि ईश्वर छन् भने पवित्र भावनाले परिपक्व व्यक्तिहरूको सहमतिमा गरिने यौन नै त्यो चिज हुनुपर्छ; जुन चिज ईश्वरसँग सबैभन्दा नजिक छ । यौनले नै त हो हुर्केका प्रस्फुटित अङ्गहरूको मिलन गराई माया गाढा बनाउने । प्रेमीहरूबीच आत्मीयता बढाउने । तन र मन तन्दुरुस्त राख्न मद्दत गर्ने । केहीबेर ओठ र औँलाका गतिविधिपछि पाओला र मारिया उठे ।

पिज्जा पनि आइपुग्यो । केही फोटाहरू पनि खिचियो । मारिया र पाओलाले एउटा ग्रिटिङ कार्डमा केही मीठा शब्द लेखेर ग्राजुएसनको लिखित बधाई पनि दिए विभासलाई । यति धेरै मिल्ने र हितकारी साथीहरू पाउँदा विभास खुसी थियो । तर, विभास तुरुन्तै अर्को स्टेटमा जाँदै थियो । भखैरै अङ्कुराउँदै गरेको एउटा अर्को विशेष सम्बन्धमा पनि भौतिक ब्रेक लाग्नेवाला थियो ।

अस्थिर, अनिश्चित अनि तरल आफ्नो जिन्दगी सम्झेर विभास एकैछिन घोत्लियो । एकैछिन भए पनि जिन्दगीले साह्रै मीठो पस्किएको थियो । तर, ऊ त अझै

गहिराइमै थियो, उसले टिप्न खोजेको मोती उसले टिपिसकेको थिएन । त्यसैले उसको अनिश्चित यात्रा अझै बाँकी थियो । ऊ अझै खोजमा हिँडेको एक पथिक थियो, फगत एक फिरन्ते ।

त्यो पक्ष सम्झेर विभास एकाएक यथार्थताको धरातलमा ओर्लियो । भोलिपल्ट आफूले चाल्नुपर्ने पाइला सम्झियो । आठै बजे कुरा गर्नु थियो कन्सलटेन्सीको मान्छेसँग । जो हात सो साथ गरेर जागिरको टुङ्गो लगाउनु थियो । आफ्नो लक्ष्यको दूरी थोरै भए पनि घटाउनु थियो ।

'गाइज, आइ रियल्ली लाइक यु बोथ एन्ड लभ यु बोथ बट आइ माइट मुभ टु क्यालिफोर्निया । आइ ह्याभ दि नेगोसियसन कल टुमरो फर अ जब । सो आइ प्रोबब्ली सुड गो नाउ ।'

अचानक विभासको यो कुरा सुन्दा मारिया र पाओला पनि अलिकति उदास भए । उनीहरूको आँखाले विभास अझै केहीबेर अनि सधैँ वरिपरि नै भइदिए हुन्थ्यो भनेझैँ लाग्थ्यो । तर, विभासको जागिरको टुङ्गो हुन लागेको कुराले उनीहरू खुसी पनि थिए ।

'ओ . . . ग्रेट । यु सुड गो फर इट । इट्स योर फर्स्ट जब । यु क्यान अल्वेज मुभ ब्याक वान्स यु गेट एक्पेरियन्सड एन्ड एबल टु फाइन्ड जब हिअर ।' पाओलाले भनी ।

प्रस्टै थियो पाओला र मारियालाई विभास वरिपरि नै भइदिए हुन्थ्यो जस्तो लागेको तर यथार्थमा अहिले त्यो सम्भव नहोला जस्तो थियो ।

'आर यु स्योर यु वान्ट टु ड्राइभ ब्याक ?' कडा मार्गरिटा बनाएकी मारियाले अलि चिन्ता मानेजस्तो गरी भनी ।

'यस, आइ एम फाइन । आइ जस्ट ह्याड टु ड्रिङ्स . . . एन्ड इट्स बिन अ ह्वाइल सिन्स वि स्मोकड द जोइन्ट ।'

हल्का भोड्काचाहिँ बढी भएको हो कि भन्ने विभासलाई लागेको थियो । फेरि जोइन्ट र रक्सीको मिसावटले अलिकति मात त लागेकै थियो । तैपनि आफूलाई राम्रै होस भएकोले विभासले फर्कने नै विचार गर्‍यो ।

पाओला र मारियालाई हग गरेर आफ्ने बारेमा पछि अपडेट गर्छु भनेर विभास घर फर्कन गाडीतर्फ लाग्यो ।

. . . . . .

गाडीमा घर आइपुग्न करिब दस मिनेटको बाटो थियो । विभास गाडीमा आउँदै थियो । पछाडि एकाएक पुलिसको एउटा गाडीले प्लिकप्लिक बत्ती बाल्दै पछ्यायो । विभासको सातोपुत्लो उड्यो । उसले कतै गल्ती गरेको थिएन । आफ्नो हालतले गर्दा ऊ गल्ती होला कि भनेर निकै सजग थियो । तर, हतारमा गाडी मूल बाटो निकाल्दा हेडलाइट बाल्न बिर्सिएको रहेछ । निक्लँदा सडककै छेउको अपार्टमेन्ट वरिपरिका बत्तीका कारण उज्यालो देखिएकोले हेडलाइट बाल्ने होस भएन । विभासले पुलिसले पछ्याएको थाहा पाउनेबित्तिकै हत्पत्त हेडलाइट बालेर गाडी साइड लगायो ।

पुलिस गाडी पछाडि रोकेर विभास भएतिर आयो । विभासले झ्यालको सिसा खोलेर भन्यो, 'गुड इभिनिङ अफिसर, लुक्स लाइक आइ फरगट टु टर्न अन हेड लाइट ।'

पुलिस अफिसरले विभासको आँखामा हेरेर भन्यो, 'यस । क्यान आइ सि योर ड्राइभरर्स लाइसेन्स एन्ड इन्स्योरेन्स ?'

विभासले ड्राइभरर्स लाइसेन्स र इन्स्योरेन्सको कागज झिकेर दियो । एकैछिन पुलिसले लाइसेन्स र इन्स्योरेन्स लिएर आफ्नो गाडीको कम्प्युटरमा केही चेक गरेर फर्कियो । सायद विभासको रेकर्डमा केही नराम्रो देखेन - देख्ने कुरा पनि केही त थिएन । अल्को पुलिस अफिसरले निहुरेर झ्यालबाट लाइसेन्स र इन्स्योरेन्सको कागज फिर्ता दिन लाग्दा विभासले खाएको मार्गरिटामा भएको भोड्काको गन्ध छ्वास्स पुलिसको नाकमा पुग्यो ।

पुलिसले शङ्का गर्‍यो कतै विभासले रक्सीले पूरै मात्तिएर गाडि चलाएको त छैन । विभासको लाइसेन्स र इन्स्योरेन्सको कागज फिर्ता नदिई पुलिसले भन्यो, 'क्यान यु स्टेप आउट अफ द कार विथ योर ह्यान्डस् अप ?'

विभास डरले छाँगाबाट खसेजस्तै भयो । हुन त उसलाई केहीबेर अधि खाएका मार्गरिटाले गर्दा आफ्ने ड्राइभ गर्ने क्षमतामा ह्रास आएको जस्तो त लागेको थिएन । तैपनि, जाँचमा परेपछि नतिजा जस्तो पनि आउन सक्ने थियो । अनि फेरि गाँजा पनि तानेकै हो ।

भर्खरै पाओला र मारियासँग उडेको एउटा अर्कै संसारको ट्याक्कै उल्टो पातालमा बजारिएजस्तो विभासले महसुस गर्‍यो । तैपनि, धैर्यताको साथ हात माथि राखेर गाडीबाहिर उभियो । मनभित्र लाखौं सोच एकाएक आए । भित्रभित्र मुटु थर्थरी काँप्यो । एक मनले त सोच्यो, सम्पूर्ण मिहिनेत एउटै मूर्खतापूर्ण निर्णयले गर्दा खेर जाने भो ।

'क्यान यु स्ट्यान्ड अन वान फुट ?' पुलिसले सोध्यो ।

विभासले एक खुट्टामा उभिएर देखायो । त्यसपछि पुलिसले विभासलाई सयदेखि एकसम्म उल्टो गन्न लगायो । विभासले त्यो पनि गल्ती नगरी गन्यो ।

यति कुरामा पास हुँदा पनि खै किन हो कुन्नि त्यो पुलिसले अझै छोडेन । हेडलाइट नबालेर गरेको गल्ती सच्याइसकेपछि अनि अरू दुई जाँच सजिलै पास गरिसकेपछि पनि पुलिसले नछोड्दा विभासलाई मनमनै रिस पनि उठ्यो । त्यो पुलिसले उसलाई किन यति सारो गरेको होला भनेर ऊ मनमनै मुर्मुरियो ।

आखिर पुलिस त नियमअनुसारै नै गर्दै थियो । त्यसैले विभासको चुपचाप भनेअनुसार गर्नेबाहेक अरू कुनै राम्रो उपाय थिएन । केहीबेरपछि पुलिस एउटा पाइप भएको सानो ब्रेथलाइजर मेसिन लिएर आयो र विभासलाई पाइप मुखमा हालेर ओठ बन्द गरेर पाइपमा फुक्न लगायो ।

विभासलाई थाहा थियो, कानुनअनुसार, त्यो मेसिनमा फुक्नको लागि पुलिसले उसलाई बाध्य बनाउन सक्दैनथ्यो । विभासले नाइ फुक्दिनँ भन्न मिल्थ्यो किनकि कानुनअनुसार पुलिसले पनि कसैको शरीरभित्र कुनै कुरो पसाउन अनुमति लिनुपर्थ्यो ।

नकारेमा पुलिसले विभासको लाइसेन्स सस्पेन्ड गर्न सक्थ्यो तर अहिलेसम्म गर्न लगाएका टेस्टहरू विभासले पास गरेकाले मादक पदार्थ सेवन गरेको र कानुनी मापदण्डभन्दा माथि सेवन गरेर गाडी चलाएको कुरो अदालतमा प्रभाणित गर्न गाह्रो हुन्थ्यो । तर, यदि त्यसमा फुकेर नापिने शरीरको अल्कोहल कन्टेन्ट ०.०८ पर्सेन्ट आएमा मापदण्ड नाघेको प्रभाणित हुन्थ्यो । त्यसपछि हतकडी लगाएर जेल लगिन्थ्यो र त्यस सबुतको आधारमा अरू सजाय पनि अदालतले थप्न सक्थ्यो ।

हुन त सुरूदेखि नै विभासले कुनै टेस्ट पनि गर्न नमानी पुलिसलाई सिधै म मेरो वकिलसँग कुरा गरेर मात्र जबाफ दिन्छु भन्न सक्थ्यो । तर, विभासलाई कुनै झन्झटमा पर्नु थिएन । आफू राम्रैसँग होस भएको जस्तो लागेकोले उसले त्यो ब्रेथलाइजरमा फुक्यो । उसको नम्बर ०.०७ मात्र आयो । विभास बालबालले बच्यो ।

यदि ०.०१ मात्र बढी आएको भए विभासको ड्राइभिङ रेकर्डमा स्थायी दाग लाग्थ्यो । केही अपवादबाहेक विभासको स्वीकृतिले मात्र त्यो रेकर्ड हेर्न पाइने गराउन सकिन्थ्यो तर त्यो गर्ने पनि कानुनी प्रक्रियाबाट जानुपर्ने हुन्थ्यो । लाग्ने जरिबाना, हतकडी, जेल सजाय र लाइसेन्सको सस्पेन्सन त झन् छँदै थियो । यस्तो रेकर्ड भेट्टाएमा कुनै पनि राम्रो कम्पनीले जागिर पनि नदिन सक्थ्यो । भले एकपल्ट मात्रै भएकाले त्यत्तिसम्म कठोर हबिगत नहुन सक्थ्यो तर यस्तै बाटोमा गयो भने आफ्नो भविष्यको हुन सक्ने भयावह परिणाम सोचेर विभास नराम्ररी झस्कियो ।

सोच्यो, यसरी मादक पदार्थ सेवन गरेको बेलामा गाडी चलाउने रिस्क लिनु भनेको तिखा काँडाहरुमाथि मसिनो डोरीमा हिँड्नु रहेछ । भित्रभित्रै विभासले अबदेखि कहिल्यै त्यस्तो नगर्ने कसम खायो । आफ्नो मूर्खता र बेहोसीमा आफैँसँग मुर्मुरियो ।

'लुक मिस्टर विभास, लुक्स लाइक यु ह्याड सम ड्रिड्क टुडे बिफोर यु ड्रोभ । नट इनफ टु गेट यु लिगल ट्रबल बट आइ होप यु बि रियल्ली केयरफूल नेक्स्ट टाइम ।'

'आइ स्योर विल, थ्याङ्क यु अफिसर ।' विभासले भन्यो र बिस्तारै लामो सुस्केरा हाल्यो । त्यसपछि पुलिसले विभासको लाइसेन्स र इन्स्योरेन्सको कागज फिर्ता दियो अनि आफ्नो बाटो लाग्यो ।

पुलिस गाडीतर्फ गएपछि विभास अत्यन्त सावधानीपूर्वक घर आइपुग्यो । कुनै बेला ड्रग्सले मान्छेलाई रियालिटीको अवगत गर्न सक्नेभन्दा झन् तल पुऱ्याउने भएकाले आफूले त्यति मन नपराउने गरेको विभास आज आदतले मजबुर भएर तिनै रक्सी र गाँजाको सुरमा हिँड्ने भएको थियो ।

यस घटनापछि विभासले रक्सी वा गाँजा खाएर कहिल्यै गाडी चलाएन तर सुरू नै गर्न नहुने कुरा सुरू गरेपछि, आदतले मजबुर भएपछि, दिमागले के भन्छ त्यो शरीरले पनि कहिलेकाहीँ सुन्न नमान्दो रहेछ । कानुनी फन्दामा नपर्ने गरी भए पनि मिलेसम्म रक्सी, चुरोट र गाँजाको सेवन गर्न विभासले अझै छोड्न सकेन ।

रातभरि आफ्नो एक गल्तीले आफ्नी आमा र बहिनीलाई पर्न सक्ने अप्ठ्यारा र दुःखलाई सम्झेर आफूलाई धिक्कार्दै विभास बिहानीपख मात्र निदायो । बिहान सात बजेको घण्टी लगाउन भने उसले बिर्सेको थिएन । बिहान उठ्दा निद्रा नपुगेर विभासको टाउको दुखिरहेको थियो ।

बिहान घण्टी लागेपछि चिया र ब्रेकफास्ट खाएर आठ बजेको फोन कुराकानी विभासले सक्यो । पचास हजार डलर वार्षिक तलब, दुई हप्ता भ्याकेसन र हेल्थ इन्स्योरेन्स पनि हुने गरी कामको लागि क्यालिफोर्नियाको सानफ्रान्सिस्को जाने निधो भयो । सुरूको एक हप्ता तालिम दिएर कन्सल्टेन्सी कम्पनीले आफ्नो ग्राहक कम्पनीको अफिसमा काम गर्न पठाउने थियो । त्यो तालिमको शुल्क पन्ध्र सय कन्सल्टेन्सीले विभासले पाउने पहिलो तलवबाट काट्ने प्रबन्ध थियो ।

अलि-अलि भएका सामान, भएका फर्निचर कलेजका जुनियर या मास्टर्स गर्न आएका अन्य नेपाली वा विदेशी साथीहरूलाई दिएर आफ्नो गाडीमा मात्र अट्ने केही सामान, जुत्ता, कपडा र कागजात लिएर एक हप्तामै विभास क्यालिफोर्निया

हिँड्यो । जाने बेला बिहानै पाओला र मारियालाई पनि भेटेर बाइ भन्यो । त्यो बुधबारको दिन थियो ।

'फेरि भेटौँला ।' पाओला र मारियाले भने ।

आफूले सिकाएका नेपाली शब्दहरू आज उनीहरूले स्प्यानिस एक्सेन्टमा बोल्दा विभासलाई रमाइलो लाग्यो । उसले पनि उनीहरूकै मातृभाषमा भन्यो, 'आदियोस् अमिगास । आस्टा ला भिस्टा ।' (बिदा भएँ साथीहरू, फेरि भेट नहुँदासम्मलाई ।)

१२
अवतरण

तेइस घण्टाको ड्राइभ टेक्सासबाट, न्यु मेक्सिको, एरिजोनामा एक रात बसेर, भोलिपल्ट राति विभास सानफ्रान्सिस्को पुग्यो । दुबै दिन बाह्र-बाह्र घण्टाजति गाडी चलाउँदा लखतरान परेको विभास कलेजको एउटा इन्डियन साथीको दाइ पर्ने तिलक भन्नेकोमा केही दिन बस्ने र त्यहीँ बस्दै अपार्टमेन्ट खोज्ने प्लानमा थियो । शुक्रबार भएकोले शनिबार र आइतबार तिलकको पनि फुर्सद भएकाले उसले विभासलाई सानफ्रान्सिस्कोको राम्रो जानकारी गरायो ।

सानफ्रान्सिस्को एकदमै महँगो सहर भएकाले वार्षिक पचास हजार तलब अलि कम नै रहेछ । बुझ्दै जाँदा एउटा सानो स्टुडियो अपार्टमेन्ट पनि टेक्सासको सिङ्गल बेडरूम अपार्टमेन्टभन्दा तीन गुना महँगो रहेछ ।

तिलकले विभासलाई कम्तीमा छ महिना कसैसँग मिलेर बस्ने अनि बिस्तारै अरू अलि बढी पैसा दिने कन्सल्टेन्सीहरूमा पनि बुझ्दै गर्नेजस्ता निकै उपयोगी जानकारीहरू दियो । तिलकलाई भेटेर विभासले उसलाई धेरै सहयोग गर्ने त्रिलोकलाई सम्झियो ।

सोमबारबाट विभासको तालिम सुरु भयो । तालिममै भेटेको अर्को एउटा अफ्रिकन विद्यार्थीसँग मिलेर विभासले एउटा स्टुडियो अपार्टमेन्ट लियो । तालिम लगत्तै काम पनि सुरु भयो । अपार्टमेन्टको खर्च र खानपिनको पैसा काटेर महिनामा दुई हजारजति जोगिन्थ्यो ।

यता नेपालमा बहिनीको अस्ट्रेलिया जाने निधो भयो । उसले आइइएलटियसमा राम्रो गरी र राम्रै युनिभर्सिटीमा अफर पनि पाई । सुरूमा लाग्ने ८ हजार अस्ट्रेलियन डलर विभासले सजिलै पठाउन सक्यो । अलि-अलि आमा र बहिनी अमेरिका आउँदा लाग्न सक्ने पहिला नै जोगाएको पैसा पनि त थियो ।

बहिनी नेपालबाट उडेको खबर गर्न आमाले फोन गर्दा विभासलाई आफू त्यति बेला नेपाल जान नसकेकोमा खिन्न लाग्यो । अहिले अप्सनल प्राक्टिकल ट्रेनिङको स्ट्याटस हुँदा फर्कन भिसा नपाइन सक्थ्यो । त्यसैले बहिनी अस्ट्रेलिया जाँदा नेपाल जाने जोखिम उठाउन विभासले सकेन ।

बहिनीलाई बिदाइ गरेर आमाले फोन गर्दा आमाको एक मात्र साथी आफ्नी प्यारी छोरीसँग बिदा हुनुपर्दा दुखेको मन आमाको बोलीबाट राम्ररी सम्प्रेषण भएको थियो । विभास त्यो पीडालाई कल्पना गरेर भित्रभित्र रुन मात्र सक्थ्यो । आमालाई शब्दले सान्त्वना मात्र दिन सक्थ्यो ।

समय बित्दै जाँदा बिस्तारै आमाका फुलेका कपाल, चाउरिइँदै गएका गाला, एक्लोपनले खस्किएको मनोवलको अनुभूतिले विभासलाई भित्रभित्र सकस हुन्थ्यो । कहिलेकाहीँ उसलाई लाग्थ्यो परदेशमा कमाउने धन आमासँगै हुनु र समय बिताउनुभन्दा महत्त्वपूर्ण पक्कै होइन । तैपनि, केही कमाएर काठमाडौँमा आफ्नै एउटा सानो घर किन्न विभासलाई मन थियो । आमाको बुढेसकाल सुखसुविधा सम्पन्न वातावरणमा बितोस् भन्ने ऊ चाहन्थ्यो । त्यसैले, केही धन कमाउन पाए हुन्थ्यो भनेर लागिपरेको थियो ।

हरेकपल्ट आमासँग कुरा गर्दा आमाका आँखाले "बाबु, म बूढी भएँ, अब मलाई सुखसुविधाभन्दा तिमीहरूसँग बिताउने पलहरू अनि नौला अनुभवहरूभन्दा दिनचर्याका सानातिना कामहरूमै रमाइलो लाग्छ । त्यसैले जतिसक्दो चाँडो फर्केर आऊ ।" भनेझैँ लाग्थ्यो । बूढी हुँदै गरेकी आफ्नी आमा, स्वावलम्बी बन्दै गरेकी आफ्नी बहिनीबाट टाढा बिरानो देशमा सङ्घर्ष गर्दै बाँच्नुपर्ने रहर थिएन विभासलाई । उसको अमेरिका बसाइ, मात्र समय र परिस्थितिले सृष्टि गरेको तितो यथार्थ थियो ।

. . . . . .

सबै कुरा अचानक भएकाले सानफ्रान्सिस्को आएको कुरा विभासले नीलमलाई एक महिनापछि मात्र भनेको थियो । सुरुमा त नीलमले विश्वास नै गरेकी थिइन । बिस्तारै विभास र नीलम विकेन्डमा भेटघाट गर्न थाले ।

पढाइको व्यस्तता र भनेजस्तो सबै कुरा नमिल्दा नीलम पनि अहिलेसम्म सिङ्गल नै थिई । एकदुई जनासँग कलेजमा छोटो समय कुरा भए पनि उसको खासै गहिरो सम्बन्ध कसैसँग बन्न सकेन ।

सानफ्रान्सिस्कोको पहिलो भेटमा विभासले नीलमलाई अलि फरक अलि परिपक्व पहिलेभन्दा अझै सुन्दर पायो । नीलमले पनि विभासको किशोर अनुहार अब युवकको झैँ हुँदै गएको पाई । समयको बहावले शरीर र अनुहारमा धर्का छोडेर बग्दा रहेछन् । दुबैलाई मनमनै लाग्यो ।

'अनि अझै सिङ्गल नै छौ ?' विभासले सोध्यो ।

'त्यसै भन्नुपर्ला । एक जना साथी थियो जुनियर इअरमा । ऊसँग केही समय डेट गरेकी थिएँ । पछि हामीबीच यति डिप्ली रूटेड डिफरेन्सेस रहेछ कि इट डिड नट वर्क आउट । हि नाउ लिभ्स इन बोस्टन ।'

'मेरो पनि एक जना साथी थिई । हामी दुईबीच कुरा मिले पनि परिस्थितिले साथ दिएन । लास्ट आइ नो सि वाज गोइङ टु सान आन्टोनियो विथ हर मम ।'

विभासले भन्यो । अनि एकछिन रोकिएर उसले फेरि सोध्यो, 'अनि भन, आज के गर्ने ? स्याल वि गो फर अ मुभी ?'

'हुन्छ ।'

हलमा पुगेपछि विभासले फेरि सोध्यो, 'कुन फिल्म हेर्ने त ?'

हलमा चलेका मुभीहरूको डिस्प्लेलाई एकपल्ट राम्ररी नियालेपछि नीलमले भनी, "लिटल मिस सनसाइन ?"

'हुन्छ । मैले यो फिल्मको रिभ्यु राम्रो सुनेको छु ।'

फिल्म हल पुग्दासम्म विभास र नीलमको सामीप्यता बढिसकेको थियो । उनीहरू बिस्तारै हात समाएर हिँड्न थालिसकेका थिए । पप कर्न र पानीका एकएकवटा बोटल लिएर दुबै हलको पछाडिको हारमा गएर बसे ।

हलमा धेरै मानिस थिएनन् । उनीहरू वरिपरि त झनै कम थिए । त्यसैले फिल्म चलिरहँदा उनीहरू बिस्तारै कुरा गर्न सक्थे ।

फिल्म फरक थियो । त्यसैले पनि होला कि दुबै ध्यान दिएर रमाइलो मानेर हेर्दै थिए । कहिलेकाँही हल्का खासखुस कुरा गर्दै ।

एउटै परिवारका सदस्यहरू विभिन्न खाले भएको कथाले गर्दा फिल्म रोचक थियो - एकैछिनमा हँसाउने अनि एकैछिनमा उदास पनि बनाइदिने । फिल्मको अन्त्यमा परिवारमा आपसी मतभेद र कमजोरी जति भए पनि परिवारकी एउटी सानी बालिकाको निम्ति सम्पूर्ण परिवार एकै ठाउँमा उभिएर उसको साथ दिएको दृश्यले विभास र नीलम दुबैलाई आफ्नो परिवार सम्झन बाध्य बनायो ।

फिल्ममा पारिवारिक मूल्य मान्यताको निक्कै उलङ्घन थियो तैपनि परिवार मूल्यवान् हुन्छ भन्ने सन्देश थियो । फिल्म हेरेर बाहिर निक्लँदै गर्दा नीलमले भनी, 'कस्तो राम्रो रहेछ फिल्म । बच्चाहरूको ब्युटी प्याजेन्ट रे, त्यस्तो एब्नर्मल कुरा चाहिँ समाजमा नर्मल रे । अनि एउटी बच्ची आफ्नो उमेरभन्दा छिटै परिपक्व भइसकेर ठूलाहरूले जस्तो काम गर्न खोज्दा ऊ आफैँचाहिँ समाजको लागि एब्नर्मल रे ?'

'त्यही त नि । मजा आयो फिल्म हेरेर । अलि डार्क नै भए पनि फन्नी थियो । . . बरू सुन, डिनर यतै खाने हो ?'

'खाने भए खाऔँ । अनि कहाँ खाने त ?' नीलमले सोधी ।

त्यसपछि फिल्म थिएटरनजिकैको एउटा अमेरिकन रेस्टुरेन्टभित्र उनीहरू पसे ।

'के खान्छ्यौ तिमी ? यहाँ त मोमो, चाट पाइन्न क्यारे ?'

'हेरेर लिऔँ न दुइटा आइटम । अनि बाँडेर खाऔँला ।'

'हुन्छ, म ग्रिल्ड स्टेक लिन्छु । . . . तिमी ?'

'म स्रिम्प एन्ड स्पिनच सालड लिन्छु ।' मेन्यु हेरेर नीलमले भनी ।

'ग्रेट . . . बरू सालडमा ब्लु चिज थपेर मगाऊ ल ।'

'हुन्छ । तिमी पनि तिम्रो स्टेकसँग चिमिचुरी सस लिऊ ल ।'

'हुन्छ, साउन्ड्स गुड ।'

खाना आउनुभन्दा पहिला दुबैले केहीछिन आफ्नो कलेज लाइफको सङ्घर्ष र अन्त्यमा ग्राजुएट हुँदा केही भए पनि बोझ हल्का भएको कुरा गरे । साथसाथै समय कति चाँडो बितेको र नेपालबाट आएको चार वर्ष भैसक्दा पनि भर्खर मात्र आफूहरूको भेट हुन सकेको कुरा गरे ।

खानाको प्लेटमा चम्चाकाँटा बज्दै गर्दा दुबैका आँखाले एकअर्काका अनुहार खुब नियाले । आँखाले चाहेकैजस्ता आँखा भेटेकाले तिनले पनि चुपचाप धेरै संवाद गरे । एकअर्कालाई पढे । एकअर्कामा आएका परिवर्तनलाई बुझ्न खोजे । एकअर्काभित्रका आफ्नै प्रतिबिम्ब देखेर आफूले आफैलाई अर्काको आँखामा देख्न पाउँदाको दुर्लभ आनन्द पनि लिए ।

नेपालमा हुँदै, पर्खालबाट हामफाल्दा दुबै जना सँगै लडेको, नीलमको डेरामा गीतसँगै नाँचेको अनि एकअर्कासँग नजिकिएको पनि मनमनै सम्झिए ।

खाना खाइसकेर पनि दुबैको लामो समयपछिको न्यास्रो मेटिएन । थिएटर सपिङ मलमा थियो । मल दस बजे मात्र बन्द हुन्थ्यो । अझै दुई घण्टा बाँकी थियो । दुबैजना मलमा फुर्सदले हिँड्दै गफ गरिरहे ।

'तिमीलाई केही किन्नु छ ?' विभासले सोध्यो ।

'छ नि, किनिदिने हो?'

'अब त्योचाहिँ इट डिपेन्ड्स । अब हिराको हार किन्नु छ भन्यौ भने त मेरो पकेट त्यति मोटो छैन नि ।'

'चाहिँदैन हिराको हार . . . तर तिम्रो चोइसको ज्वेलरी कस्तो हुँदो रहेछ हेरौँ न त ।'

'ल ठीक छ जाऔँ । म तिमीलाई इयर रिङ्स हेर्छु ।'

'साँच्चै ?'

'हो भनेको . . . '

'भैगो होस् आज, पछि कुनै बेला किनिदिनू । आज यसै वाक गरिराखौँ । बरू बाहिर पनि अब अलि शीतल भइसक्यो । बाहिर बस्ने हो एक छिन . . . ?'

'हुन्छ । . . . कफी लिने ?'

'साँझमा कफी ? पछि निद्रा नलाग्ला नि ? ग्रिन टी ?'

'गुड आइडिया ।'

नजिकैको क्याफेमा दुबैले ग्रीन टी लिए र क्याफेबाहिरको प्याटियोमा भएको टेबलमा गएर बसे ।

'नीलम, मैले त तिमीसँग हुँदा आफूलाई यति खुसी र सहज पाउँछु भन्ने पनि झन्डै बिर्सिसकेको रहेछु ।'

'त्यही त । इट फिल्स लाइक टाइम वेन्ट फास्ट बट इट अल्सो फिल्स इट्स बिन एजेज सिन्स वि लास्ट मेट । . . . मलाई पनि तिम्रो साथ मनपर्छ विभास । हामीबीच धेरै लामो समयपछि भेट हुँदा पनि कति सहजै हामी नजिक हुन सक्यौँ जस्तो लाग्छ । हाम्रा कुरा पनि डिपली मिल्छ जस्तो लाग्छ ।'

'त्यही त भनेको . . . '

केहीबेर बाहिरको शीतलतामा बसेपछि बेलुकीको नौ बज्यो ।

'ल . . . अब चाहिँ फर्कौं होला आज ।'

'हुन्छ . . . रूममेटलाई पनि राति-राति के डिस्टर्ब गर्नु । जाऔँ चाँडै फर्कौं ।'

यति भनेर दुबै गाडीतर्फ लागे । विभासले नीलमलाई उसको एपार्टमेन्टमा छोडिदियो । छुट्टिनुअधि उसलाई एक छिन आलिङ्गन गरेर निधारमा चुम्बन गरेर भन्यो, 'आइ नाउ रिअलाइज्ड ह्वाट आइ ह्याड बिन मिसिङ लास्ट फोर यिअर्स अफ माइ लाइफ ।'

'मि टु । . . . आइ एम रियल्ली ग्ल्याड वि नाउ रिकनेक्टेड ।'

त्यसपछि नीलम आफ्नो अपार्टमेन्टतर्फ लागी । विभास पनि आफ्नो अपार्टमेन्टतर्फ लाग्यो ।

. . . . . .

काम थालेको पहिलो ६ महिनामा विभासको कम्पनीले उसको तलब साठी हजार डलर बनाइदियो । नीलमसँग निकै बाक्लो भेटघाट हुन थालिसकेको थियो । सँगै कतिपल्ट लस भेगास, नापा भ्याली, सान डियगो, सान होजे सबतिर घुमघाम गरिसकेका थिए उनीहरूले । उनीहरूको कुरा पनि खुब मिल्थ्यो ।

विभासको कन्सल्टिङ कम्पनीले आउँदो अप्रिलमा एचवानबि भिसा पनि फाइल गर्दिने भयो तर अप्रिलदेखि अक्टोबरसम्म स्ट्याटस जोगाउन पर्ने भएकाले एमबिए सुरु गर्ने सल्लाह कम्पनीको वकिलले दिएको थियो । विभास त्यही गर्ने सुरमा थियो ।

नीलमको त्यही वर्षको अक्टोबरदेखि नै वर्क भिसा भइसकेको थियो । उसले डिसेम्बरमा पढाइ सकेकीले त्यही वर्षको अप्रिलमा कम्पनीले वर्क भिसा स्पोनसर गरेकाले कामलाई नै निरन्तरता दिने निधो गरेकी थिई । कम्पनीले ग्रिनकार्ड पनि फाइल गर्दिन्छु भनेको थियो ।

विभासले खुब मिहिनेत गरेर पहिलो वर्ष त्यस्तै तीस हजार डलर जति जोगायो । यता बहिनीले पनि अस्ट्रेलियामा आफै काम गरेर सबै कुरा व्यवस्था गर्ने भई । बहिनीसँग बेलाबेलामा कुरा भइरहन्थ्यो । बहिनी अस्ट्रेलिया गएपछि आमासँग पनि विभासको पहिलेभन्दा धेरै बाक्लो कुरा हुन्थ्यो ।

सानफ्रान्सिस्कोमा भेटघाट हुन थालेको छ महिनापछि नीलम र विभासले सँगै बस्ने निर्णय गरे । बेलाबेलामा विभासकी आमासँग नीलमको र नीलमकी आमासँग विभासको कुरा हुन्थ्यो । नीलमको बुबासँग भने विभासको कुरा भएको थिएन ।

नीलमले घरमा पैसा पठाउनुपर्ने स्थिति थिएन । काठमाडौँमा घर किन्ने आफ्नो रहर भएको विभासले नीलमलाई भनेको थियो । कुरैकुरामा विभासले एक दिन आमालाई एउटा सानोसानो ठिक्कको घर किन्नुपर्‍यो भनेको थियो । पचास लाखभन्दा कममा काठमाडौँको कोटेश्वरदेखि नयाँ बानेश्वर एरियामा उनीहरूलाई निर्वाह हुने घर आउँदैन भनेर आमाले भनेकी थिइन् ।

एकतले, कम्तीमा चार कोठा भएको, अलिकति जग्गा र खुला ठाउँ भएको घर लिने विभासको इच्छा थियो । आफू हुर्केकोभन्दा अरु कतै टाढाको ठाउँमा जान मन उसलाई थिएन । त्यही कुरो चल्दा नीलम र विभास सँगै भएको बेला आमाले भनेकी थिइन्, 'अब म बूढीलाई मात्र घर किन चाहियो । तिमीहरू पनि बिहे गरेर यतै बस्न आउने भए मात्र ।'

बिहेको कुरो त विभासले सोचेको पनि थिएन । आमालाई तत्कालै अमेरिका वा अस्ट्रेलिया बोलाएर स्थायी बसोबास गर्न नमिल्ने भएकाले पछि आफू र बहिनी नै फर्के पनि ठिक्क हुने घरको बन्दोबस्त गर्न मात्र विभासले घर किन्ने कुरा निकालेको थियो । तत्काललाई आमाले भाडा तिरेर पनि बस्नु नपरोस् र एउटा काम गर्ने मान्छे पनि राख्न सकियोस् भन्ने विभासको सोच थियो । पछि मिलेमा आमाको इच्छा भए अमेरिका नै बोलाउने उसको विचार थियो । अचानक बिहेको कुरा गरेपछि विभास र नीलम पनि अब साँच्चै भविष्यका बारेमा सोच्न बाध्य भए ।

नीलमका आमाबाबुसँग मनग्य सम्पत्ति त थियो तर ऊ आफै आफ्नो खुट्टामा उभिन चाहन्थी । धनी परिवारकै भए पनि विभासको मध्यम वर्गीय सोच र तौरतरिकासँग सजिलै भिज्न सक्थी । नीलम बिलकुल स्वच्छन्द भएर सोच्थी; निर्भीक थिई र सबैभन्दा धेरै मानवीय संवेदना र सम्बन्धको कदर गर्थी ।

विभासलाई लाग्थ्यो ऊ निकै भाग्यमानी छ । नीलमसँग जो कोही पनि प्रभावित हुन्थे र नीलम आफूसँग यसरी घनिष्ठ हुँदा विभासलाई ठूलो गर्व लाग्थ्यो । बिहे गर्ने प्रस्ताव राख्न मन भए पनि विभासले प्रस्ताव राख्न भने चाहेजस्तो मौका पाएको थिएन ।

एकपटक भर्खर-भर्खर सानफ्रान्सिस्कोमा भेट हुँदा जिस्कँदै विभासले सोधेको थियो, 'बिहेका बारेमा के विचार गरेकी छौ नीलम ? अब त उमेर पनि भयो । घरबाट प्रेसर आउँदैन ?'

'आउँदैन मेरो त । ड्याडि-ममी आफ्नै बिहेको त्यस्तो हविगत भो । मलाई त मान्छे-मान्छेको समझदारी नै ठूलो हो जस्तो लाग्छ । जाबो कानुन र समाजले दिने मान्यता त समझदारी टुट्नेबित्तिकै सक्किहाल्छ नि होइन र ?' यसरी नीलमले विभासतर्फ यक्ष प्रश्न तेर्स्याएकी थिई ।

त्यसपछि विभासले नीलमसँग धेरै समयसम्म बिहेको कुरा गरेन । लाक्पाले भने बिहे गर्दैथ्यो प्रियाङ्कासँग । ग्राजुएसनमा दुबै जनाका आफ्ना बाआमा आएका रहेछन् । त्यतिबेलै दुबै परिवारको पनि राम्रै समझदारी भएछ ।

त्यति बेला लाक्पा कलेजमै प्रोफेसरसँग अपरेसन्स र फाइनान्समा रिसर्च गर्दै थियो । राम्रो युनिभर्सिटीबाट एमबिए गर्न लाक्पाले तयारी गर्दै थियो ।

सुरूमा प्रियाङ्का र लाक्पाले एउटै कलेजमा एडमिसन पाएनन् । प्रियाङ्का नर्थ क्यारोलाइनाको एउटा सानो कलेजमा लाक्पा र विभास आइसकेपछि मात्र आएकी थिई । पछि ट्रान्सफर गरेर लाक्पा भएको युनिभर्सिटी गएकी थिई । अहिले भने प्रियाङ्काले पनि त्यही मे महिनामै ग्राजुएट गरेर सेन्ट लुइस भन्ने सहरमा जागिर खान थालेकी रहिछ । लाक्पा र ऊ पनि सँगै बस्न थालिसकेका थिए । क्याम्पसमा

प्रोफेसरलाई हप्ताको एक दिन मात्र भेट्न गएर अरू बेला लाक्पा सेन्ट लुइसमा प्रियाङ्कासँगै बसेर रिसर्चका कामहरू गर्दै रहेछ ।

पहिला अमेरिकामै सानो जमघट गरेर कोर्ट म्यारिज गर्ने अनि पछि सब स्ट्याटसको कुरा मिलाएर नेपालमा गएर बिहेको पार्टी दिने योजना थियो लाक्पाको । लाक्पा र प्रियाङ्काको बिहेमा विभास र नीलम दुबै सँगै गए । विभास र नीलम पनि भर्खर-भर्खर मात्र सँगै बस्न थालेको कुरा लाक्पा र प्रियाङ्कालाई थाहा थियो ।

न्यु जर्सी वा क्यालिफोर्निया जाने भन्ने निर्णय गर्नुअघि लाक्पा र विभासको फोनमा छोटो कुराकानी भएको थियो । लाक्पाले जिस्कँदै विभासलाई त्यति बेलै भनेको थियो, 'त्यो त घामझैं छर्लङ्गै छ नि, हुनेवाला भाउजू सानफ्रन्सिस्कोमा हुँदाहुँदै अन्त जाने त कुरै छैन ।'

विभासलाई पनि किनकिन सानफ्रान्सिस्को नै जान मन थियो - त्यसै भयो । नीलमसँग नेपालमा अजकल्टोमै छुटेको घनिष्ठता फेरि एकदुई भेटमै पूरा उस्तै ठाँउमा आइपुगिसकेको थियो । सानफ्रान्सिस्कोमा उनीहरूका केही भेटहरूपछि नै एउटा विकेन्ड लेक टाहो गएर बिताउने प्लान बनेको थियो ।

घुम्न जाने भनेर तोकेको शनिबारको दिन बिहानै झन्डै तीन घण्टाको यात्रापछि उनीहरू लेक टाहो आइपुगे । लेकको साउथपट्टि केहीबेर ड्राइभ र घुमघामपछि त्यहाँबाट सत्र माइल साउथमा पर्ने "डिएल ब्लिस" स्टेट पार्कमा क्याम्पिङको लागि उनीहरूले रिजर्भेसन गरेका थिए । त्यहीअनुसार क्याम्पिङ टेन्ट्स, स्लिपिङ ब्यागहरू, फेर्ने लुगाहरू, ड्राइ फुड, आइसकुलरमा खानेकुरा, ड्रिङ्क्स, फ्रुट सबैके राम्रो प्याकिङ र तयारी साथ उनीहरू त्यहाँ गए ।

त्यो पार्कमा लेक टाहोको पानीसँग जोडिने बिचहरू पनि थिए । क्याम्प ग्राउन्डमा आफ्नो टेन्ट राख्ने ठाउँ पत्ता लगाएपछि पहिला नजिकैको "रूबिकन ट्रेलहेड"-को बिचमा केही समय बिताउने उद्देश्यले एउटा सानो कुलरमा केही खानेकुरा र ड्रिङ्क्स लिएर विभास र नीलम बिचतिर गए ।

विभासले सोर्ट्स् र पातलो टी-सर्ट र नीलमले बिकिनी बाहिर पातलो ड्रेस लगाएकी थिई । केहीछिन हिँडेपछि बिच आइपुग्यो । एउटा सानो हातले गुडाउन मिल्ने बग्गीमा विभासले दुइटा बिच चेअर, म्याट, तौलिया, सनस्क्रिन लोसन, केही किताब र कुलर डोन्याएर ल्याएको थियो ।

बिच व्यस्त रहेछ । बल्लबल्ल एउटा खालि ठाँउ भेटेर कुर्सीहरू सेटअप गरेपछि सन ग्लास र ह्याट निकालेर विभासले लगायो । गर्मी रहेछ भन्दै विभासले टी-सर्ट

खोल्यो । नीलमले पनि ड्रेस खोलेर बिकिनी मात्र लगाएर सनस्क्रिन लगाउँदै थिई ।

कुलरबाट चिसो बियर निकालेर खोल्दै विभासले नीलमलाई सोध्यो, 'बियर ?'

'अहिले नै नखाऊँ होला । तिमी खाऊ, बरू मलाई पानी पास गर ।'

त्यसपछि विभास र नीलम कुर्सीमा लमतन्न बसेर गफ गर्न थाले । अगाडिपट्टि लेक टाहोको कञ्चन निलो पानी थियो । जुलाइको महिना गर्मी नै थियो । त्यस्तै चौबीस-पच्चीस डिग्री सेल्सियस हुँदो हो तापक्रम । तर, हल्का हावा र अगाडिको मनोरम दृश्यले वरिपरि भीडको आवाज बिर्स्याइदिन्थ्यो ।

'नीलम, तिमीलाई मैले पहिले पनि भनेथेँ नि - मलाई त तिमीसँग यसरी फेरि भेट्छु होला भन्ने लागेको थिएन । कलेज हुँदा त तिमी पनि बिजि म पनि बिजि । हाम्रो त कुरा नै हुन छाडेको थियो ।'

'हो नि । तर थाहा छ दूरीले पनि धेरै फरक पार्दो रहेछ ।'

'हो त, टाढाको देउताभन्दा नजिकको भूत प्यारो हुन्छ रे । आफूलाई पर्दा जो नजिक छ, त्यो नै काम आउँछ । टाढाका मान्छे देउतै भए पनि आफ्नो वरिपरि छैन भने आफूलाई मर्का पर्दा के काम ?'

'त्यो त हो । मलाई त अझै पनि हामी यसरी सँगै छौ भन्ने कुरा पनि विश्वास नै हुन्न भन्या । कस्तो सर्रियलजस्तो लाग्छ । तर जे होस्, आइ थिङ्क वि आर मेन्ट टु बि टुगेदर ।' नीलमले ब्यागबाट एउटा किताब निकाल्दै भनी ।

त्यो दिनभर घाममा कुराकानीमै बित्यो । साँझ भएपछि क्याम्प ग्राउन्डमा आएर विभासले क्याम्प सेटअप गर्‍यो । क्याम्पिङमा खाना बनाउन चाहिने सबै समानहरूको बन्दोबस्त नभएकाले पहिले नै उनीहरूले रेस्टुरेन्टमा गएर डिनर खाने अनि पछि सुत्न मात्र क्याम्पमा आउने प्लान गरेका थिए । केही माइल तलको एउटा रेस्टुरेन्टमा डिनर खाएपछि विभास र नीलम क्याम्पमा फर्किए ।

साँझमा मौसम शीतल अनि पानी पर्ने सम्भावना कम भएकोले विभासले क्याम्पको माथिपट्टिको क्यानोपी निकालिदियो । त्यसपछि क्याम्पको माथिपट्टि झुलजस्तो नेटबाट खुल्ला आकाश देखिने भयो । शीतल मौसम अनि अलिकति जुनेली रात थियो । एक्कैछिनमा ब्याट्रीबाट चल्ने ल्यानटर्न लाइट पनि विभासले निभाइदियो । बिस्तारै दुइटा स्लिपिङ ब्याग चाहिएन । स्लिपिङ ब्याग ओछ्याइयो तर एउटै ठूलो ब्ल्याङ्केटमुनि विभास र नीलम नजिकिए अनि अँगालिए ।

बाहिरबाट आउने रातको आवाज झ्याउँकिरीको जस्तो सुनिन्थ्यो । वरपर अरू क्याम्पका मानिसहरूको आवाज पनि अलिअलि त्यहाँसम्म आउँथ्यो । अँगालोमा बेरिएर विभास र नीलमले निक्कैबेर कुरा गर्दै बिताए । कहिले नेपालका कुरा सम्झिए, कहिले कलेजमा हुँदाका किस्सा, कहिले दर्शनका कुरा, कहिले जोक्स, कहिले साथीभाइका कुरा । भोलि उठेर के गर्ने कुरा गरे, भविष्यका कुरा गरे, वर्तमानका कुरा गरे - क्याम्पमा कुनै जंगली जनावर आए के गर्ने भनेर पनि कुरा गरे ।

कुरैकुरामा दुबैले एकअर्कालाई अझै बढी चिने । दुबै एकअर्काको व्यक्तित्वबाट प्रभावित भए । आफूहरूबीच थोरबहुत भिन्नता भएपनि उनीहरूको सकारात्मकताले नकारात्मकतामाथि विजय पायो ।

त्यो रात उनीहरूले एकअर्कालाई कुराले मात्र होइन शरीरले पनि चिने । मीठो अँगालो हुँदै अद्भुतसँग ओठहरू जोडिए । हातहरूले एकअर्कालाई मखमललेझैँ सर्वत्र लोटाए । समरमाथाको सागरसँग समागम भयो - मायाले शारीरिक पूर्णता पायो । बिहानीपख थकित भएर आफूहरू कतिखेर मस्त निदाए उनीहरूले पत्तै पाएनन् । एउटै गुजुल्टो भएर गुटमुटिएर सुतेका उनीहरूलाई हेर्दा लाग्थ्यो - ती मायाका जोडीले सहवासपछि एकअर्कासँगको शारीरिक सामीप्यको अलौकिक आनन्द थाहा पाए । जीवनमा यौवनको अमृतस्वाद भेट्टाए ।

त्यस्तै नौ बजेतिर छर्लङ्ग उज्यालो भएर सबैतिर हल्लाखल्ला भएपछि मात्र दुबै ब्युँझिए ।

त्यो क्याम्पिङबाट उनीहरूको सम्बन्ध झन् झाँगिदै गयो । पछि सँगै बस्दै गएपछि विभास र नीलमले अनित्य आकर्षण मात्रको सम्बन्धबाट माथि उठेर व्यावहारिक मायालाई बुझ्दै गए । थाहा पाए, साँचो प्रेम भनेको कल्पनामा जस्तो सधैँ सुन्दर र आफसेआफ सफल हुने रोमान्टिक माया होइन रहेछ । प्रेमलाई साँचो बनाउन त आफूले हरदिन मायालाई मलजल गर्नुपर्ने रहेछ । मायालुका लागि समझदार भएर कर्महरू रोज्नु अनि गर्नुपर्ने रहेछ । एकअर्कालाई जस्ताको तस्तै स्वीकारेर आ-आफ्ना कमजोरी सक्दो सुधार्दै अनि भिन्नताहरूप्रति सचेत हुँदै जानुपर्ने रहेछ ।

. . . . .

लाक्पा र प्रियाङ्काको बिहेमा सेन्ट लुइस ड्राइभ गरेर जान निकै टाढा पर्थ्यो । झन्डै तीस घण्टाको ड्राइभ । अब त विभास र नीलमसँग पैसा पनि थियो । यसपालि उनीहरू प्लेनमा गए ।

शुक्रबारको दिन लाक्पा र प्रियाङ्का दुबै विभास र नीलमलाई एयरपोर्टमा लिन आएका थिए । बिहे शनिबारको दिन राखिएको थियो । विभास, नीलम, लाक्पा र

उनीहरूका सेन्ट लुइसमा भएका केही साझा साथीहरू गरेर त्यस्तै दस जनाजति मात्र थिए विवाहमा ।

विवाह गर्नुअघि सिटिबाट लाइसेन्स लिनुपर्ने रहेछ । त्यो पहिले नै लाक्पा र प्रियाङ्का सँगै गएर अप्लाइ गरेर लिइसकेका रहेछन् । एउटा नगरपालिकाको न्यायाधीशलाई बोलाइएको थियो । त्यही न्यायाधीशले नै विवाह सम्पन्न भएको घोषणा गर्‍यो । दुई साक्षीको रूपमा विभास र नीलमले सही गरे । न्यायाधीशले त्यो लाइसेन्स सिटिको रेकर्डमा बुझाएपछि बिहेदर्ताको प्रमाणपत्र आउने रहेछ ।

लाक्पाले एउटा राम्रो हिराको औँठी जोडेको रहेछ । प्रियाङ्काले पनि लाक्पाकै छनोटमा एउटा ह्वाइट गोल्डको वेडिङ ब्याण्ड औँठी लाक्पालाई किनेकी रहिछ । दुबैले एकअर्कालाई औँठी लगाइसकेर न्यायाधीशले बिहेको घोषणामा, 'यु मे किस द ब्राइड' भनेपछि लाक्पा र प्रियाङ्काले केहीबेर ओठमा ओठ जोडे । लगत्तै एउटा नजिकैको रेस्टुरेन्टमा सानो लन्च रिसेप्सन थियो । खाना सुरू भएपछि लाक्पाले र प्रियाङ्काले सुरूमा विवाहमा आउने सबैलाई धन्यवाद दिए ।

त्यसपछि विभासले बोल्यो - 'मेरा आफ्ना दाइ त छैनन् तर यदि कोही मेरो आफ्नै दाइजस्तो साथी छ भने त्यो लाक्पा हो । लाक्पा र म नेपालबाट अमेरिका पनि सँगै आएका । प्रियाङ्कालाई पनि म नेपालदेखि नै चिन्छु । आज लाक्पा र प्रियाङ्काको बिहेमा सहभागी हुन पाउँदा म निकै खुसी छु । मलाई लाग्थ्यो भावना भए त पुगिहाल्छ किन सम्बन्धलाई कानुनी रूप दिनुपर्‍यो ? तर, आज यो माहोलमा सहभागी हुँदा मलाई कस्तो लाग्यो भने भावना त आफ्नो ठाउँमा छँदै छ । समाज र कानुनलाई साक्षी राखेर आफूलाई जबाफदेही बनाएर सम्बन्धलाई दिइने वैधानिकता त्यही भावनाहरूलाई कर्मले मूर्तरूप दिने एउटा सानो सुरूवात पनि हो । आज लाक्पा र प्रियाङ्का जीवनभर साथ रहन्छन् भन्ने सोचले म खुसीले गद्गद छु । तिमीहरूबीचको प्रेम र समझदारी सधैँ हराभरा रहिरहोस् । मेरो हृदयदेखिको बधाई र शुभकामना ।'

यति भनेपछि सबैले लाक्पा र प्रियाङ्कालाई दुईचार शब्द बोलेर बधाई तथा शुभकामना दिए । नीलमले प्रियाङ्कालाई पहिलेदेखि नै नचिने पनि उसका बारेमा सुनेकी भने थिई । यो भेटमा उनीहरू पनि अलि नजिक भए । एकअर्कालाई अलि राम्ररी चिने । मन मिल्ने साथी भए ।

त्यो रात लाक्पा र प्रियाङ्कालाई विभास र नीलमले "फोर सिजन" होटलको प्रिमियर "आर्च भ्यु" रूममा कोठा बुक गरिदिएका थिए । लाक्पा र प्रियाङ्का त्यता गए भने विभास र नीलम लाक्पाका र प्रियाङ्काको कोठामा आए ।

त्यही रात सेन्ट लुइसमा निकैबेर घोरिएर सोचेपछि विभासले नीलमलाई हठात् सोध्यो - 'नीलम, मसँग बिहे गर्छ्यौ ?'

नीलम हल्का आश्चर्यमा परेजस्तो देखिई तर तुरुन्तै नीलमले जिस्क्ँदै भनेकी थिई
- 'पहिला मलाई हिराको औँठी लिएर घुँडा टेकेर सोध अनि मात्र भन्छु ।'

'हुन्छ त्यसो भए म औँठी हेर्न थाल्छु । बरू तिमी दिनभर थाकेकी हौली । म फुट
मसाज गर्दिऊँ ?'

'ल ल ! थाहा छ फुटबाट सुरू गरेर कहाँकहाँ हात पुर्‍याउने हो तिम्रो मसाजले ।'

'अब जिउ पनि थाकेको होला नि । तिमीलाई आराम होस् भनेर नि प्यारी !'

'ल ल, गर्देऊ, तर हतार नगरी । अनि प्रटेक्सन पनि लिएर आऊ । अहिले फेरि
बीचमा मलाई उठाउने होइन ।' नीलमले लजालु र लालायित आँखाले मुस्काउँदै
भनी ।

'तिमी चिन्तै नगर ।' सिरानीमुनि देखाउँदै विभासले भन्यो, 'सब तयार छ । . . . .'

. . . . . .

त्यो रातपछि साँच्चै नै विभासले औँठीहरू हेर्न थालेको थियो । कामको व्यस्तता
अनि प्राक्टिकल ट्रेनिङको भिसा सकिएर कन्सल्टेन्सीबाट काम छोडेर अब एमबिए
जोइन गर्ने क्रममा विभास थियो । नीलम पुरानै काम निरन्तरता दिँदै थिई ।

नेपालमा घर किन्ने कुरा नीलमलाई पनि मन परेको थियो । फेरि यता सबै
स्ट्याटस नमिल्दासम्म पैसा कतै इन्भेस्ट गर्न पनि मन नभएकोले विभास र
नीलमले मिलेर आधाआधा पैसा हालेर दुबै जनाको नाममा नेपालमा घर किन्ने
योजना बनाएका थिए ।

नेपालको घर-जग्गाको भाउ बढेर जाने कुरा नीलमका बुबाआमाले गरेका बिजनेस
डिलहरूबाट नीलमलाई पनि थाहा थियो । फेरि विभासप्रति नीलमको र नीलमप्रति
विभासको गहिरो सम्बन्ध र विश्वास थियो नै । अनि दुबैको नाममा घर लिँदा घाटा
केही थिएन । मात्र अहिलेलाई घरमा विभासकी आमा बस्नुहुने थियो । त्यसमा
नीलमलाई केही आपत्ति थिएन । कुरा गर्दै जाँदा नीलमलाई विभासकी आमा पनि
आफ्नै आमाजस्तो लाग्थ्यो । विभासकी आमाले पनि नीलमलाई आफ्नै छोरीजस्तै
मान्थिन् ।

विभासले स्ट्याटस चेन्ज गरेर एमबिए पनि जोइन गर्‍यो । कन्सल्टेन्सीले अप्रिलमा
स्पोन्सर गरेको वर्क भिसामा त्यो वर्ष अत्याधिक अप्लिकेसन परेकाले कोटाभन्दा
बढी भएकाले चिठ्ठाबाट निर्णय हुने भयो । अब अक्टोबर नभई त्यो थाहा हुन्नथ्यो ।
अक्टोबरमा विभासको वर्क भिसा पनि मिल्यो । उसले काम गर्दै एमबिए पनि
सक्यो । नीलमले पनि कामममा उन्नति गर्दै गई ।

एमबिए सक्ने बेलासम्म विभासको ग्रिनकार्ड पनि भयो । त्यसपछि अर्को एउटा राम्रो कम्पनीमा विभासले वार्षिक एक लाख तीस हजार पाउने जागिर पायो । पहिलेदेखि विभिन्न परिस्थितिमा परेर प्रस्फुटन हुन नपाएको विभासको म्याथेम्याटिक्सको गहिरो क्षमता, इन्जिनियरिङको निपुणता, त्यसमाथि एमबिएमा पाएको एकाउन्टिङ, फाइनान्स र व्यवस्थापनको ज्ञानले केही वर्षमै विभास कम्पनीकै भाइस प्रेसिडेन्ट भयो । तलब वर्षको साढे तीन लाख डलर पुग्यो । आफूले म्यानेज गरेका प्रोजेक्टहरूमा कम्पनीलाई टन्न फाइदा हुँदा पाउने बोनससमेत हिसाब गर्दा वर्षको चार लाख डलर सजिलै कमाइ हुन्थ्यो । नीलमको पनि जागिरमा उन्नति हुँदै गयो । उसले पनि वर्षको डेढ लाख डलर कमाउँथी ।

यता नेपालमा आमालाई एउटा चिनेको मान्छेले मीनभवनको अलिभित्र रोडमा पर्ने सानो चिटिक्कको घरको कुरा ल्याएको रहेछ । नीलमले आफ्नी ममीलाई पनि भनेर त्यो घर बुझ्न लगाई । घर भनेजस्तै एकतले, चार कोठाको अनि सानो कम्पाउन्ड भएको गाडी जाने मूल सडकबाट अलिकति मात्र भित्र रहेछ । एक करोड पर्ने भयो । आफ्नी ममीले हेरेपछि अनि विभासकी आमाले पनि हेरेर चित्त बुझाएपछि घर लिने टुङ्गो लाग्यो ।

पाँच लाख बैना दिएर घर अहिले तत्कालका लागि विभासकी आमाको नाममा पास गर्ने कुरो भयो । बैङ्क वायर गरेर विभास र नीलमले पूरै पैसा पठाएपछि घर पनि किनियो । नयाँ घरमा आमा सरिन् । विभासका मामा पनि सर्न सहयोग गर्न काभ्रेको मण्डनबाट आए । मामा झन् बूढा भएका रहेछन् - भिडियो च्याटमा विभासले निर्यालेर हेर्दा ।

मामाको छोरो दयारामले राम्रै पढेकाले नेपालमै इन्जिनियरिङमा नाम निकालेको रहेछ । आमा घरमा सरेपछि ऊ पनि आमासँगै बसेर पढ्ने भयो । दयाराम जेहेनदार र मिजासिलो थियो । मामालाई गाउँमा निकै सघाउथ्यो र पढ्न पनि राम्रो थियो । दयाराम आमासँग बसेर पढ्दा मामालाई पनि अलिकति आर्थिक राहत हुन्थ्यो अनि आमालाई पनि दयाराम एउटा भरपर्दो सहयोगी हुन्थ्यो । यस कुराले विभास खुसी थियो ।

छिटै कामबाट अलि दिन बिदा मिलाएर विभासलाई नीलमसँगै नेपाल आउने मन थियो । बहिनी शोभा पनि नेपाल फर्केर आमा, दाइ दुबैलाई भेट्न आतुर थिई । तर विभास र नीलम काममा निकै व्यस्त हुँदै गए । उनीहरूको कामको व्यस्तताले दिन, हप्ता, महिना गएको थाहा हुन्थ्यो ।

. . . . . .

जुलाइ महिनाको अन्त्यको बुधबार कामको सिलसिलामा विभास एउटा कन्फरेन्समा आफ्नो कम्पनीको प्रतिनिधि भएर सिकागो गएको थियो । आफ्नो कम्पनीमा "चेन्ज

म्यानेजमेन्ट"-मा सुधार गर्न कसरी म्याथम्याटिकल अप्टिमाइजेसन गरियो र कम्पनीलाई कसरी धेरै फाइदा भयो उसले एउटा प्रस्तुति दियो । उसको प्रस्तुति दिनको अन्त्यमा थियो । सबै सहभागीले प्रस्तुति मन पराए र अन्त्यमा जोडदार ताली बजाए ।

त्यसपछि आफ्नो कम्पनीकै र अन्य केही साथीहरूको ग्रुपमा नजिकैको फ्रान्सेस्को इटालियन रेस्टुरेन्टमा रेड वाइन, साल्मोन माछा भएको एउटा परिकार र टिरामिसु डिजर्ट खाएर विभास रिट्ज कार्लटन होटलको एकतिसौं तलाको आफ्नो कोठामा फर्कियो । रेस्टुरेन्टबाट होटलको कोठासम्म फर्किंदा भखैँरे खाएको कफी फ्लेभरको टिरामिसुको मीठो स्वादले उसको जिब्रो अझै गुलियो नै थियो ।

गएको हप्ता कामको व्यस्तताले र आजकै प्रस्तुतिको तयारीले गर्दा विभासले सानफ्रान्सिस्कोमा त्यति व्यायाम गर्न पाएको थिएन । होटलको कोठामा आइपुगेपछि आफ्नो स्विम गगल्स र ट्रङ्क लिएर विभास एघारौं तलाको स्विमिङ पुलतर्फ गयो । केहीबेर पौडेपछि त्यहींको स्टिम रूममा दस मिनेटजति बाफले पूरै शरीर स्नान गन्यो । बाफले अगिल्लो हप्तादेखिको कामले अनि यात्राले थाकेका मांसपेसीहरू नरम भए । सम्पूर्ण शरीर हल्का भयो । श्वास-प्रश्वास झन् खुल्यो । विभासले आराम पायो ।

आफ्नो सफलताको उचाइमा विभास बिस्तारै अवतरण गरिरहेको थियो ।

१३
अन्तस्करण

बाफको स्नानपछि तातो पानीले एकपल्ट नुहाएर लकरबाट लुगा झिकेर लगाउँदै गर्दा उसको मोबाइल फोनको घन्टी बज्यो । नेपालबाट दयारामको फोन रहेछ ।

'दाइ, नमस्ते, तपाईँ तुरून्त नेपाल आउनुपऱ्यो । दिदी बिरामी परेर टिचिङ हस्पिटलको आइसियुमा हुनुहुन्छ ।'

'के भन्छस् ? के भयो अचानक ?' तीनछक्क पर्दै विभासले सोध्यो ।

'खोइ डाक्टरहरूले डायग्नोस नै गर्न सकेका छैनन् । ज्वरो आयो भनेर हिजो बिहानबाट घरमै सुतिराख्नुभएको थियो । त्यहीँ सिटामोल खाएर बस्नुभएको थियो । बेलुकासम्म झन् च्याप्न थाल्यो । सास नै फेर्न गाह्रो भयो । मुटु तेजले धड्किन थाल्यो भनेपछि हस्पिटल लगेको । अहिले आइसियुमा उपचार हुँदै छ ।'

'हो र ? के भन्छन् डाक्टरहरू ?'

'लिभर र किडनीले काम गर्न छाडिसकेको छ रे । क्रिटिकल कन्डिसन छ ।'

'हो र ? लौ त्यसो भए म अहिले नै हिँडे । त्यहाँ जे गर्न सकिन्छ गर्दै गर्नू । डाक्टरहरूको सल्लाह लिनू ।'

विभासले तुरून्त नीलमलाई फोन गऱ्यो र भन्यो - 'ल नीलम, आमा अचानक बिरामी परेर हस्पिटलको आइसियुमा क्रिटकल अवस्थामा हुनुहुन्छ रे । म यतैबाट टिकट हेरेर आजै नेपाल हिँडिहाल्छु । यहाँ ओहेर एयरपोर्टबाट इन्डियन एयरलाइन्स सिधै दिल्ली जान्छ क्यारे, त्यही फ्लाइट क्याच गर्न ट्राइ गर्छु ।'

'हुन्छ । म पनि आऊँ ?'

'होइन तिमी अहिले यतै बस । यताबाट पऱ्यो भने पैसाको चाँजो मिलाउनुपर्ला । बरू हाम्रा यता डाक्टर साथीहरू कोको छन् उनीहरूसँग बुझ । आवश्यकता पऱ्यो भने नेपाल वा विदेशमा कता ठीक हुन्छ आमालाई लानुपर्ने हुन सक्छ ।'

'ल हुन्छ । ह्याभ ए सेफ जर्नी, किप मि अपडेटेड ।' भनेर नीलम र विभास छुट्टिए ।

विभासले इन्टरनेटमा भेटेको सिकागो हुँदै नेपाल जाने पहिलो फ्लाइट बुक गऱ्यो । त्यही रात चाइना जाने फ्लाइट लिएर नेपाल जाने रूट उपलब्ध र सबैभन्दा छिटो

हुने देखियो । उसले हत्तपत्त त्यो टिकट काट्यो र आइटिनेररी पहिला नीलमलाई इमेलमा पठायो । त्यस पछि आफ्नो काममा पनि इमेल गरेर आफू अपझ्ट नेपाल जान लागेको खबर गन्यो ।

त्यसपछि आफ्नो समान प्याक गरेर होटलबाट चेकआउट गरेर एयरपोर्ट जान बाहिर निस्कियो । एयरपोर्ट जान फोनबाट बोलाएको ट्याक्सी आउँदै गर्दा होटलबाहिर कुरेर बसिरहेको बेलामा एउटी बूढी होमलेसजस्ती देखिने आइमाई आएर विभासलाई भनी, 'एक्सक्युज मि सर, आइ गट इभिक्टेड फ्रम माइ होम एन्ड आइ डोन्ड ह्याभ एनिह्वेयर टु गो । आइ डोन्ट ह्याभ एनी मनी टु बाइ फुड एन्ड आइ एम रियल्ली हङ्ग्री, क्यान यु स्पेयर अ फ्यु डलर्स ?'

त्यो आइमाईले खानको लागि पैसा छैन भने पनि चुरोट भने तान्दै थिई । प्रायः जसो विभास यस्ता माग्नेहरू ड्रग्सको समस्या भएकाहरू हुन्छन् भनेर पैसा छैन आफूसँग भनेर पठाइदिन्थ्यो । तर, आफूले पनि अहिले आमाको खबर सुनेपछिको तोड खप्नखानाभन्दा पहिले चुरोट नै सल्काउँथे होला नि भनेर सोच्यो । अनि त्यो आइमाईको आँखामा एक पल्ट हेन्यो । दुबैका आँखाले एकअर्काको वेदना र भाव बुझेजस्तो देखियो ।

'मान्छेलाई दुःख परेको बेला काम नआउने पैसाको के मूल्य ?' विभासले सोच्यो । अनि त्यो बूढी आइमाईका हात काम गरेरै खिइएकाजस्ता देखिन्थे । उमेरले गर्दा गाला पनि चाउरिइसकेका थिए ।

विभासले आफ्नो वालेटबाट भएजति सबै पैसा निकालेर उसलाई दियो र भन्यो 'हिअर, टेक अल अफ इट मदर । दिस राइट नाउ मिन्स नथिङ टु मि बट क्यान यु प्लिज गिभ मि अल अफ योर सिगरेट्स एन्ड द लाइटर ?'

त्यो आइमाईले खुसी हुँदै चुरोटको बट्टा र लाइटर विभासलाई दिई र भनी, 'गड ब्लेस यु माइ सन, आइ क्यान टेल यु वेयर रेज्ड बाइ ए ग्रेट मदर ।'

अनायास आमाको कुरा हुन पुग्दा आमालाई कस्तो होला भन्ने सम्झेर विभासका आँखा रसाए । त्यति बेलै ट्याक्सी पनि ठ्याक्कै आइपुग्यो । विभास ट्याक्सीमा चढ्यो र एयरपोर्टतर्फ लाग्यो । ट्याक्सी ड्राइभरलाई अलि बढी टिप्स दिने सर्तमा ट्याक्सीमै चुरोट खाने अनुमति माग्यो ।

सुरुमा त ट्याक्सी ड्राइभर अलि हिचकिचायो तर विभासको उदास आँखा र कारुणिक मुखाकृति देखेर हुन्छ तर झ्याल खोलेर खानू भन्यो । जिन्दगीमा कहिल्यै एउटा चुरोट खान विभास यति व्याकुल भएको थिएन । अफसोच त्यो चुरोट समस्याको समाधान भने थिएन बरु उल्टै हानिकारक थियो । फेरि केही महिना अघि मात्र नीलम र उसले अबदेखि कहिल्यै चुरोट नछुने निधो गरेका थिए ।

तैपनि यात्राभरि विभासले पटक-पटक चुरोट सल्कायो । जिन्दगीले नै खिल्ली उडाएपछि जाबो चुरोटको खिल्ली उडाउन धेरै सोच्नु नपर्ने रहेछ ।

सिकागोबाट चीन हुँदै पर्सिपल्ट बिहानै विभास काठमाडौँ आइपुग्यो । सत्र घण्टा मात्र आकाशमा उड्रे पनि दयारामसँग कुरा भएको चौबीस घण्टा भइसकेको थियो । चाइनाबाट एकपल्ट फोन गर्दा दयारामले एयरपोर्ट लिन आउँछु भनेको थियो । बिहानको साढे एघार बजे एयरपोर्टको गेटबाट बाहिर निस्कँदा दयाराम र मामा त्यहाँ उसलाई लिन आइपुगिसकेको थिए ।

'अनि दुबै जना लिन आउनुभएछ त ! हस्पिटलमा को छ ?'

एक छिनको शून्यतापछि मामाले मुख खोले - 'बाबु निर्मला अब रहिनन् ।' यति भनेर मामा भक्कानिए ।

विभासलाई विश्वासै भएन । एक छिन के बोल्ने के भन्ने भई विभास हतप्रभ देखियो । हजारौँ सोच आए तर शब्द नै फुटेन । बोल्न खोज्दा बोली नै अकमकियो ।

बल्लबल्ल आफूलाई काबुमा ल्याएर विभासले भन्यो, 'अनि डाक्टरहरूले के भने ? कसरी हुन सक्छ अचानक यस्तो ?'

'शरीरमा इन्फेकसन रहेछ । पहिला शरीरले नै लड्न खोज्दा रगतमा विष भरिएर अङ्गहरूमा क्लट भएछ रे । पत्ता नलाग्दै ज्वरोको सिटामोल खाँदा लिभर पहिले नै ड्यामेज भइहालेछ । पछि किड्नी । सेप्सिस भनेर पत्ता लागुन्जेल निकै ढिलो भइसकेछ । तपाईँलाई फोन गरेको रात भोलिपल्ट बिहानै मुटुले पनि काम गर्न छोड्यो । डाक्टरहरूले सबै रिपोर्ट पनि दिइसके ।

राजाराम दाइ अहिले आर्यघाटमा दिदीको शरीरसँगै हुनुहुन्छ । तपाईँलाई कुरेर बसेको । बिहान चाइनाबाट कुराकानी हुँदा फोनमा केही भन्न सकिनँ । मन पनि लागेन ।

सरी दाइ । मैले सक्दो डाक्टरहरूसँग सोधेँ । हस्पिटल अर्कामा लानुपर्छ कि, बाहिर कतै लानुपर्छ कि भनेर पनि ट्राइ गरेँ । आइसियुमा मुटुको धड्कन, ब्लड प्रेसर सब मोनिटर भइरहेको पेसेन्टलाई कतै लान झन् रिस्क हुने रहेछ । फेरि यो सेप्सिसले डाक्टरहरूलाई पनि छक्याउने रहेछ । डायग्नोस भइसक्दा ढिलो भइसकेको रहेछ । उनीहरूले पनि सक्दो प्रयास गरेकैजस्तो देखिन्थ्यो ।' दयाले रुँदै आफ्नो कुरा सक्यो ।

आफू जन्मेदेखि मामा, भाइ र आफू एकैपल्ट रुनुपरेको क्षण विभासले बुबा बित्दा पनि भोग्नुपरेको थिएन ।

बहिनी शोभालाई पनि दयाले फोन गरेको थियो । हिँड्नुअघि विभासले शोभासँग छोटो कुरा गरेको थियो । शोभाले पनि आफू तुरून्त टिकट लिएर आउने भनेकी थिई ।

शोभा बेलुकै आइपुगेकी रहिछ । रात परेकाले दयाले पहिले सिधै घर लगेछ र खबर सुनाएछ । खबर सुनेपछि सक परेर शोभा बेहोस भइछ । उसले पनि आमासँग अन्तिमपटक भेट्न पाइनछ । अहिले होस आएर, डाक्टरले चेक गरेपछि आराम गर्नु भनेकाले घरमा लाहुरेनी आन्टीसँगै बसेकी रहिछ ।

बिहान नीलमका बुवाआमा पनि घरमा आएका रहेछन् ।

अघिल्लो हप्ता मात्र विभासले नीलमलाई सानफ्रान्सिस्काको ट्विन पिक्स भन्ने मनोरम डाँडामा हिराको औँठी दिएर बिहे गर्ने प्रस्ताव राखेको थियो । नीलमले मन्जुरी पनि दिएपछि नीलमको बुबासँग पनि विभासको कुरा भएको थियो । आमालाई छोराछोरीको बिहे हेर्ने बिहे हेर्ने ठूलो इच्छा थियो । भर्खर नयाँ घर पनि जोडिएकाले यसपालि दसैँको टीकामा सबै जना जम्मा हुनुपर्छ भनेर तीनचार दिनअघि मात्र कुरा भएको थियो ।

त्यसपछि मात्र नीलमको बुबासँग कुरा भएको र सबै कुरा सकारात्मक भएको कुरा विभासले आमालाई भन्न भ्याएको थिएन । दयाको फोन आएको बिहान, विभासको फोनमा आमाको मिस्ड कल पनि थियो । सायद साह्रै गाह्रो भएर हस्पिटल जानुअघि आमाले कुरा गर्न खोज्नुभएको थियो होला ।

आमालाई त्यस दिन फोन गर्ने र सबै कुरा भन्ने सोचमै विभास थियो । तर, अब आमालाई भने पनि आमाले सुन्न सक्ने अवस्था थिएन । आमाको शरीर थियो; कान सग्लै देखिन्थे तर प्राण थिएन । आत्मा थिएन । मन्दिर थियो । देउता थिएन । कुराहरू कैयौँ थिए; सुन्ने मान्छे थिएन ।

नीलमले पनि थाहा पाइसकेकी रहिछ । विभास चाइनामा हुँदै उसले दयाबाट फोनमा थाहा पाइसकेकी रहिछ । यात्रामा भएको मान्छेलाई किन भन्नु भनेर केही भनिन ।

घर आइपुग्दा भर्खरै किनेको घर कस्तो छ ? के छ ? त्यो विभासको मनमा कतै थिएन । आमा नभएको घर जस्तो भए पनि के मतलब ? उसको सम्पन्नताको सबैभन्दा ठूलो धरोहर नै आमा थिइन् । त्यो नै ढलेको थियो । जन्म दिने जननीको अभावमा विभास अनाथ भयो । उसको अधरको कान्ति अँध्यारोले निल्यो ।

घरभित्र छिर्दा कोठाको एउटा कुनामा आमाले लगाउने गरेको एउटा चप्पल थियो । त्यो चप्पल उसैले अमेरिकाबाट पठाइदिएको थियो । आमालाई खुब मन परेको

रहेछ । निक्कै जतन गरेर सधैं त्यही लगाउनुहुन्थ्यो रे । पहिलोपल्ट नेपाल फर्कंदा लाहुरेनी आन्टीले भनेकी थिइन् ।

विभासलाई आमा भन्ने चिज अनौठो लाग्थ्यो, कस्तो अरूको निम्ति मात्र पनि बाँचिदिने प्राणी ? विभासलाई आफ्ना जीवनका केही दिन भए पनि आमाको निम्ति मात्र बाँच्न मन थियो । आफ्नो सफलताको आकाशमुनि आमालाई अपार स्नेहले अघाउन्जेल सेवा गर्न मन थियो । तर, आमा अस्ताउनुभयो र घर सुनसान भयो - साँझमा बन्द भइसकेको हाट-बजारझैं सुनसान ।

आमा बोल्ने भए कति कुरा सुन्नु थियो, आमाले सुन्ने भए कति कुरा भन्नु थियो । अब बोल्ने पनि आफै सुन्ने पनि आफै - एक्लै, भित्रभित्र रूँदै । धरभित्र गर्मी नै थियो तर विभासको शरीर एकाएक चिसो भएर आयो; जिउभरि काँडा उम्रिए । घम्लङ्ग सिरकले छोपिएर बाहिरी संसार नदेखिने गरी एक्लै रून मन लाग्यो उसलाई । सोच्यो, बुबा बित्दा त आफू कमजोर नै थिएँ तर आफू बलियो भैसकेको बेलामा पनि मृत्युले जित्यो - ऊ मनमनै क्रुद्ध भयो ।

जीवनले चुहिँदै थोपाथोपामा बिदाइ गरिरहेको हुँदो रहेछ । आमाको जीवनको समय अधिकांश डुबिसकेको उसलाई के थाहा ? मान्छेको मृत्यु हुने रहेछ तर मृत्यु मान्छेको कहिल्यै नहुने रहेछ ।

उसलाई मन्दिरका घण्टहरूभित्रका जिब्राले जसरी बेस्सरी टाउको ठोक्काएर आवाज निकाल्न मन लाग्यो । चिच्याऊँ जस्तो लाग्यो - कहीँ देवता भन्ने चिज कतै छन् भने सुन्छन् कि भनेर ।

दाजुलाई देखेबित्तिकै ओछ्यानमा पल्टिएकी शोभा जुरुक्क उठी । बहिनीलाई छातीमा टाँसेपछि विभासले आँखाभरि आँसु पार्दै भन्यो, 'नानु तिमी चिन्ता नलेउ । म छु नि ।'

त्यसो भनेपछि शोभा भक्कानिएर रोई । रूँदारूँदै विभासले अन्तरमनसँग कुरा गन्यो । अब बहिनी शोभालाई ऊ जसरी पनि अमेरिका नै बोलाउनेछ ।

. . . .

आर्यघाटमा अन्त्येष्टिको तयारी राजाराम भान्दाइले गरिसकेका थिए ।

माओवादी र पार्टीहरूको शान्ति सम्झौता भएर अन्तरिम संविधानअन्तर्गत माओवादीहरू पनि सामेल भएको सहमतिको सरकार बनेको थियो । पूर्व लडाकु भएकाले राजाराम दाइ अहिले ठूलै नेता भएका रहेछन् । संविधानसभाको चुनाव हुने हो भने चौताराबाट उनले माओवादी पार्टीमा सभासद्कै टिकट पाउने छनक थियो । उनको सबतिर पहुँच पनि थियो ।

उहाँकी फूपुको मृत्यु भनेर अलि-अलि नेता कार्यकर्ताहरू पनि आएका थिए । सबलाई यो मेरो भाइ अमेरिकामा इन्जिनियर हो भनेर परिचय गराउँथे । अहिलेको लवाइ-खवाइ, बोलीचाली हेर्दा राजाराम दाइ किसानका छोरा, पूर्व लडाकु होइन, सामन्तीहरूको पत्तासाफ गर्न हिँडेका विद्रोही पनि होइन, बरु आफै अरूलाई झोला बोकाएर हिँड्ने खाले सामन्तीझैँ देखिन्थे ।

आर्यघाटमा सानातिना सब कामका लागि उनले भन्दिए पुग्थ्यो । गर्नुपर्ने सब आसेपासेले गरिहाल्थे । आमाको अत्येष्टि र क्रिया बस्ने काम भएपछि नयाँ घरमा राजाराम दाइ र उनकै भर्खर बिहे गरेकी पूर्व लडाकु भाउजू बस्ने भए । उनीहरू यसै पनि आजकल सिन्धुपाल्चोक कम काठमाडौँ बढी बस्थे । अहिले भाडामा बसेका थिए । अब भाडा नै तिरेर दयाराम र राजारामको परिवार बस्ने भए ।

जुठो परेकोले विभास र नीलमको बिहे पनि एक वर्ष रोकिने भयो । बहिनी शोभाको अस्ट्रेलियामा अहिलेको सेमेस्टर सक्काएर अमेरिकामा ट्रान्सफर गर्ने प्रबन्ध मिलाउने कुरो भयो । बुबाका किताबहरू नयाँघरसम्म सुरक्षित आइपुगेका थिए । केही आफूले राखेर राजराम दाइलाई पार्टीको लाइब्रेरीमा दान दिनू भनेर विभास अमेरिका आयो ।

आमाका केही गहना थिए । नौगेडी विभासले राख्यो । घडी, तिलहरी र अन्य केही शोभाले राखी । बाँकी भएका केही पैसा, मूल्यवान् वस्तु बेचेर एउटा वृद्धाश्रममा दान गरिदिनू भनेर दयारामलाई जिम्मा लगाइयो ।

बहिनी शोभाको सानफ्रान्सिस्कोमै एउटा युनिभर्सिटीमा ट्रान्सफर भयो । उसले नर्सिङ डिग्री सक्नै लागेकी थिई । नजिकैको लोकल हस्पिटलमा इन्टर्नसिप गर्थी । ग्राजुएसनपछि जागिर त्यहीँ पक्का थियो ।

आमाको बरखी गर्न नीलम र विभास नेपाल फर्कंदा नेपालको घरको पनि नामसारी आफ्नो नाममा गरेर आएका थिए । त्यति बेला नेपालमा संविधानसभाको चुनावमा प्रत्यक्षतर्फ माओवादीको बहुमत आएको थियो । राजाराम दाइले पनि सिन्धुपाल्चोकबाट सभासद्मा भारी मतले जितेका थिए ।

'ल विभास अब यतै फर्क, अब हाम्रो सरकार बन्छ । म तिमीलाई यतै चिफ इन्जिनियर बनाउँछु । ठूलो हाइड्रो प्रोजेक्टमा । तिमीले त्यहाँ दस वर्षमा कमाउने हामी एकै प्रोजेक्टबाट एकै वर्षमा कमाउन सक्छौँ ।'

ज्यानको जोखिम लिएर पुरानो शासन शैली र सत्ता ढाल्न लडेर अनि लडाएर आएका आफ्नै दाजुको कुरा सुन्दा विभासलाई उदेक लाग्यो ।

राजाराम दाइ ज्यान हत्केलामा राखेर क्रान्तिमा होमिएका थिए । देश र जनताकै लागि केही गर्ने भनेरै लडेका थिए । तर, शान्ति सम्झौतापछि पार्टीभित्र आएको

नेतृत्वको विचलनको छाल तलतलसम्म पुगेको थियो । राजाराम दाइ त केवल एक पात्र थिए । नौटङ्कीका निर्देशक अरू नै थिए ।

जुन पवित्र उद्देश्यले राजाराम दाइजस्ता युवालाई बन्दुक बोक्न प्रेरित गरिएको थियो आज त्यसको ठ्याक्कै उल्टो दूषित स्वार्थ नेतृत्वदेखि नै उदाङ्ग्रो देखिँदै थियो । आफू-आफू मात्र बन्ने, आफ्ना-आफ्ना मात्र अघि बढ्ने, स्वार्थ मिल्दा जोडिने, नत्र छिन्नभिन्न टुक्रा हुने जस्ता गाईजात्राले सहिदका परिवार, बेपत्ता पारिएका र युद्धबाट पीडितको उपहास गरेझैँ लाग्थ्यो । विकृत राजनीतिलाई सक्न हिँडेका नै आज त्यस्तै राजनीतिक पथको पहरेदार भएका थिए । मनमा एउटा कुनामा देशमै फर्केर आउने चाहना भएका विभासजस्ता युवाका लागि देशको यस्तो स्थिति चट्टानझैँ तगारो बन्थ्यो ।

विभासले सोच्थ्यो आखिर पौरखले बाँच्नु न छ । नेपाल आमाकै पौरखी सन्तान भएर जहाँ बाँचे पनि नेपाली बिउ हुँ भनेर चिनाउनु त हो । खुलेर हाँस्नु छ । फुलेर सुगन्ध छर्नु छ । निर्बाध आफू भएर रमाउनु छ । अमेरिकाकै आकाशमुनि भए पनि गुराँसझैँ फक्रे के भो त?

हुन त अमेरिका पनि पर्फेक्ट थिएन तर अनेक कमजोरीका बाबजुद त्यहाँ गरिखान र अघि बढ्न खोज्नेलाई अनुकूल वातावरण थियो । आप्रवासीका लागि अथाह अवसर थियो । त्यहीँ सोचदेखि संरचना विकासका लागि सधैँ अग्रगामी पाइला चालिन्थ्यो ।

हो, पुँजीवादी सोच हावी थियो । सायद त्यसैले गर्दा अर्थतन्त्रले मिहिनेती र उद्यमीलाई प्रोत्साहित गर्थ्यो । फलतः उत्पादन नै धेरै हुन्थ्यो र त्यसको सानो भाग पनि आदर्श समाजवादले उत्पादन गरेर बाँड्ने बराबरीको भागभन्दा ठूलो हुन सक्थ्यो । फेरि समाजवादमा हुने जस्ता पछि परेकालाई सहयोग गर्ने नीतिहरू पनि अमेरिकामा थिए । बढी कमाउनेले बढी नै कर तिर्थ । विभिन्न जाति र लिङ्गका समान अधिकार, मानव अधिकार, बालअधिकारदेखि पशुका अधिकारको पनि सोच्ने उदार र परोपकारी मान्छेहरू पनि त्यहाँ निकै थिए ।

हो, विभासलाई नेपालको चिन्ता लाग्थ्यो । तर, समस्या एउटा देशको थिएन । देश, समाज, वंश यी सब हामीले आफूले बनाएका दायरा थिए । कुराको चुरो त संसारभरि रहेको असन्तुलित विकास, स्रोत र अर्थतन्त्रमा थियो । ठूलाले सानालाई शोषण गर्ने प्रवृत्तिमा थियो । विकृत पुँजीवादमा थियो । चरम अवसरवादमा थियो । अव्यावहारिक समाजवाद, कम्युनिजम, यो वाद, त्यो वाद, धर्म, संस्कार र अन्धविश्वासमा थियो ।

नेपालमा देशभक्तिको डङ्का पिटेर सडक तताउने, रगत तताउने खेलखेलेकै मान्छे अमेरिका जान जस्तोसुकै मूल्य चुकाउन खोज्थे । असमानताका कुरा गर्नेहरू नै पाँचतारे होटलका गोष्ठीहरूबाट झुपडीमा बस्नेका हिमयाती बनेको नाटक गर्थे ।

एक्लो हुटिट्याउँले आकाश थाम्न सक्दैनथ्यो । न त एउटा विवेकीले बाटो बिराएर वा जानी-जानी अविवेकी काम गर्न सक्थ्यो । त्यसैले, लहड र शब्दका जालले फैलाइएका भ्रम चिरेर विभासले अमेरिकामै बस्ने निधो गरेको थियो ।

उसको लागि सबैभन्दा ठूलो स्वतन्त्रता गाँस, बास र कपासको चिन्ता नहुनुमा थियो । स्थाइत्व, सुसासन र सुविधा भोगेर एक असल नागरिक भएर बाँच्न पाउनुमा थियो । आफै दुःखी भएर, समस्यामा परेर अरूको सहयोग गर्न सबैले सक्दैनथे र त्यो सधैँ व्यावहारिक पनि हुन्नथ्यो । आफ्नो क्षमताको भरपुर प्रयोग गरेर, आफ्नो पनि र सके अर्कको पनि उन्नति गर्न पाउनुमा ठूलो सन्तोष थियो, खुसी थियो ।

विभास र नीलमले आमाको बरखीपछि नै सानफ्रान्सिस्कोको एउटा पाँचतारे होटलमा बिहे गरे । लाक्पा र प्रियाङ्का सहित, बहिनी शोभा, आफ्ना कम्पनीका साथीहरू र त्यहाँका राजनीतिज्ञ, व्यापारीहरू सब आएका थिए ।

. . . . . .

बिहेपछि उनीहरू जापान, युरोप, अस्ट्रेलिया, अफ्रिका सबैतिर घुम्न गए । संसारभरका विभिन्न ठाउँ घुम्दै गर्दा विभासले आफ्नो बाल्यकालमा हजुरबाले भनेका केही कुरा सम्झिरह्यो । हजुरबाले वनारसमा हुँदा सिकेका संस्कृतका केही श्लोक उच्चारण गर्दै उसलाई बुझाएथे ।

प्रसङ्ग विभास सानै हुँदा घरबाहिर पिँढीमा खेल्दै गर्दाको थियो । कमिलाको एउटा ताँती कतै जाँदै गरेको उसले देख्यो । ऊसँग एउटा टिनको सानो गोलाकार बट्टा थियो - कसैले आफ्नो खैनी सिध्याएर मिल्काएको । एउटा कमिलोलाई टिपेर उसले त्यो बट्टामा हाल्न खोजेको हजुरबा धनञ्जयले देखे । अनि विभासलाई उनले त्यसो नगर्न भने । अनि सुरु गरे -

'गच्छन् पिपिलिको याति योजनानां शतान्यपि ।
अगच्छन् वैनतेयोऽपि पदमेकं न गच्छति ॥

बाबु विभास ! नीतिकथामा भनिएको छ, लगातार हिँडिरहने कमिलाले सयौँ कोसको दूरी पार गर्न सक्छ । तर पँखेटा भएका गरूड पनि जहाँको त्यहीँ जमेर बसे भने, उनी एक कदम अगाडि पनि बढ्न सक्दैनन् । त्यसैले हिँडिरहेका ती जाँगरिला कमिलालाई बट्टामा नथुन बाबु ।'

उनले 'अठार पुराण लेख्ने वेदव्यासको सार सुन बाबु भनेर थपे – 'परोपकारः पुण्याय, पापाय परपीडनम्' अर्थात् अरूमाथि परोपकार गर्नु पुण्य हो तर अरूलाई पीडा दिनु पाप हो । ती कमिलामाथि तिमी उपकार गर्न सक्दैनौ भने पनि तिनलाई थुनेर पीडा दिने पाप पनि नगर मेरो नाति ।'

ती कुराहरू सम्झँदा विभासले सोच्यो, हजुरबाले उसलाई आदर्शका कुरा बढी सिकाउनुभयो, बाबाले व्यावहारिक कुरा । बाबा व्यावहारिक नभएर आदर्शबादी मात्र भएको भए सायद ऊ देश-बिदेश त के काठमाडौँसम्म पनि आइपुग्दैनथ्यो होला तर फेरि हजुरबाले आदर्श नसिकाउनु भएको भए उसलाई आफू अगाडिको सत्य अर्थ्याउन पनि मुस्किल हुन्थ्यो कि ?

उसले सोच्यो जन्मदा प्रारब्धमा हुने ऊर्जाले मानिसलाई संसारका कुनाकाप्चामा त पुर्‍याउँदो रहेछ तर सत्य बुझ्न टाढा जानु नपर्ने रहेछ । मात्र आफैभित्र खोतल्नु पर्ने रहेछ । हजुरबासँग बिताएका पलजस्तै आफ्नो जीवनमा घटेका स-साना घटनामै नियाले पनि पुग्दो रहेछ ।

. . . . . .

सर्सर्ती संसार घुमिसकेपछि विभास र नीलमले सानफ्रान्सिस्कोको बे एरियामा एउटा ठूलो हाइ राइज बिल्डिङको टप फ्लोरमा एउटा कन्डो (अपार्टमेन्ट) किने । मर्सिडिज गाडी किने । प्रशान्त महासागरमा कहिले-कहिले सयर गर्न एउटा आफ्नै प्राइभेट लक्जरी डुँगा पनि किने ।

खानका लागि भनेजस्तो, लगाउनको लागि चाहेजस्तो सबथोक थियो उनीहरूसँग । त्यहाँसम्म पुग्दा चुनौतीहरू पनि आएका थिए । आफ्नो बाटोमा विचलित नभई अनवरत मिहिनेत गर्नु परेको थियो । कष्टकर समय छिचल्दै धैर्यताले आरोह-अवरोह पार गर्नुपरेको थियो । लामो समय अन्योलमा तपस्या गरेर आफूप्रति अटल विश्वास कायम गर्नुपरेको थियो ।

हो, पैसालाई मात्र हेर्‍यो भने विभास जुन परिवेशबाट आएको थियो त्यो परिवेशभन्दा हजारौँ गुणा बढी र उसको नजरमा पुग्दो पैसा अब उनीहरूसँग थियो । तर, त्यसले आमा किन्न सक्दैनथ्यो । बाबालाई फर्काउन सक्दैनथ्यो । परिवार, माया अनि आफ्नै देशमा गरिखान पाउने वातावरण किन्न सक्दैनथ्यो ।

केही बन्छु भनेर अमेरिका आएका उनीहरू दुबै सफल भइसकेका थिए । आफ्नी आमाका लागि जस्तोसुकै सुविधा किन्न सक्ने क्षमता विभासको बनिसकेको थियो । तर, आमालाई आफैसँग ल्याउन सङ्घर्ष गर्दैगर्दा अचानक आमा दूरदेशमा बिरामी हुँदा अपर्झट पुग्न नसक्ने आफ्नो परदेशी भाग्य उसको पैसाले फेर्न सक्दैनथ्यो ।

अर्काको देशमा प्रवासीको उपनाम अनि दोस्रो दर्जाको नागरिक भएर बाँच्नुपर्ने नियति उसले कमाएको डलरले फेर्न सक्दैनथ्यो ।

आफ्ना वरिपरि आफूजस्तै परदेशिएर आएका अन्य साथीभाइहरूको समुदाय पनि थियो । परदेशमा आएपछि झन् आफ्नो पहिचान सड्कटमा पर्न लागेकोजस्तो भएर हो कि बिलकुल विशुद्ध मनले आफ्नो संस्कृतिलाई आत्मसात् गरेर हो, प्रायः आप्रवासीहरू औधी देशको कुरा गर्थे । चाडबाडमा नेपाली पहिरन, गरगहना लगाउँथे । आफ्नो देश सिरानीमै राखेर सुत्थे । सपना त्यतैका देख्थे । तैपनि, पाएको अवसरलाई छाडेर देश फर्कनै चाहिँ सक्दैनथे ।

विभासलाई लाग्थ्यो, प्रवासीहरू प्रायः सबै अवसरको खोजीमा अमेरिका आएका हुन् । आउनेहरूमा फर्केर जाने निकै कम होलान् । उनीहरू विदेशिएको आफ्नो देशको माया नलागेर होइन । आफ्नो गाउँ, ठाउँ, परिवार इष्टमित्र छोडेर विदेशिनुपर्ने कारण आफ्नो देशमा पढेअनुसार अवसर, केही गर्नका लागि नियम कानुनसहितको स्थायी सरकार अनि वातावरण नभएकाले नै हो ।

विभासले सोच्थ्यो - हो, वातावरण थिएन; छैन; बनाइदिएनन् भनेर भन्न सजिलो छ तर वातावरण आफैले बनाउने हो । आफैँ सङ्घर्ष गर्दै केही गर्ने वातावरण बनाउन त नेपाल नै फर्कनुपर्छ । होइन भने विदेशमा मिहिनेत गरेर जति आफ्नो औकात बनाइन्छ त्यसैमा खुसी हुन सिक्नुपर्छ । त्यहीँबाट आफूले देशको लागि जति गर्न सकिन्छ त्यति गर्नुपर्छ ।

उसलाई लाग्थ्यो, स्वदेश छोडेर विदेश आउने अवसरलाई उपयोग गर्ने सबै प्रवासीले स्विकार्नुपर्छ; अवसर प्रमुख हो । अवसरभन्दा ठूलो देशभक्ति भएको भए देशमै बस्नुपर्ने हो वा देश फर्कनुपर्ने हो । नेपालबाट विदेश कहिले जान पाइएला भनेर अनेक कोसिस गर्ने हरेक युवा र त्यसलाई प्रोत्साहन गर्ने व्यक्तिहरूले मान्नै पर्छ देशभक्तिभन्दा ठूलो अवसर नै हो । के विदेशमा भन्दा राम्रो अवसर नेपालमा भएको भए कोही विदेश आउँथ्यो ?

विभासलाई लाग्थ्यो, ऊ आफू अवसर खोजेर परदेशिए पनि, देशप्रतिको उसको विशुद्ध माया र सद्भाव सधैँ रहिरहन्छ । हुन पनि आफू जन्मेको र हुर्केको ठाउँका साथीभाइ इष्टमित्र सबैको याद विभासको मुटुको गहिराइबाट सधैँ सतहमा आइरहन्थ्यो । ऊ सधैँ इन्टरनेटमा पहिला देशको खबर हेर्थ्यो । आफ्नो देश र समाजको राम्रो होस् र यताबाट केही गर्न सकिन्छ कि भनेर उसले नसोचेको दिन हुँदैनथ्यो ।

हो, परदेशमा पलायन भएका थिए विभास र उसकी जीवनसाथी नीलम । तर, देशको माया, भाषाको माया, संस्कार र संस्कृतिको माया नीलमले गर्धनको तल ठाडो गरी लेखेको -

ॐ

शान्तिः

शान्तिः

शान्तिः

ट्याटुजस्तै उनीहरूको मुटुभित्र सधैँको लागि अङ्कित थियो ।

विभास र नीलम चुनौतीहरूलाई परिश्रम र सङ्घर्षले छिचोलेर सफलताको उचाइ चुमेका थिए । अनि समाहित भएका थिए एउटा समृद्ध आकाशमुनि । हो, हराएकाभैँ लाग्थे उनीहरू त्यही आकाशमुनि । त्यो आकाश जुन उनीहरू जन्मेको ठाउँको आकाशभन्दा उल्टो थियो । जुन आकाश उनीहरूले देखिसकेको र भोगिसकेको आकाशको आधा मात्र थियो । अपुरो थियो ।

नेपाल छाडेर आएका विभास र नीलमलाई कहिलेकाहीँ लाग्थ्यो यहाँको आकाश किन आधा लाग्छ ? यो अपुरो र अर्ध आकशलाई नेपालको आकाशसँग मिलाउन पाए पूर्ण आकास हुने थियो कि ? बुद्धपूर्णिमाको उज्यालो स्निग्ध, निर्वाणको पूर्ण जूनजस्तै शान्त ।

तैपनि त्यो अर्ध, आधा, अपुरो र उल्टो अमेरिकी आकाशमुनि उनीहरूले आफूले आफूलाई केही हदसम्म पाएका थिए । त्यही आकाशमुनि ती दुई मोतीका मन लालीगुराँसझैँ फक्रेका थिए । ती दुई फूलले सौन्दर्य र सुवास छर्न मात्र सक्थे । नेपाल आमाको शिर ती सन्तानले सानफ्रान्सिस्कोका हिलहरू सजाएर टाढैबाट ठाडो पार्न सक्थे । त्यहाँ उनीहरूको अन्त्य देखिन्थ्यो तर आरम्भ त अन्तै भएको थियो ।

कडा मिहिनेत, लगन र बुद्धिले विभासले आफ्नो कम्पनीलाई धेरै माथि उठायो । पाँच वर्षमै ऊ कम्पनीको सिइओ भइसकेको थियो । अब त उसको र नीलमको आम्दानी जोड्दा वार्षिक दस लाख डलरभन्दा बढी भइसकेको थियो ।

छोरा 'सत्य' पनि युनिभर्सिटी अफ क्यालिफोर्निया बर्कलीबाट कम्प्युटर साइन्समा स्नातक गरेर सानफ्रान्सिस्कोको बे एरियाकै एउटा स्टार्टअप कम्पनीको संस्थापक भैसकेको थियो । छोरी 'प्राप्ति' पनि पोलिटिकल साइन्समा स्नातक गर्दै थिई । ऊ यसपालिको समरमा वासिङटन डिसीमा क्यालिफोर्नियाकै एक सिनेटरको अफिसमा इन्टर्नसिप गर्न गएकी थिई ।

पच्चीस वर्ष आफ्नो पसिना बगाएर, यौवन खर्चेर विभास र नीलमले प्राप्त गर्न चाहेको सबै भौतिक चिज प्राप्त गरिसकेका थिए । उनीहरूका छोराछोरी आफ्नो खुट्टामा उभिने भएर लाखापाखा लागिसकेका थिए । बेला-बेलामा फोन गर्थे; भेट्न आउँथे । नेपाली चाडबाडभन्दा पनि अमेरिकी लङ विकेन्डहरूमा बढी जमघट हुन्थ्यो ।

सत्य र प्राप्तिले नेपाली राम्रोसँग बुझ्थे । बोल्न त्यति पोख्त थिएनन् । बिरलै बोल्थे ।

बहिनी शोभाको पनि बिहेवारी भएर दुई छोरा कलेजमा थिए ।

विभासको उमेर पचास कटिसकेको थियो । हरेक दिनको नियमित रुटिनअनुसार अफिस जाने तयारीमा ऐनाअगाडि कपडा लगाउँदै गर्दा एक दिन विभासले आफूलाई नियालेर हेर्‍यो ।

आफ्नो तिल-चामलजस्तो कपाल देखेर मनमनै भन्यो, 'विचरा म, कपाल त सबै फुलेछन् ।'

त्यस्तै १५ वर्ष अगाडि नै आफ्नो पहिलो कपाल फुल्दा उसले नीलमलाई हत्तपत्त बोलाएर फुलेको कपाल उखेल्न लगाएको सम्झियो । नीलमले फुलेको कपाल उखेलिसकेपछि नरम हातले कपाल सुमसुम्याउँदै भनेकी थिई, 'तिम्रो पनि फुल्न थालेछ कपाल ।'

नीलमको आफ्नो कपाल त्योभन्दा पहिलेदेखि नै फुल्न थालिसकेको थियो । नफुलोस् पनि कसरी ? जागिर र दुइटा साना-साना बच्चाको स्याहारले ऊ हरदिन लखतरान हुन्थी । कैयौँ दिन निद्रा पुग्दैनथ्यो । बच्चाहरूले पनि आमालाई नै बढी खोज्थे ।

कम्पनीको सिइओ भएकोले विभासको काममा अलि बढी नै प्रेसर र व्यस्तता हुन्थ्यो । नीलमको काममा त्यस्तै प्रेसर र व्यस्तता नभए पनि उसले पनि फुलटाइम काम गर्थी । दुई बच्चाको स्याहार-सुसारमा आमाकै बढी लगाव थियो । विभासले पनि सक्दो त सघाउँथ्यो तर नीलमले गर्ने माया र स्याहारको अगाडि विभासले दिने ध्यान फिक्का हुन्थ्यो । त्यसैले, घरायसी काममा नीलमकै बढी रेखदेख थियो । अन्य बाहिरी सामाजिक काम र आर्थिक व्यवस्थापनतिर भने विभासले बढी ख्याल गर्थ्यो ।

उनीहरू दुबै जनाले एक पारिवारिक रथका दुई पाङ्ग्रा भएर यौवनभर मिहिनेत गरे । सन्तान भएर पलाएका साना बिरुवालाई हुर्काएर सक्षम रूख बनाए ।

उनीहरूको मन भने उही ए लेभल पढ्दाकै जस्तो थियो तर क्रूर समयको डाम उनीहरू दुबैको शरीरमा देखिन थालिसकेको थियो । कपालहरू फुलिसकेका थिए । छालाहरू बिस्तारै चाउरिन थालेका थिए । समय रोकिन्नथ्यो ।

जीवनको उत्कर्षमा थियो विभास, तैपनि मनमा अझै के नपुगेको के नपुगेकोजस्तो अलिनो थियो; हल्का बेचैनी थियो । अधुरो थियो; अपुरो थियो; कतै न कतै आधा मात्र । एक्कासी ऐनापछाडिको बेडमा थचक्क बसेर ऊ निकै बेर घोत्लियो । आफ्नो फोनबाट अफिसमा आज आउँदिनँ भनेर इमेल गरिदियो । नीलम बिहानै काममा गइसकेकी थिई । उसले नीलमलाई फोनमा टेक्स्ट गरेर भन्यो, 'प्यारी, म आज काम गइनँ । तिमी पनि मिल्छ भने चाँडै घर आऊ ।'

'लौ हो र ? के भयो तिमीलाई ? आर यु ओके ?' नीलमले जबाफ पठाई ।

'होइन केही भाको छैन, अब केलाई मरिमेट्नु छ र ? आऊ तिमी पनि घर छिट्टै ।'

'हुन्छ' नीलमले उत्तर फर्काई ।

त्यो दिन नीलम पनि मध्याह्नमै घर आई । त्यो दिन उनीहरूले आफूहरूले अबको बाँकी जीवन कसरी बिताउँदा सबैभन्दा उपयुक्त होला भनेर सल्लाह गरे । उनीहरूले सोचे अब त जीवनमा गर्न बाँकी के छ त ? खान पुग्ने छ; लाउन पुग्ने छ; दिन पुग्ने छ ।

आफ्नो पेसामा त उनीहरूले चाहेको सफलता हासिल गरिसकेका थिए । तर, उनीहरूलाई थाहा थियो पेसागत सफलताले मात्र उनीहरू सन्तुष्ट थिएनन् ।

उनीहरूले सम्झिए केही वर्षपहिले नेपालमा महाभूकम्प जाँदा विभासका हजुरबाले बनारसबाट नेपाल फर्केर स्थापना गरेको हिलेटार स्कूल पूरै ध्वस्त भएको । त्यही स्कुलमा विभासका बाबाले पढेका थिए । विभासले आफ्नो प्राथमिक शिक्षाको केही वर्ष त्यहीँ पढेको थियो ।

भत्केको स्कुलको भग्नावशेष वरिपरि पढ्न बाध्य निरीह छात्रछात्राहरूको फोटो सामाजिक सञ्जालभरि थियो । त्यो स्कुल र विद्यार्थीहरूको दयनीय अवस्था देखेर विभासको मुटु पोल्यो । आफूले पाएको सफलताको जग बनाउने स्कुलको त्यो स्थिति उसले स्वीकार गर्न सकेन ।

आफू धनकुबेर भएपनि ओत नभएको स्कुलको खुल्ला आकाशमुनि पढिरहेका निर्दोष आँखाहरूमा आँखा मिलाई सम्पन्नताको अर्थ बुझाउन सक्ने सामर्थ्य विभासले आफूसँग पाएन । कसैले अन्तरिक्षमा रकेट नै पठाए पनि, मंगलग्रह यात्राको तयारी नै गरे पनि, यही संसारमै कतै मामुली झाडा पखालाले लाखौँ मानिसको मृत्यु हुन सक्ने स्थिति अझै थियो । मानव जातिको भौतिक विकासको यस्तो चरम असमानता देखेर विभासलाई विरक्त लाग्यो ।

रातारात विभासले आफ्नो कम्पनीको र अन्य संयन्त्र प्रयोग गरेर त्यो स्कुल पुनर्निर्माणका लागि रकम जुटाउने अभियान चलायो । उठेको पैसामा आफू र नीलमले पनि थपेर उनीहरू विशेष परिस्थिति भनेर तीन महिनाको बिदा लिएर नेपाल गए । नीलमको बुबाको कन्स्ट्रक्सन कम्पनी लगाएर, स्कुलको शिक्षक अभिभावक सञ्चालक समिति र रैथानेहरूसँग मिलेर त्यो स्कुलको पुनर्निर्माण गरे । नीलमकी आमा पनि सहयोग गर्न आइन् ।

त्यसरी पुर्खाको परिश्रमको पौरखलाई बचाउँदा, अभावमा पिल्सिएकाको अनुहारमा खुसी ल्याउँदा, उनीहरूलाई अलौकिक आनन्द आयो ।

स्कुल बनेपछि विभास र नीलम स्कुल विकास बोर्डको सदस्य भएर अमेरिका फर्केका थिए । त्यसपछि नीलम र विभास हरेक वर्ष एक महिनाका लागि त्यही स्कुल फर्कन्थे । छोरा सत्य र छोरी प्राप्तिले पनि हाइस्कुल हुँदाको एकवर्ष तीन महिनाको समर भ्याकेसनमा हिलेटार स्कुलमा आएर पढे । नेपाली भाषा सुधारे; आफ्नो पुर्खाको थलोलाई नजिकबाट चिने ।

देशले राजनीतिक छलाङ मारे पनि संरचनात्मक विकास विश्वासै नलाग्ने सुस्त गतिमा भइरहेको थियो । त्यसबीच नीलमले विद्यालयका कक्षाहरूमा फर्निचरदेखि सम्पूर्ण प्रविधि आधुनिक बनाउने पहलमा लागेकी थिई । विभासकै पहल र अर्थ सङ्कलनको निरन्तरताले पोहोर साल मात्र स्कुलमा स्नातक गर्ने क्याम्पसको उद्घाटन भएको थियो । उद्घाटन समारोहमा भाग लिएर फर्कंदा विभास र नीलम दुबैलाई लागेको थियो - उनीहरूले आफ्नो क्षमता र सिपले अमेरिकामा भन्दा नेपालमा धेरै ठूलो फरक पार्न सक्ने रहेछन् ।

दिनभरि दुबैले सल्लाह गरेर एक महिनाका लागि नेपाल जाने प्लान बनाए र आ-आफ्नो कामबाट बिदा लिए । छोरा सत्य र छोरी प्राप्तिसँग पनि भिडियो कन्फेरेन्स गरेर कुरा गरे । आफ्नो प्लान बताए ।

नीलमले नेपालमा विपश्यना ध्यान सिबिर जाने मन गरेको धेरै भइसकेको थियो । यसपालि अमेरिकाबाटै विभासले बूढानीलकण्ठको मुहानपोखरीमा ध्यान सिबिरका लागि नाम लेखायो ।

यसपालि काठमाडौँ टेक्दा उनीहरूलाई यसै पनि अर्कै आफ्नोपनले तानेको जस्तो लागेको थियो । फेरि देशमा पनि बिस्तारै स्थायित्व आएको थियो । राजनीतिमा विवेकी मान्छेहरूले खुट्टा टेक्दै गएकाले देशको स्थितिमा सुधार हुँदै गएको थियो । राजारामको पार्टीको स्थिति त्यति राम्रो नभए पनि दयाराम नेपालमै इन्जिनियरिङ सकेर नव युवाहरूको पार्टीको नेता भएर राजनीतिमा लागेको थियो । अहिले ऊ चौतारा नगरपालिकाको मेयर भइसकेको थियो । देशका सबै क्षेत्रमा सकारात्मकताले नकारात्मकतालाई उछिनेकोजस्तो लाग्थ्यो ।

एकरात अन्नपूर्ण होटलमा बसेर भोलिपल्ट विभास र नीलम बाह्र दिनको विपश्यना ध्यान सिबिरमा गए । बाह्र दिनपछि विपश्यना सकेर निस्कँदा दुबै जनालाई हलुको महसुस भयो । ध्यानले शरीर र मस्तिष्कको सामञ्जस्य मिलाएर अन्तस्करणलाई स्पष्ट बनायो । अघिपछि ज्ञानगुनका कुरा पढ्दा, चर्चा अनि सत्सङ्ग गर्दा हुने बौद्धिक अभ्यासभन्दामाथि उठाएर ध्यानले सम्पूर्ण चेतनालाई एकै मध्यविन्दुमा केन्द्रित गराइदियो । अब बाँकी जीवन कसरी बिताउने विभास र नीलमलाई छर्लङ्ग भइसकेको थियो ।

भोलिपल्टै उनीहरू दुबैले आफ्नो-आफ्नो कामको राजिनामा इमेलमा पठाए । छोरा-छोरीलाई आफू अब नेपालमै बस्ने निर्णय सुनाए । छोराछोरी दुबैले उनीहरू चाँडै नेपालमा भेट्न आउने कुरा बताए ।

धेरै पहिला विभासले मेम्फिसमा अमनप्रीतको रेस्टुरेन्टमा काम गर्दा भेटेका टङ्क दाइ पनि सधैँको लागि नेपाल फर्किसकेका थिए । करिब दस वर्षअघि फेसबुकमा टङ्क दाइले एक दिन मेसेज पठाएका थिए, 'भाइ, मलाई त पुग्यो अमेरिका, अब आफ्नै गाउँ फर्केर कुनै इलम गर्छु ।'

फर्कन मन हुने, फर्कन्छु भन्ने तर फर्कन नसक्ने धेरै थिए । अवसरको खोजीमा ज्यानको ठूलो जोखिम मोलेर अमेरिका आएका टङ्क दाइले उनैले पहिला भनेझैँ नै एउटा मोडमा सर्लक्क यु टर्न मारेर नेपाल फर्केको देख्दा विभासलाई उनीप्रति झनै आदर आएको थियो । टङ्क दाइ पनि विभासको एक प्रेरणास्रोत थिए ।

आफ्नो सबै ऋण तिरेर, छोरा-नातिलाई पढाइसकेर, केही पैसा जम्मा गरेर फर्केका थिए । उनको गाउँ पनि सिन्धुपाल्चोकको विभासको पुर्ख्यौली गाउँनजिकै थियो । उनले आफ्नै अर्ग्यानिक फलफूल र तरकारी खेतीको व्यवसाय सुरु गरिसकेका थिए । स्कुल बनाउन फर्कँदादेखि नै विभासको टङ्क दाइसँग भेटघाट भइसकेको थियो ।

टङ्कू दाइकै सोधीखोजीमा उनी भएकै नजिक आफ्नो पुर्ख्यौली घर देखिने ठाउँमा विभासले पचास रोपनी जग्गा भएको एउटा थुम्को किन्यो । विभासले नयाँ खोलेको क्याम्पसमा अर्थशास्त्र र व्यवस्थापन पढाउन र बाँकी समयमा टङ्कू दाइसँगै मिलेर खेती गर्न थाल्यो । त्यहीँका त्यस्तै बीस जना जति बेरोजगार युवाहरूलाई आफ्नै खेतीमा राम्रो तलब दिएर उसले रोजगारी पनि दियो । ती युवालाई पनि अर्थशास्त्र र व्यवस्थापनको तालिम दिँदै गयो ।

नीलमले हिलेटार स्कुलका कक्षामा अत्याधुनिक प्रविधि भित्र्याउन सुरु गरेको कामलाई निरन्तरता दिँदै विपन्न वर्गका पछि परेका विद्यार्थीहरूलाई निःशुल्क पढाउने कक्षा पनि सुरू गरी ।

छोरा सत्य र छोरी प्राप्तिसँग उनीहरूको दिनहुँ कुरा हुन्थ्यो । फुर्सद मिल्दा अमेरिकाबाट उनीहरू पनि बुबाआमालाई सघाउन आउँथे । लाक्पा र प्रियाङ्का पनि नेपाल आउँदा उसलाई भेट्न आउँथे । उनीहरू पनि सबै व्यवस्था मिलाएर चाँडै नेपाल फर्कन मन भएको कुरा गर्थे ।

फर्केर आएपछि विभास र नीलमलाई सुरूमा त नेपालमा बस्न केही चुनौतीपूर्ण पनि भयो तर बिस्तारै सबै सहज हुँदै गयो । नेपाल आएपछि पनि यौवनभर परिश्रम गरेको भूमि अमेरिकाको माया पनि लाग्थ्यो नै । फेरि त्यहाँ आफ्ना सन्तान थिए । यौवन बिताएका सम्झना त्यतैका थिए । त्यसैले नेपालको आकाश पनि अपूरै थियो । अधुरो नै थियो । अर्ध नै थियो । बाहिरी आकाश अथाह थियो; अनन्त थियो । कुन पूरा - कुन अर्ध ? कुन आफ्नो - कुन अर्काको ? कुन रोजेको - कुन परेको ? कहाँको सुल्टो हो - कहाँको उल्टो ? ठम्याउन गाह्रो थियो ।

सानो हुँदा उनीहरूले आफ्नो आँगनबाट आकाशमा उड्ने र परपर उचाइ-उचाइसम्म पुग्ने सपना देखेका थिए । उनीहरू एक दिन आकाशमा उड्न पनि थाले तर त्यो उडानको गन्तव्य र उचाइको कुनै सीमा थिएन । त्यहाँ जिन्दगीले ब्रेक नलगाउँदासम्म उडेकोउडै, गएकोगैँ गर्न पनि सकिन्थ्यो । उनीहरू एक गतिलो फन्को मारेर आफू जन्मेको, हुर्केको आँगनमै फर्के ।

आफ्नो माटोमा फर्केपछि विभासलाई आफ्ना हजुरबा, आमा र बाबा पनि वरिपरि भएझैँ लाग्यो । नीलमका बाबा आमा पनि छोरी ज्वाइँ आफू नजिक हुँदा अत्यन्त खुसी थिए । आफ्नै पुर्खाको थलोमा आएपछि दुबैलाई आफूहरूले विशुद्ध आफूलाई पाएकोझैँ लाग्यो । उनीहरूले त्यही परिचित मातृभूमिमा आत्माको शान्ति पाए । आफ्नै आँगनमाथिको आकाशमा पाए त्यो दुर्लभ - अन्तिम आनन्द ।

जीवन फिरन्ते हुन सक्ने रहेछ । आरम्भ कतै हुन सक्थ्यो । घटनाक्रम र सङ्घर्षले अन्तै लैजान सक्थ्यो । भोगेको बाहिरी आकाश सपना र कर्मको बाटोअनुसार टुक्राटुक्रामा देखा पर्न सक्थ्यो । फरक-फरक देखिन सक्थ्यो । मात्र अन्तस्करणको

आकाश एउटै, सग्लो र सधैँ पूर्ण हुन्छ । त्यो असीमित छ; परिधिविहीन र अनन्त छ । त्यहाँ आनन्द भएपछि सबथोक परिपूर्ण हुने रहेछ ।

अन्ततोगत्वा उनीहरूले आभास गरे - कहाँ बाँच्नुसँग भन्दा कहाँ मर्न चाहनुसँग आफ्नो अन्तहीन सम्बन्ध हुँदो रहेछ । त्यही प्रगाढ सम्बन्ध भएको ठाउँ आइपुगेपछि विभास र नीलमको आन्तरिक आकाश छ्याङ्ग खुल्यो । त्यहाँ द्विविधा थिएन; बेचैनी थिएन । त्यहाँ सन्तोष मात्र थियो । उनीहरूले थाहा पाए - अन्तर्मनको आकाश नै पूर्ण आकाश रहेछ, अल्टिमेट आकाश रहेछ ।

आभार

उपन्यास प्रकाशनको क्रममा सहयोग गर्नुहुने सम्पूर्णमा हार्दिक धन्यवाद तथा आभार प्रकट गर्दछु ।

बाल्यकालमा मलाई ज्ञानगुनका कुरा सिकाउने हजुरबा स्व. दधिलाल लामिछानेप्रति । मलाई अमेरिका पढ्न पठाउने मातापिता भवानी लामिछाने र डा. भरतप्रसाद लामिछानेप्रति ।

पारिवारिक जिम्मेवारी सम्हालिदिएर मलाई लेखनको लागि वातावरण बनाइदिने, यो उपन्यासको पहिलो ड्राफ्ट पढेर मलाई प्रोत्साहन गर्ने, अनि पुनर्लेखनमा सुझाव दिने मेरी प्रिय जीवनसाथी विन्दुप्रति ।

जस्तोसुकै अवस्थामा पनि आफ्नो उपस्थितीले ममा ऊर्जा ल्याइदिने छोरीहरू काभ्या र आर्याप्रति ।

प्रकाशनको लागि अभिप्रेरित गर्नुहुने कृष्ण बजगाई, भाषाको शुद्धाशुद्धि मिलाइदिनुहुने डा. लेखप्रसाद निरौला, पढेर सुझाव, सल्लाह र हौसला दिनुहुने दिनार श्रेष्ठ, आविष्कार भारती, राजेन्द्रप्रसाद अर्याल, मित्र पौडेल, अविमन पसछें, केशव शर्मा ढुङ्गाना, मदन श्रेष्ठ र नारायणदास मल्लप्रति ।

आफ्नो अमुल्य समय निकालेर कभर डिजाइन गरिदिनुहुने बहिनी इन्दिरा मानन्धरप्रति ।

अन्य सहयोगी महानुभावहरू विपिन कर्माचार्य, सुवर्ण थापा, नीर शाह, झङ्कुप्रसाद न्यौपानेप्रति ।

अनि म अनुग्रहित छु म्याडिसनस्थित दिनार श्रेष्ठ दाइको अगुवाइमा सुरु भएको "सगरमाथा बुक क्लव"-का नेपाली भाषा तथा साहित्य अनुरागी साथीहरूप्रति जो सधैं केही लेख्न तथा पढ्न उत्प्रेरित गरिरहनुहुन्छ ।

२९ अक्टोबर, २०१८
सन्तोष लामिछाने
म्याडिसन, विस्कनसिन
lmn.santosh@gmail.com

'अल्टिमेट आकाश' पढेपछि

दिनार रनादी

यथार्थताको थालमा स्वैरकल्पनाको बिस्कुन सुकाएर अक्षरहरूको विभिन्न परिकार बनाइ पुस्तकाकाररूपमा पाठक समक्ष प्रस्तुत गर्ने साहित्यको एक विधालाई उपन्यास भनिन्छ । कुनै ठूला विद्वानले उपन्यासको बारेमा गरेको यो परिभाषमा दम छ भने सन्तोष लामिछानेले "अल्टिमेट आकाश" उपन्यास पाठकसामु पस्केर दमदार काम गरेका छन् । परदेशमा बसेर नेपाली साहित्यको औपन्यासिक विधामा राम्रो उपन्यास लेखेर पुन्याएको गहकिलो योगदानको लागि लेखकमा हार्दिक नमन गर्दछु ।

यस दुनियाँमा सर्वज्ञ कोही छैन र हुँदैन पनि । न्युटनलाई देवाधिदेव महादेव पशुपतिनाथको वर्णन गर्नुहोस् भनी अनुरोध गन्यो भने न्युटन ट्वाँ पर्नेछन् । गाउँको कुनै पौरखी किसानलाई न्युटनको बारेमा सोधेमा को न्युटन ? भनी उल्टै प्रतिप्रश्न गर्नेछन् । त्यसैले यस दुनियाँमा कोही सर्वज्ञ छैन र हुँदैन । कसैलाई लाग्न सक्छ 'मेरो आकाश पूर्ण छ' तर त्यो सोच एक पक्षीय मात्र हुनेछ किनकि प्रत्येक मान्छेले देख्ने भोग्ने 'आकाश' आधा मात्रै हो; अर्ध हो । अन्तर्मनको आकाश मात्रै पूर्ण आकाश हो ।

"अल्टिमेट आकाश" यस्तै उडानमा रचिएको, कथिएको वर्तमान परिवेशको कथाव्यथा हो । यो कथा तपाईं हामी सबैको हो । विभास र नीलम यसका प्रतिनिधि पात्र मात्रै हुन् । बाह्र कक्षा पढ्न लागेका र पढिसकेका सारा नेपाली युवा जमातको सालाखाला यथार्थ वास्तविक कथाव्यथा हो "अल्टिमेट आकाश" ।

सन्तोषको यो पहिलो उपन्यास हो र उपन्यासमा दर्जनभन्दा बढी पात्रहरू छन् जो यस दुनियाँमा देखिएका भोगिएका हाम्रै वरिपरिका यथार्थ पात्रहरू हुन् । उपन्यास सिन्धुपाल्चोकतिरको एउटा साधारण नेपाली विद्यार्थीको दैनिकीबाट सुरु भएर अमेरिकाको सानफ्रान्सिस्को हुँदै नेपालमै पुगेर अन्त्य हुन्छ । उपन्यासका मुख्य पात्र 'विभास' समय र परिस्थितिको घनचक्करमा बर्तिँदै-हुर्तिँदै उच्च अध्ययनको सिलसिलामा अमेरिका आइपुग्छन् । अवसरहरूको राजा सपनाको यस देशमा विभास धेरै दुःख कष्ट भोग्छन् । पढेर बाँच्न धेरै पापड बेल्छन् । ड्रग्सको लतमा पर्छन् । सेक्सको रापमा रापिन्छन् । ट्युसन फी र कामको छटपटीमा भुटभुटिन्छन् । तर, आफ्नो मुख्य लक्ष्य विभास कहिल्यै भुल्दैनन्; बिर्सँदैनन् - त्यो हो आफ्नो पढाइ पूरा गर्ने लक्ष्य र अन्त्यमा विभास आफ्नो लक्ष्य पूरा गरी छाड्छन् । हन्डर, ठक्कर र घात-प्रतिघातलाई छिचोल्दै आखिरीमा विभास भौतिक सफलताको शिखरमा पुगेरै छाड्छन् ।

शिखरबाट जब विभास आफ्नो जीवनलाई फर्केर नियाल्छन्; उनलाई आफूले बाँचेको जीवन, आफूले ओढेको आकाश अपुरो लाग्छ; अधुरो लाग्छ । त्यसैले, अन्तमा

आफ्नो अन्तर्मनको भावना यसरी पोख्छन् - 'कहाँ बाँच्नुसँग भन्दा कहाँ मर्न चाहनुसँग आफ्नो अन्तहीन सम्बन्ध हुँदो रहेछ । त्यही अन्तर्मनको आकाश नै पूर्ण आकाश रहेछ, अल्टिमेट आकाश रहेछ ।'

नेपाली माटोमा पहिलो सास लिएर जो जन्मिए; हुर्किए; बढे र परिस्थितिवश अवसरको खोजीमा जो परदेशी भए ती सबैको एउटै इच्छा, आकाङ्क्षा र सपना हुन्छ - आफू बाँचेको अर्ध आकाशलाई पूर्ण आकाश बनाउने । हो यही यथार्थको धरातलमा कल्पनाको बुट्टा हालेर रूमानी शैलीमा बुनिएको तानाबानाको समष्टि रूप हो - "अल्टिमेट आकाश" । "अल्टिमेट आकाश"-मा नेपाली घरदेश छ; अमेरिकी परिवेश छ । गरिबीको मार छ । सपनाको धार छ । मिहिनेत गरे के पाइँदैन - जीवनको सार छ । यो हामी सबैको कथा, व्यथा र यथार्थता हो ।

सन्तोषको पहिलो कृति 'चामल खानेहरू र चौलानी पिउनेहरू' पढ्नुभन्दा अगाडि नै मैले सन्तोषलाई राम्रो सम्भावना बोकेको कविका रूपमा चिनिसकेको थिएँ । तर, गद्यमा पनि उनको यति राम्रो कलम चल्छ भन्ने मलाई थाहा थिएन । एक दिन कुरैकुरामा उनले आफूले एउटा उपन्यास लेख्दै गरेको कुरा मलाई बताएपछि मैले प्रत्येक भेटघाटमा उपन्यासको बारेमा खैखबर गर्न छाडिनँ । नभन्दै सेप्टेम्बर सङ्क्रान्तिको दिन १८० पेजको ए फोर साइजमा टाइप गरिएको उपन्यास उनले मलाई मनोना टेरेसको छतमा भेटेर दिए र सकभर चाँडै प्रतिक्रिया पाउन पनि अनुरोध गरे । म खुसीले रोमाञ्चित भएँ । उपन्यासका सबै पत्रहरूसँग करिब दुई हप्ता अन्तरङ्ग संवाद गरेँ । विभास र नीलमसँग धेरैचोटि कफी पिएँ । लाक्पालाई माया गरेर सिरानीमा राखेर धेरै दिन सुतेँ । अथिना र पाओलासँग मस्किँदै रमाउँदै रोमाञ्चित हुँदै धेरैचोटि ख्यालठट्टा गरेर अथिनासँगको प्रेम प्रसङ्गले म हर्षविभोर र बिछोडले व्यथितकुण्ठित भैरहेँ । बिरामी आमालाई उपचार गरेर अमेरिका ल्याउने आशामा काठमाडौँ एयरपोर्टबाट ओर्लिएको विभासकी आमाको मृत्युको खबरसँग म धेरै भावुक भएर रोएँ - किनकि यो मेरो पनि यथार्थ कथा हो । जीवनको यो कटु भोगाइ हो ।

प्रस्तुत उपन्यासमा झन्डै एक-चौथाइ जति संवादहरू अङ्ग्रेजी लवजमा छन् । नेपाली भाषाका केही पाठकका लागि यो अपाच्य हुन सक्छ तर उपन्यासले सृजिएको अमेरिकाको परिवेशमा यसका अङ्ग्रेजी संवादहरू सहज र स्वाभाविक लाग्दै जान्छन् ।

"अल्टिमेट आकाश"-मा औँसीको रात मात्र होइन, पूर्णिमाको जून पनि छ । नेपाली राजनीतिको दुर्गन्ध मात्र होइन, माटोको सुवास पनि छ । जीवनको खाका मिहिनेत, इमानदारिता र आफ्नो इच्छाले मात्रै होइन; नियतिले पनि निर्धारण गर्दा रहेछ भनी "अल्टिमेट आकाश" पढिसकेपछि छर्लङ्गै हुन्छ । ग्यास स्टेसनको आर्म्ड रबरीमा विभासको एउटा कपाल पनि झर्दैन तर त्यस्तै अर्को घटनामा मीठो सपना बोकेर अमेरिका छिरेका सम्राट्को इहलीला समाप्त हुन्छ ।

संसारमा डङ्का पिटी हिँड्ने अमेरिकाको सान, मान र रबाफभित्र ड्रग्सको दुर्व्यसन, धनी-गरिबको चरम असमानता, बन्दुकको समस्या आदि अँध्यारा पाटाहरू छरपस्ट उदिनिएका छन् "अल्टिमेट आकाश"-मा ।

"अल्टिमेट आकाश"-मा बग्दा यसभित्रका पटकथा, संवाद, घटना र परिदृष्यहरू कुनै सिनेमाको दृष्य हेरेझैँ लाग्छ । ठूलो पर्दाको चलचित्र "बिजुली मेसिन"-को निर्माणमा अहं भूमिका खेलेका सन्तोषले कुनै दिन "अल्टिमेट आकाश"-लाई चलचित्रमा ढालेर ठूलो पर्दामा हामीमाझ प्रस्तुत गरे भने मलाई अचम्म लाग्ने छैन ।

नेपाली भाषा साहित्यमा सन्तोषका कलम जति तिखा र मिठा छन् त्यत्तिकै राम्रा र ओजिला छन् सन्तोषका अङ्ग्रेजी भाषा लेखन पनि । 'चामल खानेहरू र चौलानी पिउनेहरू'का केही कविता अङ्ग्रेजीमा पनि अनुवाद गरेर अङ्ग्रेजी भाषाप्रतिको दखल सन्तोषले प्रमाणित गरिसकेका छन् ।

"अल्टिमेट आकाश"-मार्फत नेपाली युवा समुदायको वर्तमान जल्दोबल्दो कथाव्यथा नेपाली भाषामा रोमाञ्चक तरिकाले लिपिबद्ध गरेर डायस्पोरिक नेपाली साहित्यमा सन्तोषले ठूलो गुन लगाएका छन् । उनको यो सत्प्रयासको भविष्यमा सबै क्षेत्रबाट राम्रो मूल्याङ्कन हुनेछ भन्ने मैले विश्वास गरेको छु ।

नोभेम्बर १, २०१८
म्यादिसन, विस्कनसिन

मर्मस्पर्शी यथार्थ चित्रण भएको कृति "अल्टिमेट आकाश"

राजेन्द्रप्रसाद अर्याल

अमेरिकाको म्याडिसन सहरमा आयोजित कविता वाचन कार्यक्रममा छ-सात वर्षपहिले भेट भएको हो - कवि सन्तोष लामिछानेसँग । उनको पहिलो कृति 'चामल खानेहरू र चौलानी पिउनेहरू' कवितासङ्ग्रहका माध्यमबाट सन् २०१४-मा नेपाली साहित्यले कोसेली पायो ।

यसरी कविका रूपमा आफ्नो परिचयको आभालाई प्रज्वलित गर्दै आएका सन्तोषले दुई वर्षपहिले धेरैले नसोचेको सिनेमाको विधामा 'बिजुली मेसिन' नामक नेपाली चलचित्रको निर्माणमा सहभागी भएर कलाको क्षेत्रमा पनि आफ्नो अनुराग भएको प्रमाणित गरे ।

व्यक्तिगत रूपमा भन्नुपर्दा मैले चिनेको सन्तोष लामिछाने मिहिनेत, पसिना र परिश्रमको रङ्ग बुझ्ने अनि सुस्केराभित्रका यावत् यथार्थलाई आँकलन गर्न सक्ने, बहुप्रतिभा र क्षमता भएका युवक हुन् ।

हाल मेरो हातमा उनको नवीनतम कृति "अल्टिमेट आकाश" उपन्यासको पान्डुलिपि छ र म त्यसलाई पढ्ने क्रममा ओल्टाइ-पल्टाइ गरिरहेको छु । "अल्टिमेट आकाश" सन्तोषको पहिलो उपन्यास भए तापनि यसमा प्रयुक्त संवाद, भाषाशैली र उनको कल्पनाको कायालाई हेर्दा, उनी अनुभवी उपन्यासकारजस्तै लाग्छन् ।

यस उपन्यासको परिवेशचित्रण स्पष्ट छ । नेपाल र अमेरिकाको सेरोफेरोमा कथावस्तु विकसित भएको र घुमेको पाइन्छ । नेपाली जनमानसमा अझै विशेषतः विद्यार्थीहरूमा देखिएको विदेशमोह र नेपालले भोग्दै आएको ब्रेनड्रेनको विकराल आवस्थालाई यस उपन्यासमा देखाइएको छ । देशको बिग्रँदो आर्थिक अवस्था तथा व्यवस्थापकीय पक्षको पनि राम्रै चिरफार छ ।

अमेरीकी जीवनपद्धति, व्यक्तिगत स्वतन्त्रता, विविध सामाजिक संरचनाहरूको विषयमा पनि ज्ञानविलास गर्न सकिन्छ । अमेरिकी समाजमा कामको महत्त्व र त्यसप्रतिको समर्पण, एउटा विद्यार्थीले स्वआर्जनबाट अध्ययनप्रतिको निरन्तरतामा भोग्नुपरेका हन्डर-ठक्कर र ब्योहोर्नुपरेका सङ्घर्षको कथालाई कलात्मक ढङ्गले उजागर गरेको पाइन्छ ।

नेपाली युवा पुस्ताको चरित्र-चित्रणको एउटा दस्ताबेज पनि हो - "अल्टिमेट आकाश" । जहाँ तन्नेरीहरूबीचमा हुने मायामोह, मानवीय प्रेमप्रणय र यौनिक घटनाहरूको मात्र होइन; उनीहरूको सङ्गत, खानपान, बसाइ र आम्दानी-आयस्ताका साथै बानीब्यहोराहरूको चित्रणसमेत गरिएको छ ।

'प्रवासी' उपनाम अनि दोस्रो दर्जाको नागरिक भएर बाँच्नुपर्ने नियतिलाई आफूले आर्जन गरेको पैसाले कहिल्यै फेर्न नसक्ने कुरामा निश्चिन्त छन् प्रवासी नेपालीहरू । उनीहरू धेरैजसो जन्मभूमिकै कुरा गर्छन् । आफ्नै देशलाई सिरानीमा राखेर सुत्छन् अनि सपना पनि त्यतैको देख्छन् । तैपनि, अमेरिकामा पाएको अवसरलाई छोडेर देश फर्कने चाहिँ सबैले सक्तैनन् भन्ने कुरालाई बडो मार्मिक तथा भावानात्मक ढङ्गले प्रस्तुत गरेका छन् सन्तोषले ।

सन्तोषको उपन्यास लेखन छुट्टै किसिमको छ । भाषा सरल र मृदु छ । एकदुई शब्दहरूबाहेक पूरै उपन्यास शिष्ट पनि छ । ती एकदुई शब्दहरू हटाएको भए पनि हुने भन्ने जस्तो पनि नलाग्न सक्छ । किनभने प्रयोगको प्रसङ्ग, प्रयोगकर्ताहरूको उरन्ठेउलो उमेर, साथीसङ्गी, यार, हाइदोस्तीबीचको झर्रो संवाद भएको हुँदा ती शब्दहरू सान्दर्भिक र घतिला नै लाग्न सक्छन् पाठकहरूलाई ।

जहाँसम्म सुबोधको कुरा छ, अमेरिकी परिवेश चित्रणका पात्रहरू गैरनेपालीभाषी पनि रहेका र उनीहरूसँगको अङ्ग्रेजी संवादलाई देवनागरी लिपिमा उल्लेख गरिएको हुँदा पढ्न त सबैले सकिन्छ तर अङ्ग्रेजी भाषाको थोरै पनि ज्ञान नभएका पाठकहरूलाई भने बोधगम्य हुँदैन ।

जन्मेको, हुर्केको भूमि यानि कि माटोसँग मान्छेको यति गाढा माया गाँसिएको हुँदो रहेछ कि त्यसले चुम्बकले झैं तानिरहँदो रहेछ । कहिल्यै छुट्टिन नदिँदो रहेछ । यो उपन्यासका मूलपात्रहरू विभास र निलमले जीवनको उत्तरार्धमा त्यो अनुभूत गर्छन् र दसौं लाख अमेरिकी डलरको आम्दानी त्यागेर आफ्नै प्यारो माटाको सुगन्ध रोज्छन् । पुर्खाको गाथा लेखिएको आफ्नै देश फर्कन्छन् । अनि त्यही चिरपरिचित आफ्नै भूमिमा आत्मशान्ति पाउँछन् - जुन मानिसको लागि सर्वश्रेष्ठ प्राप्ति हो । अन्तिम आनन्द हो ।

उपन्यासका प्रमुख पात्रहरूले परदेशमा शिक्षा, सिप, अनुभव र धन आर्जन गरे पनि आखिर आफ्नो देश फर्केपछि मात्र आफ्नो अन्तरमनको अल्टिमेट आकाशलाई पूर्ण पाउँछन् - त्यसैले राष्ट्रप्रेमको सुखान्त परिणतिमा उपन्यास मिठोसँग टुङ्गिएको छ । भन्न सकिन्छ - यस उपन्यासमा लेखकको सकारात्मक सोच, आशावादी दृष्टिकोण र राष्ट्रवादी भावना प्रचुर मात्रामा झल्केको छ । स्वनाम र स्वआनन्दको लागि लेखिएको नभई समाज र राष्ट्रलाई अग्रगति प्रदान गर्ने दिशातर्फ परिलक्षित छ भन्न सकिन्छ यो उपन्यास ।

यस उपन्यासमा केही अपुग कुराहरू वा कमीकमजोरीहरू हुन सक्लान् तर कविशिरोमणि लेखनाथ पौडेलले भनेझैं - 'दबिन्छन् गुणीका दोष गुणको रासमा परि' भएका छन् ती ।

सन्तोष भाइको यो कृति नेपाली साहित्यको फाँटमा एक सम्झनलायक कृति हुनेछ भन्ने मेरो आशा छ । बधाई तथा शुभकामना सन्तोषलाई ।

गोरखा बजार ।
हालः- म्याडिसन, विस्कनसिन, अमेरिका ।
अक्टोबर १२, २०१८